BewaHre

Emma Ellis

KAPITEL 1

10 Jahre nach der Großen Unruhe

Ihre Lebensdauer liegt in unseren Händen.
Einer der Grundsätze von XL Medico

***

Auf den ersten Blick wirkt der Körper ganz friedlich. Das Gesicht entspannt, ohne Lächeln, die Augen geschlossen. Schwarzes Haar kräuselt sich um ein Ohr, auf den Wangen ein Hauch von Farbe. Die Konservierten behalten immer ihre Farbe – als wäre die Haut noch lebendig, obwohl die Seele längst weitergezogen ist. Fast, als wären sie aus Plastik. So leblos wie eine Schaufensterpuppe.

Als Ava auf die andere Seite tritt, sieht sie, was ihn getötet hat. Der Bus hat ihn direkt an der linken Seite erwischt. Kein Konservierungsmittel der Welt kann dich retten, wenn dein Gehirn herausquillt. Pres-X stellt zwar die Jugend wieder her

– aber unverwundbar macht es niemanden. Sie hofft, dass die Familie keinen offenen Sarg will.

„Wie viele Jahre ist es her, dass er Pres-X genommen hat?", fragt Ava Max, während er die Dateien öffnet und der Computer wie immer seine Zeit braucht.

„Zehn Jahre. Er hat die Regression buchstäblich gerade erst hinter sich."

„Schade." Sie betrachtet den Körper genauer. Es wird wohl nie aufhören, seltsam zu wirken: Neunzig Jahre alt – und er sieht aus wie Mitte zwanzig. Na ja, zumindest zur Hälfte.

„Die Ehefrau wird später kommen", erklärt Max. „Vielleicht hältst du sie erstmal davon ab, ihn zu sehen. Es sei denn, sie möchte ihr Erbrochenes mit seinem Gehirn vermischen." Ava lächelt über seinen geschmacklosen Kommentar. Er grinst noch breiter. „Oh und die Blumenlieferung wird in Kürze eintreffen."

Max macht sich an die Arbeit. Die Leichen der Konservierten brauchen selten viel Aufmerksamkeit – obwohl es in diesem Fall etwas länger dauern wird. Was vom Gehirn noch übrig ist, zurückschieben und zunähen. Eine kurze Infusion mit hochwertiger Einbalsamierungsflüssigkeit, um die aschfahle Todesfarbe noch etwas länger hinauszuzögern und die Wangen schön rund und prall zu halten. Ava überlässt Max den Rest. Trotz eines Lebens im Bestattungsinstitut hat sie nie einen Magen für diesen Teil entwickelt. Kundenkontakt – das ist ihr Revier.

Sie geht durch den Empfangsbereich, vorbei an den Ausstellungssärgen, die nach geöltem Holz duften – ganz anders als der stechende Formaldehydgeruch aus dem Kühlraum. Welke Lilien hängen in ihren Vasen. Es scheint sinnlos, sie regelmäßig zu ersetzen, wenn das Geschäft so ruhig ist. Aber was wäre ein Bestattungsinstitut ohne Blumen? Trostlos. Max erinnert sie bei jeder neuen Lieferung daran: Nicht genug Kunden, um die Ausgaben zu rechtfertigen. Heutzutage sterben einfach nicht genug Menschen. Zumindest nicht genug mit einer hohen Lebenspunktzahl. Der Algorithmus, der jedem Bürger mit achtundzwanzig eine Vermögensbewertung zuweist, entscheidet über alles – vom Lieblingscafé bis zum Wohnort. Auch darüber, wo man am Ende begraben wird.

Im Schaufenster überprüft Ava ihr Spiegelbild. Eigentlich beschäftigt sie sich lieber mit den Spuren des Alterns, die auch ohne Spiegel unübersehbar sind – bis ein Konservierter in ihrer Arbeit auftaucht. Sie kneift sich in die Wangen, fährt mit den Händen über die Stirn, die längst nicht mehr glatt ist, und versucht, nicht doppelt so alt auszusehen wie die neunzigjährige Witwe, die gleich kommen soll. Die Jugend liegt weit hinter ihr – eine ferne Erinnerung an eine Zeit, in der ihre Knie noch nicht knackten, ihr Haar frei von silbernen Fäden war und ihre Augen noch scharf sahen. Nicht, dass es Ava groß kümmern würde. Glatte Haut würde ohnehin nur dazu dienen, anderen zu gefallen. Oder sie vielleicht etwas weniger bemitleidenswert wirken zu lassen.

Die Ehefrau trifft früher ein als erwartet. Ihre Regression ist offenbar ebenfalls abgeschlossen – die leuchtend rosige Frische der frisch Konservierten ist schon verblasst. Und doch wirkt sie, selbst in ihrer Trauer, ausgeruht und strahlend. Ihre Traurigkeit lässt sie eher leuchten als verblassen. Das seidene Taschentuch, das sie sich an die Nase hält, trägt das Logo von XL Medico – genau wie ihre Handtasche. Mit ihrer makellos glatten Haut, dem vollen, glänzenden Haar und all den Marken um sich herum ist sie eine wandelnde Werbefläche für Pres-X.

Ava setzt ihre feierlichste Miene auf, was unnötig ist, da ihr Gesicht von Natur aus so ist, und begrüßt die Witwe.

„Mrs. Constance, bitte nehmen Sie Platz."

Die Möbel sind schwer und solide gepolstert – stabil genug, um mit jedem 800-plus-Haushalt mitzuhalten. Avas Vater hat sie aus alten Teilen gefertigt, dabei aber auf hochwertige Materialien gesetzt. Tag und Nacht arbeitete er daran, die Verarbeitung zu perfektionieren: mit kunstvollen Schnitzereien und echter Seidenpolsterung. Das Bestattungsinstitut wirkt, als sei es für die wohlhabendste Gesellschaftsschicht gemacht – auch wenn das Personal selbst weit unter der Lebenspunktzahl seiner Kundschaft lebt.

„Fünfzig Jahre waren wir zusammen", erzählt Mrs. Constance zwischen Schluchzern. „Wir fingen gerade neu an."

Ava sagt nichts. Stattdessen nickt sie – dieses Nicken, das sie sich antrainiert hat.Etwas an Mrs. Constance kommt ihr bekannt vor. Ihr Gesicht erinnert Ava an jemanden von früher, jemanden, dessen Namen ihr nicht mehr einfällt. So ist es oft mit den Konservierten: Sie sehen aus wie jemand aus einer Wellness-Broschüre oder einer Schönheitswerbung.

„Pres-X sollte uns ein paar Jahrzehnte mehr geben. Ich meine, schau mich an! Ich sehe aus, als käme ich frisch vom College. Aber er ist weg. All die Jahrzehnte, die wir haben sollten, einfach weg."

„Es tut mir so leid. Es ist solch eine Tragödie."

„Es ist nicht fair. Einfach nicht fair. Er war erst neunzig Jahre alt. Zu jung."

Als ihre Schluchzer allmählich abklingen, reicht Ava ihr den Katalog, beobachtet, wie sie sich durch die Blumenarrangements blättert, zeigt ihr die Särge. Routiniert spricht Ava ihre üblichen Erklärungen, mit ruhiger Stimme und eingeübter Gestik. Und als der Moment günstig scheint – nüchtern, fast beiläufig – legt sie ihr das Angebot vor.

„Dreißigtausend Pfund für eine Beerdigung?!" Mrs. Constance lässt ihr Taschentuch fallen.

„Die Kosten sind bei Konservierten deutlich höher."

„Warum? Nur wegen unserer *Lebenspunktzahl* sollen wir mehr bezahlen?"

„Nein, ganz und gar nicht." Ava lehnt sich zurück. Ihre Haltung wirkt defensiver, als sie es beabsichtigt hatte. „Der Einäscherungsprozess ist aufwendiger. Der Ofen muss mehrere hundert Grad heißer werden – und doppelt so lange brennen wie bei einem Nicht-Konservierten. Die Energiekosten sind enorm."

„Das hat man uns nie gesagt, als wir die Behandlung machen ließen. Wahrscheinlich stand es irgendwo in den Unterlagen … aber ich war damals alt. Informationen zu behalten fiel mir schwer. Ted hat sich um all das gekümmert, wissen Sie?"

Ava zieht die Augenbrauen zusammen und verzieht den Mund zu ihrem schmerzlichsten Ausdruck. Es fehlt ihr nicht an Mitgefühl. Sie hat über die Jahre hinweg genug eigene Tränen der Trauer hinuntergeschluckt. Doch ihr Mitgefühl kommt mit einem Stich des Neids. Mrs. Constance hat so viele Jahre mit einem Gefährten genossen. Jemanden zu haben, um den man sich noch im hohen Alter sorgt – das erscheint Ava fast unvorstellbar. Unfair.

„Unser Krematorium und unsere Serviceräume befinden sich alle vor Ort, sodass es für Sie völlig unkompliziert ist. Ich kann Ihnen gerne eine Führung geben, wenn Sie möchten. Ich bin mir sicher, Sie haben von unserer erstklassigen Einbalsamierung gehört. Mr. Constance wird wunderschön aufgebahrt sein. Es klingt, als wäre er ein wunderbarer Ehemann gewesen."

„Das war er wirklich."

Mrs. Constances Schmerz ist wie das Abreißen eines Pflasters von Avas eigener Wunde. Sie ist im falschen Job, denkt sie zum millionsten Mal. Das Geschäft ihres Vaters war nie für sie bestimmt. Zumindest noch nicht.Sie sollte irgendwo arbeiten, wo es fröhlicher zugeht – oder wo weniger Menschen sind.Aber nur wenige Unternehmen bieten Frauen in ihrem Alter Arbeit an.Sie ist noch fruchtbar. Gerade noch. Immer noch zu gefährlich, um in der Nähe zu sein.

„Nun, dann beerdigen wir ihn", sagt Mrs. Constance. „Das hätte ihm gefallen."

Avas Schultern sacken herab. Diese Erklärung wird nie leichter. „Ich fürchte, das ist keine Option für die Konservierten. Das Pres-X-Medikament gelangt in den Boden und seine Auswirkungen dort sind bisher unbekannt. Eine andere Möglichkeit wäre, auf eine Einzelverbrennung zu verzichten. Manche Menschen entscheiden sich dafür, sich zu zweit oder mit mehreren zusammenzuschließen."

Mrs. Constances Augen weiten sich und ihre pralle Haut spannt sich um ihren Kiefer. „Die Asche meines Ted mit der von Fremden mischen? Nein. Nein, das könnte ich nicht ertragen." Sie umklammert die Armlehne des Stuhls, was ihre Finger ganz bleich werden lässt, und spannt ihre trainierten Unterarme an.

„Ich nehme an, Sie haben keinen Vorsorgeplan abgeschlossen?", fragt Ava, obwohl sie die Antwort bereits kennt.

„Er sollte jetzt nicht sterben. Er sollte noch mindestens sechzig Jahre haben." Sie nimmt ihr Taschentuch und schluchzt erneut.

„Solch eine Tragödie."

„Wir waren nie wohlhabend", erklärt Mrs. Constance, als ihre Tränen für einen Moment versiegen. „Zumindest nicht übermäßig. Unsere Punktzahl hat gerade so für die Behandlung gereicht. Ich habe bei XL Medico gearbeitet – wir bekamen einen Mitarbeiterrabatt für Pres-X. Ich bin nur eine 700, wie Sie in meiner Akte sehen können.Ich vermute, selbst *Sie* haben eine höhere Lebenspunktzahl als das."

Selbst Sie. Ava unterdrückt ein Zusammenzucken und beschließt, ihre mittelmäßige 520er-Punktzahl nicht preiszugeben. Trotzdem bleibt ihr Mitgefühl aufrichtig und ihr von Natur aus ernstes Gesicht wird noch düsterer. „Mr. Constance kann gerne eine Woche hier ruhen, während Sie nachdenken. Sie müssen sich nicht sofort entscheiden."

„Ich kann ihn nicht in irgendeinem Massengrab einäschern lassen. Das geht einfach nicht. Wer wären die anderen überhaupt? Wären sie alle aus diesem Bestattungsunternehmen? Ihres ist das einzige im Landkreis, das exklusiv für 700 Plus ist."

„Das kann ich nicht garantieren. Aus Gründen der Vertraulichkeit geben wir solche Informationen nicht preis. Aber da so wenige 700-Plus-Leute sterben, muss ich Sie warnen, dass es höchstwahrscheinlich gemischt wäre."

„Mein Ted, eingeäschert mit Bettlern? Nein, das kann ich nicht. Das geht einfach nicht. Es muss doch die Möglichkeit einer Ratenzahlung geben. Oder einen Rabatt für Senioren?"

Mrs. Constance wischt sich erneut die Nase mit dem XL-Medico-Taschentuch, das Make-up verschmiert auf der cremefarbenen Seide.Der letzte Teil ihres Gesprächs spielt sich in Avas Kopf ab. Hat sie wirklich einen Mitarbeiterrabatt für Pres-X erwähnt?

„Ich fürchte, ein Seniorenrabatt ist nicht möglich", sagt Ava. „Die Details des Zahlungsplans finden Sie im Angebot. Warum nehmen Sie sich nicht ein paar Tage Zeit zum Nachdenken? Sie können Herrn Constance morgen besuchen."

Mrs. Constance nickt und steht auf. Falls sie mit dem Kundenservice unzufrieden war, hat sie es nicht gezeigt. Ihre konservierte Haut strahlt weiterhin, ihr Gesichtsausdruck bleibt neutral. Sie nimmt ihre elegante Hand und streicht sich das glatte Haar hinter das Ohr, lächelt, zeigt ihre makellosen weißen Zähne und das gesunde Zahnfleisch. „Danke. Sie waren sehr freundlich. Ich werde sehen, was ich tun kann, und mich melden."

Ava begleitet sie zur Tür. Ihr Rücken versteift sich und sie hat Mühe, aufzustehen, während Mrs. Constance, fast ein halbes Jahrhundert älter, mit Leichtigkeit aufspringt.Ava öffnet die Tür – das Summen des geschäftigen Fußgängerverkehrs und das Brummen der Busse dringt sofort herein. Mrs. Constance tritt auf die Straße hinaus. In ihren cremefarbenen Absätzen hält sie mühelos Schritt mit all den jungen Leuten auf der Überholspur für Fußgänger.

Ava hat die Tür noch nicht geschlossen, als Sirenen aufheulen. Sie zuckt zusammen, während das Dröhnen die Straße hinunterrollt und alle anderen Verkehrsteilnehmer mit Hupen zur Seite zwingt. Schwarz glänzende Regierungsautos mit dem Emblem *Eyes Forward* auf den Türen kommen direkt vor *L.M. Bestattungen* zum Stehen. Zwei Männer steigen aus jedem Wagen. Ihre Blazer tragen dasselbe Logo wie die Autos. Ohne ein Wort marschieren sie direkt durch die Tür, die Ava immer noch offen hält.

„Kann ich Ihnen helfen, meine Herren?"

Einer der Männer tritt vor. Sein Anzug ist so scharf geschnitten, dass er aussieht, als könnte er Haut aufschneiden – vielleicht die Ursache für die Narbe an seinem Kinn. Die anderen bleiben zurück, zusammengedrängt wie eine Herde Schafe. „Wer ist hier verantwortlich?"

„Ich", sagt Ava. „Ich besitze dieses Bestattungsunternehmen."

Er stellt sich nicht vor. *Eyes Forward*-Personal tut das nie. Sie wirken, als wären sie ein einziges Wesen – lauter steife Anzüge und unbewegte Gesichter.

„Es müsste Luigi Maricelli sein", sagt er. Kein Hauch von Betonung, keine Emotion in der Stimme. Er könnte genauso gut ein Roboter sein.

„Das war mein Vater. Er ist vor einigen Jahren verstorben."

Der Mann blickt auf Avas Hand, ihr Implantat leuchtet orange und verrät ihren fruchtbaren Status. Er versucht nicht einmal, sein Starren oder seine Missbilligung zu verbergen. „Gibt es keinen Mann, mit dem wir sprechen können, oder eine Frau im sicheren Alter?"

Ava schüttelt den Kopf. Kein Grund, Max im Flur zu erwähnen. Seine Fähigkeiten im Frontbereich beschränken sich auf Reinigung und die Annahme von Lieferungen. „Nein. Das ist mein Unternehmen. Es gibt nur mich."

„Aber Sie sind nicht im sicheren Alter, um mit Männern zu sprechen."

„Ich bin nicht weit davon entfernt."

„Nun, das erklärt die Klimaanlage hier. Oder halten Sie diesen Bereich für die Leichen kühl?" Er und die anderen Männer lachen, während Ava die Zähne zusammenbeißt.

„Ich mag es kühl", sagt sie, ohne einen Hauch von Verärgerung.

„Nun gut. Reden wir. Sie müssen sich setzen und zur Wand schauen, während wir das tun. Ich werde nicht zulassen, dass meine Männer in Versuchung geraten."

Sie tut genau das. Gehorsam, wie immer. Es ist weder das erste noch wahrscheinlich das letzte Mal, dass eine solche Bitte geäußert wird. Als ob ein Blick auf ihr neunundvierzigjähriges Gesicht die Männer dazu bringen würde, sie anzuspringen. Vielleicht ist das Kneifen ihrer Wangen effektiver als sie denkt. Sie lächelt in sich hinein bei dem Gedanken und wischt sich die Augen, als das Brennen der Aftershaves nachlässt und das Tränen endlich aufhört. Dann hört sie, wie sie die Stühle vom Tisch wegschieben – und das Ächzen des Holzes, als sie sich setzen.

„Dies ist streng vertraulich. *Eyes Forward* benötigt Ihre Dienste. Die Gesellschaft benötigt Ihre Dienste. Ihre Regierung hat Sie gerufen. Sie werden eine Vertraulichkeitsvereinbarung unterzeichnen und sich daran halten. Haben Sie das verstanden?"

Sie nickt übertrieben, unsicher, ob sie es von ihrem Hinterkopf aus erkennen können, und antwortet: „Ja."

Die Geheimhaltungsvereinbarung wird ihr von hinten über die Schulter gereicht, zusammen mit einem Stift. Das Logo von *Eyes Forward* prangt oben auf dem Dokument, die darunter stehende Erklärung hüllt sie in Geheimhaltung. Sie unterschreibt und reicht es nach hinten zurück, ohne sich umzudrehen.

Der Vertreter von *Eyes Forward* räuspert sich. „Wir benötigen Ihren Vorrat an Formaldehyd-Rose. Ich entnehme der Lizenz dieses Bestattungsunternehmens, dass die Chemikalie vor Ort hergestellt wird. Wir brauchen Ihren Vorrat und das Rezept."

Ava ist froh, zur Wand zu blicken, da sie auf diese Weise den Schock und die Abscheu auf ihrem Gesicht zulassen kann. „Ich halte das Patent für Formaldehyd-Rose. Ich verwende es für die hochwertige Einbalsamierung, die wir unseren Premiumkunden hier anbieten. Es ist ein geschütztes Rezept. *Mein* Rezept."

„Das ist keine Option. Dies ist eine Anordnung von *Eyes Forward*. Nach unserem Kenntnisstand reicht die Menge, die Sie pro Leichnam verwenden, für mehrere tausend Dosen des neuen Pres-X."

Neues Pres-X? Was zum. . .? Sie kneift die Augen zusammen – der Raum scheint plötzlich Kopfschmerzen zu verursachen – dann fängt sie sich wieder. „Schon gut, meine Herren. Aber ich brauche meine Vorräte für mein Geschäft."

„Sie werden für Ihre Vorräte entschädigt und dürfen genug behalten, um Ihre aktuellen Kunden zu versorgen. Und Sie können jederzeit neues herstellen."

„Trotzdem-"

„Ihre Lebenspunktzahl wird erhöht – als Anerkennung für Ihre Kooperation. Zwanzig Punkte. Sie müssen sich um Ihre Punktzahl bemühen." Er sagt das mit einer gelangweilten Selbstverständlichkeit. Zwanzig kümmerliche Punkte zu seinen vermutlich über 900 – als würde er einem Bettler ein paar Münzen hinwerfen.

Ava beißt sich auf die Lippe und denkt einen Moment nach. XL Medico stellt Pres-X her. Ein riesiger Pharmakonzern, privat geführt, ohne erkennbare Verbindung zu *Augen Nach Vorn* – zumindest soweit Ava weiß. Dass sich die Regierung einmischt, ergibt keinen Sinn. Sie wünschte, sie hätte mehr Zeit, das alles zu verarbeiten, doch das stakkatoartige Tippen ungeduldiger Schuhe hinter ihr lässt ihr alle Nackenhaare zu Berge stehen. Natürlich bemüht sie sich um eine gute Punktzahl. Zwanzig Punkte wären schön, aber es reicht nicht. Bei Weitem nicht.

„Ich habe einen Master-Abschluss in Chemie. Ich nehme an, das ist Ihnen bewusst", sagt sie, ohne auf eine Antwort zu warten. „Pres-X gibt es schon seit Jahrzehnten. Sie sind bisher auch ohne mein chemisches Mittel ausgekommen. Ich sehe nicht ein, warum Sie es jetzt brauchen."

„Medikamente entwickeln sich weiter und es gibt Fortschritte, wie Sie sicher nachvollziehen können. Und Formaldehyd ist knapp."

„Formaldehyd geht nicht einfach aus. Seine Bestandteile vielleicht. Ich nehme an, es liegt am Vanadium. Seit Kohle und Öl ausgegangen sind, ist wahrscheinlich Vanadium das Problem. Und meine Formaldehyd-Rose benötigt kein Vanadium, wie Sie sicher wissen."

Er räuspert sich erneut und das Rascheln verrät ihr, dass er unruhig wird. „Sie täten gut daran, keine Fragen zu stellen", sagt er.

Die Idee trifft sie so plötzlich, dass ihr der Atem stockt. Sie wartet keine Sekunde mit ihrer Antwort – wenn sie zögert, könnte sie den Mut verlieren. „Wenn Sie meine Formaldehyd-Rose wollen, möchte ich eine Anstellung bei XL Medico. Es ist mein Rezept, ich habe es entwickelt und patentieren lassen, und ich verdiene eine solche Stelle. Wenn ich den großartigen *Eyes*

Forward helfen kann, dann würde ich das gerne tun." Sie versüßt ihren Ton für den letzten Teil. Ein wenig Schmeichelei kann Wunder bewirken.

Das Rascheln der Anzüge wird lauter. *Gut*, denkt sie und fühlt sich ein bisschen gestärkt. *Lass sie ruhig ins Schwitzen kommen.*

„Sie sind nicht im sicheren Alter", sagt der Mann. „Ihr Implantat zeigt, dass Sie noch fruchtbar sind. In den Laboren arbeiten Männer. Wir können nicht riskieren, dass Sie eine weitere Last für die Gesellschaft schaffen."

„Ich kann Nachtschichten übernehmen – so, dass es mit meiner Arbeit hier vereinbar ist. Ich arbeite allein, wann immer es Ihren anderen Angestellten passt." Sie wartet auf eine Antwort, doch es herrscht nur Stille. Sie stellt sich vor, wie ihre Gesichtsausdrücke sein könnten: nachdenklich, angewidert, ungeduldig, zustimmend? Sie fragt sich, ob sie ihre eigene Nervosität an ihrem Hinterkopf ablesen können. *Scheiß drauf.* Sie ist schon immer eine gute Bürgerin der Gesellschaft gewesen. Solche Chancen kommen selten. Also entscheidet sie sich, ohne weiter zu überlegen. Mrs. Constances Worte hallen in ihrem Kopf: *Mitarbeiterrabatt.* „Oder Sie konfiszieren meine Formaldehyd-Rose einfach, wie ich ohnehin annehme. Aber Sie werden sie ohne mich nicht reproduzieren können. Es ist mein Rezept. Ich werde es nicht herausgeben und Ihre Labors werden eine Menge Zeit und Ressourcen verschwenden, um herauszufinden, wie es hergestellt wird."

Scharfe Atemzüge und das leise Knistern der steifen Anzüge sind hinter ihr zu hören. Ava widersteht dem Drang, unruhig auf ihrem Stuhl herumzurutschen. Sie spannt sich gegen ihre innere Unruhe, während ihr Körper vor Nervosität vibriert. *Eyes*

Forward-Vertreter zum Schwitzen zu bringen, ist etwas, wofür viele die Hälfte ihrer Lebenspunktzahl opfern würden.

„Einverstanden, Mrs. Maricelli", sagt er schließlich. „Wir haben einen Deal."

KAPITEL 2

Avas Zuhause ist schöner als die meisten Leute erwarten – in einer besseren Gegend, als man ihr zutraut, wenn man ihren Nachnamen hört oder, als ihr Vater noch lebte, seinen Akzent hörte. Einwanderer haben es schwer in der Gesellschaft. In einem Viertel, das von Familien bewohnt wird, deren Abstammung bis in die Zeit vor der Umbenennung Großbritanniens in *die Gesellschaft* zurückreicht, hat sie sich nie wirklich zugehörig g efühlt.Sie radelt an den Häusern vorbei, in denen eher erste und zweite Generationen von Einwanderern wohnen – Pappkarton in den Fenstern als Ersatz für schlechte Isolierung, Fahrräder draußen abgeschlossen und um alle abnehmbaren Teile erleicht ert.An jeder Straßenecke und Bushaltestelle prangt das Logo der *Eyes Forward*, darunter der Slogan: *Alle Augen sind unsere Augen.* Um die Menschen daran zu erinnern, dass die Gesellschaftspolizei überall ist – als müsste man das noch betonen. *Eyes Forward* ist seit etwa fünfzehn Jahren an der Macht. Die politische Mitte – ein sinnvoller Kompromiss, wie es heißt. Auch Ava sieht das meist so. Die Zeiten von links und rechts hatten das Land entzweit, doch *Eyes Forward* war der Kitt, der alles wieder zusammenhalten sollte.

Sie fährt weiter den Hügel hinauf, wo mit jedem Meter die Cafés exklusiver werden – mit Klientel, deren Punktestand in ganz anderen Sphären liegt. Der Müll stammt hier von Markenprodukten, nicht von staatlichen Rationspaketen. Und das *Eyes Forward*-Logo taucht seltener auf. Hier gibt es kaum Kriminelle, die man erinnern müsste; keine dunklen Gassen, in denen sich zwielichtige Gestalten verstecken könnten. Schließlich erreicht sie ihre Straße. Bäume gibt es noch reichlich, die unter der Last der noch nicht gefallenen Blätter seufzen. In den Vorgärten ist noch echtes Gras zu sehen, durchsetzt mit Kies und Plastikpflanzen. Der Fußgängerverkehr wird dünner und Busse fahren häufiger. Doch was nützt ihr ein besseres Viertel, wenn sie immer noch unter den 750 Punkten liegt, die sie für die Pres-X-Behandlung bräuchte?

Suzanna steht gerade an ihrer Haustür, als Ava vorbeigeht. In den etwa sechs Jahren, in denen sie Nachbarinnen sind, hat Ava sie noch nie ohne Gesichtsmaske und Lockenwickler im Haar gesehen – immer in Vorbereitung auf irgendeinen Abend, der nie stattzufinden scheint.

„Ava, Liebes. Du siehst müde aus."

„Hi, Suzanna, schön dich zu sehen."

„Du kannst Aloe-Vera-Cremes auf Kredit kaufen, wenn du in großen Mengen einkaufst. Gut für die Haut und deine Punktzahl."

„Danke, Suzanna. Ich behalte das im Hinterkopf."

„Hast du schon mal an eine Kombucha-Kur gedacht? Ich kann dir was dalassen, wenn du magst. Ich hab sowieso zu viel. Morgens, mittags und abends je ein Päckchen mit hundert Milliliter Wasser mischen und über eine Stunde langsam trinken – dann wirkt's am besten. Soll ich's dir aufschreiben?"

„Ist schon gut, Suzanna, wirklich."

„Ich glaube, die genaue Dosierung steht auf den Packungen, falls du's vergisst. Ich hab tausend Packungen auf Kredit gekauft und meine Punktzahl um zehn Punkte erhöht."

Jedes Mal, wenn Ava ihr begegnet, hat Suzanna irgendeinen Beauty-Tipp oder Lebenspunktzahl-Ratschlag – oder wie heute: beides. Ein Doppelschlag nutzlosen Blödsinns, zu dem Ava höflich nickt und lächelt. Sicher, ständig auf Kredit kaufen kann helfen, die Punktzahl zu heben – aber dass irgendwelche Pflanzenextrakte ihr Leben verbessern sollen, glaubt sie beim besten Willen nicht.

Zia ist zu Hause, wie immer. Ava nennt sie immer noch Zia, das italienische Wort für Tante, eines der wenigen Wörter, an die sie sich aus den Lektionen ihres Vaters erinnert. Zia humpelt durch das Wohnzimmer, der Fernseher läuft auf voller Lautstärke. Sie wischt Oberflächen ab, die nicht abgewischt werden müssen, richtet Kissen, die nicht gerichtet werden müssen, und begrüßt Ava, als sie hereinkommt.

„Das Abendessen ist im Ofen. Hattest du einen guten Tag?" Ihr englischer Wortschatz ist perfekt, aber ihr Akzent ist immer noch so stark wie damals, als Ava noch ein Kind war – jeder Laut einzeln betont, jedes R gerollt.

Ava zieht ihre Schuhe aus und dreht den Fernseher leiser. „Gut, danke." Sie gibt Zia einen Kuss auf die Wange. Ava umarmt sie nie – zu groß ist die Angst, ihre pergamentdünne Haut zu verletzen.

„Ich hab die Nachrichten über den Busunfall gesehen, mit einem 700er", ruft Zia, immer noch schreiend, ohne zu bemerken, dass der Fernseher inzwischen leiser ist. „Ist das Opfer zu dir gekommen?"

„Ja. Er hatte Pres-X bekommen. Er war gerade mit der Regression durch."

Die Kissen liegen jetzt anders herum. Zia betrachtet sie einen Moment, bevor sie sie wieder so hinlegt, wie sie waren.

„Die Kissen sind schon gut so, Zia. Wirklich."

„Wie geht's eigentlich diesem lieben Mädchen, Mandisa? Ich hab sie schon lange nicht mehr gesehen."

Ava knirscht mit den Zähnen. Sie sollte inzwischen daran gewöhnt sein, dass Zia Mandisa erwähnt. Doch die ständige Erinnerung macht es verdammt schwer, darüber hinwegzukommen. Von all den Dingen, an die sich Zia erinnert, warum ausgerechnet Mandisa? „Wir haben uns vor einem Jahr getrennt. Ich bin mir sicher, es geht ihr gut."

„Oh, das ist aber schade."

Ava wappnet sich für den nächsten Teil des Gesprächs. Sie weiß, dass er kommt. Es ist immer dasselbe. Zia schaut sie genauer an, setzt ihre Lesebrille auf und inspiziert Avas Gesicht, als wäre sie ein beschädigtes Kunstwerk. Nicht nur flüchtig – sondern gründlich, wie bei einem Teller mit Haarriss, den man flicken möchte. Ava hat sich nie darum gekümmert, ihr Alter zu zeigen oder älter auszusehen. Jede Linie ist ein Ehrenabzeichen, denkt sie. Die Große Unruhe vor einem Jahrzehnt überlebt zu haben, ist etwas, worauf man stolz sein kann, nichts, was man mit Selbsttäuschung und Chemikalien überdecken muss. Aber Zias regelmäßige Hinweise machen ihr unmissverständlich klar, dass sie nicht mehr als besonders begehrenswert gilt.

„Es wird zu spät sein, wenn du nicht bald jemanden kennenlernst. Deine Mutter ist auch schnell gealtert. Du bist wie sie, du kommst ganz nach ihr. Du wirst sehr bald Falten bekommen."

„Bekommen? Ha! Die hab ich doch schon längst. Und es ist mir egal. Ich kann sie nur sehen, wenn ich meine Lesebrille aufsetze und in den Spiegel schaue."

„Aber andere Leute können sie sehen."

„Na und?"

„Willst du für immer eine alte Jungfer bleiben?"

Ava wendet ihr Gesicht ab und starrt wieder auf den Fernseher. „Eigentlich ja", antwortet sie, zu leise, als dass ihre Tante es hören könnte. „Ich wäre sogar glücklich damit."

Zia geht zurück in die Küche und beginnt, das Geschirr umzuräumen. „Das Abendessen ist in einer Stunde fertig", ruft sie aus der Küche. Ava hört nur halb zu. Sie weiß schon, was Zia sagt. „Es ist ein Bohnengericht. Ich hab's in dieser Kochsendung gesehen. Du weißt schon, die Sendung, die dein Vater mag? Vielleicht möchte er auch was davon."

Ava bringt es nicht übers Herz, sie wieder einmal daran zu erinnern, dass Zias Bruder vor einem Jahrzehnt gestorben ist. Sie steht auf und geht zur Küchentür. „Ich weiß. Hör mal, Zia-"

Das ganze Geschirr steht jetzt auf der Anrichte, Zia schenkt Ava kaum Beachtung.

„Zia!"

„Ja, Liebes. Oh, ich mache dieses Bohnengericht zum Abendessen. Ich hab's in dieser Kochsendung gesehen. Du weißt schon, die, die dein Vater so gern schaut?"

„Toll, hör zu. Ich hab da was in Aussicht bei der Arbeit. Du musst nur weiter deine Medikamente nehmen. Und mach diese Gehirnübungen. Ich werde dir bald Pres-X besorgen, ganz bald. Ich weiß es."

„Das ist schön, Liebes." Zia lächelt Ava an – oder eher durch sie hindurch, als wäre Ava nur eine Rauchwolke. „Wie war's auf der Arbeit? Wie geht's Mandisa? Ich hab sie schon lange nicht mehr gesehen. Warum bekommt ihr zwei kein Baby? Das wäre doch schön."

Ava unterdrückt ein Seufzen, kehrt zum Sofa zurück und greift nach der Fernbedienung. „Es gibt keine Babys mehr, Zia. Seit fast zehn Jahren kaum noch welche. Die *Enough*-Bewegung hat gewonnen, erinnerst du dich?"

„Ach ja, natürlich. Ich hab mich schon gewundert, warum ich so lange kein Baby mehr gesehen habe. Das ist schade. Deine Eltern wollten doch immer Enkelkinder. Dein Zio und ich haben uns nie die Zeit genommen, ein Baby zu bekommen. Ich wünschte, wir hätten es getan. Du, ich hab im Fernsehen von einem Busunfall gehört. Ein 700 Plus. Ist das Opfer zu dir gekommen?"

Ava dreht den Fernseher wieder lauter. Die hohe Lautstärke sollte Zias Gehirn beschäftigen oder sie zumindest von Ava und ihrem Privatleben ablenken. Sonst könnte sich das Gespräch endlos wiederholen.

Eine XL Medico-Werbung dominiert den Bildschirm, ihre sanfte Klaviermelodie ist zu laut in den Lautsprechern, aber Ava dreht nicht leiser. Sie starrt ohne zu blinzeln und hört der übertrieben sanften Stimme des Sprechers zu. Über den Bildschirm flimmern jung aussehende Menschen – eindeutig Konservierte, wie ihre Kleidung sofort verrät – wie man es aus den üblichen

Pres-X-Werbungen kennt. Doch diese Werbung ist anders. Das Produkt ist ein neues.

Pres-X-2. Bald in der Gesellschaft erhältlich! Kein Grund mehr, sich durch das mittlere Alter zu quälen. Pres-X-2 kann ab 45 Jahren eingenommen werden – sobald es der Hormonspiegel bei Frauen erlaubt – und gibt Ihnen den Körper eines Zwanzigjährigen zurück.

Halten Sie das Altern auf, mit Pres-X-2.

(Sterilisation für alle Frauen verpflichtend. Ausschließlich für 700 Plus.)

Kapitel 3

14 Jahre vor der Großen Unruhe

Für die meisten Menschen ist es schwer, sich eine Zeit vor Pres-X vorzustellen. Eine Zeit, in der nicht jeder Bürger danach strebte, die magische Marke von 750 Punkten zu erreichen – die Punktzahl, die Pres-X überhaupt erst möglich macht. So wie sich frühere Generationen kein Leben ohne Autos oder Smartphones vorstellen konnten. Oder ohne Antibiotika, als selbst eine kleine Infektion tödlich enden konnte. Was heute als banaler Alltagskeim gilt, war einst der größte Killer der Welt. Heute aber, mit einer hohen Punktzahl, ist selbst die Zeit kein Todesurteil mehr.

Natürlich waren es anfangs mehr Skeptiker als Befürworter, die Pres-X für ein Wunder hielten. Und manche von ihnen haben nie wieder Vertrauen gefasst. Für einige war der Wunsch nach einem „natürlichen Leben" kein leeres Gerede. Sie hielten daran fest – bis zum Schluss. Sie betrachteten die Sterblichkeit wie früher manch einer den schlechten Handyempfang: als gegeben, und irgendwie besser als all die neuen Technologien mit ihren angeblichen Nebenwirkungen. Als sei guter Empfang Teufelswerk. Zwischen diesen zwei Gruppen von Technikfeinden liegt ein feiner Unterschied: Die Mobilfunk-Skeptiker wurden still, als niemand starb. Die Pres-X-Zweifler wurden wütender, als niemand starb.

Man kann buchstäblich nicht gegen Skeptiker gewinnen.

Das hatte Ken zu Lucia gesagt, sehr zu ihrem Missfallen. Für ihn waren ihre Bedenken bloß das Gerede einer Verrückten – als hätte Gott hier ein Wörtchen mitzureden, als wäre ihre Liebe zu ihrem Schöpfer so groß, dass sie es kaum erwarten konnte, ihm zu begegnen. Ken zog es vor, diese Begegnung aufzuschieben. Sündhaft, hatte Lucia gesagt. Nicht Gottes Plan.

Es gab keine Möglichkeit, ihn zu überzeugen. Lucia hätte es gerne eine Midlife-Crisis genannt, aber die lag längst hinter ihm. Sie hätte ihn auch noch ganz anders nennen können, aber wozu unhöflich sein? Er würde die Behandlung ohnehin nie bekommen, da war sie sich sicher. Ein Feigling, und nicht mal ein reicher. Wie damals, als er dachte, als DIY-Influencer reich zu werden. Oder als er glaubte, man würde ihm einen Preis verleihen, wenn er sich oft genug beim Rat beschwerte. Er sprach von Bekanntheit und davon, nicht einfach einer zu sein, dessen Name sich in Staub auflöst.

Staub löst sich nicht auf, hatte sie ihm gesagt. Er wird weggeputzt. Sie putzt ihn weg.

Darum geht es nicht, hatte er erwidert.

Nach vierzig gemeinsamen Jahren werden selbst Streitereien eintönig.

Er machte sich also auf, um dieses neue „Wundermittel" zu untersuchen, wie er es nannte – das, was alle Gebrechen heilen sollte. Lucia blieb zu Hause, las in ihrem Buch. Kurz bevor sie früh zu Bett gehen wollte, sah sie aus dem oberen Fenster und beobachtete ihren Mann auf dem Heimweg. Langsamer als früher, sein Hinken war schlimmer geworden. Nicht weniger attraktiv, dachte sie. Der Mond stand hell über dem Reihenhaus in der Lowfield Road. Silbrige Strahlen glänzten auf dem grauen Haarschopf.

Sie ging die Treppe hinunter, um ihn an der Tür zu begrüßen. Vorbei an den Fotos von ihren gemeinsamen Urlauben, die an den Wänden hingen – lachende Gesichter vor schneebedeckten Bergen und türkisfarbenen Seen, ein verbeulter alter Camper im Hintergrund, zerfallene romantische Burgen, Teller mit Essen, dessen Geschmack sie noch immer abrufen konnte, wenn sie nur die Augen schloss. Auch nach all den Jahren.

Sie hielt inne, um eines zu betrachten. Ihr strahlendes Lächeln, ein Glas Wein in der Hand.

Doch das war Jahre her. Die Dinge hatten sich geändert.

Lucia öffnete die Tür, um den Mann willkommen zu heißen, den sie einst kannte. Die Falten in seinem Gesicht hatten sich vertieft – nicht mehr vom Lachen, sondern von ständiger Gereiztheit. Er schob es meist auf seine Knie. Oder den Rücken. Oder den Lärm. Oder dessen Abwesenheit. Oder die Politik. Es gab viele Gründe.

„Das Abendessen steht auf der Anrichte. Du musst es nur aufwärmen. Willst du ein Glas Wein?"

„Nein. Dann muss ich die ganze Nacht pinkeln", sagte er, während er durch das Wohnzimmer ging – die Schuhe immer noch an – und Kieselsteine auf dem frisch gesaugten Teppich verteilte.

„Hattest du Spaß?", fragte Lucia und versuchte, nicht auf den Teppich zu schauen.

Er ließ sich in seinen Sessel fallen – den, in dem er jetzt immer saß, separat, so dass er nicht mehr ihre Hand halten konnte.

„Ja", sagte er, mit etwas mehr Leichtigkeit in der Stimme. „Weißt du, tatsächlich. Es stimmt, was ich gehört hab. Dieses Medikament. Es kann uns heilen.", „Wir sind nicht krank. Mein Blutdruck ist außergewöhnlich gut für mein Alter. Selbst deine Prostata ist normal."

Er verzog das Gesicht, als wären ihre Worte ein Gebrechen. „Ich meine, es heilt das Alter. Macht uns wieder jung. Man wird achtzig und dann – zack", er schnippte mit den Fingern, „kann man all die Jahre zurückdrehen."Sie hob das Kinn etwas und richtete die Schultern.„Aber ich bin erst sechzig. Du bist dreizehn Jahre älter."„Eben. Wenn ich achtzig bin, kann mich das Medikament wieder jung machen."

„Du hörst mir gar nicht zu. Ich will nicht mit irgendeinem Zwanzigjährigen verheiratet sein. Du willst dich über Nacht in einen Zwanzigjährigen verwandeln, während ich noch dreizehn Jahre vor mir habe."

„Es dauert bis zu zehn Jahre, um komplett zu regredieren."

Sein Berkshire-Akzent ließ das Wort „regredieren" klingen, als hätte er sich am Ellbogen gestoßen. Und dabei hatte er immer gesagt, ihr Akzent sei schwer zu verstehen.

„Also bist du in zehn Jahren nur fünfundzwanzig Jahre jünger als ich?" Sie sagte das mit Überzeugung, auch wenn sie sich bei der Rechnung nicht ganz sicher war. Sie sah, wie Ken das Gesicht verzog, um die Jahre zu zählen, gab ihm aber keine Zeit dafür. „Zwanzig Jahre unseres Lebens damit verbracht, uns zu

‚regredieren', wie du es nennst." Sie rollte das „r" absichtlich, als gäbe es mehrere davon – nur zur Betonung. „Und es schützt dich weder vor Krankheit noch vor Unfällen. Diese zwanzig Jahre könnten völlig umsonst sein."

Er winkte ab, schnaubte und runzelte die Stirn.

Er wedelte nur mit der Hand, schnaubte und verzog das Gesicht.

Sie setzte sich in ihren Sessel, der schon viel zu nachgiebig war von all den Stunden, die sie darin verbracht hatte. Zwei halbgelesene Romane steckten in der Seite. „Als wir geheiratet haben, hast du gesagt, du willst mit mir alt werden. Was hat sich geändert?"

„Arthritis."

Sie grinste. „Der Rest von dir wird langsamer, aber deine Zunge funktioniert noch bestens."

„Es wird wunderbar. Findest du nicht? Wir können alles noch mal erleben. Weißt du noch, wie wunderschön du vor vierzig Jahren warst?"

Sie hatte sich vor vierzig Jahren sicher mehr um ihr Aussehen gesorgt. Ob sie wirklich besser aussah, war nebensächlich. Und eigentlich fand sie, dass sie sich gut hielt. Die Gäste im Café sagten das jedenfalls oft. „Unsere Zeit ist doch vorbei, Ken. Warum kannst du nicht nach vorn schauen? Die Vergangenheit ist vorbei."

„Wir könnten ein Kind bekommen, wenn du willst. Das macht alles wieder jung – auch deine Organe."

„Ach, sei doch nicht albern." Sie prustete ein Lachen. „Ein Kind? Wir zwei? Jetzt? In dieser Welt? Jetzt wirst du wirklich verrückt. Frankenstein-Wissenschaft ist das. Geschmacklos."

Vielleicht hätte sie vor Jahren gern ein Kind gehabt, aber sie hatten immer andere Prioritäten. Die Zeit verging. Tante zu sein, das liebte sie. Ken hatte nicht mal beim Babysitten ihrer Nichte geholfen, so wenig mochte er ihre Familie.

Lucia stand auf, stellte sein Essen in die Mikrowelle – da er es offensichtlich nicht selbst tun würde – und goss sich ein kleines Glas Rotwein ein, nur noch ein Schluck war in der Flasche. Wenn er vom Wein pinkeln musste, war das sein Problem. Ihre Blase war bestens.„Ich werde es jedenfalls nehmen", sagte er.

„Wie denn bitte? Das ist doch nur für die Reichsten. Alles dreht sich nur noch um den Punktstand. Du wirst nie qualifiziert sein."

„Ich werde mir einen Job suchen."

Sie verschluckte sich fast an ihrem Wein. „Einen Job! Du hast die Tage bis zur Rente gezählt. Jetzt ist sie ein Jahr her. Was für einen Job soll ein alter, klappriger Bauarbeiter denn machen?"

„Ich werde für die Regierung arbeiten. Ich habe ein On-line-Formular ausgefüllt." Er sagte das in einem Ton, als sei das wirklich möglich – statt vollkommen lächerlich.

„Die Regierung?" Zumindest lag sie richtig mit ihrem Ein-druck, als er anfing, von diesem Verjüngungsmittel zu schwär-men.

Er war verrückt geworden.

„Ja, für die Regierung. Als PR-Manager für die Arbeiterklasse. Ich werde überprüfen, ob jeder seinen Beitrag für die Gesellschaft leistet."

Sie hatte darüber gelesen, was sie von den Leuten verlangten. Ihre eigenen Leute zu verraten. Jap. Er war definitiv durchgek-nallt. Das war die neue Midlife-Crisis. Oder eher eine Dreiviertel-Lebenskrise? End-of-Life-Krise? Die Presse würde sicher einen Namen dafür finden – das tat sie immer.

„Du willst ein Spion für die *Eyes Forward* werden? Du hast die doch immer gehasst."

„Ich habe sie gewählt. Sonst hat man doch nur noch die Wahl zwischen Bigotten und Faschisten."

Sie schnappte hörbar nach Luft, als hätte jemand ihr die Luft aus der Lunge geschlagen. „Du hast gesagt, die stehen gegen alles, woran du glaubst. Weißt du noch, wie sie an die Macht kamen und Leute verurteilen wollten, nur weil sie gereist sind? Du hast gesagt, die Idee von dezentralen Wirtschaften sei absurd, dass sie die Polizei nie hätten auflösen dürfen. Dein Bruder hat deshalb seinen Job verloren. Wo ist deine Loyalität, Ken?"

„Ich bin loyal zu meinen Knien. Und zu meiner Zukunft – unserer Zukunft."

„Du bist loyal zu deiner Alterskrise." Alterskrise – das war's. Das Wort würde sie sich merken. Vielleicht sollte sie es der Presse vorschlagen. „Akzeptier es einfach, Ken. Du bist kein junger Mann mehr. Du hast mehr Jahre hinter dir als vor dir. So ist das nun mal. Wir hatten ein gutes Leben, oder? Lass uns den Rest einfach genießen." Sie sah ihren Mann an. Er sah immer noch aus wie der Mann, den sie geheiratet hatte. Sie beide hatten sich verändert über die Jahre, aber sie waren noch sie selbst. War das nicht genug?

„Ich bin noch nicht fertig, Lucia. Ich habe der Gesellschaft noch viel zu bieten. Als junger Mann kann ich noch viel mehr bewirken."

Ein Piepen kam aus der Küche. „Dein Essen ist fertig, Schatz. Deckst du bitte den Tisch?"

Lucia stützte sich mit beiden Händen auf dem Sofa ab, um sich hochzudrücken, und ging in die Küche, in der Hoffnung, Ken würde den Tisch decken. Als er es nicht tat, machte sie sich selbst daran – sogar die Weingläser stellte sie hin – und öffnete eine neue Flasche, füllte ihr Glas bis zum Rand. So viel zur frühen Nachtruhe. Wenn er keinen Wein wollte, würde sie eben die ganze verdammte Flasche trinken. Mehr Wein hätte das Gespräch vielleicht etwas erträglicher gemacht.

Kapitel 4

10 Jahre nach den Großen Unruhen

Als die Nacht hereinbricht, macht sich Ava bereit zum Aufbruch. Ganz in Schwarz gekleidet, überprüft sie den Akkustand ihres Handys, lädt die App der Gesellschaftspolizei und macht sich startklar. Bevor sie geht, scrollt sie durch die sozialen Medien — jene, in die sie eigentlich nicht schauen sollte. Dark-Web-Foren, in denen Banden ihre Absichten in Codes und kryptischen Botschaften ankündigen. Meistens geht es um Lebensmittelläden. Die schicken kleinen Gemüseläden in der Gasse hinter der Hauptstraße, das Delikatessengeschäft „700 plus" neben dem Café „800 plus" in der Church Street. Sogar der Discounter in der Honey End Lane bleibt nicht immer vom Plündern verschont. Die Gangs mit einer niedrigen Punktzahl wissen: Die Sicherheitsleute zu bestechen ist billiger als ein Wocheneinkauf.

Mit ausgeschalteten Fahrradlichtern und geölten Ketten, damit nichts quietscht, macht sich Ava auf den Weg in die Nacht.

Für die Fahrt setzt sie ihre Kopfhörer auf. Im Radio läuft mehr Werbung als Musik, aber es hält sie wach. Für Konzerte und Moshpits ist sie längst zu alt, aber wenn der Bass einsetzt, kann sie abschalten und sich daran erinnern, wie es war, als ihre Knie noch locker und ihre Morgen noch ohne Kater waren. Ihr Fahrrad ist schwarz, aber die gold-pinken Buchstaben an der Seite stechen hervor. Wo früher *AVA.M* stand, steht jetzt nur noch *VAM*. Ihr Vater hat sie ihr als Kind aufgemalt, und obwohl sie damit in der Dunkelheit auffällt, hat sie es nie übers Herz gebracht, sie zu übermalen.

Sie zieht ihren Ärmel über ihre Hand, um das Leuchten ihres Implantats zu verbergen und ihre Position nicht zu verraten. Es ist illegal, es zu verstecken. Eigentlich sollte sie ihren Fruchtbarkeitsstatus offen zur Schau stellen – für die gesamte Gesellschaft sichtbar. Teil des Friedensabkommens nach den Großen Unruhen vor zehn Jahren. *Enough* hatte gefordert, dass Eizellen eingefroren und Mädchen in der Kindheit sterilisiert werden, bis die Bevölkerung schrumpft. Das Implantat und die Regeln drumherum waren der akzeptablere Kompromiss. Die orangene Farbe signalisiert potenziellen Angreifern, dass sie sich gerade in ihrer fruchtbarsten Zeit des Monats befindet. Das soll abschreckend wirken, so die Ideologie. Niemand will eine fruchtbare Frau. Niemand will noch einen zusätzlichen „Verbraucher" für die Ressourcen der Gesellschaft schaffen. Ein weniger persönliches Verbrechen wäre leichter zu entdecken. Verbrechen, die sie aus sicherer Entfernung beobachten und dokumentieren kann – statt unter einem keuchenden Pervertierten zu liegen.

Ein Leben voller Kampfsporttraining gibt ihr genug Sicherheit, um selbst die dunkelsten Straßen und Gassen zu patrouillieren. Versteckte Ecken mit guter Sicht auf die riskantesten Geschäfte. Irgendwo ist immer ein Verbrechen im Gange. Das Wort *Verbrechen* klingt dabei fast zu groß – denn meist handelt es sich um Menschen mit einer niedrigen Punktzahl, die nach mehr als dem bereitgestellten Pulvernahrung suchen. Die *Pro-Grow*-Proteste aus der Zeit der Großen Unruhen haben der Gesellschaft klar gemacht, dass jeder weniger konsumieren muss – auch wenn diese „Lektion" nur denen aufgebürdet wurde, die ohnehin keine Wahl haben.

Viele fragen sich, wie die Tochter eines eingewanderten Vaters einen Lebenspunktestand von ca. Fünfhundert haben kann. Zwanzig Jahre Nachtdienst bei der Gesellschaftspolizei ist die Antwort. Aber das erzählt sie niemandem. Verbrechen zu melden gehört zwar zu ihrer Aufgabe, aber niemand mag eine Petze. Kein Wunder, dass die Straßen so unsicher sind.

Sie gleitet den Hügel zur Church Street hinunter. Ein Einbruch in das Delikatessengeschäft steht kurz bevor – wenn man den Foren im Dark Web Glauben schenken kann. Sie sprechen in Rätseln und Symbolen, aber inzwischen versteht sie das meiste. Gefrorenes Fleisch, Nüsse, in edlem Essig eingelegtes Gemüse – darum geht es. Essen, das lange hält und gut schmeckt. Die Menschen mit niedrigem Punktestand lieben solche Orte. In einer Welt, in der immer weniger wächst, ist Essen teuer, und die meisten Läden bedienen nur noch die mit hohen Punkteständen, um überhaupt noch Gewinn zu machen – wenn auch wenig –, statt an die mit niedrigen Punkteständen zu verkaufen und

Verluste zu machen. Die Rationen sollen genügen, sagen die *Eyes Forward*. Aber seit wann ist *ausreichend* wirklich ausreichend?

Im Schatten versteckt nimmt sie ihre Kopfhörer ab und wartet. In einer Ecke des Schaufensters blinkt das Alarmsignal des Delis. Die Busse fahren seltener, jetzt wo der Trubel des Tages vorbei ist. Ihr Handy vibriert in der Tasche. Dan ist in der Kneipe. *Komm zu uns*, schreibt er. Sein Kalender ist offensichtlich nicht mit ihrem Implantat synchronisiert. Sie würde liebend gern etwas trinken, aber das ist während der orangenen Zeit verboten. Zu riskant, wenn Frauen ihre Hemmungen verlieren, durch Alkohol aufblühen, Dinge sagen, die sie sonst nicht sagen würden. Eine toxische Mischung für die Gesellschaft und ihre Fortpflanzungsgesetze. Diese Gesetze sind es, die die Großen Unruhen vor zehn Jahren gestoppt haben. *Enough* stellte ihre Forderungen, und das Erzeugen von Leben wurde strenger kontrolliert als Suzannas Kombucha-Detox-Routine. Frauen sollten dankbar sein, hieß es. So dürfen sie immerhin leben – anstatt von überbevölkerungspanischen Fleischköpfen halb totgeschlagen zu werden. So dürfen fruchtbare Frauen sich zumindest noch frei bewegen – *vor* der Ausgangssperre. Sie dürfen noch ein normales Leben führen.

Normales Leben. Das haben sie tatsächlich gesagt.

Das war vor einem Jahrzehnt. Ava denkt heute selten daran. Der Verlust ihrer Eltern bei den Unruhen ließ sie Frieden wünschen – koste es, was es wolle. So rechtfertigt sie ihre Handlungen für die Gesellschaftspolizei. Sie leistet ihren Beitrag. Sie hält die Straßen sicher. Es ist eine philanthropische Sache, sagt sie sich. Das Richtige für die meisten. Edel. Nützlich. Die Niedrigpunkter, die sie verpfeift, sollten es eigentlich besser wissen. Die zusätzlichen Punkte sind nur ein Bonus.

Ava kann sich manchmal selbst etwas vormachen.

Sie schaut auf die Uhr. Halb elf. Sie wartet.

Sie ist kurz davor aufzugeben und zum Lebensmittelgroßhändler weiterzuziehen, als sie einige Gestalten im Schatten herumschleichen sieht. Dünn natürlich, und klein, also wahrscheinlich jung. Das verkümmerte Wachstum durch Nahrungsmangel in den Teenagerjahren. Sie hat diese Bande schon einmal gesehen, erkennt das Hinken des einen und das Stottern des anderen. Ava hat in der Vergangenheit dazu beigetragen, einige Mitglieder vor Gericht zu bringen. Sie lernen nie dazu.

Ava hebt ihr Handy, um sie aufzunehmen, und zoomt heran. Ihr neuestes Modell erfasst ihre Gesichter selbst in der Dunkelheit. Traurige Gesichter, unterernährt. Sie bewegt sich ein wenig, um den Stich des Schuldgefühls zu verdrängen, den sie verspürt, weil sie die Ärmsten der Gesellschaft verrät, aber fasst sich wieder. Sie wartet auf das Klirren von Glas, aber diesmal sind sie clever. Ein Gerät wird auf das Alarmsystem gerichtet und schaltet es irgendwie aus. Eine Brechstange an der Tür. Sie fängt alles ein, filmt live und lädt in Echtzeit hoch. In ihrem geistigen Auge sieht sie, wie ihr Lebenspunktestand steigt. Das wird ihr mindestens zehn zusätzliche Punkte einbringen, vielleicht mehr. Sie hält den Atem an, während sie zusieht und filmt, wie die Gruppe mit Taschen voller Produkte davoneilt – genug Nahrung, um ihre Familien wochenlang zu ernähren. Aufwendig verpackte Delikatessen, duftende Marmeladen und würzige Chutneys. Sie leckt sich die Lippen. Selbst ihr Punktestand reicht nicht aus, um in einem solchen Laden einzukaufen. Aber eines Tages. Eines Tages wird sie es schaffen.

Sie hört Schritte hinter sich und dreht sich um, zu langsam. Er ist über ihr, bevor sie Zeit hat nachzudenken. Seine ganzen hundert Kilo drücken sich gegen sie. Seine Hände drücken ihre Handgelenke nieder.

„Halt still, dann ist es schnell vorbei." Speichel tropft auf sie, während er spricht.

Sie lässt sich schlaff hängen, lässt ihn denken, sie würde kooperieren, dass sie zu klein und schwach sei, um sich zu wehren. Sein Speichel rinnt ihr über die Wange, sie unterdrückt einen Würgereiz. Es ist schlimmer als der stechende, essigartige Körpergeruch seiner Achsel, die ihr ins Gesicht gedrückt wird. Er hält beide ihre Handgelenke mit einer Hand fest, während er mit der anderen versucht, sich zu öffnen – da nutzt sie ihre Chance. Sie beißt die Zähne zusammen, tritt mit den Beinen, windet sich, spuckt ihm in die Augen. Sie springt auf, schaut sich um – ihr Handy, mit dem Bildschirm nach unten, außer Reichweite. Es wird das hier nicht aufnehmen. Das ist auf jeden Fall ein Angriff der fünfzig-Punkte-Kategorie. Sie ruft seine Beschreibung:

„Kaukasischer Mann, hundert Kilo, Vollbart – runter von mir, du Schwein! Er trägt . . . er trägt . . ." Seine Hand legt sich um ihren Hals, als er sie gegen die Wand hinter ihr schleudert. Ein warmes Rinnsal Blut läuft ihren Nacken hinunter, das unebene Mauerwerk bohrt sich in ihren Rücken. Ihre Stimme ist auf ein Krächzen reduziert. „Ich bin in der Church Street . . ." Ihre Stimme wird fast unhörbar, als sich ihre Sicht verdunkelt. „. . . Ich bin orange."

Bei diesen Worten lässt er etwas nach. Seine Augen wandern zu ihrer Hand und er reißt ihren Ärmel hoch. „Scheiße. Du Miststück! Das hättest du sagen müssen. Du darfst das nicht verdecken."

„Graue Jacke. Schwarze Jeans. Schwarze Turnschuhe." Ihre Stimme kehrt zu heiserer Klarheit zurück und sie schleppt sich an der Wand entlang, weg von seinem Griff, dann schnappt sie sich ihr Handy, während ihr rechtes Bein ihm direkt in die Eier tritt. Er krümmt sich, während sie das Handy mit einer Hand hält und ihm mit der anderen die Faust auf die Nase schlägt. Jetzt nimmt sie auf, während er sich mühsam wieder aufrichtet. „Blutige Nase, Blutflecken auf der Jacke, riecht nach Alkohol."

„Du verdammtes Miststück! Du solltest diese Implantatsfarbe sichtbar tragen. Das ist eine Falle! In dunklen Ecken herumhängen – du bist nach der Ausgangssperre draußen! Das ist deine Schuld. Du bist es, die eine Last will, nicht ich!"

„Riss in der linken Hosentasche seiner Jeans, fehlender Eckzahn links, volles Haar, vielleicht Mitte dreißig, Tattoo am rechten Handgelenk . . ."

„Ich werde dich später finden, Schlampe. Ich werde dieses Scheißfahrrad wiedererkennen", ruft er über seine Schulter, während er jetzt wegrennt, aber sie filmt weiter, beschreibt weiter, bis er außer Sicht ist.

Als er weg ist, setzt sie sich, beruhigt ihren Atem, versucht, ihren rasenden Puls zu zähmen. Sie hält den Ärmel gegen die Wunde am Hinterkopf. Es ist nicht so schlimm. Sie hatte schon Schlimmeres. Sie wischt sich das Blut von den Knöcheln am Gehweg ab. Ihr Hals und Kopf pochen, sie hustet, um die brennende Kehle freizumachen, greift nach der Wasserflasche am

Fahrrad. Jeder Schluck brennt. Der Nachtwind kriecht durch die neuen Risse in ihrer Kleidung, doch trotzdem muss sie sich den Schweiß von der Stirn wischen.

Sie blickt wieder zum Feinkostladen. Die Gang ist weg. Die Tür ist geschlossen. Niemand wird etwas bemerken – nicht vor dem Morgen.

Sie sitzt noch einen Moment dort, um sich zu sammeln. Ihr Verstand schaltet wieder auf logisch. Sie überprüft sich auf weitere Verletzungen. Das war nachlässig. Sie hätte wachsam sein müssen. Das war knapp. Zu knapp. Sie sieht in der App nach – das Video wurde hochgeladen. Sie verfasst den Bericht: Zwei Vergehen, Kategorie fünf und Kategorie drei. Sie grinst, euphorisch. Solche Männer greifen Frauen sowieso an – dann lieber sie, denn sie kann sich wenigstens wehren. Und die zusätzlichen Punkte für ihren Lebenspunktestand zu sammeln, indem sie Beweise durch die Gesellschaftspolizei-App liefert, bedeutet, dass sie ihren Beitrag für die Gesellschaft geleistet hat. Ein Raubtier weniger. Eine andere Frau vielleicht gerettet. Und ein paar Lebenspunkte mehr für Ava.

Der Perversling hatte allerdings recht. Sie ist nach der Ausgangssperre unterwegs und das wird sie Punkte kosten. Wenn sie erwischt wird, ziehen sie ihr Punkte ab, aber da sie die Arbeit der Gesellschaftspolizei macht, werden sie wahrscheinlich nur ihre Belohnung senken. Ein paar Atemzüge später ist sie wieder auf ihrem Fahrrad, jetzt mit eingeschalteten Lichtern, das Implantat sichtbar. Ihre aufgeschürften Hüften knirschen bei jedem Pedaltritt. Ihr schmerzender Nacken zwingt sie zu einer aufrechteren Haltung, als es effizient wäre, doch ihre Gedanken bleiben nicht bei dem Perversen. Sie denkt nur an Zia. Fünfzig Punkte, vielleicht. Für fünfzig Punkte lohnt sich alles.

Kapitel 5

Avas neuer Job bei XL Medico beginnt am Samstag, laut der knappen E-Mail, die sie von deren Personalabteilung erhält. Die Forderung von *Eyes Forward* hat sie eher als Last denn als Gewinn dargestellt. Wenn eine E-Mail mit *wir bedauern, Ihnen mitteilen zu müssen* beginnt, wird kaum eine positive Nachricht folgen. Sie wird größtenteils allein arbeiten, wie *Eyes Forward* darauf bestanden hat. Ihr Implantat leuchtet immer noch orange und sie muss *aus der Gefahrenzone* bleiben, steht in der E-Mail. Sie schnaubt, als sie das liest, und stellt sich vor, was sie jedem antun würde, der es wagt, ihr zu nahe zu treten – sei es am Arbeitsplatz oder anderswo. Trotz ihrer Schmerzen und blauen Flecken von neulich funktionieren ihr rechter Haken und ihr Tritt immer noch einwandfrei.

Auf dem Weg hält sie beim *Café Beanies* an, um ihren üblichen Kaffee zu holen. Die Angestellten kennen ihre Bestellung, sobald sie ihr Gesicht sehen – mittlerer Cappuccino mit Schokolade. Wahrscheinlich eine gängige Bestellung, sagt sich Ava, wenn sie das Gefühl hat, zu sehr aufzufallen. Es ist nicht gut, in der

Gesellschaft aufzufallen, wenn *Alle Augen sind unsere Augen* an jeder Straßenecke prangt. Sie zieht die Schultern hoch, senkt das Kinn, wird zu einem Stein, einer Mauer. Tarnung ist Rüstung. Sie wettet, dass sie diesen Kaffee für jeden machen. Und dem Anschein nach ist es kaum geschäftig. Keine Schlange an einem Samstagmorgen und zu viele Angestellte, die Däumchen drehen. Anscheinend ist ihr Geschäft nicht das einzige, das allmählich verdorrt. Es ist ein 400-Plus-Café. Vielleicht werden sie anfangen, auch für die unter 400 zu sorgen. Sie windet sich bei dem Gedanken. Die Begegnung mit den Rowdys, die sie nachts verfolgt, reicht aus, um ihr den Kaffee zu verderben.

Das XL-Medico-Gebäude befindet sich zentral in Reading, seitdem das Unternehmen vor einigen Jahren aus London weggezogen ist. Günstigere Mieten und Abstand zu den heftigeren Unruhen – so lautete damals die Begründung. Die Große Unruhe vor einem Jahrzehnt hatte es, wie viele andere Unternehmen auch, verletzt und in ständige Alarmbereitschaft versetzt. Londons Vororte wurden dadurch plötzlich attraktiver.

Das Gebäude durchschneidet den Himmel wie eine Glasklinge – mehrere Stockwerke höher als alles andere in der Stadt, mit besserer Sicherheit als fast alles andere in der Gesellschaft. Sie parkt ihr Fahrrad davor und zeigt ihren Ausweis einem Wachmann an der Tür, dessen Gesichtsausdruck ihr das Gefühl gibt, als würde er nebenbei als Gesellschaftspolizist arbeiten und versuchen, sie für schuldig zu befinden. Ihr Ausweis wird kontrolliert und doppelt geprüft, bevor der Wachmann per Funk Bescheid gibt und sie durch die Drehkreuze lässt.

Da es Wochenende ist, erwartet Ava, ein verlassenes Gebäude vorzufinden, hallende Flure und ein leeres Labor, in dem sie arbeiten kann. Sie findet nichts davon vor und muss stattdessen ihre Stimme erheben, um am Empfangstresen über den lärmenden Trubel und die Aufregung gehört zu werden. Viel zu viel Aufruhr für einen Samstagmorgen in einem Labor. Nach Gesten und einer weiteren Runde von Ausweiskontrollen stellt die Empfangsdame ihr einen Mitarbeiterausweis aus und weist sie an, wo sie arbeiten wird.

„Es ist niemand aus dieser Abteilung da, der Ihnen alles zeigen könnte, aus offensichtlichen Gründen", ruft die Empfangsdame über den Lärm hinweg, ihre Augen huschen zu Avas Implantat. „Alle Führungskräfte sind Männer, und nun ja, Sie wissen schon. Bitte achten Sie darauf, Abstand zu anderen Mitarbeitern zu halten und mit niemandem zu sprechen – für den Fall, dass Ihre derzeitige Situation Anstoß erregt."

„Klar", sagt Ava zwischen zusammengebissenen Zähnen, während sie sich das Namensschild vorne ansteckt und den Flur entlanggeht.

Von wegen verlassen – die Gänge sind überfüllt. Reihenweise Menschen mit dem *Eyes Forward*-Logo auf der Kleidung drängen sich in beide Richtungen. Einen von ihnen erkennt sie aus dem Bestattungsunternehmen wieder – diese Narbe am Kinn ist unmöglich zu übersehen. Er nimmt sie überhaupt nicht zur Kenntnis und hält seine Augen buchstäblich nach vorne gerichtet. Einige andere bemerken sie und schnalzen mit der Zunge, schütteln den Kopf, machen einen großen Bogen um sie und rümpfen die Nase. Sie zupft an der Nagelhaut ihres Daumens, während sie ihre Bemerkungen hört. Der Spott scheint nie zu altern.

„Was macht die denn hier draußen? Hast du das Orange gesehen?"

„Sie lassen hier Frauen im unsicheren Alter arbeiten?"

„Gehen wir davon aus, dass es nur an den Wochenenden ist. Ziemlich fahrlässig für so ein großes Unternehmen."

Ava läuft weiter, den Kopf erhoben, mit der besten Pokerface-Miene, die sie hat, den Blick auf die Schilder über den Türen gerichtet. Ihre Haltung bleibt aufrecht – kein Einknicken vor den Kommentaren –, die Fäuste geballt, den Kiefer angespannt.

Als sie einen Raum mit dem Schild *Formaldehyd* an der Tür findet, geht sie hinein, schließt die Tür hinter sich und lehnt sich eine Weile dagegen, während sie ein paar tiefe, beruhigende Atemzüge nimmt.

„Schweine. Allesamt", sagt sie laut – ihre Wut bringt mehr Ruhe als jedes Atemtraining.

Das Labor ist kalt. Eisig sogar. *Gut*, denkt sie. Wenn sie etwas Arbeit erledigen will, wird es sowieso heiß werden. Sie wühlt im Labor herum, findet die Brenner, Kolben, Rohrreaktoren, alles, was sie braucht. Es ist sauber, makelloser als der Laborbereich, den sie im Bestattungsunternehmen unterhält. Jedes Regal ist akribisch beschriftet und ordentlich. Sie muss über die Organisation schmunzeln und ihre Anspannung verfliegt.

Auf dem Schreibtisch vorne liegt ein Ausdruck des Laborleiters. *30 Liter Formaldehyd-Rose. Hinterlassen Sie das Labor, wie Sie es vorgefunden haben.*

Sehr einladend, denkt sie. Darunter stehen die Details zur benötigten Konzentration von Formaldehyd-Rose als Zutat für Pres-X, aber in ihrem Kopf kommt sie nicht über das Volumen hinweg. *Dreißig Liter.* Etwa so viel haben sie aus ihrem Bestattungsunternehmen mitgenommen. Sie sagten, die Menge Formaldehyd-Rose für einen Körper reiche für mehrere tausend

Dosen Pres-X. Pres-X-2, nimmt sie an, ist das, wofür sie es wollen. Diese Einbalsamierungsflüssigkeit verleiht einem Leichnam einen gesunden Glanz. Ava kann sich nur vorstellen, was sie mit einer lebenden Person machen wird.

Sie rechnet grob im Kopf. Selbst wenn die Menge für einen einzelnen Erwachsenenkörper nur tausend Dosen ergäbe, würden die dreißig Liter, die sie bereits haben, Hunderttausende von Dosen Pres-X-2 ergeben, und sie wollen, dass sie drei Nächte pro Woche plus samstags arbeitet. Wenn man davon ausgeht, dass das Ziel dasselbe sein wird, sieht das nach einer Million Dosen pro Woche aus. Allein von diesem Labor produziert. Sie hält einen Moment inne, während sie die Ausrüstung aufbaut, um sich am Kopf zu kratzen und nachzudenken. Eine Million Dosen pro Woche. Ist dieses Volumen normal? Wie viele 700-Plusser, die sich für die Pres-X-2-Finanzierung qualifizieren, kann es geben?

Tief in ihrem Gedächtnis vergraben sind die neuesten Statistiken zur Demografie der Gesellschaft. Sie runzelt die Stirn, um sich zu erinnern. Ungefähr hundertzwanzig Millionen Menschen in der Gesellschaft – einige Millionen weniger als auf dem Höhepunkt (obwohl es laut vielen immer noch nicht niedrig genug ist). Sie ist sich sicher, dass hundertzwanzig Millionen die neueste Zahl ist, da sie die Nachrichten über die Bevölkerungsdemografie mit halbem Ohr mitgehört hat. Solche Statistiken gehen jedoch meist als Hintergrundgeräusch unter, während sie Zia in der Küche hilft und darauf achtet, dass diese nicht versehentlich die Wohnung in Brand setzt. Aber hundertzwanzig Millionen… diese Zahl hat sie definitiv schon einmal gehört.

Die Zahl, bei der sie sich sicher ist, lautet zehn Millionen: Zehn Millionen konservierte Menschen existieren bereits in der

Gesellschaft – sicherlich nicht weniger. Die Marke von zehn Millionen wurde in allen über 750 Einrichtungen in Berkshire gefeiert. Die „Ende-des-Todes-Partys", bei denen sich Konservierte als historische Figuren, verstorbene Prominente und Politiker verkleideten, sollten die eigene verlängerte Lebenserwartung feiern. Für die unter 750er waren diese Feste allerdings ein Ausdruck schlechten Geschmacks und allgemeiner Verhöhnung. Doch den Konservierten war das egal. Sie stolzierten herum wie Studenten oder Jugendliche, nicht wie die reichsten Bürger mit der meisten Lebenserfahrung.

Also, zehn Millionen sind bereits Konservierte. Sie speichert diese Zahl in ihrem Kopf. Und weitere hundertzehn Millionen Menschen leben in der Gesellschaft. Nur etwa zehn Prozent davon haben Lebenspunkte über 700. Das sind etwas mehr als zehn Millionen. Sie schmunzelt über ihre grobe Kopfrechnung. Es ergibt jedoch keinen Sinn... vielleicht ist ihre Rechnung falsch? Sie wird in nur zehn Wochen genug Formaldehyd-Rose für die gesamte berechtigte Gesellschaft herstellen.

Das Glasgeschirr ist komplett verbunden. Sie findet das Gas für die Brenner ganz hinten in einem Schrank, den sie eigentlich schon durchsucht hatte – ihr Gehirn war wohl nicht so effizient, abgelenkt durch ihre Mathematik. Sicherlich wollen sie das Zeug nicht exportieren? Sie schüttelt bei dem Gedanken den Kopf. Heutzutage exportiert doch niemand mehr. Zu viel Papierkram, zu viel Stress, zu hohes Risiko, andere Länder zu verärgern. *Formaldehyde-Rose* bleibt nur etwa achtzehn Monate, höchstens zwei Jahre, auf gleichbleibend gutem Niveau. Zweiundfünfzig Millionen Dosen pro Jahr – und wofür? Die Nachfrage muss deutlich unter diesem Produktionsniveau liegen.

Es sei denn...

Sie erstarrt, ihre Augen weiten sich bei dem Gedanken, der ihr gerade in den Kopf gekommen ist. Nein. Es ist so unwahrscheinlich, dass sie es nicht begreifen kann. Sie blinzelt die Idee weg. Der Unglaube zwingt etwas Vernunft in sie.

Aber vielleicht...

Vielleicht verwenden sie Formaldehyd-Rose für das originale Pres-X, und sie werden es bald für niedrigere Lebenspunkte freigeben, zumindest die Originalformel. Vielleicht ist die Produktion jetzt günstiger, sodass es sich auch die weniger Wohlhabenden leisten können. Vielleicht schon ab 600. Ava hält einen Moment inne, während sie nachdenkt: Vielleicht wird es über den Nationalen Gesundheitsdienst bereitgestellt. Das wäre ein enormer Gewinn für XL Medico. Sicher, es gäbe Empörung von den höchsten Punkteträgern, aber es wird weithin gemunkelt, dass XL Medico die *Eyes Forward* finanziert.

Während der Großen Unruhe versprach *Enough*, XL Medico aufzukaufen und die Versorgung mit Pres-X zu übernehmen. Die Übernahme wurde blockiert, aber nicht ohne eine gewisse Entschädigung für den Vorfall. Ausgangssperren für Frauen, Anzeige ihres Fruchtbarkeitsstatus – alles Teil des Deals zur Verhinderung von Schwangerschaften. *Eyes Forward* kam vielen Forderungen von *Enough* nach, um den Frieden zu wahren. *Enough* bestand größtenteils aus den Höchstpunktierten, den bereits *Konservierten* oder jenen, die es mit achtzig werden wollten. Es erscheint nicht völlig absurd, dass die Reichen in der Macht noch reicher werden wollen, indem sie ihr wertvollstes Produkt breiter verkaufen.

Vielleicht...

Ava schüttelt den Gedanken erneut ab. *Enough* wollte Babys verbieten und die Bevölkerung reduzieren. Mehr Menschen zu *konservieren* würde dem widersprechen. Aber trotzdem: eine Million Dosen pro Woche ist viel bei so begrenzter Nachfrage.

Sie zündet die Brenner an und durchsucht dann die Kühlschränke nach den letzten Zutaten, die sie braucht. Angetrieben von einer Hoffnung, einem unsinnigen Hauch von Möglichkeit, dass sie vielleicht, nur vielleicht, die Behandlung ihrer Tante früher finanzieren kann als gedacht. Falsche Hoffnung – sehr wahrscheinlich. Zia ist zweiundachtzig Jahre alt, und ihr Geist altert schneller als ihr Körper. Ihr Zeitfenster für eine erfolgreiche Behandlung schließt sich schnell. Ava kann irgendwann die 750 erreichen. Oder 700, wenn sie den XL-Medico-Mitarbeiterrabatt bekommt. Mit genug Einsätzen bei der Gesellschaftspolizei vielleicht in einem Jahr oder etwas mehr. Aber wenn Zias geistiger Verfall zu schnell voranschreitet, könnte ihr Zustand zu weit fortgeschritten sein, als dass Pres-X noch wirken könnte. Das ist Avas größte Angst: Dass sie es nicht rechtzeitig schafft.

Dass sie das letzte Familienmitglied verliert, das sie noch hat.

Aus dreißig Litern werden vierzig, bevor sie für den Tag Schluss macht. Das Labor hat den süßlich-chemischen Duft von Formaldehyd-Rose, der seinem Namen alle Ehre macht. Es ist die Art von Geruch, den sie sich später abschrubben muss. Sie räumt auf und hinterlässt das Labor so ordentlich, wie sie es vorgefunden hat, dann radelt sie nach Hause – immer noch getragen von einem Hoffnungsschimmer. Sie bemerkt weder die kalte Luft noch den drohenden Regen. Der dunkle Nachthimmel beruhigt ihren aufgeregten Geist nach dem grellen Licht im Labor. Nach nur wenigen Pedaltritten vibriert ihr Handy – eine erfolgreiche Identifikation eines der Bandenmitglieder, das das Feinkostgeschäft geplündert hatte. Sie hat fünf Punkte bekommen. Sie schnalzt mit der Zunge über die niedrige Zahl. Es ist weniger, da sie selbst gegen eine Vorschrift verstoßen hat. Eine Verordnung, kein richtiges Gesetz, sonst wären ihr Punkte abgezogen worden. Aber vielleicht, nur vielleicht, muss sie gar nicht 750 erreichen.

Zia schläft, als sie nach Hause kommt, zusammengerollt auf ihrem Bett, die Hausschuhe noch an, das Essen im Ofen verbrannt, der Feueralarm kurz davor loszugehen. Ava öffnet das Fenster, wedelt mit einem Geschirrtuch den Rauch hinaus, deckt Zia mit einer Decke zu und dreht den Fernseher leiser, der in ohrenbetäubender Lautstärke läuft.

Im Ofen rettet sie etwas Auflauf aus den verkohlten Stücken und ergänzt ihn mit etwas Brot und Käse. Beides ist etwas über dem Verfallsdatum; sie hatte in letzter Zeit keine Zeit zum Einkaufen. An den Essensresten und Krümeln auf dem Boden ist klar zu erkennen, dass Zia genug zu essen gefunden hat. Eine halb ausgetrunkene Tasse Tee steht auf dem Tisch in einer Pfütze, ein halb aufgegessener Keks schwimmt in der verschütteten Flüssigkeit.

Bevor sie aufräumt, zappt sie durch die Kanäle, hört sich die täglichen Bevölkerungsstatistiken an, die ihre Schätzungen bestätigen, aber noch nichts über eine erweiterte Pres-X-Freigabe. Avas Herz sinkt.

Egal. Zurück zu Plan A.

Zia erscheint in der Türöffnung, ihre Haare stehen auf einer Seite ab und fallen auf der anderen den Hals hinunter, die andere Hälfte des Kekses hat sich in den Spitzen verfangen.

„Morgen, Liebes. Soll ich uns Frühstück machen?"

„Es ist halb neun am Abend, Zia."

„Ach so, na gut. Dann mache ich uns einen Tee."

Ava reibt sich die Augen, räumt den Tisch ab und bringt dann die benutzte Teetasse in die Küche. Ihr Herz schmerzt, als sie beobachtet, wie ihre Tante nicht mehr weiß, wo die Teebeutel aufbewahrt werden, und dann frustriert wird, als sie im falschen Schrank nach Tassen sucht. Zum hundertsten Mal flüstert Ava ihr ein Versprechen zu: *Ich werde dir dieses Pres-X besorgen. Bald. Irgendwie.*

KAPITEL 6

„Lang nicht gesehen. Wo hast du dich versteckt?", fragt Dan, während er ein paar Drinks bestellt. Der Barkeeper, der sie bedient, ist einer, den Ava vom letzten Mal wiedererkennt, als sie in dieser Bar waren. Derselbe, den Dan damals im Blick hatte – und an der verlegenen Art, wie der Barkeeper Augenkontakt meidet und seine Wangen sich röten, weiß Ava, dass beim letzten Mal etwas zwischen ihnen vorgefallen ist. Damals, als Avas Implantat orange war und sie deshalb nicht mitkommen konnte.

Der Barkeeper gibt ein Zeichen, Avas Implantat zu überprüfen, und sie hebt die Hand, um das grüne Leuchten zu zeigen – der Beweis, dass sie mit Männern interagieren und so viel Alkohol trinken darf, wie sie verdammt noch mal will. „Die üblichen Einschränkungen haben mich ferngehalten", sagt sie zu Dan. „Ein alkoholfreies Getränk war nicht so verlockend."

„Immer noch grün leuchtend in deinem Alter?"

Es überrascht auch sie. Die Hormondetektoren und Temperaturmesser sollen eigentlich zuverlässig sein. Jeden Moment müsste sie als unfruchtbar genug gelten, um keine Auflagen mehr zu haben. Sie verdreht die Augen bei Dans Bemerkung. Ihr ältester Freund hat seit Jahren nichts Vernünftiges mehr gesagt. Genau deshalb mag sie ihn so sehr. „Glaub mir, ich bin bereit für das ‚sichere Alter'. Jeden Tag kann es soweit sein."

„Na ja, zumindest musst du dir bei der Arbeit keine Sorgen darum machen. Es ist ja nicht so, als ob die Leichen dich schwängern könnten."

Sie bezahlt mit ihrer Karte und der Barmann stutzt, als er sieht, dass sie nicht auf Kredit zahlt.

„Bist du dir sicher?", fragt er.

Ava nickt und hält ihre Karte ans Gerät.

„Jeder zahlt momentan mit Kredit. Kredit ausschöpfen, punkten, punkten, punkten. Alle wollen das neue Pres-X-2 in die Finger bekommen."

„Nicht alle", sagt Ava und nimmt ihr Getränk. Sie hat genug gesehen von Leuten, die alles verloren haben, wenn ihre Schulden aus dem Ruder liefen. Das erzählen die *Eyes Forward* einem nicht. Strebe nach Punkten – aber sie nehmen dir alles wieder weg. Und mit Avas familiärem Migrationshintergrund gibt es keinen großen Familiennamen, auf den sie sich verlassen könnte.

Sie setzen sich in eine Nische in der Ecke mit Blick auf die ganze Bar. Ein Platz, wo Ava sich im Schatten verkriechen kann und Dan Leute beobachten kann – allerdings mit dem Rücken zur Bar, offensichtlich um Blickkontakt mit dem Barkeeper zu vermeiden. Noch eine peinliche Ex-Eroberung, um die sie nun ihre Abende herum navigieren müssen. Ava schiebt ihr Glas über die klebrige Oberfläche und findet die am wenigsten schmutzige Stelle auf der Bank zum Sitzen.

„Also, ich war neulich im Supermarkt und rate mal, wen ich gesehen habe?", sagt Dan.

Ava verzieht das Gesicht und weiß sofort, wer gemeint ist. „Deinem Tonfall nach zu urteilen, kann es nur Mandisa gewesen sein."

„Genau. Ganz hochnäsig, die Nase in der Luft, als würde sie das Erreichen von 600 zur verdammten Königin machen und sie dafür angebetet werden sollte, dass sie in einem 400-plus-Supermarkt einkauft. Ich weiß nicht, was du je an ihr gefunden hast."

Ava weiß es. Auch wenn sie es sich aus dem Kopf schlagen will. Es war nicht nur Mandisas verführerisches Lächeln und ihre geschmeidigen Bewegungen. Jemand mit Mandisas Ehrgeiz ist in allem hervorragend. Ihre akademische Brillanz übertrug sich auf ihre Partnerschaft. Sie schenkte Zuneigung mit präziser Perfektion, umsorgte Ava pünktlich und effizient – und löste in ihr eine hilflose Gier nach Nähe aus. Selbst ihre Trennung war eine perfekt ausgeführte Routine: „Es liegt nicht an dir, es ist nur schlechtes Timing." Eine Überfliegerin in jeder Hinsicht. Ava formt lautlos ihren Namen mit den Lippen. *Mandisa.* Sie hat ihren Namen immer geliebt – ein Stöhnen der Lust gefolgt von einem sanften Zischen. Er hat etwas Sinnliches an sich.

Ava schüttelt den Kopf und reißt sich aus ihrer Tagträumerei. „Sie war mal nett."

„Du hast auch mal Farben getragen. Wie sich die Zeiten ändern." Er grinst und mustert ihr Outfit. Ihre üblichen weiten schwarzen Klamotten sind oft seine Inspiration zum Necken. Mit ihrer Kleiderwahl und ihrem schlaffen, dunklen Haarvorhang, der weniger Leben in sich hat als die Körper im Kühlraum, sieht sie aus, als wäre sie in Trauer, und Dan, in seinen maßgeschneiderten Jacken und gebügelten Hosen, sieht aus, als würde er das Bestattungsunternehmen leiten.

Warum muss sie immer an Mandisa erinnert werden? Sie hat sich vor fast einem Jahr von Ava getrennt, als ihr Lebenspunktestand stieg und bedeutete, dass sie an Orte gehen konnte, die Ava verschlossen blieben. Das und die Tatsache, dass Mandisa das sichere Alter erreichte, schufen eine Kluft, die Avas Zuneigung nicht überbrücken konnte. Die Freiheit, die mit Mandisas Punktestand und der Menopause einherging, bedeutete, dass sie – nach sieben gemeinsamen Jahren – von einer Zukunft träumte, in der ihr Punktestand durch die Decke geht, während Ava sich noch eine gemeinsame Zukunft ausmalte. Mandisa arbeitete nun in Firmen, die ihre Fruchtbarkeit nicht kritisierten, und bewegte sich in Kreisen, in denen sie nicht als Risiko galt. Davon träumt jede Frau. Aber die meisten haben keine andere Frau, die sie mit runterzieht. Ava ist noch zu arm. Und zu fruchtbar.

„Diese Blutergüsse", sagt Dan und bemerkt ihren lila Hals. „Ich nehme an, das kommt von einem weiteren Perversen."

„Nichts, womit ich nicht fertig werden konnte."

„Daran zweifle ich keine Sekunde. Aber du forderst das Schicksal heraus, wenn du dich so anziehst. Trag etwas Enganliegendes, das sagt der Ratgeber. Figurbetonte Kleidung ist schwerer auszuziehen." Er hebt den Saum ihres Pullovers an und hält ihn weg, um zu zeigen, wie ein ganzer anderer Mensch hineinpassen könnte. „Außerdem wissen sie, dass du jung bist."

„Ich bin neunundvierzig. Kein Küken mehr."

„Du weißt, was ich meine. Kleide dich wie eine Konservierte. Tiefer Ausschnitt und kurze Röcke. Dann wird dich niemand anfassen. Du siehst pleite aus. Sie wissen, dass sie damit durchkommen."

Ava antwortet nicht und entscheidet sich stattdessen, an ihrem Getränk zu nippen. Es ist nicht so, dass sie denkt, Dan hätte Unrecht, denn das hat er wirklich nicht. Aber sie will sich nicht wie ein poliertes Schmuckstück im Regal fühlen. Sie weiß, dass sie der Welt mehr zu bieten hat als ihre bescheidenen Titten und Hüften. Und sie will nicht für eine Konservierte gehalten werden. Ein Blick auf ihre hängende Kieferlinie würde das sowieso klären.

Die Bar ist ruhig – Sonntagabend ist eben nicht gerade Stoßzeit. Es ist die einzige nicht segregierte Bar in diesem Stadtteil, und jedes Mal, wenn Ava herkommt, fühlt es sich an wie ein kleiner Luxus, dass sie nicht ihren Ausweis vorzeigen muss. Prämenopausale und postmenopausale Frauen können sich hier ohne Probleme mischen – solange die prämenopausale Frau natürlich nicht gerade in ihrer *orangenen Zeit* ist. Wenn Ava auf der Suche nach einer neuen Frau wäre, könnte sie hier problemlos eine finden – egal, an welchem Ende der biologischen Zeitachse sie steht. Aber das will Ava nicht. So sehr es auch wehgetan hat, als Mandisa mit ihr Schluss machte, sie verstand es. Sie will nicht ständig von Frauen umgeben sein, die jünger sind als sie, während es ihr so vorkommt, als würde ihr *sicheres Alter* ewig auf sich warten lassen. Natürlich muss sie beim Eintritt trotzdem ihren Punktstand vorzeigen. Das versteht sich von selbst. Es ist eine Bar ab 400, was etwas Diversität mit sich bringt, ohne dabei die niedrig bewerteten Menschen reinzulassen, die die Straßen nach Ärger oder Essen durchstreifen. Sie wird hier ihre Gesellschaftspolizei-App wahrscheinlich nicht verwenden müssen.

Wenn man die Gäste betrachtet, sind einige eindeutig Konservierte. Keiner mit einem vollständig rosa Gesicht. Sie neigen dazu, in den ersten zehn Jahren nach der Behandlung nicht zu sozialisieren, bis ihre Regression abgeschlossen ist und der rosa Schimmer ihrer Haut verschwindet. Allerdings kann ein geschärftes Auge bei denjenigen, die sich früher hinausgewagt haben, noch einige Flecken erkennen. Ava erinnert sich, als Pres-X herauskam und die rosa Haut erklärt wurde. Sie fand es faszinierend, dass unabhängig von der ursprünglichen Hautfarbe alle, die Pres-X nahmen, knallrosa wurden. Und anstatt mit rassischer Anonymität zu sozialisieren, versteckten sie sich alle. Einige behaupteten, ihre Identität sei ihnen genommen worden, andere waren ehrlicher und sagten, sie sähen lächerlich aus und freuten sich auf ihren ersten Ausgang, wenn sie vollständig zurückentwickelt wären. Verständlich, wirklich. Sie würde es hassen, so sehr aufzufallen. Und zehn Jahre als Einsiedlerkrebs zu leben, scheint ein kleiner Preis dafür zu sein, wieder jung zu sein. Sie schaut jetzt Dan an und versucht sich vorzustellen, wie seine reichhaltige erdige Haut knallrosa wird. Er würde sich sicher einschließen. Er würde nie passende Kleidung finden.

Es ist nahezu unmöglich, einen Konservierten nur anhand seines Gesichts zu erkennen. Die Kleidung kann ein Hinweis sein – muss aber nicht. Die Eigenheiten sind jedoch der einfachste Hinweis, und Ava und Dan haben Spaß daran, zu raten, wer einer ist und wer nicht. Die Konservierten sehen jung aus, haben aber in solchen Orten immer eine Aura der Unsicherheit. Für die meisten ist es ein paar Jahrzehnte her, dass sie sich zuletzt in Bars rumgetrieben haben. Sie bestellen Getränke, die heute kaum noch jemand trinkt – Lagerbier, Wodka, Roséweine und seltsame Liköre. Jetzt, mit frischem Gesicht und in ihrer besten äußerlichen Form, schleichen sie entweder schüchtern durch den Raum oder stolpern herum wie rollige Hunde. Stolz auf ihre eigene Schönheit und überzeugt davon, dass alle anderen sie ebenfalls bewundern. Polyamorie unter den Konservierten ist Gerüchten zufolge üblich – die zusätzlichen Lebensjahre weckten die Lust zu experimentieren.

„Ich kann vögeln, wen ich will", flüsterte ein Neunzigjähriger eines Abends in Avas Ohr.

Sie korrigierte ihn. „Nein. Du kannst nur jene vögeln, die dich vögeln wollen."

Das Konzept des Konsens klingt für jemanden mit einer solchen Lebenspunktzahl, der bei jedem Schluck sein Spiegelbild im Bierglas überprüft, absurd. Avas Konter resultierte in einem Arschkneifen, was dazu führte, dass ihr linker Fuß fest in seinem Schritt landete. Sie meldete ihn über die Gesellschaftspolizei-App und ihr wurde gesagt, sie hätte ihn in eine Falle gelockt, und da sie in einer nicht-segregierten Bar war, sollte sie solche Aufmerksamkeit erwarten. Die App schickte ihr die automatische Antwort mit der Überschrift *Frauen erziehen für die Verbesserung der Gesellschaft* und enthielt „hilfreiche Tipps", wie etwa enganliegende Kleidung zu tragen, die schwerer auszuziehen sei, und nicht zu viel zu lächeln. Ava hätte ihr Handy am liebsten aus dem Fenster geworfen.

„Der." Dan zeigt auf einen Mann, der ein zu kleines weißes T-Shirt trägt und ein Glas mit etwas leuchtend Orangem umklammert. „Er ist definitiv ein Konservierter. Und schüchtern. Perfekt."

„Was für ein Fang." Sie lacht. „Gold-digging ist nicht mehr das, was es mal war, weißt du. Die Reichen kommen jetzt mit einer lebenslangen Verpflichtung. Nicht nur ein paar Jahre Hintern abwischen und Sabber aufwischen. Du wirst nicht so bald die Familienjuwelen erben."

„Das Warten auf das Erbe könnte es wegen der gesteigerten Libido wert sein", sagt er und zieht die Augenbrauen hoch.

„Nun, das ist so ziemlich alles, was du mit jemandem gemeinsam haben wirst, der fünfzig Jahre älter ist als du."

„Du bist heute besonders grummelig. Vielleicht bist du wirklich fast im sicheren Alter."

Sie boxt ihm spielerisch gegen den Arm. Nicht zu fest – er könnte sonst brechen.

„Jedenfalls", sagt er und tut, als hätte sie ihm den Knochen zertrümmert, „wenn ich sie gut genug vögel, schenken sie mir vielleicht ein paar Punkte."

„Niemand schenkt ernsthaft Punkte."

„Doch, kommt vor. Und ich will das *Pres-X-2*. Mein Teint ist zwar nicht halb so schlimm wie deiner, aber zwanzig Jahre jünger sein wär schon fein."

„Naja, du warst ja auch Jungfrau bis 25. Die Jahre musst du aufholen."

Dan greift sich theatralisch ans Herz. Er liebt Drama.

„Übrigens", sagt er, als sie sich wieder beruhigt hat, „du scheinst gar nicht so besonders auf deine Punktzahl aus zu sein."

Sie erzählt ihm nicht von ihrer Arbeit für die Gesellschaftspolizei. Sie erzählt es nie jemandem, obwohl sie nicht sicher ist, wie Dan reagieren würde. Verständnisvoll? Vielleicht. Sie beschimpfen? Höchstwahrscheinlich. Die gute Arbeit, die sie ihrer Meinung lach definitiv leistet, macht sie immer noch zu einer Petze. „Ich habe dir schon gesagt, dass ich letzte Woche eine Kreditkarte ausgereizt habe."

„Ooh! Nicht gleich so viel!"

Ava lacht und schaut sich in der Bar um. Der schüchterne konservierte Typ scheint langsam aufzutauen und redet mit einer Frau an der Theke. In einer anderen Ecke sitzt eine Gruppe von Vierzigjährigen – offensichtlich mit dem gleichen Ziel wie Dan. Der Wettbewerb, einen Konservierten mit einer hohen Punktzahl zu angeln, scheint heftig zu sein. Ava muss zweimal hinsehen, als sie Mrs. Constance allein in der Ecke entdeckt. Ihr Haar, ein Wasserfall aus karamellfarbenen Locken, halb hochgesteckt, der Rest glänzend über die bloßen Schultern fallend. Drei Tage Witwe – und sie sieht so aus. Rotgeweinte Augen, verloren wirkend. Sie nippt an ihrem Getränk, als koste sie jeden Tropfen aus – oder versuche vielleicht, sich an den Geschmack zu gewöhnen. Ihr zitterndes Unterlippenbeben verrät Ava, dass sie wohl Tränen hinunterschluckt.

„Gute Wahl", sagt Dan, ihrem Blick folgend. „Auch konserviert. Und schüchtern."

„Ich schau sie nicht an, weil ich sie aufreißen will. Sie ist Klientin. Nicht schüchtern – traurig."

„Arbeit und Vergnügen vermischen? Los, trau dich. Es gibt genug reiche Konservierte, die mit jüngerem Fleisch experimentieren wollen. Ich werde mir eine suchen." Er kippt den Rest seines Getränks hinunter und steht auf.

„Viel Spaß. Ich geh mal zu ihr rüber und seh nach, wie es ihr geht."

„Nimm einen meiner Anmachsprüche! Die Alten stehen drauf."

Ava lacht und winkt ihn weg, dann macht sie sich auf den Weg zu Mrs. Constance. Im Vorbeigehen sieht sie sich flüchtig im Fenster – und bereut es sofort. Sie betrachtet sich nie lange, nur in schnellen Momenten, um sich über den Stand ihrer Ästhetik zu vergewissern. Jetzt muss sie sich zwingen, nicht länger hinzusehen – wie bei einem Autounfall, bei dem man nicht wegschauen kann. Neben Mrs. Constances Eleganz fühlt sie sich noch schäbiger als sonst – selbst wenn sie neben Dan sitzt.

Mrs. Constance blickt auf, als Ava sich nähert, und lächelt erkenntlich. Ava setzt sich neben sie.

„Mrs. Constance. Ich wollte nur mal sehen, wie es Ihnen geht?"

„Sie sind ein liebes Mädchen. So gut, wie man erwarten kann. Danke der Nachfrage. Ich komme am Montag vorbei, um alles für Ted zu regeln. Vielleicht besuche ich ihn auch."

„Ich bereite den Besuchsraum für Sie vor."

Mrs. Constances zarter Blumenduft ist einladend dezent. Wahrscheinlich als subtile Verführung der Sinne gedacht, doch Ava zuckt und zappelt, versucht, ihre Nase unauffällig abzuwenden. Neben Mrs. Constances Eleganz könnte sie ebenso gut mit Schlamm bedeckt sein. Nicht, dass es sie kümmert, erinnert sie sich. Sie hat keine Zeit, sich Mühe zu geben. Und keinen Grund dazu.

„Ich sehe, Sie sind immer noch nicht sicher", sagt Mrs. Constance, als Ava ihr Getränk hebt und ihr Handgelenk entblößt.

„Sie jetzt auch nicht mehr."

Mrs. Constances Implantat leuchtet grün wie Avas. Die eine Schattenseite von Pres-X, sagt die Presse. Die Jugend der Frauen kommt mit Fruchtbarkeit.

„Ich hatte vergessen, wie langweilig diese Seite des Frauseins ist", sagt Mrs. Constance und verzieht das Gesicht, während sie etwas von ihrem Getränk hinunterschluckt. „Als ich früher im sicheren Alter war, gab es so etwas wie ein 'sicheres Alter' nicht. Wir mussten uns nicht so zur Schau stellen wie jetzt. Ich überlege, mich sterilisieren zu lassen. Scheint vernünftig. Schließlich müssen alle neuen Pres-X-2-Nehmer sterilisiert werden. Ich schätze, für Sie macht es jetzt nicht mehr viel Sinn. Sie sehen aus, als wären Sie fast sicher."

Ava zuckt bei den Worten zusammen. Sie beginnt zu bereuen, dass sie nach Mrs. Constance gesehen hat. Das ist das zweite Mal an diesem Abend, dass sie an ihre verwitterte Haut und ihre grauen Haare erinnert wird. Sie überlegt, darauf zu antworten, indem sie ihr sagt, dass sie lesbisch ist und warum zum Teufel sie sich solchem Mist anpassen sollte, denkt aber besser darüber nach und legt stattdessen dankbar ihre Hand auf ihre Brust.

„Wissen Sie", fährt Mrs. Constance fort, „ich dachte, ich käme hierher und würde alte Freunde treffen. Dachte, es könnten Leute da sein, die ich von früher kenne. Wir haben uns in den letzten zehn Jahren, während wir uns verjüngten, nicht wirklich mit jemandem getroffen. Wir freuten uns darauf, wieder ein soziales Leben als junge Menschen zu haben. Aber jetzt fühle ich mich einfach fehl am Platz. Ich habe so viel Energie, aber ich möchte mich einfach verstecken."

„Jungsein geht mit Unsicherheit einher, soweit ich mich erinnere."

„Wissen Sie, Sie haben recht. Ich erinnere mich, dass ich stundenlang damit verbracht habe, mir Sorgen darüber zu machen, wie ich aussehe, ob mich jemand mögen würde oder was die Leute von mir denken. Es kommt alles wieder zurück. All diese Unsicherheiten."

„Ich bin sicher, es braucht nur eine Weile, um sich anzupassen."

Eine Gruppe junger Frauen betritt die Bar. Offensichtlich jung, nicht nur konserviert jung. Sie wirken entspannt und sind bescheiden gekleidet. Ava hatte die Wahrheit in ihren Worten nicht bedacht, als sie sie aussprach. Mitfühlender Unsinn rollt leicht von ihrer Zunge. Diese Seite des Smalltalks gehört zu ihrem Job. Aber als sie beobachtet, wie sie ihre Kinne heben, Selbstvertrauen vortäuschen, während ihre Augen vor Unsicherheiten verschleiern, fühlt sie sich weiser als die Neunzigjährige neben ihr.

„Sehen Sie den Mann dort, in dieser schrecklichen Jacke", sagt Mrs. Constance und nickt in Richtung eines Konservierten, der so wenig schüchtern ist, dass Dan Reißaus nehmen würde. „Ich glaube, das ist mein Nachbar. Ich habe ihn nicht gesehen, seit er Pres-X genommen hat. Er hat immer damit geprahlt, was für ein gutaussehender Mann er in seiner Jugend war. Es scheint, er hat die Wahrheit gesagt. Schrecklicher Mann allerdings. Er hat früher mit dem Postboten, dem Milchmann, dem Gärtner, seinem Dienstmädchen, einfach mit jedem geflirtet. Berüchtigt. Er wird ein Albtraum als Konservierter sein, der seinen Samen herumwirft, als wäre es eine Delikatesse." Sie rümpft die Nase und hebt ihr Getränk. „Schrecklicher Mann."

Ava lacht und beobachtet, wie er darauf wartet, dass die jungen Frauen ein wenig näher kommen. „Klingt ganz danach."

Sie sitzen einen Moment schweigend da und beobachten, wie sich die Szene vor ihnen entfaltet. Der alte Konservierte mustert die Frauen mit übertriebener Kopfbewegung und spitzt die Lippen. Die jungen Frauen drehen ihm den Rücken zu und gehen dann weg, während er ihnen wie ein treuer Welpe hinterherläuft. Er sollte es bei Leuten versuchen, die nach Pres-X-2 suchen, denkt Ava. Aber seine Arroganz kennt offenbar keine Strategie.

Mrs. Constance wendet sich Ava zu und rückt ein wenig näher. „Was schlagen Sie vor, Liebes? Um einer konservierten Frau zu helfen, sich wieder einzufügen?"

Ava denkt einen Moment nach. Stellt sich vor, wie sich ihre Tante wohl zurechtfinden würde, welchen Rat sie ihr geben könnte. Die Welt hat sich weitergedreht, während Zia meist drinnen geblieben ist. Ava fragt sich, ob sie sich überhaupt noch in der Stadt auskennen würde. Alles, woran Ava dachte, war, Zia am Leben zu erhalten. Kindheitserinnerungen kommen hoch – Urlaube, gemeinsames Kochen, das Tratschen über Nachbarn. Ihre Bindung war immer stark, stärker als die zu ihren Eltern. Doch wie Zia mit dem Wandel zurechtkommen würde, darüber hatte Ava nie nachgedacht. Ihre Angst, Zia zu verlieren, hatte alles andere verdrängt.

„Ich denke, Sie sollten einfach wieder rausgehen", sagt Ava. „Treffen Sie Menschen, gewinnen Sie an Selbstvertrauen. Versuchen Sie, sich daran zu erinnern, wie Sie früher waren."

„Wissen Sie, ich glaube, das ist ein toller Ratschlag."

KAPITEL 7

13 Jahre vor der Großen Unruhe

Kens Faszination für Pres-X ließ nicht nach, wie Lucia gehofft hatte. Diese schien hartnäckiger zu sein als seine anderen Phasen und es gab Zeiten, in denen Lucia dachte, er würde es wirklich durchziehen. Als er sich beim Umstellen des Sofas den Rücken verrenkte, als er seine Lesebrille nicht finden konnte, als er den Fernseher lauter stellen musste.

„Wenn ich nur wieder jung wäre", sagte er dann und fluchte, wobei er all diese Unannehmlichkeiten viel schlimmer darstellte, als sie tatsächlich waren.

Lucia ignorierte seine Tiraden, holte das Ibuprofen und einen Snack, damit er sie nicht auf nüchternen Magen nahm, lieh ihm ihre Lesebrille und reichte ihm die Fernbedienung. Sie lächelte mit zusammengepressten Lippen, während sie dies tat, und dachte daran, wie trivial diese Dinge zu beheben waren. Gleichzeitig erinnerte sie sich daran, dass er dreizehn Jahre älter war; er musste zwangsläufig mehr leiden. Sie rechtfertigte sein Gemurre und Gestöhne, bis sie das Gefühl hatte, dass es sie selbst um zehn Jahre altern ließ. Dann, eines Tages, als sie sein Gejammer bis obenhin satt hatte, tat sie etwas, was sie selten tat.

Sie wurde wütend.

„Um Gottes willen, Ken." Es tat ihr nicht einmal leid, den Namen des Herrn zu missbrauchen, so groß war ihre Wut. „Wann hörst du endlich auf, über alles zu jammern?"

„Du verstehst das nicht, Lu."

„Doch, das tue ich verdammt nochmal. Ich habe mit meinem Bruder über diesen ganzen Mist gesprochen-"

„Dein Bruder ist ein Arschloch."

„Ken! Wie kannst du so etwas sagen? Du hast ihn seit Jahren nicht mehr gesehen. Ihn oder seine Familie."

„Na ja, ich verstehe kein verdammtes Wort von dem, was er sagt. Sein Akzent ist schlimmer als deiner."

Lucia hielt sich die Hände an die Wangen und trat einen Schritt zurück. Ein Hauch von Ärger von ihr und er reagierte so!

„Siehst du, das ist das Problem. Die Leute sind gegen Pres-X, weil es schon so viele Menschen gibt. Aber wenn es nicht so viele verdammte Ausländer gäbe-"

„Wage es ja nicht, noch ein Wort zu sagen! Wie kannst du es wagen, mich so zu bezeichnen. Fünfzig Jahre habe ich in diesem Land gelebt und gearbeitet. Fünfzig Jahre!"

„Naja...", sagte er, während er sich von ihr wegdrehte. „Du bist die Ausnahme. Niemand reist mehr. Die Gesellschaft hat dem einen Riegel vorgeschoben. Dezentralisierte Wirtschaft, das war ein Meisterstück."

„Du hast die dezentralisierte Wirtschaft gehasst!"

„Ich habe mehr darüber nachgedacht und eigentlich war es brillant. Warum Geld woanders ausgeben? Also erklär mir, warum wir all die Ausländer behalten müssen. Das geht über meinen Verstand hinaus. Man hätte sie nach Hause schicken sollen, als alle aufhörten zu reisen. Alle würden es mögen, bei ihren Familien zu sein. Ich denke nur an sie, Lu."

Sie verzog das Gesicht bei diesen Worten. Er hatte nicht weiter darüber nachgedacht, er hatte mehr darüber von diesen *Eye Forward*-Gehirnwäschern erfahren. Vierzig Jahre zusammen bedeuteten, dass sie definitiv wusste, wann ihr Mann log. Er war sicherlich nicht der Typ, dem das Familienleben anderer Leute am Herzen lag.

Er wandte sich ihr wieder zu. Seine Augen sahen unter den buschigen Augenbrauen traurig aus. „Komm mit mir, Lu."

„Ich will das verdammte Medikament nicht."

„Nein, nicht das. Noch nicht jedenfalls. Komm mit mir zu einem Treffen. Hör dir an, was sie sagen. Es wird dir die Augen öffnen, das sage ich dir."

„Du willst, dass sie mein Gehirn waschen, so wie sie deins gewaschen haben?"

„Bitte, Lu. Tu es einfach – für mich."

Sie konnte diesen flehenden Augen nie widerstehen. Deshalb hatte sie den alten Knacker geheiratet.

„Gut", sagte sie mit verschränkten Armen und abgewandtem Kopf. Wenn sie schon hingehen musste, würde sie es genauso zur Qual machen, wie er es tat, wenn er den Fernseher lauter stellen musste.

***

Das Treffen fand am nächsten Tag in der örtlichen Kneipe statt. In der Kneipe, in die Ken sie noch nie mitgenommen hatte. Es sei eher ein Ort für Männer, hatte er immer gesagt und darauf bestanden, dass er die Kneipe gegenüber lieber mochte. Doch als er eintrat und sowohl das Barpersonal als auch die Gäste kannte, war schnell klar, dass er hier schon seit einiger Zeit verkehrte. Und weit davon entfernt, nur von Männern besucht zu sein, war es ein gemischtes Publikum – allerdings ein Etablissement mit höherem Punktstand-Niveau als sie es gewohnt waren. Das war wohl der wahre Grund, warum Ken nie wollte, dass Lucia dort hinging. Er wollte nicht die hohen Getränkepreise des Etablissements für sie bezahlen.

Der Geizkragen!

Vertreter von Eyes Forward mischten sich unter die Menge, leicht zu erkennen an ihren makellosen Anzügen und dem Regierungslogo auf der Brust. Sie begrüßten Ken mit Händeschütteln und Vertrautheit.

„Wegen deiner Bewerbung bei *Eyes Forward*, Ken", sagte einer von ihnen.

„Ja?" Kens Augen waren groß und erwartungsvoll.

„Du bist dabei."

Lucia war sich sicher, dass nur sein kaputter Rücken Ken davon abhielt, in diesem Moment einen Luftsprung zu machen.

„Meine Herren, ihr werdet das nicht bereuen. Ich bin ein Mann des Volkes. Ich werde eure Stimme hier unter den Massen sein."

„Großartig, Ken. Das ist genau das, was wir wollen." Seiner Stimme fehlte die Begeisterung, die Ken ausstrahlte.

Ken nahm dann Lucias Hand und drückte sie, wie er es seit Jahren nicht mehr getan hatte. Er beugte sich sogar vor und küsste ihre Wange. Lucia zuckte zusammen – die Berührung war ihr so fremd, dass sie im ersten Moment dachte, eine Fliege sei auf ihr gelandet.

„Das wird Großes für uns bedeuten, Lu", flüsterte er ihr ins Ohr. „Jetzt bekomme ich die Behandlung ganz bestimmt."

Sie wandte den Kopf ab, wollte keine Zuneigung für etwas so Schreckliches. Diese Phase wird vorübergehen, redete sie sich ein. Dieses Medikament wird niemals zugelassen. Gott würde so etwas nie zulassen.

Am einen Ende der Kneipe gab es eine niedrige Bühne, die normalerweise für Karaoke-Abende herhielt. An diesem Abend jedoch leuchtete ein Projektorbildschirm mit dem Logo von *XL Medico*.

„Es fängt in fünf Minuten an, Lu. Lass uns einen Platz suchen."

Das würde nicht möglich sein, stellte Lucia fest. Die Kneipe war brechend voll, und es wurden immer mehr Leute. Und es war klar, dass keiner der Sitzenden bereit sein würde, seinen Platz herzugeben. Alle waren etwa in ihrem Alter. Sie kämpften sich durch die Menge und lehnten sich schließlich an eine Wand neben einem Lautsprecher, damit Ken besser hören konnte. Lucia nippte sparsam an ihrem Wein. Sie hörte das Gemurmel in der Menge und fragte sich, ob Ken es auch hören konnte. Wenn ja – wie konnte er dann diesem Wahnsinn zustimmen?

„Die Leute sollen halt aufhören, Kinder zu kriegen, wenn sie weniger Menschen wollen. Sterilisiert sie alle."

„Schickt die Ausländer dahin zurück, wo sie hergekommen sind."

„Solange die Niedrig-Punkter nicht länger leben dürfen, sehe ich kein Problem. Die haben es nicht verdient wie wir."

Wäre ihr Wein nicht so kostbar gewesen, hätte Lucia sich die Ohren zugehalten. Stattdessen biss sie sich auf die Lippe und wünschte sich, sie könnte ihre Ohren ebenso schließen wie ihre Augen.

Ein Mann betrat die Bühne, scharf gekleidet und mit einem Grinsen, als wolle er neue Zähne präsentieren. Wahrscheinlich hatte er genau das getan, denn er war der jüngste Mensch im Raum. Er klopfte auf das Mikrofon – ein hässliches, viel zu lautes Geräusch direkt neben Lucias Ohr.

„Willkommen, meine Damen und Herren", sagte er. „Wundervoll, Sie alle heute Abend hier zu sehen. Und so viele neue Gesichter! Zunächst für die Neulinge unter Ihnen: Lassen Sie uns die Wissenschaft durchgehen."

Er klickte auf eine Taste auf seinem Laptop und auf dem Bildschirm erschien das Bild einer Schildkröte. Keine dieser kleinen, sondern eine, die neben einer Gruppe weißbekittelter Wissenschaftler fast bis zur Hüfte reichte.

„Diese Schildkröte heißt Highlander. Sie ist fast zweihundert Jahre alt. Es ist seit Langem bekannt, dass Schildkröten nicht altern. Sie sind – wie wir es wissenschaftlich nennen – *vernachlässigbar seneszent*." Er sprach die letzten Worte überdeutlich aus, als wolle er sicherstellen, dass Lucia sie sich merken konnte. Was sie natürlich nicht tat. „Beim Menschen häufen sich seneszente Zellen im späteren Leben stark an. Sie verursachen viele Probleme: steife Gelenke, Falten, Muskelschwäche – wenn ich mich hier so umschaue, muss ich wohl nicht weiter ausführen."

Die Menge lachte. Lucia verdrehte die Augen.

„Diese seneszenten Zellen häufen sich bei Schildkröten nicht an. Ihre DNA verbietet es. Unsere Wissenschaftler haben es geschafft, genau diese DNA – ein völlig natürliches Produkt – zu extrahieren und mit ein paar cleveren Chemikalien zu verbinden. Das Ergebnis: das Wundermittel Pres-X."

Lucias Kiefer spannte sich an. Wundermittel? Lächerlich.

„Ich bin heute hier, um Ihnen die aufregendste Nachricht zu verkünden: Pres-X wird bald in der gesamten Gesellschaft eingeführt! Wir haben es über ein Jahrzehnt hinweg an den Menschen mit über 950 Punkten getestet und können seine Wirksamkeit und Sicherheit bestätigen."

Es gab Freudenausrufe im ganzen Raum. Paare und Freunde umarmten sich und wischten Freudentränen weg. Lucia sah sich um und schüttelte den Kopf über den Wahnsinn. Es war wie ein Kult.

Der Mann hob die Hände, um den Raum zum Schweigen zu bringen. „So sehr dies auch erwartet wurde, die Einführung wird langsam vonstatten gehen. Wir haben nicht die nötigen Vorräte des Medikaments, also müssen wir natürlich mit denjenigen mit höheren Lebenspunkten beginnen. Aber seien Sie versichert, zu gegebener Zeit wird jedem in der Gesellschaft die Chance gegeben, Pres-X zu erhalten."

Er redete und redete, so lange, dass Lucia sich ein zweites Glas Wein holen musste. Ein großes. Um den Schock zu betäuben. Um sich gegen den Wahnsinn zu wappnen.

Am Ende fragte der Mann, ob es Fragen gäbe. Lucia hob die Hand.

„Die Welt braucht den Tod. Wohin sollen all diese zusätzlichen Menschen denn gehen, hm? Wir müssen Platz für die Jungen schaffen."

Der Mann lächelte sanfter. „Wir heilen hier eine tödliche Krankheit. Zeit ist eine tödliche Krankheit. Würden Sie das Gleiche sagen, wenn es um Krebs ginge?" Er sprach, als würde er mit einem Kind reden.

Lucia straffte die Schultern und verengte die Augen. Sie würde sich nicht so behandeln lassen. „Sie haben meine Frage nicht beantwortet."

„Unter *Eyes Forward* gibt es Überlegungen, die Fortpflanzung stärker zu kontrollieren. Ich denke, wir sind uns einig, dass das Leben der Lebenden wichtiger ist als das von noch ungeborenen Kindern." Er zeigte in den Raum, und einige Gäste jubelten. Wirklich – sie jubelten!

„Babys?" Lucias Stimme stockte. „Keine Babys mehr?"

„Nur weniger. Ein wenig mehr Kontrolle in dieser Hinsicht ist in der heutigen Zeit durchaus sinnvoll. Noch andere Fragen?"

Es gab weitere Fragen, aber Lucia hörte sie nicht. Der Raum drehte sich um sie herum mit all den zustimmenden Kopfnicken. Oder vielleicht war es der Wein. Sie hielt sich am Tisch fest und starrte auf den Boden. Besser als diesen Mann anzusehen. Besser als irgendeine dieser schrecklichen Personen anzusehen.

Sie verließen das Treffen, oder besser gesagt, Lucia stürmte hinaus, sobald es nicht mehr zu unhöflich war, dies zu tun, und bekreuzigte sich immer wieder. Ken schlurfte hinter ihr her, langsam, noch immer zuhörend, den Leuten zuwinkend.

„Nein, Ken. Nein", sagte Lucia, sobald die frische Luft ihr Gesicht traf und sie wieder richtig atmen konnte. „Das kannst du nicht machen. Du wirst dich in eine Schildkröte verwandeln."

„Sei nicht albern", sagte er, als ob *sie* die Verrückte wäre.

„Eine Zombie-Schildkröte. Das wirst du sein." Sie bekreuzigte sich mehrmals, während sie dies sagte, dann griff sie nach dem Kruzifix, das an ihrem Hals baumelte, und hielt es fest.

Er wedelte mit der Hand in ihre Richtung, als wären ihre Worte eine Irritation.

„Menschen leben und dann sterben sie", sagte sie. „So ist es seit Milliarden von Jahren."

„Menschen gibt es noch nicht seit Milliarden von Jahren."

„Du und deine flinke Zunge!"

KAPITEL 8

10 Jahre nach der Großen Unruhe

Ava bahnt sich am Montagmorgen mit den Ellbogen einen Weg durch die Menge, um zur Tür des Bestattungsunternehmens zu gelangen. Nicht nur die üblichen Fußgängerwege, sondern auch eine Ansammlung von zwanzig oder mehr Leuten, die einfach vor dem Haus stehen und warten. Herumlungern. Im Weg stehen. *Unhöflich*, denkt sie, während sie sich mit einer Reihe von Entschuldigungen durchkämpft.

„Kann ich Ihnen helfen?", fragt sie die Menge, als sie vor den Türen steht und ihre Stimme über den Lärm der Busse und das allgemeine Geplauder erhebt. Niemand antwortet. Stattdessen stehen sie weiterhin stur da und vermeiden es, Ava anzusehen. „Gut, also okay. Ihr blockiert den Eingang zu meinem Laden. Vielleicht geht ihr weiter. Bitte." Sie fügt die Höflichkeitsfloskel am Ende wie einen Gedanken hinzu, und es kommt wie ein Quieken heraus.

Sie gehen nicht weiter, sehr zu Avas Ärger, als sie den Türgriff packt und sich durch die letzten Mitglieder der Menge zwängt, die standhaft stehen bleiben. Die von ihnen ausgehende Körperwärme lässt Schweißperlen auf ihrer Stirn entstehen, während sie sich durchquetscht. Viel kann sie dagegen nicht tun. Die Straße gehört ihr nicht.

„Max." Ava ruft, als sie durch die Tür kommt und er aus dem Kühlraum erscheint. Seine dunklen Haare sind zurückgekämmt. Er sieht heute fast so gepflegt aus wie einer der fertig präparierten Leichname. „Hast du irgendeinen neuen Promi-Status, von dem du mir nichts erzählt hast? Was soll die Menschenmenge da draußen?"

„Die sind nicht wegen mir hier. Das sind alles Punktzahl-Jäger."

„Was?"

„Sie warten auf irgendeine Witwe oder ein Familienmitglied mit hoher Punktzahl. Sie wollen sich mit ihnen anfreunden, sie daten, Punkte geschenkt bekommen. Um sich für Pres-X-2 zu qualifizieren." Er fügt am Ende Schmatzgeräusche hinzu, als ob Ava nicht wüsste, was Dating ist. Fairerweise ist es eine Weile her.

Ava schlägt sich mit der klammen Hand gegen die Stirn. „Nein, sag mir nicht, dass das wirklich eine Sache ist. Was werden unsere Kunden davon halten?"

„Wahrscheinlich wird es ihnen gefallen", meint er mit einem Achselzucken. „Ich meine, das Leben als verwitweter Konservierter soll ziemlich einsam sein. Oder promiskuitiv. So oder so, sie werden die Aufmerksamkeit mögen."

Max datet seit zwei Monaten eine Psychologiestudentin und seitdem scheint er sich mit Verhaltensweisen genauso gut auszukennen wie mit Leichen. Ava hat sich für ihn gefreut, als er sie kennengelernt hat. Sein sehniger Körper hat seit ihrer Bekanntschaft etwas an Masse zugelegt – Abendessen auswärts statt dem Ausweichen vor den endlosen Gemüseeintöpfen seiner Oma. Seine aschfahle Gesichtsfarbe ist nicht das Dauermerkmal, für das Ava sie gehalten hat. Ein bisschen Romantik hat ihm etwas Farbe verliehen. Nur ein bisschen. Er sieht immer noch aus, als hätte er ein ganzes Leben voller Traumata hinter sich, bei deren Aufarbeitung ihm das Studium seiner Freundin bisher kaum geholfen hat.

„Diese Psychologiestudentin, deine Freundin, die redet ganz schön viel, oder?"

„Hört nie auf." Er lächelt und ist das etwa ein Erröten? „Jedenfalls, komm und sieh dir an, was ich geschafft habe."

Ava folgt ihm in den Kühlraum, vorbei an den Vasen mit welkenden Blumen, deren süßer Geruch gerade von angenehm zu einem Unterton von Fäulnis umschlägt. Sie muss daran denken, die nächste Lieferung anzumahnen – die war sicher schon vor ein paar Tagen fällig.Im Kühlraum liegt Mr. Constance aufgebahrt auf dem Tisch. Sein Kopf ist gut geflickt, die Nähte sind dezent, und größtenteils sieht er eher schlafend als verstorben aus. Max steht daneben und zieht seine Schürze aus; darunter kommt sein zerknittertes Hemd zum Vorschein. Sein verbessertes Aussehen scheint sich nur bis zum Bügeln der Ärmel erstreckt zu haben. Ava inspiziert den Leichnam und nickt anerkennend für seine Handwerkskunst. Max' sonst hängende Schultern runden sich leicht nach hinten, ein Hauch eines Lächelns maskiert seinen schwindenden Trübsinn.

„Hat eine Weile gedauert, weil sie eine offenen Aufbahrung will", sagt Max. „Ich war heute Morgen um sieben hier, um es fertigzumachen. Aber ich denke, er sieht ganz gut aus. Ich habe etwas Kunsthaar hinzugefügt, siehst du? Lässt diese Seite seines Kopfes weniger eingefallen aussehen."

„Du hast gute Arbeit geleistet, Max. Wirklich gut gemacht."

„Hab auch das ganze Gehirn wieder reingekriegt. Also ist er mehr oder weniger komplett."

„Nochmals – gute Arbeit."

Er hängt seine Schürze auf und bleibt stehen, tritt von einem Fuß auf den anderen und blickt auf den Boden. „Ich hab nur gedacht …"

„Ja?", sagt Ava und verengt die Augen.

„Pres-X wird offensichtlich immer beliebter bei den 750ern aufwärts und dieses Bestattungsinstitut ist für 700 plus. Ehrlich gesagt mache ich mir etwas Sorgen um meinen Job. Es sterben kaum noch Menschen mit 700 Punkten aufwärts und mit dem neuen Pres-X-2 werden es noch weniger. Das ist ja für die 700 plus gedacht."

„Das ist eher eine kosmetische Geschichte."

„Trotzdem – auf den Tod wohlhabender Mittvierziger zu setzen, ist ein ziemlich riskantes Geschäftsmodell. Unsere Klientel ist einfach zu klein. Wenn diese Beerdigung vorbei ist, haben wir nichts mehr. Nur diesen alten Kerl hier. Er sieht irgendwie einsam aus, findest du nicht?" Max verzieht spöttisch das Gesicht und hält es dicht neben Mr. Constance. Ava verdreht die Augen, und er macht weiter. „Also, vielleicht sollten wir die Lebenspunkte-Grenze senken? Eine neue Lizenz zu beantragen dürfte eigentlich nicht schwer sein."

Ava nickt. „Danke, Max. Das wird in Betracht gezogen. Bitte mach dir keine Sorgen um deinen Job."

„Vielleicht könnten wir Tierbestattungen anbieten? Ich wette, reiche alte Leute zahlen dafür genauso viel wie für Menschen. Ich hab meinen Hund früher selbst gepflegt, mit Schermaschine und allem. Ich weiß, wie das geht.“

„Das ist eigentlich keine schlechte Idee. Lass uns das mal genauer recherchieren.“

Max' Brust schwillt leicht an. Er steht ein wenig aufrechter, als er anfängt aufzuräumen. Das Letzte, was Ava will, ist, dass Max sich Sorgen macht. Er ist seit zwei Jahren ihr Lehrling und in dieser Zeit hat sie gesehen, wie er bei der Arbeit aufblüht, seelisch aber weiterhin abdriftet. Seine neue Freundin hat vielleicht seine Stimmung aufgehellt und sein Äußeres ein wenig geordnet, aber seine Narben sitzen tiefer. Sein Humor kann die Linien an seinen Armen nicht verbergen. An manchen Tagen sind sie frisch und rot, wütend wie offene Wunden. Ava stellt überall im Bestattungsinstitut antiseptische Cremetöpfchen auf, wo er sie finden kann – eine stille Geste, weniger unangenehm, als mit ihm darüber zu sprechen. Und doch tut es ihr im Herzen weh. Noch so ein junger Mensch, der nach dem Großen Aufruhr als Waise aufgewachsen ist. Ein Produkt der Fraktionen, die sich damals bildeten und die Gesellschaft spalteten. Es wurde zwar Frieden ausgehandelt, aber der Schmerz und Verlust sind geblieben. Immerhin war Ava erwachsen, als ihre Eltern starben. Wenigstens verstand sie, wofür sie gekämpft hatten.

„Man kann sich nicht darauf verlassen, dass die Konservierten allzu oft vor Autos laufen“, sagt er in einem misslungenen Versuch, die Stimmung aufzulockern. „Obwohl die Menge draußen anscheinend glaubt, dass solche Unfälle ständig passieren.“

„Ich frage mich, ob wir irgendeine behördliche Anordnung bekommen können, um sie davon abzuhalten, den Eingang zu blockieren", sagt Ava. „Es sieht einfach nicht sehr professionell aus."

„Wie gesagt, ich denke, das ist überall gleich. Schau mal die Hauptstraße runter. Das ist bei jeder Einrichtung mit hoher Punktzahlgrenze so. Im Vergleich dazu ist unsere Menge sogar ziemlich klein."

„Wirklich? Na gut, ich geh mal gucken und hol mir einen Kaffee. Willst du auch einen?"

Max schüttelt den Kopf und rollt Mr. Constance in den Abschiedsraum. Die Blumen dort sehen noch etwas frischer aus – oder Max hat sie neu arrangiert, sodass die welken vorne stehen. Ava lässt ihn mit den Lichteinstellungen und den Decken herumhantieren und macht sich auf den Weg.

Die Punktzahl-Jäger lungern immer noch herum und sie bahnt sich mit aller Kraft einen Weg durch sie hindurch, geht auf die langsame Fußgängerspur – zu müde, um sich zu beeilen, und die Arbeit ist ruhig genug, dass sie sich die Minuten nehmen kann. Der Spaziergang führt sie an dem Feinkostladen vorbei, in den eingebrochen wurde – Regale wieder befüllt, Tür repariert. Bereit für den nächsten Raub. Ein neues „Eyes Forward"-Plakat prangt draußen, das mauerumgebene Auge im Zentrum, darunter der Slogan der Gesellschaftspolizei: *Alle Augen sind unsere Augen.* Ein kleines Gefühl von Stolz steigt in ihr auf, verleiht ihrem Schritt mehr Schwung – sie hat geholfen, die Täter zu stoppen. Der Slogan inspiriert sie, weiter ihr Bestes zu geben.

Die Hauptstraße ist so voll wie nie. Wo der Fußgängerstrom stockt, ist es, weil alle in Läden strömen – Kreditkarten gezückt.

Beim Vorbeigehen wirft Ava Blicke in Schaufenster, sieht volle Einkaufskörbe und leere Regale. Mehrmals spürt sie die spitzen Ecken von überladenen Kartons gegen ihre Seite stoßen.

Ein paar Minuten später führt der Weg sie an dem *Eyes-Forward*-Denkmal vorbei. Es ist lange her, dass sie hier war, und die Veränderung lässt sie erstarren – sehr zum Ärger des Fußgängerverkehrs hinter ihr. Nach ein paar Schubsern und Schnalzern tritt sie aus der Spur in den Stehbereich, der durch weiße Markierungen auf dem Asphalt und Metallbuckel abgegrenzt ist. Er ist geringfügig weniger überfüllt als die Gehspuren. Sie atmet ein paar Mal durch, während sie einen Moment lang starrt. Altes Gerüst liegt noch am Sockel, die Veränderungen sind frisch. Die Statue glänzt fast, kaum Vogeldreck darauf. Der Brunnen darum enthält klares Wasser und ein paar weggeworfene Pennys. Aus dem Teich erhebt sich eine riesige Skulptur desselben Auges, aber anstelle der Mauern auf beiden Seiten wie üblich gibt es Hände. Eine Kopie des XL Medico-Logos. Eine Mischung aus beidem. Darunter ein neuer Slogan. Keiner, den sie von *Eyes Forward* kennt, nicht das übliche *Strebe nach Punkten* oder der Slogan der Gesellschaftspolizei. Stattdessen steht da: *Deine Lebenslänge liegt in unseren Händen.*

XL Medicos Partnerschaft mit *Eyes Forward* ist kein Gerücht mehr. Es ist eine bestätigte Koalition.

An den Gebäude- und Schaufensterwänden hinter dem Denkmal sind Werbungen für Kreditkarten, Darlehen, auf Kredit zu kaufende Konsumgüter, all die Dinge, die Gesellschaftsbürger tun können, um ihre Mittel auszureizen und ihre Lebenspunktzahl zu steigern. Sie richten sich an diejenigen, die nicht das Glück hatten, eine solche Punktzahl von wohlhabenden Eltern zu erben. Für diejenigen, die wie Ava nicht auf die richtigen Schulen gegangen sind, um von Anfang an eine hohe Punktzahl zu garantieren. Und angesichts der Massen scheint das alles zu funktionieren. Pres-X-2 hat ein Feuer in der Gesellschaft entfacht. Die Menschen brennen buchstäblich alles an Guthaben und Kredit ab, was sie finden können.

Sie stellt sich auf die Zehenspitzen und späht höher über die Menge. In den Läden brechen Rangeleien aus. Sie haben fast keine Waren mehr und die Menschen kämpfen um die letzten Dinge, für die sie ihren Kredit ausgeben können. Sie nimmt das alles in sich auf – inspiriert und abgestoßen zugleich – und denkt nach. Sie könnte neue Kleidung gebrauchen. Ein paar Hemden für die Arbeit, bequeme Hosen fürs Radfahren abends. Vielleicht auch etwas für Zia – neue Hausschuhe, eine Strickjacke, bevor alles weg ist. Sie könnte sich eine neue Kreditkarte holen. Sie ist normalerweise sparsam, aber wenn alle anderen jetzt mehr Kredit bekommen, dann stehen die Chancen gut, dass auch sie dafür infrage kommt. Sie muss ihre Punktzahl erhöhen – aber das ist für Zia. Das macht es okay. Da ist nichts falsch dran. Es ist für Zia, für ihre Gesundheit – nicht für irgendeine kosmetische Behandlung mit Pres-X-2. Sie merkt sich die Namen der Kreditkartenanbieter gegenüber. Sie wird den Antrag stellen, sobald sie zurück auf der Arbeit ist.

Im 500-plus-Café kauft sie ein paar Sandwiches, die morgen ablaufen. Der Salat ist etwas schlapp, das Relish hat sich in das Brot gefressen. Aber sie sehen trotzdem sättigend aus – vermutlich Reste von vor zwei Tagen aus dem höher bewerteten Café. Werden sie heute nicht verkauft, wandern sie zum 300-plus-Café. Dann kommen die unter 300er zum Zug.

Als sie zurückkommt, sitzt Max' Oma Erin am Empfang. Ihr langes graues Haar ist in einem alten Stil geflochten. Max arrangiert die neuen Blumen, die alten sind schon entsorgt. Obwohl er nicht der Typ zu sein scheint, der Freude an Floristik hat – zu melancholisch, zu spöttisch, was die Kosten angeht – hilft er dabei immer als Erster.

„Ava, Liebes. Schön, dich zu sehen." Erin kommt auf Ava zu, um sie zu begrüßen, ein Stock stabilisiert sie. „Wie geht es deiner Tante?"

„Es geht so. Sie kommt kaum noch raus."

„Na ja, sag ihr, ich lasse grüßen. Ich erinnere mich noch an diesen schönen Nachmittagstee, den wir alle im *Forbury* hatten. Erinnerst du dich, Liebes?"

„Ja, tue ich." Zia wird sich nicht erinnern, aber Ava erwähnt das nicht.

„Hast du jemanden kennengelernt? Ich weiß, Zia ist so begierig darauf, dass du dich niederlässt. Du wirst ja auch nicht jünger, Liebes. Ich habe meinen Lance getroffen, als ich fast vierzig war. Wie gern hätte ich ihn früher getroffen – ich hätte gerne mehr Jahre mit ihm gehabt."

„Möchtest du dich setzen, Erin?", fragt Ava und weicht dem Thema aus. Ihr Liebesleben geht niemanden etwas an. Ava stützt Erin am Ellbogen, Erins pfirsichfarbener Baumwollärmel kräuselt sich unter ihrem Griff, und führt sie zu einem Stuhl.

„Max hat jemanden kennengelernt. Hast du davon gehört?", fragt Erin.

„Ja, habe ich. Sie klingt vielversprechend."

Erin stöhnt und keucht, als sie sich setzt und ihre Bluse aufplustert, während sie es sich bequem macht. „Es war anstrengend, an diesem Haufen draußen vorbeizukommen, auch wenn sie mir alle sagten, wie gut ich aussehe. Ich bin den ganzen Weg hierher gelaufen. Die verdammten Busse sind heute Morgen schrecklich. Ich habe auf drei gewartet und konnte immer noch in keinen einsteigen, so voll waren die. Aber ich hab das Denkmal gesehen. Furchtbar ist das. Diese verdammte Droge übernimmt die Welt."

„Es rettet so viele Leben, Oma", sagt Max. „Es ist eine gute Sache."

„Völliger Unsinn. Hast du das gehört, Ava, Liebes? Mein Enkel, das ist alles, worüber er redet. Versucht, mich dazu zu bringen, es zu nehmen. Tut so, als hätte ich irgendeine Punktzahl von 800. Unsinn. Völliger Unsinn. Ich traue dem nicht. Kein bisschen."

„Du hast 650, Oma. Du bist so nah dran."

Avas Augen weiten sich. „650. Meine Güte, Erin, das ist ein beeindruckender Punktstand."

„Ach, Papperlapapp", winkt sie ab. „Was spielt das schon für eine Rolle? Wir kommen doch alle irgendwie mit unserem Los zurecht, oder nicht? Obwohl ich ungern einer von den wirklich niedrig Bewerteten wäre. Ich sehe sie in den Mülltonnen in der Straße neben unserer wühlen. Suchen wohl nach Essensresten. Mir scheint es nicht fair, dass so viele nicht genug zu essen haben und Ärger bekommen, wenn sie versuchen, etwas zu essen, während andere ewig leben dürfen. Das System ist kaputt. Die ganze Gesellschaft ist kaputt."

Ava nickt, ihr Lächeln verschwindet und ihr Gesicht wird heiß. Sie fühlt sich nicht schuldig für ihre Arbeit als Gesellschaftspolizistin, aber manche Wahrheiten zeigen sich in roten Wangen und ausweichenden Blicken – Reaktionen, die sie nie gelernt hat zu verbergen.

Ein Chor von Komplimenten bricht von der Menge draußen herein und zieht sofort ihre Aufmerksamkeit auf sich – eine willkommene Ablenkung. Pfiffe und Jubelrufe.

„Sie sehen umwerfend aus!"

„Lassen Sie mich Sie zum Essen ausführen. Ich zeige Ihnen, was Spaß macht."

Über die Menge hinweg kann Ava nicht erkennen, was den Tumult verursacht hat, aber nach einem Moment teilt sich die Menge, um Mrs. Constance durchzulassen, und sie erreicht die Türen. Ava springt auf, um sie zu begrüßen.

„Schön, Sie wiederzusehen", sagt Mrs. Constance, als sie Ava ihren Mantel reicht. „Ganz schön was los da draußen. Aber ein reizender Haufen. Alle so höflich."

„Ja, sie scheinen alle recht wohlerzogen zu sein", sagt Ava. Sicherlich kann Mr. Constance die Menge doch so sehen, wie sie wirklich ist? Ava entscheidet sich, es ihr nicht zu sagen.

„Ich habe viel über das nachgedacht, was Sie gesagt haben, und Sie hatten absolut recht. So weise für eine so junge Frau."

Zu jung, um akzeptiert zu werden, zu alt, um begehrt zu werden, denkt Ava, während sie den Mantel aufhängt, dessen weiches Kaschmir wenig dazu beiträgt, das Kribbeln auf ihrer Haut zu lindern.

„Kann ich Ihnen eine Tasse Tee anbieten?"

„Nein, danke", sagt Mrs. Constance, etwas leiser. „Ted liebte Tee immer. Ich hatte gehofft, wir würden in dieses kleine Teehaus auf dem Boot auf der Themse gehen, wenn das Wetter etwas schöner wird. Eine weitere Sache, die er nie mehr erleben wird."

Im Laufe der Jahre sind viele konservierte Witwen und Witwer zu ihnen gekommen und haben von den gestohlenen Jahren gesprochen, von den Erinnerungen, die sie noch hätten machen sollen, aber die ihnen für immer verwehrt bleiben würden. Die Nicht-Konservierten sprechen häufiger über die Zeiten, die sie miteinander geteilt haben – die glücklichen Momente – anstatt sich nach dem zu sehnen, was niemals sein wird. Eine Zufriedenheit mit all dem, was war – als würden die zusätzlichen Jahre nur einen Nachgeschmack von Unzufriedenheit hinterlassen. Die Verzweiflung ist oft von einem Hauch Aufregung durchzogen, einer neuen Freiheit, als wären die Fesseln abgefallen. Ava erkennt diesen Hauch jetzt in Mrs. Constances Gesicht – ihre Augen funkeln nicht nur vor Tränen, sondern auch vor Abenteuerlust. Noch einmal neu geboren.

„Oh, meine Güte. Erin, bist du das?" Mrs Constance geht auf Erin zu, die sich bemüht aufzustehen, die Stirn runzelt und zurückweicht.

„Was willst du? Ich kenne dich nicht", sagt Erin und verschränkt die Arme vor der Brust. „Ich kenne niemanden, der so jung ist, und schon gar keine Konservierten." Sie sagt *Konservierten* mit so zusammengepressten Lippen, dass das Wort kaum herauskommt.

„Ich bin es, Erin." Mrs Constance geht weiter auf sie zu, bis Erin mit dem Rücken gegen den Schreibtisch stößt. „Felicity. Mein Mädchenname war Merriweather. Du erinnerst dich sicher. Wir haben eine Zeit lang in derselben Straße gewohnt, in der Richmond Street. Das ist ungefähr vierzig Jahre her. Erinnerst du dich? Ich habe dir mal Schuhe für eine Hochzeit geliehen."

Erin mustert Mrs. Constance langsam von oben bis unten, das Kinn in den Hals gezogen, die Augen groß und dann schmal werdend. „Ich will deine Schuhe nicht. Solche Absätze in meinem Alter – nein danke. Ich seh dich später, Maxy. Ava." Erin stürmt zur Tür, schneller als Ava sie je hat gehen sehen.

Mrs. Constance krümmt den Rücken, das Kinn sinkt auf die Brust. Ava erkennt sofort die Zeichen von Trauer und Schock, eilt zu ihr und stützt sie sanft am Unterarm, führt sie behutsam zu den Stühlen.

„Wir waren einmal gute Freundinnen. Sie hat mich nicht einmal erkannt."

„Ganz ruhig. Setzen Sie sich. Es ist sicher einfach zu lange her für sie."

Max schaut herüber und formt lautlos ein *Tut mir leid* mit den Lippen, als Ava seine Entschuldigung abwinkt. Sie kann sich nur vorstellen, wie Mrs. Constance unkonserviert aussehen würde. Selbst vor vierzig Jahren wäre sie mittleren Alters gewesen, ihr schwarzes Haar ergraut wie Avas, mit dem dazugehörigen Frizz, ihre ebenmäßige Haut fleckig und schlaff. Die arme Erin muss so verwirrt gewesen sein.

„Wir wollten unsere alten Freunde gemeinsam wiedersehen, Ted und ich."

„Kann ich Ihnen eine Tasse Tee anbieten?", fragt Ava erneut.

„Sie sind eine gute Freundin. Ich bin froh, dass wir Freundinnen sein können."

Avas Mundwinkel zucken leicht nach oben – sie ist sich nicht sicher, ob sie Mrs Constance wirklich als Freundin empfindet oder doch eher als Kundin, während Max eine Tasse Tee reicht.

Mrs. Constance starrt eine Weile hinein, der aufsteigende Dampf legt sich wie Tau auf ihr Make-up, verbirgt die Tränen.

Nach ein paar stillen Schlucken wischt Mrs. Constance sich das Auge ab und sagt: „Ich möchte jetzt meinen Ted sehen."

Ava führt sie in den Abschiedsraum und lässt sie allein. Der Raum sieht so schön aus, wie es nur möglich ist. Es riecht nach frischen Blumen, entspannende Musik spielt, und Max hat die perfekte Beleuchtung gefunden. Mr. Constance ist in eine feine Decke gehüllt und für Mrs. Constance steht ein bequemer Sessel bereit – mit einer Schachtel der besten Taschentücher daneben.

Ein paar Stunden später erscheint Mrs. Constance wieder. Selbst ihre konservierte Haut kann die Schwellung frischen Weinens nicht verbergen. Sie setzt sich mit Ava an den Tisch und nimmt die Angebotspapiere aus ihrer Handtasche.

„Ich war bei XL Medico im Bereich Geschäftsentwicklung tätig", erzählt Mrs. Constance. „Wussten Sie das?"

Ava schüttelt den Kopf. „Das wusste ich nicht."

„Dort habe ich Ted kennengelernt. Ich war eine Zeit lang seine Chefin. So viele Jahre her. Er hat mich natürlich bald überholt. Beförderungen gingen bei ihm leichter. Ich habe nie von den Vorteilen der sicheren Altersgrenze am Arbeitsplatz profitiert. Als die Regeln eingeführt wurden, war ich fast schon im Ruhestand. Sind Sie hier die Chefin?"

„Ja. Es war das Unternehmen meines Vaters. Er starb während der Großen Unruhen. Jetzt sind nur noch meine Tante und ich übrig."

„Sie ist eine Ältere, nehme ich an. Konserviert?"

„Noch nicht. Ich arbeite daran."

Mrs. Constance nickt langsam. Sie hat es offensichtlich nicht eilig zu gehen. So ist es oft. Die Rückkehr in das leere Haus ist einer der schlimmsten Teile der Trauer.

„Das Geschäft ist bestimmt nicht leicht für Sie", sagt Mrs. Constance. „Es sterben heutzutage nicht mehr viele 700er. Ich hoffe, ihr habt eine andere Einkommensquelle?"

„Wir erweitern auf Haustiere."

„Vernünftig. Ich denk an euch, wenn mein Stanley geht. Er ist schon ein bisschen betagt."

Mrs. Constance zieht ihr Handy aus der Handtasche und zeigt Ava Fotos einer Katze. Ein rot getigerter Kater mit tränendem Auge und einem Gesichtsausdruck, der die meisten Menschen übertrifft.

„Ein hübscher Kerl", sagt Ava.

„Nicht wahr? Ein echter Trost im Moment. Ich hoffe, Pres-X wird bald für Tiere zugelassen. Das wäre wunderbar, finden Sie nicht?"

„Ganz bestimmt."

„Wie auch immer. Ich habe wieder einen Job bei XL Medico angenommen. Da meine Sterilisation bereits geplant ist, waren sie begeistert, mich zurückzuhaben. Und ich dachte, es wäre gut, aus dem Ruhestand zurückzukommen. Um beschäftigt zu bleiben, wissen Sie. Obwohl sie es immer noch nicht mögen, wenn Leute in meinem Alter zu viel machen. Sie wollen nicht, dass die Konservierten den Jungen die Jobs wegnehmen. Das war Teil des Friedensabkommens mit den *Enough*-Demonstranten während der Großen Unruhe, glaube ich. Aber ich habe Expertise, die sie für Teilzeitstunden nutzen können. Und ich bekomme auch Gehalt. Also möchte ich meinem Ted den

Abschied geben, den er verdient. Ich nehme bitte das volle Deluxe-Paket."

Ava lächelt. „Die perfekte Wahl, Mrs. Constance."

„Oh bitte, nenn mich Flick. Wir sind schließlich Freundinnen. Und ich nehme bitte die Finanzierung in Anspruch. Der zusätzliche Kredit sollte meine Punktzahl steigern. Selbst jetzt kann ich mich bemühen, zu punkten und die Gesellschaft stolz zu machen. Stell dir vor, vielleicht könnte ich, wenn ich weiterhin Kredite maximal ausnutze, auf 800 oder sogar 900 kommen. Wäre das nicht wunderbar? Im Andenken an meinen Ted die 900 zu erreichen."

Ava lädt die Papiere. „Er wäre sehr stolz auf Sie, Mrs. – ich meine, Flick."

KAPITEL 9

Ein weiterer Feinkost-Räuber wurde identifiziert und auf dem Heimweg erhält Ava die Nachricht, dass sie weitere fünf Punkte bekommen hat. Jetzt hat sie 530. Nicht schlecht. Der Angreifer wird jedoch nicht strafrechtlich verfolgt, heißt es in der Nachricht, da sie sich während ihrer orangefarbenen Zeit nach der Ausgangssperre draußen aufgehalten hat. Sie habe es quasi provoziert – das ist der Tenor – und sie solle dankbar sein, dass ihr dafür nicht noch mehr Punkte abgezogen wurden. Der E-Mail ist ein Dokument beigefügt mit Hinweisen zu angemessenem Verhalten für fruchtbare Frauen. Ava schüttelt die Wut ab. Es bringt nichts, sich über Dinge aufzuregen, die sie nicht ändern kann. Allzu lange kann es doch nicht mehr dauern, bis sie das sichere Alter erreicht.

Es ist ein kleiner Aufschwung, aber sie ist immer noch so weit entfernt, und da das Geschäft so ruhig ist, muss sie jeden Punkt mitnehmen, den sie kriegen kann. Ihre übliche Zeit im Bestattungsinstitut, drei Abende und der Samstag bei XL Medico – das lässt drei Abende für ihre Patrouillen bei der Gesellschaftspolizei und einen ganzen freien Tag. Machbar. Anstrengend, aber machbar.

Kaum zu Hause, pingt erneut eine Nachricht auf ihr Handy. Kein fröhliches Ping, das neue Punkte verkündet, sondern der unheilvolle Gong eines Warnhinweises. Sie stöhnt, atmet tief durch und öffnet ihn dann.

Warnung. Verursachung einer Behinderung der Fußgängerzone durch Stillstand. Montag, 18. März, 12:34 Uhr. Nächster Verstoß führt zu Punkteabzug.

Natürlich mit Beweisvideo, das genau das zeigt. Gesellschaftspolizei, die verdammt nochmal die Fußgängerzonen zur Mittagszeit patrouilliert. Sie stöhnt erneut und drückt mit einem Seufzer auf den „Akzeptieren"-Button. Wenigstens ist es nur eine Verwarnung – bis der Gong erneut ertönt. Sicher nur dieselbe Nachricht, denkt sie. Doch nein:

Bußgeldbescheid wegen Behinderung des Fußgängerverkehrs. Montag, 18. März, 12:37 Uhr.

Zehn Punkte abgezogen.

Nein! Im Ernst? Ihr Stöhnen wird zu einem Wimmern. Das Einspruchsverfahren ist reine Farce, bringt gar nichts. Drei Gesellschaftspolizisten haben sie auf Video, wie sie für ganze drei Sekunden außerhalb der weißen Linien bei dieser dämlichen Statue stand, bevor sie in die Stehzone trat. Zehn Punkte Abzug, und dafür, dass sie einen Vergewaltiger gefasst hat, bekommt sie nichts. Erin hatte recht. Die ganze Gesellschaft ist kaputt.

Ava schleppt sich die Treppe hoch, zu müde, um sich zu beeilen. Suzanna steht an ihrer Wohnungstür, ihr Gesicht mit blassgrünem Gel bedeckt.

„Lass dich nicht stören, Liebes. Ich schnappe nur etwas frische Luft.“

„Kein Problem, Suzanna.“

„Du siehst ein bisschen blass aus. Du solltest ein paar Vitamin-Gesichtsmasken probieren, wie diese.“ Sie hebt ihre Hände an beide Seiten ihres Gesichts. „Ich kann dir welche kaufen, wenn du magst. Versuche, mein Guthaben auszureizen.“

„Nein, danke, Suzanna. Behalt sie für dich.“

„Ich werde ein paar für dich im Flur lassen. Musste Nelson gegenüber heute ein paar Möbel geben. Hab zu viel gekauft und will nicht, dass mir die Rückerstattung negativ angerechnet wird, weißt du? Ich muss wirklich meine Punktzahl erhöhen.“

Ava ist schon auf halber Höhe der nächsten Treppe, ihre Schritte schwer, jeder Auftritt ein dumpfes Poltern. Suzannas Stimme wird leiser hinter ihr. Ava ruft ein Danke zurück, hebt den Daumen, ohne sich umzudrehen.

Die Wohnung ist heiß wie ein Ofen, und kaum ist sie drin, schaltet sie die Heizung aus und öffnet ein Fenster, der Schweiß läuft ihr schon von der kleinen Anstrengung. Zia schließt das Fenster wieder hinter ihr und zieht ihre Strickjacke enger.

„Es ist heiß, Zia.“

„Es ist noch nicht mal Sommer.“

„Fühlt sich aber so an.“ Ava überprüft die Heizungsanzeige und ihr Kiefer klappt herunter, als sie ihren Energieverbrauch sieht. „Du hattest den ganzen Tag die Heizung an, wie ich sehe.“ Dabei wird Ava nur noch heißer. Sie nimmt sich ein kaltes Getränk aus dem Kühlschrank und hält es dann an ihren Haaransatz, um etwas Erleichterung zu bekommen.

„Hast du eine Hitzewallung, Liebes? Es wird langsam Zeit.“

„Nein. Die Heizung läuft auf Hochtouren."

„Ich habe mich heute an etwas erinnert", erzählt Zia, während sie den Tisch deckt – Messer und Gabeln für ein Abendessen, von dem Ava sicher ist, dass es nicht existiert.

„Was denn?"

„Dieser Junge. Du hast einen Jungen gedatet. Wie hieß er noch?"

„Nikos", antwortet Ava und räumt das Besteck wieder weg.

„Ja. Er war ein netter Junge. Hatte etwas Europäisches an sich, also mochte ihn dein Vater. Was ist aus ihm geworden?"

„Ich habe keine Ahnung. Ich war damals etwa zwanzig."

„Du hast damals Farben getragen." Zia zupft an Avas schwarzer Bluse und begutachtet sie, als suche sie nach Farbtönen, die nicht da sind. „Jetzt siehst du die ganze Zeit so düster aus."

„Ich leite ein Bestattungsinstitut", sagt Ava und zieht ihre Bluse weg.

„Ich glaube, ich mochte es lieber, als du Jungs gedatet hast. Es wäre schön, wenn du ein Baby hättest. Ich würde mir wünschen, dass du ein Baby bekommst. Deine Eltern sind für dein Recht gestorben, Kinder zu haben."

Ava schluckt einen Seufzer herunter. „Nein, sie starben bei einer Massenflucht, weil keine Gesellschaftspolizei etwas gegen die *Enough*-Kundgebungen und -Unruhen während der Großen Unruhe unternahm. Und jetzt machen die Unruhestifter die Hälfte der *Eyes Forward* aus. Also sind sie anscheinend über alle hinweggmarschiert." Ihr Ton ist zu hart, das weiß sie, aber ihre Geduld ist zu dünn, um sich zurückzuhalten. Der Fernseher ist nicht einmal laut genug, um ihre erhobene Stimme zu rechtfertigen.

„Sie haben sie nie unterstützt, diesen *Enough*-Pöbel. Er wäre so gerne Opa geworden. Aber seine Zeit war um, und er hat das akzeptiert."

Ava stellt das Erfrischungsgetränk zurück und tauscht es gegen eine Flasche Bier aus. Ihre Schultern sinken, als sie merkt, dass es die letzte ist. Sie öffnet sie trotzdem, hält die kühle Flasche an ihr Gesicht, das Kondenswasser rinnt ihren Hals hinunter.

„Das wird nicht passieren, Zia. Keine Chance, wie ich schon hundertmal gesagt habe. Ich bin fast im sicheren Alter. Babylizenzen sind unmöglich zu bekommen und unlizenzierte Babys werden nicht gut behandelt."

„Aber trotzdem-"

„Außerdem will ich kein Kind. Ich mag sie nicht einmal. Können wir jetzt bitte zur Frage des Abendessens zurückkommen? Da steht ein sehr kalter Auflauf in einem kalten Ofen."

„Oh." Zias Hände gehen zu ihrem Mund. „Ich muss vergessen haben, den Ofen anzustellen. Bist du böse?"

Ava lacht und nimmt einen Schluck aus der Flasche. „Natürlich bin ich nicht böse. Du hättest ihn einfach auf der Küchentheke stehen lassen sollen. Er wäre wahrscheinlich trotzdem gegart, da die Wohnung heißer ist als der Ofen. Vielleicht sollten wir heute Abend etwas bestellen und das hier für morgen aufheben?"

„Was auch immer dich glücklich macht. Das weißt du doch."

Ava greift nach ihrem Handy und bestellt bei ihrer Lieblingspizzeria, einem der wenigen Läden, die noch aus der Zeit übrig geblieben sind, als ihr Vater noch lebte und sagte, die Pizza sei fast so gut wie in Neapel. Erst seit Kurzem, nachdem ihre Punktzahl die 500 überschritten hat, kann sie dort wieder bestellen, und es schmeckt genauso gut, wie sie es in Erinnerung hat.

Zia holt das Besteck heraus, deckt den Tisch erneut, schaut auf den Auflauf im Ofen und dreht die Schüssel mit Ofenhandschuhen um. Ava sagt ihr nicht noch einmal, dass es kalt ist. Dass sie kein Besteck brauchen. Es hat keinen Sinn, das Gespräch erneut zu führen.

„Du solltest deine Haare ein bisschen färben, weißt du", meint Zia, ohne Ava auch nur anzusehen. „Man sieht viele graue Strähnen."

„Bei dir auch."

„Na ja, ich bin alt. Es hat keinen Sinn, sicher alt auszusehen, wenn man nicht wirklich im sicheren Alter ist."

„Ich bin nicht weit davon entfernt."

„Ich weiß. Du hast nicht mehr viel Zeit, um ein Baby zu bekommen."

Ava nimmt noch einen Schluck von ihrem Bier. Jeden Abend das Gleiche. Immer wieder. Im Spiegel über dem Kaminsims überprüft sie ihre Haare. Die grauen Haarsträhnen sind eher hellgrau als dunkelgrau. Nichts Falsches daran, natürlich auszusehen, denkt sie. Jede ältere Frau möchte jünger aussehen. Jede jüngere Frau möchte älter sein. Was ist falsch daran, einfach sie selbst zu sein, hier und jetzt? Weder ihr Leben wegzuwünschen, noch sich danach zu sehnen, die Zeit zurückzudrehen. Überall auf der Welt scheinen die Menschen durch ihr Leben zu hetzen, um es dann noch einmal machen zu wollen. Ava trinkt den letzten Schluck ihres Bieres langsam und genießt ihn. Sie genießt den Geschmack, die Kühle auf ihrer Zunge. Will, dass es noch ein wenig länger dauert.

Sie beobachtet, wie Zia zum hundertsten Mal die Kissen neu arrangiert, das Besteck umstellt, verwirrt auf den Auflauf schaut, über den sie gerade gesprochen haben, und ihr Herz schmerzt. Zia erinnert sich an so viel und hat noch so viel zu geben. Es sind nur die alltäglichen Dinge, die sie verwirren. Schuhe vertauscht, Teebeutel verlegt, Uhrzeiten durcheinander – kleine Dinge, die ihr den Alltag schwer machen und sie davon abhalten, rauszugehen. Körperlich ist sie topfit für ihr Alter. Etwas langsamer, aber ihre Knie sind besser als Avas.

Als Ava ihr Bier ausgetrunken hat, schiebt sie einen der Stühle in die Ecke des Raumes, um etwas Platz zu schaffen, lädt dann ihre Trainings-App, macht einige Wiederholungen und trainiert ihre Muskeln, bis sie pulsieren und krampfen. Sie trainiert seit Jahrzehnten Kampfsport, und auch wenn sie nicht mehr in Bestform ist, reicht es, um sich auf der Straße sicher zu fühlen. Frauen haben immer in Angst gelebt, als wäre das normal. Aber nicht Ava. Sie fürchtet keinen Mann, keinen Angreifer. Ihre einzige Angst ist, allein zurückzubleiben. Ihre einzige Angst ist, Zia zu verlieren.

Kapitel 10

Halte das Altern auf. Auf die Pres-X-2-Art
Einer der Grundwerte von XL Medico

***

Während ihrer Nachtschichten im Labor übertrifft Ava erneut ihre Ziele. Inzwischen muss sie genug für eine Million Dosen hergestellt haben. Wenn sie mehr Personal hätten, könnten sie sogar noch mehr produzieren. Sie zählt die Spinde. Sieben Mitarbeiter – für das ganze Labor. Warum ist ein so riesiges Unternehmen so geizig mit seinem Personal? Geizig ist wohl das richtige Wort. Kein Unternehmen dieser Größe wird reich, indem es sich solche Dinge wie angemessene Personalbesetzungen gönnt.

Den Korridor hinunter wird XL Medicos neues Produkt hergestellt. Das Produkt, das laut Werbung die Gesellschaft retten soll. Ein neues Antidepressivum mit der Kraft, selbst die tiefste Depression in Sonnenscheintage zu verwandeln. Wer braucht schon Therapie, wenn man B-Well hat? Den fröhlichen Gesichtern in der Werbung nach zu urteilen, scheinen sie es intravenös zu nehmen, und aus den aufgeregten Grüßen, die Ava beim Vorbeigehen an deren Labor empfängt, nimmt sie an, dass alle schon kostenlose Proben bekommen haben.

Die Flure sind an diesem Abend ruhiger, *Eyes Forward* machen keine Inspektionen. Ihre Schritte hallen den Gang hinunter, die fluoreszierenden Lichter, die von den weißen Wänden reflektiert werden, sind ohne die Ansammlung schwarzer Anzüge, die die Helligkeit dämpfen würden, noch blendender. Eine Personalcafeteria befindet sich in der Mitte des Gebäudes. Zu dieser Nachtzeit wird sie nur von Automaten und einem Wasserkocher bedient. Auf der Abtropfunterlage stehen Tassen, die verschmutzt für die Reinigungskräfte am Morgen zurückgelassen wurden, und auf den Tischen liegen Krümel *verstreut. Ganz schön chaotisch für ein Labor*, denkt Ava, während sie den Wasserkocher füllt, der leer, aber noch warm von seinem vorherigen Benutzer ist. An einem Tisch sitzen ein paar Labormitarbeiter und trinken aus Pappbechern, wobei sie ihre Stimmen nur leicht senken, als sie ihren Tee zubereitet.

„Es wäre so eine demografische Verschiebung. Das ist mein Problem damit."

„Es sollte doch eigentlich das Überleben des Stärkeren sein. Wenn sie Pres-X einfach jedem geben, ist es das Überleben aller. Das ist ein Schlag ins Gesicht für die Evolution. Sogar die verdammten Putzleute und Kriminellen werden Zugang haben."

„Sicherlich werden sie bei Leuten mit Vorstrafen die Grenze ziehen."

„Ich weiß nicht, Sanj. Sie denken nur ans Geld, an nichts Anderes."

Der Wasserkocher kocht zu schnell für Ava, um noch mehr zu belauschen. Sie gießt langsam ein und reckt den Hals, um zu lauschen, aber alles, was sie hört, ist das Plätschern des Wassers. Kurz überlegt sie, sich an den Tisch neben ihnen zu setzen. Wäre es seltsam, dort allein und in solcher Nähe zu sitzen? Würden sie aufhören zu tratschen? Sie schaut auf ihre Uhr und sieht, dass sie sowieso keine Zeit hat, sich hinzusetzen und herumzutrödeln. Sie macht ihren Tee und schleicht dann davon.

Könnte es sein... Nein, sie darf sich keine Hoffnungen machen. Dieses kleine Gesprächsfragment könnte sich auf alles Mögliche beziehen. So vielversprechend es auch klang, es war ein Gerücht. Ein Gerücht über ein Gerücht. Plan A ist immer noch alles, was sie hat. Härter arbeiten, nach einer höheren Punktzahl streben.

Nach drei Stunden Schwitzen im Labor, in denen sie genug Formaldehyd-Rose hergestellt hat, um die Anzahl der anwesenden Mitarbeiter nach Feierabend einzubalsamieren, radelt sie langsam und erschöpft nach Hause. Die Extraarbeit fordert ihren Tribut und die Erhöhung ihres Lohnschecks wird sich frühestens in einem Monat zeigen. Ihre Lebenspunktzahl stagniert ärgerlich. Kein Geplänkel im Darknet, das einen Einsatz lohnenswert machen würde. Sie steckt in einer Sackgasse fest, als wären niedrige 500er das Beste, was sie erreichen kann. Für jeden Punkt muss sie an einer glatten Betonwand hochklettern, sich die Hände blutig schlagen und die Nägel abreißen. Sie streckt ihren Nacken, der knackt und sich noch mehr versteift.

Die Bars sind zum Bersten voll, auch die Spätimbisse sind gerammelt voll und erfüllen die Straßen mit dem Geruch von

Frittiertem und süßen Leckereien sowie dem Lärm, der mit solch einem Trubel einhergeht. Überall Plakate mit leuchtender Werbung, die die Gesellschaft ermutigen, ihren Kredit auszureizen. Kaufen, kaufen, kaufen! *Strebe nach Punkten* und bleib jung. Ava stöhnt. Sie hat keine Energie, um etwas trinken zu gehen, und nur noch ein Minimum an Kredit zum Ausreizen übrig, da sie es immer noch nicht geschafft hat, neue Kreditkarten zu beantragen. Sie kneift die Augen zusammen, schüttelt die Negativität aus ihrem Kopf und sagt sich, dass sie es schaffen wird. Ihr Kreditlimit wird sich erhöhen, wenn ihr Gehalt eintrifft. Zia schlägt sich gut, naja, einigermaßen. Es gibt eine Menge, worüber sie sich freuen sollte.

Sie hält an der Ampel und wünscht sich, dass sie schneller umschaltet, während ihre Beine krampfen. Der Frühlingsabend ist kühl und sie ist zu dünn angezogen. Sie steckt ihre Hände in die Taschen und zwingt sich zu einem Schauder, um ihren Körper aufzuwärmen. Bevor die Ampel umschaltet, steht er vor ihr, derselbe Schweinehund wie neulich Abend. Seine Nase ist immer noch geschwollen und sein Bart wurde offensichtlich nicht gestutzt.

„Hab dir doch gesagt, ich würde das Fahrrad wiedererkennen. Jetzt bist du auch noch grün, du Schlampe."

Ihr Herz setzt einen Moment aus. Zu müde, um auch nur erschrockene Reflexe zu zeigen, braucht sie einen Moment, um zu begreifen, was passiert. Bevor sie zuschlägt, tippt sie auf ihr Handy in ihrer Tasche. Sie hat diese App schon millionenfach geöffnet und muss nicht sehen, was sie tut. Sie sagt nichts, hält nur ihr Handy mit einer Hand in der Tasche und ballt mit der anderen ihre Faust.

Er greift mit einer Hand nach ihren Brüsten, in der anderen hält er ein Messer. „Jetzt halt still diesmal, ich wie ein braves Mädchen."

Mit ihrer geballten Faust schlägt sie ihm auf den Kiefer und nimmt die andere Hand heraus, um die Folgen zu filmen. Er schüttelt sich, offensichtlich überrascht von der Kraft ihres linken Hakens, und Avas zusammengepresste Lippen lächeln ein wenig. Perverse sollten Frauen nicht unterschätzen. Er ignoriert das Handy und stürzt sich auf sie, als sie ihn erneut schlägt und dabei das Knacken ihrer Knöchel hört. Sie wankt auf ihrem Fahrrad und stabilisiert sich mit einem Fuß, hebt dann den linken Fuß, um ihn erneut in die Eier zu treten, und nutzt das als Schwung, um loszufahren. Scheiß auf die rote Ampel. Sie radelt davon, zählt erneut ihre Beschreibung des Mannes auf. Sie ist grün, es gibt keine Ausgangssperre. Verdammter Mistkerl. Sie lädt das Video hoch und kommt erschöpft zu Hause an.

Zia ist wieder auf dem Sofa eingeschlafen, der 24-Stunden-Nachrichtensender läuft immer noch laut im Fernsehen. Ava legt eine Decke über Zia und setzt sich dann auf die Armlehne des Sofas, dreht den Fernseher leiser, sodass sie ihn hören kann, ohne taub zu werden.

Sie lässt sich erschöpft niedersinken und versucht, ihr Herz zu beruhigen und ihre keuchenden Atemzüge zu verlangsamen. Es dauert eine Weile, bis das Adrenalin nachlässt. Also schließt sie die Augen, zählt bis zehn und erinnert sich dann daran, dass sie es nach Hause geschafft hat. Sie streckt ihre Finger aus, öffnet die Augen und bewundert die rot-wunden Prellungen an ihren Knöcheln. Wenn ihre Hand so schmerzt, muss sein Gesicht erst recht pochen. Sie lächelt und hofft, dass sein Gesicht so zugerichtet ist, dass er nie wieder lächeln kann. Doch sie weiß, dass die Chance dafür gering ist. Der Kerl war robust. Bestenfalls wird er einen gebrochenen Zahn haben.

Trotzdem ist es ein Sieg.

Sie schaut auf den Fernseher, fühlt sich jetzt ruhig und ziemlich stolz. Sie blinzelt ein paar Mal und lehnt sich näher zum Bildschirm, kaum fassend, was sie sieht. Die rollende Schlagzeile unten auf dem Bildschirm bestätigt es, ebenso wie der Nachrichtensprecher. Es ist wahr. Es ist tatsächlich wahr. Das originale Pres-X wird nun allen angeboten. *Eyes Forward* hat es als Recht angesehen, allen älteren Bürgern Zugang zu dem lebensverlängernden Medikament zu gewähren. Es muss noch finanziert werden, aber die Finanzierungspakete sind so gestaltet, dass sie für alle Lebenspunktestände geeignet sein – aber nur das ursprüngliche Pres-X für über Siebzigjährige, nicht die neue Version.

Ava fühlt sich bei diesen Neuigkeiten erleichtert und ihre Augen werden feucht. Zia, ihre Zia wird leben. Zumindest länger. Ava wird nicht allein gelassen werden. Ihre Welle der Erleichterung ist jedoch nur von kurzer Dauer, als die Termine ihr einen Teil ihrer Freude nehmen. Die Behandlung wird nach und nach durch die Lebenspunktestände sickern und mit Avas Lebenspunktestand wird sie erst in sechs Jahren für eine Finanzierung in Frage kommen. *Sechs Jahre.* Sie blickt zu der schlafenden Zia. Ihre Schuhe sind aus, die Wohnung hat eine normale Temperatur, nichts ist im Ofen verbrannt. Ihr geistiger Verfall ist eine Achterbahn und es scheint, dass Zia heute ziemlich gut zurechtgekommen ist. Aber wer weiß, ob sie in sechs Jahren noch mit Pres-X zurechtkommen wird? Gehirnübungen und die

Pillen, die der Arzt ihr vor ein paar Jahren gegeben hat, können nur bedingt helfen.

Wie lange kann sie noch warten?

KAPITEL 11

10 Jahre vor der Großen Unruhe

Durch ihre Arbeit im kleinen Café hätte Lucia eigentlich zu einer richtigen Tratschtante werden müssen. Aber das wurde sie nie. Sie führte gerne Smalltalk und genoss das auch, aber sich in die Einzelheiten zu vertiefen und über alles Mögliche zu diskutieren, war etwas, das sie aktiv vermieden hatte. Es gab immer zu viel anderes zu tun. Doch mit all dem neuen Pres-X-Geschäft entwickelte sie ein Interesse an aktuellen Ereignissen, wie sie es zuvor noch nie gehabt hatte. Zumindest nicht seit ihrer Jugend. Damals hatte sie an Demonstrationen teilgenommen, um für Menschenrechte, den Planeten und allerlei andere Dinge einzutreten. Aber da sich nie etwas verbesserte, hatte sie idealistische Einstellungen als Denkweise für die Jungen abgeschrieben. Es war ihre Welt, die Zukunft. Sie hatte ihre Zeit gehabt.

Aber jetzt war alles anders. Jetzt wurden älteren Menschen Möglichkeiten präsentiert.

Die pinken Gesichter zeigten sich anfangs noch in der Öffentlichkeit. Ob sie sich schämten oder nicht, wer konnte das bei ihren fuchsiafarbenen Teints schon sagen. Sie lachte. Alle taten es. Aber jetzt fand sie es skandalös. Diese Leute, die damit prahlten, etwas so Schreckliches getan zu haben, gegen die Natur. Gegen *Gott*. Gott war lange Zeit aus ihrem Leben verschwunden gewesen, aber jetzt spürte sie seine Gegenwart überall, wie er den Kopf schüttelte und es missbilligte.

Sie musste es besser machen.

Sie hatte von Berufungen gehört. Wie wenn Leute ins Priestertum eintreten. Nie hätte sie sich vorgestellt, dass sie mit fast siebzig Jahren die ihre finden würde.

Also begann sie, die Ohren offen zu halten und auf die Menschen zu hören, die genauso empfanden. Nicht die Neidischen, die es sich nicht leisten konnten und wünschten, sie könnten es haben. Nicht die Jungen, die sich nur darum sorgten, was das für ihre geplanten Familien bedeuten würde. Sie fühlte natürlich mit ihnen. Aber sie hatten einen Hintergedanken. Weniger rein. Sie hörte auf diejenigen, die entsetzt waren. Angewidert von dem unnatürlichen Zustand der Dinge. Die nicht glaubten, dass lebende Menschen wie Rote Beete und Zwiebeln eingelegt werden sollten. Die glaubten, dass Menschen keine Schildkröten waren.

Es dauerte nicht lange, Gleichgesinnte zu finden. Da war Thomas, der in der Zahnarztpraxis gegenüber arbeitete und morgens seinen Kaffee kaufte. Mo, die Hundesitterin mit ihren 6 Hunden, die alle so brav unter dem Tisch saßen, kaum ein Knurren oder Grummeln zwischen ihnen. Therese, die wie Lucia dachte, dass es schrecklich war, aber im Geheimen, da ihre Partnerin Nicola ganz dafür war, wenn die Zeit käme. Und Lucia war ziemlich überzeugt, nachdem sie viel mit den beiden gesprochen hatte – sowohl einzeln als auch zusammen – dass Nicola eine Affäre mit ihrer Friseurin Ella hatte. Aber sie konnte nichts beweisen. Sowohl Ian als auch Steve arbeiteten an dem Wohnungsbauprojekt gegenüber und kamen jeden Tag, um ihre Sandwiches zu kaufen – beide stimmten Lucia zu. Das waren also schon einige, und Lucia hatte die Idee erst vor einer Woche gehabt.

Die Idee. Dem Unsinn entgegenzuwirken. Eine Stimme für den gesunden Menschenverstand zu schaffen.

Donnerstagabends war das Café für den Buchclub länger geöffnet. Lucia nahm teil, nun ja, sie war anwesend, obwohl sie sich nie so sicher war, ob alle Aussagen, die sie trafen, auch wirklich zutrafen. Sie gingen oft viel tiefer in die Charaktere, als es ihr lieb war. Häufig schaffte sie es nicht, die Bücher für den Buchclub zu beenden, also suchte sie sich die Enden im Internet. Sie konnte das Buch immer anfangen, aber es in einer Woche zu beenden, war eine echte Quälerei, besonders wenn sie noch das vom letzten Wochenende zu beenden hatte. Und das vom vorletzten. Ihre alternden Augen konnten die Seiten nicht schnell genug scannen, und ihr langsamer werdendes Gehirn brauchte eine Weile, um alles zu erfassen. Normalerweise liebte sie die Charaktere und war durchaus in der Lage, sich ihr eigenes Ende für die Geschichten auszudenken. Als der mittelalterliche Ritter mit dem Sklavenmädchen davonrannte, fand sie das überhaupt nicht gut. Viel lieber stellte sie sich vor, dass es ein Duell zwischen ihm und dem anderen Ritter gab, bei dem sie sich gegenseitig die Köpfe abschlugen. Aber sie ging jede Woche, während sie Tee tranken und die übrig gebliebenen Kuchen des Cafés auffraßen. Lieber aßen sie sie auf, als sie zu den Läden unter

300 Credits zu verkaufen. Und es war ihr Abend. Weg von Ken und seinen Stöhnen und Murren. Kein Fernsehen. Keine Nachrichten. Und sie wusste, dass sie nicht die Einzige war, die wegen der Gesellschaft und nicht wegen des Buches kam.

Da sie bis zum Ende des Buchclubs am Donnerstag noch offiziell im Café arbeitete, ganz allein ohne andere Kellner, fiel es nicht auf, wenn sie ein paar Leute durch die Hintertür ließ. Sobald die Buchclub-Mitglieder gegangen waren, versammelten sich diese dann im Personalraum, um über ihre Sorgen in Bezug auf das neue Medikament zu sprechen, das, wie Ken sagte, „die Welt veränderte".

Um neun Uhr, als das letzte Buchclub-Mitglied ging (Derick. Es war immer Derick. Lucia dachte oft, er hätte ein Auge auf sie geworfen und wollte mit zu ihr nach Hause gehen, als wären sie Teenager. Oder er hatte einfach vergessen, wo er war. Er hatte früher Nachtschichten gearbeitet und es schien, als wäre seine innere Uhr für immer darauf eingestellt, bis in die frühen Morgenstunden wach zu bleiben. Lucias war es nicht.), schloss sie gähnend die Vordertür ab und öffnete die Hintertür. Sieben Personen kamen herein und setzten sich in den Personalraum. Leider gab es keinen Kuchen, denn den hatte der Buchclub komplett aufgegessen. Sie machte sich eine geistige Notiz, für ihr nächstes Treffen etwas beiseite zu legen. Falls sie ein weiteres Treffen haben würden. Sie hoffte es.

Mo, nur mit ihrem eigenen Hund im Schlepptau – einem kleinen Jack Russell namens Dennis – sowie Thomas, Therese, Ian und Steve, zusammen mit ihren Partnerinnen Keisha und Selina, setzten sich oder standen, da nicht genug Stühle im Personalraum für alle vorhanden waren, und starrten Lucia etwas erwartungsvoll an.

„Willkommen", sagte Lucia. Und dann wurde ihr klar, dass sie darüber hinaus nicht wirklich viel geplant hatte.

Alle warteten ein paar Sekunden schweigend, sogar Dennis, der normalerweise genug bellte, um jede ruhige Minute zu füllen, sagte nichts.

„Also", sagte Thomas. „Mein Nachbar Maurice, ich hab ihn gestern gesehen, hatte ein hellrotes Gesicht."

„Nein!", keuchten alle.

„Doch. Er ist so ein netter alter Herr und hat es nun getan. Seine Frau ist letztes Jahr gestorben und ich glaube, er hat eine Krise. Er hat gesehen, wie ich ihn anstarrte. Ich vermute, er wird sein Gesicht eine Weile nicht mehr zeigen, bis dieses Rosa abgeklungen ist. Sah aus, als hätte er einen Unfall mit Erdbeer-Milchshake gehabt."

Sie lachten alle. Das Eis war gebrochen und sie teilten ihre Gefühle der Enttäuschung und des Ekels über den Zustand der Dinge.

Der kleine Dennis schlief nach einer Weile ein, während die Menschen mehr als eine Stunde lang plauderten und tratschten.

„Es scheint mir", sagte Mo, „dass deine Zeit einfach vorbei ist, wenn sie vorbei ist."

Danach beschloss die Gruppe, sich *Time's Up* zu nennen.

KAPITEL 12

10 Jahre nach den Großen Unruhen

Eine Woche später beginnen sie, Haustierbeerdigungen anzubieten, und das Geschäft kommt in Gang. Doch als Ava am Freitagmorgen zur Arbeit kommt, merkt sie sofort, dass es Max nicht gut geht. Sie ärgert sich über sich selbst, als sie seinen Zustand sieht: müde, in sich gekehrt, als hätte er sich innerlich hinter einer Tür verschanzt. Sie war mit ihrer anderen Tätigkeit beschäftigt, abgelenkt von der Arbeit – und hatte nicht einmal bedacht, wie sehr der neue Geschäftsplan ihn belasten könnte. Er hatte letztes Jahr seinen geliebten Hund verloren, und das hatte ihn gebrochen. In der vergangenen Woche hatte das Bestattungsunternehmen drei Haustierbeerdigungen durchgeführt, und Ava hatte nicht einmal nach ihm gesehen. Dabei war es seine Idee gewesen, erinnert sie sich. Er wollte das tun.

Er hat Tränensäcke unter den Augen, und unter seinem Hemd zeichnen sich rote Flecken ab – frische Wunden, die durch den

Stoff schimmern. Seine Kleidung hängt locker an ihm, als hätte er in kurzer Zeit mehrere Kilo verloren. Ava stellt einen Kaffee auf den Tisch im Kühlraum und lehnt sich an die Wand.

„Fühlt sich an, als hätte ich dich ewig nicht gesehen, Max. Hast du die Neuigkeiten über Pres-X mitbekommen? Deine Oma muss sich doch freuen."

Er sieht sie nicht an, arbeitet einfach weiter am Pudel, kürzt die Krallen, dann das Fell. „Sie hat 650 Punkte. Sie könnte hundert Punkte dazu bekommen, wenn sie etwas Kredit ausschöpft. Oder ich könnte ihr hundert geben. Sie könnte sofort behandelt werden, wenn sie wollte. Aber sie will einfach nicht."

„Das tut mir leid."

„Muss es nicht. Sie will es nicht. Ich kann sie nicht zwingen. Ich bin wohl einfach dazu bestimmt, keine Familie zu haben." Er schnieft leise und tritt einen Schritt zurück, um sein Werk am Hund zu begutachten.

„Oh, Max."

Er lächelt. Es sieht genauso falsch aus wie das Lächeln, das er sonst für die Kunden aufsetzt. „Mir geht's schon gut. Wenn B-Well rauskommt, bin ich bestimmt wieder topfit."

„Wie wäre es, wenn ich den nächsten Hund übernehme, der reinkommt? Und du machst den Empfang?"

„Nein, bitte nicht. Ich meine, klar, es zieht mich runter, aber ich mach's gern. Ich wünschte, ich hätte es für Winston tun können."

Winston war sechzehn, als er starb. Er war liebenswert anhänglich in den wenigen Momenten, in denen Ava ihn kennengelernt hatte – aber sein Atem war kaum auszuhalten, und seine Inkontinenz ließ Max' Kleidung oft nach Urin riechen.

Max musste noch ein kleiner Junge gewesen sein, als er Winston bekam. Ein Leben ohne ihn konnte er sich kaum vorstellen. Der Hund hatte ihm geholfen, den Tod seiner Eltern zu überstehen. Die Trauer, die er bei Winstons Tod empfand, sagte er einmal, sei schlimmer gewesen als damals bei seinen Eltern. Er war älter, das Ausmaß der Endgültigkeit vollkommen bewusst, keine kindlichen Fantasien mehr von Regenbogenbrücken oder Geistern, die über einen wachten. Max hatte Winstons Tod in all seiner realen Schwere erlebt.

„Na gut", sagt Ava. „Vielleicht sollten wir dir wieder einen Termin bei dieser Therapeutin machen."

„Die arbeitet nicht mehr. Hast du das nicht mitbekommen? Hat dein Therapeut dir das nicht erzählt?"

„Ich hab keinen Therapeuten."

Er sieht sie überrascht an, zieht das Kinn ein und runzelt die Stirn. „Okay... wie auch immer. Na ja, es arbeitet sowieso kein Therapeut mehr. Macht keinen Sinn mehr, jetzt wo dieses Medikament rauskommt. Wenn du liest, was online steht: Die haben alle Abfindungen von XL Medico bekommen. Im Grunde waren das offizielle Ausstiegszahlungen, genehmigt von *Eyes Forward*. Es gibt Umschulungsangebote in andere Bereiche. Ähm, Lehr- und Betreuungstätigkeiten, glaub ich. Therapeut ist kein lizenzierter Beruf mehr. Zu viele widersprüchliche Ansätze, haben sie gesagt. Es sei besser, einen einheitlichen Weg für alle zu gehen."

„Klingt ganz nach *Eyes Forward*."*Eyes Forward* und diese verdammte Hybrid-Statue mit XL Medico. Sie denkt es nur. Kein Grund, Max noch zusätzlich zu verärgern.

„Ich glaube, sie mögen einfach das Konzept von Patientenvertraulichkeit nicht", sagt Max. Ava hebt überrascht die Augenbrauen – über sich selbst, weil ihr dieser Gedanke noch nie gekommen ist. „Alle Augen sind unsere Augen", fügt Max hinzu und macht mit den Fingern Anführungszeichen um den *Eyes-Forward*-Slogan.

„Und deine Freundin?", fragt Ava.

„Frida? Was ist mit ihr?"

„Sie studiert doch Psychologie."

„Ja. Damit sie später bei den B-Well-Studien mitarbeiten kann. Das ist einer der neuen Jobs, die jetzt angeboten werden. Forschung. Ich glaub sowieso nicht, dass sie je Therapeutin werden wollte. Sie ist eher akademisch."

Ava möchte lächeln, verkneift es sich aber. Sie stellt sich Max eher mit einer Kreativen vor – vielleicht eine Umweltschützerin oder sogar eine Pflegekraft. Aber eine Akademikerin? Das wirkt fast absurd. Wahrscheinlich dachten die Leute das auch, als sie mit Mandisa zusammen war. Unpassend, wie ein Hemd, in das man nie ganz hineinwächst. Trotzdem – Gegensätze ziehen sich an. Vielleicht wird Max' Fremdheit sich ja irgendwann als Stärke erweisen. Sie hofft es.

„Also, wann fängst du mit B-Well an?"

„Keine Ahnung. Bei meinem Glück kriegen es eh erst mal nur die mit den Top-Punktzahlen."

„Du weißt ja, ich arbeite ein bisschen dort. Vielleicht kann ich dich in eine Studie reinschmuggeln oder so? Keine Versprechen, aber ich frag nach."

Er lächelt daraufhin ein wenig aufrichtiger, auch wenn Ava glaubt, dass er wohl recht hat. Die mit den hohen Punktzahlen

bekommen überall den Vorzug – so war es schon immer. Max'
Chancen stünden eigentlich gut, immerhin hat Erin eine ziemlich hohe Punktzahl. Sie könnte ihm Punkte abgeben. Aber das
würde sie aus dem Rennen um Pres-X werfen. Und eine einzige
Punktzahl reicht eben nicht, um alles zu finanzieren.

Immerhin brauchen Ava und Zia kein B-Well. Sie gehören
nicht zu den strahlendsten, unermüdlich fröhlichen Menschen –
aber ihnen geht es gut. Das ist zumindest eine Sorge weniger,
die ihre Punktzahl belasten würde. Trotzdem frustriert Ava der
Stillstand ihrer Punkte. Sie fasst einen Entschluss: Zeit, in neue
Spionagetechnik zu investieren. Vielleicht ein neues Handy. Ein
Teleobjektiv. Dinge, die sie tatsächlich braucht. Keine unnötigen
Ausgaben – Investitionen. Auf Kredit kaufen, um die Punktzahl
zu steigern, dann mit ihrer Arbeit für die Gesellschaftspolizei
neue Verbrecher aufspüren und die Punktzahl weiter nach oben
treiben. Sie setzt sich mit einer frischen Tasse Tee an den Empfang, fährt den Computer hoch. Fast sofort fluten neue Kred-
itkartenangebote den Bildschirm. Sie bewirbt sich, wird augenblicklich angenommen – und beginnt einzukaufen.

Alles ist ausverkauft. Mehr als das – selbst die Nachbestellungen
sind vergriffen. Ava stöhnt und vergräbt den Kopf in den Händen. Ihr Plan ist gescheitert, und jetzt sitzt sie auf überschüssigem
Kredit, den sie aufbrauchen muss. Ungenutzter Kredit sieht nicht
gut aus. Warum hat sie nicht zuerst nachgesehen? Sie ärgert sich
über sich selbst. Offenbar will jetzt jeder bei der Gesellschaftspolizei mitmischen und seine Punktzahl hochtreiben. Ihr normalerweise ruhiger Job wird bald Konkurrenz bekommen.

Die Nachrichten feiern es als Erfolg: „Ausgaben liegen im
Trend". Alle arbeiteten nun gemeinsam auf ein Ziel hin, heißt

es. Eine wahrhaft zusammenhängende Gesellschaft. Ava knirscht bei diesem Gedanken mit den Zähnen. Das ist gelogen. Was die Leute wirklich wollen, ist, ein bisschen jünger auszusehen. Was sie will, ist, dass das letzte Mitglied ihrer Familie überlebt. Die meisten würden sie für verrückt halten, wenn sie wüssten, dass Ava ihre Punktzahl Zia geben will. Damit würde sie bei null anfangen, wenn es um ihr eigenes Pres-X-2 geht. Ein jugendliches Äußeres zählt mehr als die Funktionalität des Inneren – so sehen es die anderen. Aber Ava will es nicht. Es ist ihr egal, ob sie mittleren Alters ist. Egal, ob sie aussieht, als hätte sie gelebt und gelitten. Als hätte das Leben Spuren hinterlassen, die sie über ihr ästhetisches Optimum hinaus altern ließen.

An der Wand gegenüber dem Schreibtisch hängt ein Bild ihrer Eltern – angebracht, um dem Ort ein Gefühl von Familienunternehmen zu verleihen, wie ihr Vater einst sagte. Damals arbeitete Ava noch nicht im Bestattungsinstitut. Sie war noch mitten in ihrem Master in Chemie. Trotzdem ist sie auf dem Foto zu sehen – jung, ehrgeizig, gut gekleidet, lächelnd zwischen ihren Eltern. Ihr Vater war damals fest davon überzeugt, dass Pres-X verboten werden würde. Er glaubte, es würde bald einen Mangel an Bestattungsdiensten für Menschen mit hoher Punktzahl geben. „Das wird sich nie durchsetzen", hatte er beharrt, als Ava versuchte, ihn aufzuklären. „Die Leute wollen ein natürliches Leben, keinen künstlichen Zombiemacher." Etwas mehr als ein Jahr später wurden er und Avas Mutter zu Tode getrampelt – gefangen in einer Massenpanik der *Time's-Up*-Anhänger und einem Aufstand der *Enough*-Bewegung. Die einen wollten verhindern, dass Menschen zu lange lebten, die anderen, dass überhaupt noch neue Babys geboren wurden. Ihr Vater erlebte nie, dass Ava recht behalten sollte. Dass Pres-X die Gesellschaft übernahm. Sein Geschäftssinn war so veraltet wie seine Überzeugungen.

Ava tritt näher an das Bild heran. Ihr Vater trägt noch dunkles Haar, kein Hauch von Grau. Auch ihre Mutter – aschblonde Locken, eher wie von der Sonne geküsst als von der Zeit gezeichnet. In ihrer Erinnerung sehen sie immer noch genauso aus. Die Unsterblichkeit des Erinnerns hat ihre Wahrnehmung verzerrt. Erst jetzt fällt ihr auf: Sie müssen ihre Haare gefärbt haben. Selbst ihre Eltern – mit all ihrem Glauben an Natürlichkeit und ein begrenztes, ehrliches Leben – haben die Spuren ihres Alters kaschiert.

★★★

An diesem Abend bei XL Medico setzt Ava die Chemikalien in Gang, überprüft ein letztes Mal die Reagenzien und verlässt dann den Raum, während die Flüssigkeiten blubbernd vor sich hin reagieren. Sie schlendert durch die stillen Korridore – still, bis auf einen Bereich. Das B-Well-Labor ist leicht zu finden. Es ist das einzige andere Labor, das nach Feierabend arbeitet, und das einzige Labor mit mehreren Mitarbeitern, die hörbar erfreut sind zu arbeiten. Ava schluckt einen Hauch von Neid hinunter. Ihr einsamer Arbeitsplatz mag zwar ihren Drang nach Wissenschaft befriedigen, aber unter anderen Chemikern zu arbeiten, die Kameradschaft einer wirklich wissenschaftlichen Gemeinschaft zu genießen, wäre ein wahrer Traum. Sie schüttelt dieses Gefühl ab, richtet sich auf und formt ihr Gesicht so, dass es professionell wirkt, statt des allgegenwärtigen freundlichen Ausdrucks, den sie so gewohnt ist, und klopft dann an. Nach keiner Antwort lässt sie sich selbst hinein.

„Nun, hallo", sagt ein Mann mit einem breiten Grinsen im Gesicht. Das Grinsen verblasst schnell, als er ihr Handgelenk mustert. „Ich wusste nicht, dass fruchtbare Frauen hier erlaubt sind."

„Ich bin grün."

„Trotzdem. Frauen im sicheren Alter sind viel, nun, umgänglicher."

Die Frau hinter ihm nickt in stereotyper Zustimmung, während sie ihre goldene, glühende Hand in die Luft hebt.

„Wie auch immer", sagt Ava und ignoriert ihre Unzufriedenheit. „Ich hoffte zu fragen, ob es irgendwelche Studien für das neue Medikament, B-Well, gibt?"

„Jetzt nicht mehr", sagt der Mann. „Alles schon erledigt. Die Einführung beginnt nächste Woche."

„Irgendeine Chance auf einige Proben? Ich habe einen Freund mit einer niedrigen Punktzahl-"

„Keine Sorge", er hebt die Hände, wieder mit demselben Grinsen. „Jeder wird es bekommen dürfen. Mit jeder Punktzahl. Die ganze Gesellschaft. Neue Erklärung von *Eyes Forward*. Sie finanzieren alles über die nationale Gesundheitsversorgung, müssen nicht einmal selbst finanzieren. Ist das nicht wunderbar?"

Ein kleines Rinnsal Erleichterung breitet sich über Ava aus und die Muskelknoten in ihren Schultern lösen sich. „Großartig. Ja, es ist wunderbar. Danke für die Neuigkeiten."

Sie geht zurück zu ihrem Labor, allein, aber leichter. Die Korridore fühlen sich etwas luftiger an als zuvor, ein wenig weniger erdrückend. Sie hat eine Sorge weniger. Max sollte erfreut sein.

Nachdem sie ihre dreißig Liter abgefüllt hat, fährt Ava den längeren Weg mit dem Fahrrad, um das Schwein zu vermeiden, das sie gemeldet hat. Ihr Handy piept, als sie zu Hause ankommt. Ihre Meldung bei der Gesellschaftspolizei wurde abgelehnt. Dieser Mann, den sie gemeldet hat, ist anscheinend zu wichtig. *Angesehenes Mitglied der Gesellschaft. Dies ist eindeutig ein Missverständnis,* steht da. Eine gute Nachricht gefolgt von einer schlechten. Des Universums Art, sich selbst ins Gleichgewicht zu bringen. Sie macht sich eine geistige Notiz, beim nächsten Mal einen Taser mitzunehmen, wenn sie diesen Weg fährt. Wenn sie ihn nicht strafrechtlich verfolgen lassen kann, wird sie stattdessen seine Augäpfel verbrennen.

Kapitel 13

Mr. Constances Beerdigung war vor einer Woche, und sie haben nichts mehr im Terminkalender. Keine menschlichen Beerdigungen, wohlgemerkt. Niemand stirbt. Zumindest niemand mit dem erforderlichen Lebenswert. Und wenn Pres-X erst einmal an alle verteilt wird, könnte nicht einmal eine Senkung des Lebenswerts des Unternehmens noch helfen. Ava stützt die Ellbogen auf den Schreibtisch und legt das Kinn in die Hände. In der Kühlkammer liegen ein Meerschweinchen, eine Katze, zwei Hunde und ein Hamster. Max hat ihr Fell aufgepeppt, die Schnurrhaare nachgezogen, und Ava hat die Zeremonien vorbereitet. Mit Hamster-Särgen wird man keine Rechnungen bezahlen können. Und mit ihrem schwindenden Bankkonto wird alles, was sie getan hat, um ihren Wert zu steigern, bald zunichte gemacht sein.

Die Vasen sind leer, und der Empfangsbereich fühlt sich ohne sie zu steril an und riecht auch so. „Meerschweinchen brauchen keine Blumen", hatte Max gesagt. Zu Recht, aber die Atmosphäre braucht sie. Selbst wenn man nur mit Haustieren zu tun hat, ist der Job deprimierend genug, ohne sich auf ein bisschen Blumenschmuck freuen zu können. Ava nutzt die Firmenkreditkarte und bestellt eine frische Lieferung, stark duftende Blumen, einen Farbtupfer. Dass sie in ihrer Kleidung keine Freude zeigt, bedeutet nicht, dass sie von Düsternis umgeben sein möchte. Auch ein paar Kekse für die Kunden – Hunde und Menschen – für den Fall, dass die lebenden Haustiere an den Zeremonien teilnehmen. Die Blumen sollten Wunder wirken, um den Geruch dieser Besucher sowie den von Einbalsamierung und Särgen zu überdecken.

Zumindest wird die beruhigende Atmosphäre hinter den dicken Glasscheiben aufrechterhalten. Der Lärm der Menge draußen ist gedämpft, wenn die Türen geschlossen sind, obwohl ihre Körperwärme, die die Scheiben beschlagen lässt, ein ständiges Ärgernis bleibt. Sie sind immer noch da, warten und sind begierig darauf, einen kürzlich Hinterbliebenen mit hoher Punktzahl anzusprechen. Der Besitzer eines Hundes hat gestern tatsächlich ein Date mit einem der Punktzahl-Jäger angenommen. Diese Beerdigung findet in vier Tagen statt. Ava fragt sich, ob der Punktzahl-Jäger anwesend sein wird, mit Taschentüchern bereit, einem tröstenden Arm zur Unterstützung. Sie schaudert bei der Anrüchigkeit dieser Gedanken.

Ava surft im Internet, reizt die letzten Reste ihres persönlichen Kreditrahmens auf zwei Kreditkarten aus, um ihren Lebenswert aufrechtzuerhalten, und verteilt die Rückzahlungen über das nächste Jahr, was irgendwie helfen sollte, ihren Wert zu stabilisieren. Vielleicht kann sie zusätzliche Stunden bei XL Medico bekommen. Die Nachfrage wird sicherlich da sein. Eine weitere glückliche Nacht als Gesellschaftspolizistin wäre auch nützlich.

Ihr freier Tag bei XL Medico ist heute Abend, also beschließt sie, auf Patrouille zu gehen. Schlaf ist für die über 700er, rechtfertigt sie sich.

„Max, willst du etwas von Beanies?", ruft sie den Flur hinunter, wo Max immer noch mit den Katzen beschäftigt ist.

Er kommt aus dem Raum und klopft orangefarbenes Fell von seiner Schürze. „Was hast du gesagt?"

„Kaffee von Beanies?"

„Oh, nein. Danke."

Ava hält einen Moment inne und sieht ihn an. Seine sonst so gepflegten Haare wirken heute weniger ordentlich. Die Farbe in seinen Wangen, die seine neue Beziehung ihm gebracht hat, ist verblasst. „Wie geht's dir? Hast du dein B-Well schon genommen?"

Er senkt den Blick. „Ich habe heute mein Rezept bekommen. Aber du weißt ja, die Dosis ist an den Lebenswert gekoppelt, also kriege ich nur dreißig Milligramm. Oma versucht ständig, mir ihre Punkte zu geben, damit ich eine höhere Dosis bekommen kann, aber sie braucht die Punkte für das Pres-X, das sie immer noch ablehnt."

„Scheiße, Max. Es tut mir wirklich leid. Aber hey, dreißig Milligramm sind besser als nichts. Ich bin sicher, es wird helfen."

„Ja. Vielleicht. Wir werden sehen. Übrigens, Frida schreibt ihre Dissertation darüber. Du wirst sie vielleicht bei XL Medico sehen, um Daten durchzugehen." Sein Kinn hebt sich ein wenig bei der Erwähnung ihres Namens, seine Mundwinkel verziehen sich leicht nach oben. Die Beziehung blüht also zumindest noch.

„Du musst sie mal mitbringen, um hallo zu sagen", sagt Ava. „Damit ich weiß, nach wem ich Ausschau halten soll."

„Sie wird diejenige sein, die allen die Ohren vollquatscht und tonnenweise Fragen stellt." Seine Lippen verziehen sich zu einem breiten Lächeln.

„Ha. Sie klingt reizend."

Als Ava die Arbeit verlässt und auf den belebten Bürgersteig tritt, bahnt sie sich mit den Ellbogen ihren Weg durch Menschenmengen von Punktzahl-Jägern. Sie achtet darauf, dass sie mit der Spur Schritt hält, in der sie sich befindet – kein Trödeln, nichts, was ihr weitere Punktabzüge einbringen könnte. Auf den Werbetafeln werden die Mindestgeschwindigkeiten für jede Spur angezeigt, in blinkenden Neonlichtern, die jeden erinnern. Es muss einige Beschwerden gegeben haben, damit sie sich diese Mühe machen. Ava schaut sich ständig um und prüft, ob Kameras der Gesellschaftspolizei auf ihr Gesicht gerichtet sind, sieht aber keine. Angesichts des Mangels an Spionagezubehör in den Geschäften nimmt sie an, dass sie alle versteckte Kameras haben.

Als sie um die Ecke geht, rempelt ein Mann sie an und flüstert ihr zu nah und zu vertraut ins Ohr: „Diese Frau da drüben plant, Sie auszurauben, nur damit Sie es wissen. Greifen Sie sie besser zuerst an."

Ava verlangsamt ihr Tempo nicht, sondern geht weiter. Die Frau dreht sich um, um Ava anzusehen, hält das Tempo, geht in die gleiche Richtung und verengt ihre Augen zu Schlitzen.

„Wenn sie es nicht tut, gebe ich Ihnen vielleicht eine Umarmung", sagt der Mann, sein schmutziger Atem lässt Ava zurückschrecken.

Da sieht sie es, das Glitzern einer nicht allzu versteckten Kameralinse am Revers des Mannes. Die Frau hat ihr Handy in der Hand, an ihrer Seite, als würde sie es nicht benutzen, aber die

Kamera ist auf Ava gerichtet. Sie versuchen, sie aufzustacheln, sie zum Anhalten zu bringen, zum Ausrasten, zu irgendetwas, das sie der Gesellschaftspolizei melden können. Sie schluckt, beißt sich auf die Innenseite ihrer Wange und behält ihre Richtung und ihr Tempo bei.

„Sie sollten hören, was diese Frau über Sie sagt. Über Ihre Familie auch. Sie wird ihnen allen wehtun."

Ihnen allen? Sie kennt Avas Familie definitiv nicht. Sicher in ihren Überzeugungen geht Ava weiter. Vor ihr in ihrer Spur beginnt ein hitziger Austausch. Zwei Typen schreien sich an, ihre Brust aneinandergepresst, während sie weitergehen. Durch die Lücken zwischen den Menschen sieht Ava ihre roten Gesichter und Fäuste, die vor den Gesichtern des jeweils anderen wedeln. Ein heftiger Stoß drängt sie zur Seite, als der Mann sich seinen Weg bahnt und sein Revers anhebt, um über die Menge zu filmen. Die Frau vor ihr hält ihr Handy hoch, um die Aktion vor ihr einzufangen. Ava kramt in ihrer Tasche nach ihrem Handy und verflucht sich selbst dafür, so langsam zu sein. Als sie es endlich in der Hand hat und die App der Gesellschaftspolizei geladen ist, hat sich der Austausch abgekühlt und es gibt nichts mehr zu sehen.

Verdammt!

Sie kommt bei Beanies an, um einen Kaffee zu holen. Seit Jahren geht sie in dieses Café. Es ist das einzige, das den Kaffee nicht verbrennt und ihn mit der richtigen Menge Milch serviert. Ihr übliches Café hat jetzt ein neues Schild: „600-plus-Café".

Was?!

Ava nähert sich dem Tresen, von außen aufgeregt, aber innerlich vor Wut kochend.

„Kris, was zum Teufel?“

„Tut mir leid, Ava“, sagt Kris, dessen übliche gerötete Gesichtsfarbe jetzt eher schuldig als liebenswert aussieht. „Du bist keine 600er?“

„Nein, aber ich hole hier seit Jahren meinen Kaffee.“

„Psst, sei einfach ruhig. Ich mache es dieses eine Mal.“ Er schaut über seine Schulter, bevor er eine Tasse holt. Der Milchaufschäumer zischt und klingt so wütend, wie Ava sich fühlt.

„Warum die Änderung?“

„Der Chef macht sich Sorgen wegen der demografischen Verschiebung. Du weißt schon, mehr Leute mit niedrigeren Punkteständen leben länger.“

„Und das bedeutet, er muss sie rausschmeißen?“

„Es ist nur Business, Ava, das ist alles. Die mit den hohen Punkten haben einige ihrer Vergünstigungen verloren, die nun nicht mehr exklusiv für sie sind. Wir versuchen nur, sie zufriedenzustellen. Den Leuten etwas zu geben, wonach sie streben können.“

„Das ist Bullshit von deinem Chef“, sagt Ava und vermeidet es, Kris anzusehen. Stattdessen richtet sich ihr Blick auf die braune Flüssigkeit, die aus der Kaffeemaschine läuft. „Ich werde den ganzen Weg zu Cuppa-go laufen müssen.“

„Die sind jetzt über 700.“

„Was?!“

„Überall das Selbe, um Frieden mit den Leuten mit hohen Punkteständen zu halten, die wegen dieser ganzen nicht-exklusiven Pres-X-Sache verärgert sind. Es wird von *Eyes Forward* gefördert. Ohne nach einem hohen Punktestand für Pres-X zu streben, haben die Leute nichts, worauf sie hinarbeiten können. Sie können Pres-X-2 bekommen oder einfach abwarten und das normale Pres-X nehmen. *Eyes Forward* will nicht, dass sie so denken. Sie wollen, dass die Leute hart arbeiten und Pres-X-2 nehmen, um produktiv zu bleiben, nicht alt zu werden – man muss immer noch nach Punkten streben. Wir müssen den Ehrgeiz am Leben erhalten."

„Du klingst, als würdest du diesem Unsinn tatsächlich zustimmen", stöhnt Ava und lehnt sich gegen die Theke.

Er gießt den Schaum ein, genau die richtige Menge, genau wie sie es mag. „Ich widerspreche nicht. Ich hoffe, dass mein Punktestand hoch genug ist, um Pres-X-2 zu nehmen, wenn ich älter bin. Du musst doch darauf brennen, deine Behandlung zu bekommen."

„Nicht wirklich."

„Wie auch immer. Hier, bitte."

Er reicht ihr den Kaffee und sie nimmt ihn mit einem gemurmelten Dank entgegen.

„Wo soll ich jetzt meinen Klatsch und meine Neuigkeiten herbekommen, Kris?"

„Schau Nachrichten wie alle anderen. Tut mir leid, Ava."

Als sie im Café sitzt, wird klar, dass es für über 600 ist. Oder sein wird... Die Einrichtung wird neu bezogen, Bilder abgestaubt und Holz neu gestrichen. Ihre Schuhe fühlen sich klebrig auf dem frisch lackierten Boden an. Die langjährigen Fingerabdrücke am Fenster wurden weggewischt.

Sie geht mit ihrem Kaffee, anstatt zu sitzen und sich wie ein armer Schandfleck zu fühlen, und sieht, dass Kris Recht hatte. Neue 700-plus-Schilder werden in jedem Lokal aufgehängt. Manche gehen auf 600 runter, ansonsten wäre es untertrieben zu sagen, dass die Gegend gentrifiziert wird. Durch die überall dichter gewordenen Menschenmengen hatte sie es nicht bemerkt. Sogar der 500-plus-Eckladen hat auf 600 erhöht.

Sie bahnt sich unhöflich ihren Weg durch die Menge zurück zur Arbeit, entschuldigt sich aber für den Fall, dass ihre Körpersprache der Gesellschaftspolizei irgendeinen Grund zur Beunruhigung gibt, und schafft es irgendwie, nur einen Tropfen zu verschütten. Die Ansammlung vor ihrer Arbeit lichtet sich kurz und ihre Aufmerksamkeit wird woanders hingezogen.

„Da ist eine! Wo gehen Sie hin?"

„Entschuldigung, Miss. Sie sehen reizend aus. Haben Sie Lust etwas essen zu gehen? Ich lade Sie ein."

„Ignorieren Sie ihn. Er ist schrecklich. Lassen Sie mich Ihnen eine schöne Zeit bereiten."

Ava blickt hinter sich und sieht eine konservierte Frau, die den 600-plus-Delikatessenladen auf der anderen Straßenseite betritt. Nein, jetzt 700 plus. Ihr Gesicht hat immer noch ein paar leuchtend rosa Flecken, die nicht einmal versucht wurden zu verbergen. Anstatt schnell in den Laden zu huschen und sich vor den Blicken der Schaulustigen zu verstecken, hält sie inne, lächelt und zwinkert dann der Menge zu. Alle folgen ihr und lassen den Platz vor dem Bestattungsunternehmen so leer zurück, wie er seit Tagen nicht mehr war.

Ava verdreht die Augen über diesen Wahnsinn und geht zurück an die Arbeit. Die wenige Arbeit, die sie hat, besteht darin, den Gottesdienst für Jack, den Pudel, zusammenzustellen und auf der Website des Großhändlers nach Tiersärgen zu suchen. Erin kommt kurz nach Ava an, sieht aufgeregt aus, mit Haaren, die sich aus ihrem Zopf lösen, und Staub von den Straßen, der ihre Schuhe bedeckt. In ihren Händen ist eine Lunchbox für Max.

„Er hat sie heute Morgen vergessen", erzählt sie.

Ava ruft Max aus dem Kühlraum. Er kommt herüber und errötet, als er das Essen sieht.

„Ich bin durchaus in der Lage, mir selbst ein Mittagessen zu besorgen."

„Ich will nur nicht, dass du etwas verpasst. Ich hätte mich nicht bemüht, wenn diese Menge noch draußen gewesen wäre, aber ich konnte einfach reinspazieren. Sie sind allerdings schon wieder da, wie ich sehe. Wie kann das nicht illegal sein, Leute so zu bedrängen? Die sollten alle Punkte abgezogen bekommen."

„Ich könnte dir nicht mehr zustimmen", meint Ava.

Max nimmt sein Mittagessen und geht ohne ein weiteres Wort zurück in den Kühlraum. Erin schaut ihm nach, ihr Gesicht bedrückt und das Kinn gesenkt. Als sich die Tür des Kühlraums schließt, wendet sie ihre Aufmerksamkeit Ava zu.

„Wie geht es dir, Liebes? Wie läuft das Geschäft?" Erin stützt sich auf ihren Stock.

„Es läuft so vor sich hin. Mach dir keine Sorgen um uns. Und dir? Du solltest bald für Pres-X qualifiziert sein. Das sind doch tolle Neuigkeiten, oder?"

„Ja, ja. Jedenfalls möchte ich wirklich mit dir über Maxy sprechen. Mit ihm stimmt etwas nicht, oder?"

Ava nickt. „Er wirkt niedergeschlagen, mehr als sonst."

„Ich verstehe es einfach nicht. Er hat diese neue Freundin. Hat er dir davon erzählt?"

„Ja, vor Kurzem. Ist es ernst?"

„Ich weiß nicht. Aber man würde denken, er schwebt im siebten Himmel. Sie ist recht hübsch. Scheint tatsächlich ziemlich charmant zu sein. Wunderbare Manieren. Aber er ist einfach die ganze Zeit so traurig."

Avas Lippen zucken, als sie ihre Worte wählt. Sieht Erin das Problem etwa nicht? Sie fragt sich, ob Zia genauso ahnungslos ist. Eigentlich muss sie sich das gar nicht fragen. „Ich glaube, Erin, wenn ich ehrlich bin, macht er sich Sorgen um dich. Er befürchtet, dass du Pres-X nicht nehmen wirst."

Erin schnaubt belustigt. „Warum sollte er sich darüber Sorgen machen? Natürlich werde ich es nicht nehmen. Mein Mann und meine Tochter, Max' Mutter, sie alle warten irgendwo auf mich. Wenn meine Zeit gekommen ist, dann ist sie eben gekommen."

„Aber du bist alles, was er hat." Ava sagt dies mit einem Kloß im Hals. Eine Sorge, die sie nur zu gut kennt.

Erins Gesicht ist jetzt regungslos, ausdruckslos. „Ach so. Ich verstehe. Aber er ist ein junger Mann. Ich bin nur seine alte Oma. Er braucht mich nicht."

„Ich glaube, er braucht dich mehr, als du denkst."

„Unsinn. Er braucht mich nicht mal mehr, um ihm Sandwiches zu bringen. Er hat jetzt sein B-Well-Rezept. Das wird ihn schon ein bisschen aufmuntern."

„Ich hoffe es."

Erin schenkt Ava ein Lächeln, als sie geht und sich darauf vorbereitet, der Menschenmenge draußen zu begegnen. Sie verzieht das Gesicht, als sie läuft, ihr Hinken wird größtenteils durch Sturheit und Entschlossenheit verborgen. Ava schüttelt den Kopf. Wie kann sie Pres-X nur nicht nehmen wollen? Die Schmerzen, die mit ihrem Alter einhergehen, das Tempo, der mentale Nebel

... wie kann sie das alles nicht loswerden wollen? Es ist nicht dasselbe wie der Unsinn von Pres-X-2. Das ursprüngliche Pres-X ist so viel mehr als das. Es bedeutet mehr Zeit mit der Familie.

Nachdem Erin gegangen ist, macht sich Ava daran, den Raum zu putzen. Ein leichtes Abstauben und Staubsaugen ist alles, was nötig ist – nichts im Vergleich zum Aufräumen von Glaswaren und Arbeitsflächen, die ein geschäftiges Labor erfordern würde. Sie klopft den Staub aus den Polstern und ist fast fertig. Schon wieder gelangweilt. So viele Stunden über so lange Zeit in einem Job zu arbeiten, der sie so wenig interessiert, beginnt seinen Tribut zu fordern. Das war die Vision ihres Vaters, nicht ihre eigene. Sie wollte Kunst studieren, bis ihr Vater ihr sagte, sie würde ihre Zeit verschwenden, also verfolgte sie stattdessen die Wissenschaft und liebte das sogar noch mehr. Sie hält nur sein Andenken am Leben, das ist alles.

Die schweren Möbel, die kunstvollen Bilderrahmen, die Kristallleuchten, sie alle sind der Ausdruck des Wohlstands, den er sich für die Zukunft seiner Karriere vorstellte. Ava lebt im Schatten seiner Erinnerung. Sie weiß das, aber dieser Schatten umhüllt sie vollständig. Eine Erinnerung. Das ist alles, was wir je zu werden bestimmt sind, zumindest für die kürzeste Zeit. Ava kannte ihre Großeltern kaum. Die Erinnerung an uns ist genauso sterblich wie unser Fleisch – sie hält nur ein wenig länger. Die ruhigen Stunden im Bestattungsinstitut geben ihr Zeit, über solch dunkle Gedanken nachzudenken. Über ihre eigene Sterblichkeit und den Mangel an jemandem, der sich an sie erinnern wird. Sie kann sich vorstellen, wie in Jahrzehnten, lange nachdem sie gegangen ist, das Schild von L.M. Bestattungen draußen in Vergessenheit gerät, übermalt mit dem Logo irgendeines Discounters, von der Art, die jeder gelegentlich braucht. Ein Gespräch zwischen zwei Leuten draußen, die darüber diskutieren, was vor dem Discounter hier war – keiner sicher und nicht in der Lage, sich zu einigen.

Sie stellt den Staubsauger weg und beschließt, auf dem Heimweg ein paar Bier zu kaufen.

***

Als Ava an diesem Abend nach Hause kommt, kennt sie nur noch einen Ort, an dem sie Lebensmittel kaufen kann. Wenn der seine Lebenspunktzahl erhöht, wird sie auf Pulverrationen angewiesen sein. Das dehydrierte Zeug war schon immer ein Grundnahrungsmittel für die mit den niedrigsten Punktzahlen. *Nachhaltig für den Planeten und dich*, steht auf der Verpackung. Wenn es nach den Pro-Grow-Aktivisten von vor Jahren ginge, würden das alle essen. Perfekt ausbalancierter, umweltfreundlicher Staub. Bei dem Gedanken daran würgt sie. Keine frischen Lebensmittel mehr, keine Leckereien, kein Bier, Zias fragwürdige Aufläufe. Jemand mit ihrer Punktzahl sollte solchen Entbehrungen nicht ausgesetzt sein. Es wird nicht so weit kommen, versichert sie sich. *Eyes Forward* wird es nicht so weit kommen lassen.

„Was ist mit diesem netten Mädchen, wie hieß sie noch?", fragt Zia, als Ava zu Hause darüber jammert. Zia scheint heute klarer im Kopf zu sein. Die Wohnung ist nicht backofenheiß und der Ofen ist auf der richtigen Temperatur eingestellt. Kein verschütteter Tee.

„Mandisa?"

„Ja. Sie hatte eine hohe Punktzahl, oder?“

„Ja, Zia. Deshalb haben wir uns getrennt“, sagt sie, während sie sich eine Tasse Tee macht und innerlich flucht, als ihr klar wird, dass sie vergessen hat, Bier zu kaufen.

„Sie war reizend. Single in deinem Alter. Scheint einfach schade, das ist alles.“

„Ich werde eher jemanden kennenlernen, wenn ich im sicheren Alter bin.“

„Sicheres Alter. Pah. So etwas gab es nicht, als wir jung waren. Schwanger zu werden ist kaum unsicher. Wir haben gegen die Zwangssterilisation von Mädchen protestiert, weißt du. Das haben wir für euch getan, damit ihr die Wahl habt.“

„Ich habe meine Wahl getroffen und dieser Zug ist fast abgefahren.“

Zia beugt sich näher zu ihr, mustert sie auf diese Art, wie sie es immer tut. „Du siehst wirklich erhitzt aus, Liebes. Und du bist ziemlich reizbar. Und deine Haut sieht trocken aus. Und all dieses Schwarz. Ich nehme an, schwarze Kleidung macht schlank, aber darum musst du dir keine Sorgen machen. Bist du krank, Liebes? Ich meine im Kopf. Machst du dir Sorgen um deine Silhouette, wie manche Mädchen das tun?“

„Nein, Zia. Mir geht‘s gut.“

„Du könntest vielleicht jemanden kennenlernen, wenn du schönere Kleidung tragen würdest.“

„Ich habe zu viele Witwen getroffen, um jemanden kennenlernen zu wollen. Kein Glück ist die Trauer wert.“ Sie beißt sich auf die Lippe, sobald sie das sagt, und hofft, dass Zia sich nicht an ihre eigene Trauer erinnert.

Zia lässt sich schwer auf das Sofa plumpsen, wobei ihr ein grunzendes Ausatmen entfährt. „Dein *Zio* war am Ende nicht der beste Ehemann. Wir hatten trotzdem ein schönes Leben bis dahin. Aber er veränderte sich am Ende. Ich trauerte um den Mann, der er einmal war, nicht um den Mann, zu dem er wurde."

Ava erstarrt, ihr Atem stockt. Es ist das Zusammenhängendste, was Zia seit Jahren gesagt hat. Ava kannte ihren Onkel nie, traf ihn nur ein paar Mal. Laut Avas Vater hasste er es, 'Zio' genannt zu werden, das italienische Wort für Onkel, und als Ava ein Mädchen war, bestand ihr Vater darauf, dass sie es benutzte. Ein Kulturschock, würde ihre Mutter mit ihrer üblichen Gleichgültigkeit sagen. Einfacher für sie, Abstand zu halten. Es kann immer nur einen Alphawolf geben.

„Trotzdem würden deine Eltern wollen, dass du jemanden kennenlernst, anstatt dir die ganze Zeit Sorgen um deine Punktzahl zu machen. Das war ihnen nie wichtig. Lebe, solange du kannst, bis deine Zeit abgelaufen ist, sagten sie."

Ava verschluckt sich fast an ihrem Tee. „Sag das noch mal. Hast du gesagt, Zeit abgelaufen?"

„Ja. Bei diesen Treffen haben alle nur davon geredet. Ich werde mir eine heiße Schokolade machen, Liebes. Möchtest du auch eine?"

Ava klappt der Kiefer runter. Sie braucht einen Moment zum Nachdenken, aber wenn Zia den Faden verliert, wer weiß, ob sie sie wieder zu diesem Gespräch zurückbringen kann. „Nein. Und hast du vielleicht Fotos von diesen Treffen?", fragt Ava. Ein Schuss ins Blaue, aber einen Versuch wert.

„Wahrscheinlich ein paar, ganz sicher einige von den Kundgebungen. Schau auf der Festplatte nach. In den Ordnern dort. Könnte was dabei sein. Wie wär's mit einem Kamillentee?"

„Gerne."

Ava schnappt sich den Laptop und schließt die Festplatte an. Album um Album von Familienweihnachten und Geburtstagen, Fotos von ihr als Kind, wie sie Fahrradfahren lernt. Keine von Zia, na ja, fast keine. Sie war immer hinter der Kamera, diejenige, die „Cheese" rief und winkte und mehr als alle anderen lächelte. Und dann, außerhalb der Reihenfolge, ganz unten unter all den lebenslangen Erinnerungen, ein Ordner mit dem Namen TU.

Nein. Das kann nicht sein.

Aber sie öffnet ihn und da sind sie. Ihre Eltern. Vor über zehn Jahren, ein paar Jahre vor den Großen Unruhen. Es müssen *Time's-Up*-Treffen gewesen sein. Als *Time's Up* noch in den Kinderschuhen steckte – nur wenige Mitglieder, ein paar Schilder, die gegen die Lebensverlängerung protestierten. Eine der Fraktionen der Großen Unruhen, die allerlei Proteste organisierte und daran teilnahm, um die Einführung von Pres-X zu stoppen, um sicherzustellen, dass es Platz für mehr Babys gab, statt nur für langlebige Ältere. Gehörten ihre Eltern wirklich zu den Gründen der *Time's-Up*-Bewegung?

Die Treffen waren anfangs klein, dann, als Ava weiterscrollt, wurden sie größer, größere Menschenmengen, mehr Aufmerksamkeit, mehr ... Aufruhr, und neben ihnen jemand, den sie erkennt, direkt neben ihren Eltern sitzend. Die obere Hälfte seines Gesichts ist unter der Krempe seines Hutes verborgen, aber dieses Kinn kennt sie. Sie hat ihn in den Gängen von XL Medico gesehen, wie er in ihr Bestattungsunternehmen kam und ihr sagte, dass sie ihren Vorrat an Formaldehyd-Rose wollen. Nur sieht er jetzt jünger aus. Siebzig Jahre jünger, immer noch mit derselben Narbe am Kinn.

Kapitel 14

Da überall die Punkteanforderungen steigen, müssen die Banden mehr Überfälle planen. Ava ist sich dessen sicher, als sie im Darknet nach Hinweisen sucht. Tatsächlich erkennt sie vertraute Erkennungszeichen, schwingt sich auf ihr Fahrrad und macht sich ausgerechnet auf den Weg zu Beanies. Wahrscheinlich handelt es sich um Racheakte – nicht darum, Nahrung zu beschaffen, sondern um zu zeigen, dass die Niedrigpunkter unzufrieden sind.

Ihr Lieblingsversteck in der dunklen Gasse ist nicht zugänglich. Ein Haufen Fahrräder – ohne Lichter, ohne Reflektoren – steht am Eingang. Und in der Gasse selbst drängen sich die Besitzer der Fahrräder übereinander. Spionagekameras sind auf die Hauptstraße gerichtet, lange Objektive auf Stativen – kein Quadratzentimeter ist für Ava übrig. Sie flucht leise und versucht es an einem anderen Ort, der genauso aussieht. Mit spitzen Ellbogen schiebt sie sich in die Mitte der Gruppe und ignoriert das Gezische und die Flüche um sie herum.

Sie muss nicht lange warten. Sie kommen in Scharen zu Beanies, Cuppa-Go, Sandwichbars, Konditoreien – und sie gehen mit ihren Baseballschlägern auf sie alle los, zerschlagen Fenster und übersprühen die neuen Schilder mit den Lebenspunkteanforderungen. Sie hätten es wirklich kommen sehen müssen, denkt Ava. Die Niedrigpunkter von allen Möglichkeiten abzuschneiden und es als Anreiz zu verkaufen, konnte kaum ohne Konsequenzen bleiben.

Trotzdem steht sie nicht auf der Seite von Schlägern, und mit dem Handy in der Hand, bei eingeschaltetem Nachtmodus, reckt sie sich über all die anderen Gesellschaftspolizisten hinweg, die versuchen, die Aktion einzufangen. Sie ist sich sicher, dass sie mehr Aufnahmen von den Hinterköpfen der Leute als vom eigentlichen Verbrechen davor bekommt. Aber sie sind alle neu in diesem Geschäft, während Ava ein alter Hase ist.Sie bleiben bis zum Schluss, nehmen jede Minute auf, während Ava sich Beschreibungen einprägt und nach dem ersten Ansturm aufhört zu filmen. Sie hat das Filmmaterial und ihre Beschreibung hochgeladen, bevor die anderen Gesellschaftspolizisten überhaupt ihre Kameras weggepackt haben.Sie grinst. *Amateure.*

Sie klettert aus der Menge, zieht sich über nicht gerade unauffällige Körper und Ausrüstung hinweg und radelt dann nach Hause, bevor die Straßen mit all den anderen verstopft sind, die sich auf den Weg machen. Dabei zählt sie im Kopf ihre Punkte zusammen.

Vor ihrem Wohnblock steht ein Fahrzeug, das sie seit Jahren nicht gesehen hat – die gelben Streifen wie die einer Wespe, seine Insassen genauso bösartig. Gerichtsvollzieher. Sie können nicht wegen ihr hier sein. Sie kommt all ihren Zahlungen nach.Sie schließt ihr Fahrrad im Lager unten ein und schleicht so leise wie möglich die Treppe hinauf. Suzanna. Ihre Tür steht offen, und von drinnen ist Wehklagen zu hören.

„Ich werde alles zurückzahlen! Das werde ich, ich schwöre."

„Dafür ist es jetzt zu spät. Sie haben zwei Wochen in Folge keine Zahlungen geleistet."

„Ich werde mehr Kredit aufnehmen. Ich weiß, dass ich mehr bekommen kann. Bitte, nehmen Sie nicht meine Punkte."

„Wir haben einen Gerichtsbeschluss, Ihre Punkte und Besitztümer zu pfänden."

„Das ist ein Todesurteil. Sie wissen, was das bedeutet. Ich bin eine 640, hören Sie? 640!"

Ava hält nur kurz inne, um einen Blick zu riskieren. Die Lockenwickler in Suzannas Haar sind herausgefallen, ihre Locken hängen schlaff über ihre Schultern. Ihre Gesichtsmaske ist verschmiert, weißlicher Glibber sammelt sich über ihren Augenbrauen.

„Es gibt einen Platz für Sie in einem Gebäude für Personen mit weniger als 200 Punkten südlich des Flusses", fährt der Gerichtsvollzieher ohne eine Spur von Emotion fort. „Sie dürfen eine Tasche mit Kleidung mitnehmen. Der Rest wird verkauft."

„Aber das ist mein Zuhause."

„Es ist ein Zuhause für die über 500 Punkte. Es tut mir leid, aber Sie müssen gehen."

„Ava!" Suzanna entdeckt sie, wie sie sich die Treppe hochschleicht. „Sag es ihnen. Sag ihnen, dass ich gut genug dafür bin. Hast du Punkte übrig? Bitte? Ich bin so nah dran, Pres-X-2 zu bekommen. So nah. Bitte. Ich kann keine unter 200 sein. Ich kann einfach nicht."

„Ich... Es tut mir leid. Ich kann nichts tun."

Suzanna fällt auf die Knie und heult so laut, dass Zia es sicher über ihren Fernseher hören kann.

„Es tut mir wirklich leid."

Die Gerichtsvollzieher packen Suzanna unter den Achseln und ziehen sie die Treppe hinunter. Ihre Füße schleifen über den Boden, während sie den ganzen Weg hinunter schreiend leugnet.

KAPITEL 15

7 Jahre vor der Großen Unruhe

„Dieser Buchclub von dir geht immer länger", sagte Ken eines Abends, als Lucia gerade Sekunden vor Mitternacht nach Hause kam. Er war in den letzten paar Jahren noch mürrischer geworden, falls das überhaupt möglich war. Während Ken griesgrämiger wurde, blühte Lucia mit ihren neuen Freunden und ihrem sozialen Leben auf, mit ihrem Interesse an der Welt und ihrer wiedergewonnenen Fähigkeit, lange aufzubleiben.

„Nun, wenn du jemals ein Buch lesen würdest, wüsstest du, dass es viel zu besprechen gibt." Es war kein zutreffender Kommentar. Ken hatte viele Bücher gelesen, nur in letzter Zeit nicht mehr. Als ob Lucias Lesen bedeutete, dass er es nicht konnte oder nicht wollte, als ob er kein gemeinsames Interesse haben wollte.

Ken schlurfte jetzt ins Bett. Warum er auf sie wartete, wusste Lucia nicht. Sie blieb nie auf, wenn er mit seinen *Eyes-Forward*-Kollegen unterwegs war, für die Regierung spionierte und frisch gebackene Eltern schikanierte. Die neueste Kampagne, um Leute vom Kinderkriegen abzuhalten, war angeblich ganz allein seine Idee. Obwohl Lucia vermutete, dass sein dummer alter Kopf, der nicht einmal Toast machen konnte, sich so etwas nie ausdenken würde. Lebenspunkte für jedes geborene Kind zu kürzen und die Punkteanforderungen für alle Kindergärten zu erhöhen. Es wurde in den Nachrichten und in Fernsehwerbungen verkündet, während Ken stolz von seinem Sitz aus nickte. Als sie es hörte, wollte Lucia den Fernseher nach ihm werfen. Warte nur, bis *Time's Up* davon hört, hatte sie gedacht. Nicht einmal die Scham, dass es ihr eigener Mann war, der so eine Initiative vorgeschlagen hatte, würde sie davon abhalten, sich dagegen auszusprechen. Sie war so wütend, dass sie sich noch am selben Abend mit Mo und Keisha traf, anstatt bis Dienstag zu warten.

Natürlich hatte sie den Fernseher nicht nach Ken geworfen. Sie hatte ihre Zähne zusammengebissen, ihm gesagt, er sei dumm, und stattdessen ihr Buch aufgeschlagen, anstatt weiter fernzusehen. Er bemerkte ihren Zorn nicht einmal. Stattdessen hatte er gesagt, seine Initiative würde ihm sicher bald etwas Pres-X einbringen. Es war immer noch nur für die 750-Plus-Leute verfügbar und selbst mit dem Anstieg seiner Punktzahl, seit er mit seiner Spionagearbeit begonnen hatte, war er weit von der 750-Anforderung entfernt.

„Ich werde für einen Mitarbeiterrabatt qualifiziert sein", hatte er behauptet. Obwohl Lucia sich mit seinem nahenden 81. Geburtstag fragte, ob er reingelegt worden war oder ob er seine Meinung geändert hatte. Sie hoffte, es war Letzteres.

Lucia sank in das Sofa und zog ihre Schuhe aus. Der lange Rückweg so spät machte ihren Füßen zu schaffen. Keine Busse fuhren so spät. Es ist gut für dich, sagte sie sich. Ein bisschen mehr

Bewegung war eine gute Sache. Das Summen der elektrischen Zahnbürste begann oben, und Lucia griff nach ihrem Buch, das zwischen den Sofakissen steckte – immer noch halb ungelesen.

„Kommst du ins Bett oder was?", rief Ken von oben.

„Bald. Ich werde noch ein bisschen sitzen und lesen."

„Verdammte Bücher. Wie du meinst."

Lucia wollte nicht lesen. Das Buch war sowieso Mist. Alles Klischees und zu viel Schmusekram. Stattdessen wollte sie eigentlich das Treffen verdauen, das sie gerade gehabt hatte. Es war wunderbar. Im Laufe der Jahre hat *Time's Up* erheblich an Mitgliedern gewonnen. So viele, dass sie dienstags vorgaben, ein anderer Buchclub zu sein, damit sie das ganze Café einnehmen und gleich nach Ladenschluss um sieben Uhr beginnen konnten. Sie lasen klassische Science-Fiction aus den 1900er Jahren, falls jemand fragte. Ein Genre, das so unpopulär war, dass niemand sonst nur wegen des Buchclubs beitreten wollte. Das war Thomas' Idee gewesen. Ziemlich clever, fanden sie alle.

Das heutige Treffen hatte nicht gut begonnen. Die arme Mo kam mit Donny im Arm, der sich von einem verstauchten Knie erholte, nachdem er ein Eichhörnchen gejagt hatte. Lucia hatte angenommen, Mos Tränen wären wegen Donny, und sie hätte fast auch geweint. Sie war Donny ziemlich ans Herz gewachsen und er döste jetzt oft während der Treffen auf ihrem Schoß.

„Der Bastard", sagte Mo. „Drei Jahre zusammen und er hat mit mir Schluss gemacht. Kannst du das glauben?"

„Oh, Liebes. Komm und setz dich", sagte Lucia, während sie einen Stuhl für sie herauszog. Mos Beziehung war in den letzten Monaten etwas turbulent gewesen, aber es hatte wirklich so ausgesehen, als hätten sie die Dinge geklärt.

„Er sagte, es sei zu riskant, in einer Beziehung mit ›so jemandem wie mir‹ zu sein. Er hat das tatsächlich gesagt. Er sagte, wir könnten versehentlich ein Baby bekommen. Er ist so besorgt, dass ich schwanger werden könnte, dass er lieber mit mir Schluss macht, als das Risiko einzugehen. Ich habe ihm gesagt, dass ich keine Kinder will – ein weiterer Hund wäre schön, ein Freund für Donny – aber er glaubt mir nicht. Er sagte, ich sei in ›dem Alter‹, in dem ich meine Meinung ändern würde. Ich sagte, er solle eine Vasektomie machen lassen, wenn er so verdammt besorgt ist, und er sagte, dass nicht er das Problem sei. Es seien nicht die Hormone der Männer, die in Schach gehalten werden müssten, und wenn ich nicht bereit sei, mich sterilisieren zu lassen, dann hätte ich offensichtlich eine andere Agenda. Das kann mach sich nicht ausdenken – verlassen, weil ich nicht bereit bin, mich einer Operation zu unterziehen.“

„So ein Bastard“, flucht Keisha und schüttelte den Kopf.

Keisha und Ian wollten eigentlich Kinder, aber mit all dem Hormonmist, den sie jetzt ins Wasser tun, war es für sie nicht möglich gewesen. Es war überall, sagten die Nachrichten. Hormone, die in die Wasserversorgung gepumpt wurden, in Getreide, Mehl, Haferflocken, alles. Jedes Mal, wenn Lucia Kuchen für das Café backte, fühlte sie sich schuldig, dass sie Menschen mit Leckereien sterilisierte. Aber sie konnte ja kaum keine Kuchen backen.

„Du bist ohne ihn besser dran, Liebes“, hatte Lucia sie beruhigt. Und das war sie wirklich. Mo war so ein Schatz. Sie verdiente es nicht, für dumm verkauft zu werden. Und sie war erst Anfang dreißig, also hatte sie noch Jahre vor sich, in denen sie attraktiv sein würde, ohne eine einzige Falte in ihrem hübschen Gesicht.

Was als trauriges Treffen begonnen hatte, verwandelte sich schnell in etwas ziemlich Aufregendes. Es gab so viele neue Teilnehmer, dass Lucia Schwierigkeiten hatte, mitzukommen. Sie konnte sich kaum an ihre Namen erinnern. Sie sollte definitiv eine neue Brille kaufen. Etwas klarer zu sehen, würde ihr wahrscheinlich helfen, sich zu erinnern, aber sie schien nie die Zeit zu haben, zum Optiker zu gehen. Eines der neuen Mitglieder hatte eine so süße, singende Stimme. Ganz unverwechselbar. Nachdem das Gespräch von Mos Liebesleben abgekommen war und alle ihr Mitgefühl ausgedrückt hatten, begannen sie wie üblich, rosa Gesichter zu nennen und anzuprangern, die sie gesehen hatten – wie die Demografie der Gesellschaft immer schiefer wurde, wie schwierig es war, irgendwo einen Termin zu bekommen, Personalprobleme überall –, als sich diese liebliche kleine Stimme zu Wort meldete.

Eyes Forward wird es bald für seine Mitarbeiter einführen, habe ich gehört", sagte sie.

Lucia hörte auf, den Kuchen zu verteilen, den sie gerade geschnitten hatte. Ihre Knochen erstarrten in der Bewegung. Nach einem Moment entspannte sich ihr Kiefer gerade so weit, dass sie sprechen konnte, und sie krächzte ein einziges Wort: „Wann?"

„Bald", sagte die nette junge Dame. „Sehr bald."

Kapitel 16

10 Jahre nach der Großen Unruhe

Die Bestätigungsmails für die Vandalen kommen schon am nächsten Tag durch und Avas Punktzahl steigt auf 570. Ein großer Sprung! Selbst mit ihrer anscheinend veralteten Spyware gelang es ihr, sieben Gesichter der Täter aufzunehmen, und die App konnte sie identifizieren. Keine Haftstrafen, nur die üblichen Punktabzüge für Ersttäter und ein paar mehr für Wiederholungstäter. Ein Link zu einem neuen *Eyes-Forward*-Beitrag erklärt im Detail, wie sie die Strafen aufteilen wollen, um Haftstrafen zu vermeiden, und die Bestrafung ist hart. Härter als Gefängniszeit. Diese neue Methode lässt Ava erschaudern und nach Luft ringen. Kein Pres-X. Niemals. Ein Todesurteil, auf das sie bis ins hohe Alter warten müssen. All die Vandalen sind so jung, dass so etwas wahrscheinlich noch nicht greift. Es wird Jahre dauern, bis sie sich qualifizieren würden. Aber Ava ist schockiert. Sie fühlt sich weniger wie eine Gesellschaftspolizistin und mehr wie eine Henkerin. Sie hat gerade dazu beigetragen, die jungen Rowdys zu einem frühen Tod zu verurteilen oder zumindest zu keinem unnatürlich langen Leben.

Das Kleingedruckte beschreibt, wie sie ihr Recht auf Pres-X mit großer Schwierigkeit zurückgewinnen können: Jahre des Gehorsams und des Strebens nach Punkten auf eine Art und Weise, die Ava sich nicht einmal vorstellen kann. Und wenn sie ein weiteres Verbrechen begehen? Kein B-Well. Alle Vandalen mit niedrigen Punktzahlen, die B-Well benötigen, werden einfach depressiv auf den Straßen umherirren gelassen. Wahrscheinlicher ist, dass sie rückfällig werden, denkt Ava, und ihre Wut an der Gesellschaft auslassen. Ein schlecht durchdachter Plan.Dan ach, so heißt es in den neuen Informationen, sollen Haftstrafen eingeführt werden. Niemand will Gefängnisse, bevölkert mit niedrig punktenden Lebensführern, die hundertjährige Strafen absitzen. Also: Halte ihre Lebenserwartung unter einem Jahrhundert, nimm ihnen ihre Glückspillen weg und sperre sie stattdessen in eine Zelle.

Ein Schauer überkommt Ava. Jahrelang hat sie als Gesellschaftspolizistin gearbeitet. Das Petzen für Punkte brachte ihr und Zia ihre Wohnung, bessere Lebensmittel als die üblichen Rationen, gute Pizza, besseren Kaffee. Jetzt lässt all ihre harte Arbeit sie wie die Bösewichtin fühlen – und wofür? Ihre Punktzahl reicht nicht für viele ihrer Lieblingssachen, ist aber immer noch höher als die der Rowdys. Und doch fühlt sie sich wie eine von ihnen. Immer noch weit entfernt von Pres-X – und wahrscheinlich bald wieder zurück auf Rationen.

Sie beißt die Zähne zusammen. Die übliche erhebende Stimmung, die sie bei einem Punkteanstieg erlebt, bleibt aus. Stattdessen fühlt sie sich leer. Sie kneift die Augen zusammen und ruft sich die Bilder der Rowdys in Erinnerung, die die Hauptstraße verwüsteten – Szenen, die sie so oft gesehen hat: die Niedrig-Punktenden, die Essensstände plündern, ihre dünnen Arme nach Delikatessen ausgestreckt.Nein, sagt sie sich. Sie verdienen ihre Strafen. Sie sind die Kriminellen. Sie kann sich noch an den Gestank des Körpergeruchs des letzten Perversen erinnern, als er sein schweres Gewicht auf sie fallen ließ. Ein angesehenes Mitglied der Gesellschaft – ohne Bestrafung. Er würde Pres-X bekommen. Vielleicht macht das B-Well ihn zu einem weniger gewalttätigen Schläger, hofft sie. Es muss eine Logik in dem System geben.

Eine XL-Medico-Werbung blinkt über den Bildschirm, während man ihr Mantra „Deine Lebensdauer liegt in unseren Händen" lesen kann, was anscheinend ziemlich überflüssig ist, wenn *Eyes Forward* einem die Chance auf Pres-X nehmen kann. Aber es spielt keine Rolle. Kein bisschen. Ava und Zia haben beide saubere Akten. Nur kleine Vergehen sind alles, wofür Ava je Ärger bekommen hat – ein falsch geparktes Fahrrad, Trödeln auf der Straße und einmal ist sie bei Rot über eine Ampel gefahren. Nichts, was von Bedeutung sein wird. Sie wissen es besser, sind gute Bürgerinnen. Es hat keinen Sinn, auch nur zu versuchen, das Gesetz zu brechen, wenn a*lle Augen unsere Augen sind*. Das weiß sie nur zu gut.

Als sie die Pres-X-Freigabetermine erneut überprüft, mindestens zum fünften Mal, zeigt sich, dass die Wartezeit gleich geblieben ist. Sechs Jahre, bevor Zia sich qualifizieren wird. Ein Plan B, aber wahrscheinlich wird sie bis dahin zu sehr abgebaut haben, um sich zu qualifizieren. *Mist*, flucht sie. Warum Menschen nach Lebenspunkten aufreihen? Warum nicht nach Alter oder Bedarf?

Sie macht sich auf den Weg zu XL Medico für ihre Wochenendschicht. Sie erkennt einige der Leute am Empfang wieder, obwohl frustrierenderweise keiner von ihnen der mit der Kinnarbe ist. Sie möchte diese Narbe noch einmal sehen, bestätigen, dass er es wirklich auf dem *Time's-Up*-Foto war. Kein Glück. Als sie ihren Ausweis scannt und durch die Tore geht, steht Mrs. Constance bei ihnen, mit einem Lächeln, lachend auf eine Weise, die Ava an Flirten auf dem Spielplatz erinnert. Sie wirft ihren Kopf zurück, dann berührt sie den Arm des Mannes. Ihr blechernes Kichern trifft Avas Ohren wie Nägel auf Glas. Trotz des akustischen Angriffs starrt Ava, als würde sie einen Fahrradunfall beobachten.

Das Labor ist unordentlich. Die sonst so makellosen Glaswaren sind noch ungewaschen, und Laborkittel liegen in einem Haufen, nicht eingesammelt von den Technikern oder Reinigungskräften. Computer wurden nicht richtig heruntergefahren und Gegenstände sind kreuz und quer im Kühlschrank verstaut. Ava bleibt für einen Moment direkt hinter der Tür stehen, nimmt alles in sich auf und betritt dann das Chaos. Ihre Schuhe quietschen auf verschütteten Flüssigkeiten auf dem Boden. Die Notiz auf dem Schreibtisch fehlt. Soll sie davon ausgehen, dass ihre Aufgabe heute das Putzen ist, anstatt Formaldehyd-Rose herzustellen? Angesichts des Durcheinanders haben sie, wer auch immer das Wochentagspersonal ist, wahrscheinlich einfach vergessen, dass sie heute arbeitet.

Sie macht sich daran, das Labor wieder in Ordnung zu bringen, eine Aufgabe, die mehr als eine Stunde ihrer kostbaren

Zeit in Anspruch nimmt, bevor sie schließlich damit beginnt, ihre Ausrüstung aufzubauen. Gerade als sie die Brenner anwirft, öffnen sich die Labortüren und Mrs. Constance kommt herein, strahlend, ihr schicker Hosenanzug perfekt sitzend, der Mitarbeiterausweis um ihren Hals hängend.

„Ich hatte keine Gelegenheit, mich für den Gottesdienst zu bedanken", sagt Mrs. Constance und streicht sich eine Haarsträhne hinters Ohr, wobei das Gold ihres Implantats aufblitzt. Sie muss jetzt sterilisiert worden sein.

„Es war ein schöner Gottesdienst. Viele liebevolle Worte wurden gesprochen. Er war offensichtlich ein beliebter Mann."

Es klang nach einem angenehmen Gottesdienst, obwohl Ava nichts davon sah. *Eyes Forward* war überall und so stand Ava die ganze Zeit mit dem Gesicht zur Wand. Keiner von ihnen bat sie darum, aber wenn eine solche Bitte aufgekommen wäre, hätte es vielleicht die Atmosphäre beeinträchtigt.

„Das war er. Wirklich. Mehr Schadenfreudige als Trauernde allerdings. Ehemalige Kollegen und derzeitige Kollegen, die nur einen toten Konservierten begaffen wollen. Wir haben keine Familie. Nicht viele richtige Freunde. Ein paar alte Kollegen. So ist das eben."

Ava lächelt ihr eingeübtes Lächeln und erwidert wie immer mit mitfühlenden Worten. „Sie haben ihm alle Ehre gemacht."

Mrs. Constance nickt und sieht für den kürzesten Moment niedergeschlagen aus. „Ich wusste nicht, dass Sie hier arbeiten", sagt sie und blickt sich im Labor um.

„Nur Teilzeit." Ava beobachtet, wie Mrs. Constance ein paar Schritte durch das Labor macht, offensichtlich jemand, der nicht weiß, wozu all die Geräte da sind, obwohl sie statt eines Blicks der Ehrfurcht leer wirkt, verloren in dem Raum. „Wie geht es Ihnen?", fragt Ava.

Mrs. Constance hält inne und neigt dann den Kopf, als suche sie in ihren Erinnerungen. „Als wir Pres-X zum ersten Mal nahmen, fühlte es sich an, als würden weitere siebzig Jahre wie im Flug vergehen. Vorbeisausen. Wir sprachen darüber, ob wir eines Tages eine zweite Dosis nehmen würden, falls das eine Option wäre. Jetzt scheinen all diese Jahrzehnte wie eine Ewigkeit."

„Vielleicht ist es ein Neuanfang."

„Möglicherweise. Ich komme langsam dahin. Alle scheinen jetzt viel netter zu sein als am Anfang. Vor ein paar Wochen fühlte ich mich noch so unsicher, weil ich konserviert bin. In den Bars hatte ich das Gefühl, aufzufallen, wie eine unwürdige alte Frau. Ignoriert. Jetzt kommen viele junge Leute auf mich zu und sprechen mit mir, sogar wenn ich auf der Straße gehe. Ich wurde öfter um ein Date gebeten, als ich zählen kann." Mrs. Constances Tonfall hebt sich, als sie das sagt, aufgeregt und hingerissen von ihren Erinnerungen. „Vielleicht sehe ich jetzt frischer aus, wo ich nicht mehr so viel weine. Was meinst du?"

Ich denke, die Punktzahl-Jäger sind hinter dir her, will Ava sagen. Stattdessen setzt sie ihr gut geöltes Pokerface auf und spricht mit seidenweicher Stimme: „Du siehst bezaubernd aus, und es ist schön, dass die Leute so freundlich sind."

„Ich vermute, es liegt daran, dass mehr junge Leute Pres-X-2 nehmen. Wir werden mehr akzeptiert. Obwohl es bei ihnen eher kosmetisch ist, nicht so notwendig wie bei uns älteren Menschen, um unsere Gelenke und Herzen zu retten."

Ava nickt nur.

Mrs. Constance blickt für einen Moment auf den Boden, etwas mehr Farbe steigt ihr in die Wangen. „Ich dachte daran, dich auf einen Drink einzuladen, da wir neulich so einen lustigen Abend hatten."

Ava schluckt, ihr Mund ist plötzlich trocken. „Oh, also-"

„Ted und ich wollten schon immer ein bisschen experimentieren. Du hast ein nettes Gesicht, reif, und deine Figur scheint unter all diesen weiten Kleidern recht hübsch zu sein. Und dein Rat war so richtig. Mich hineinzustürzen."

„Mrs. Constance-"

„Flick."

„Flick." Ava räuspert sich mit trockener Kehle. „Ich glaube nicht, dass es wirklich angemessen wäre, Arbeit und Vergnügen zu mischen."

„Aber die Beerdigung ist jetzt vorbei."

„Wir arbeiten beide für XL Medico."

„Aber in verschiedenen Abteilungen."

„Trotzdem."

„Na ja," Mrs. Constance wirft ihr Haar über die Schulter und hebt ihr Kinn um ein paar Grad. „Viele Leute scheinen mich attraktiv zu finden. Begehrenswert. Wenn du nicht interessiert bist, kannst du das einfach sagen. Ich habe jede Menge Lebenspunkte übrig. Ich bin jetzt bei 780 und dieser Job wird mich um mehrere Punkte nach oben bringen. Ich hatte gehofft, dir einige schenken zu können."

Avas Zögern verrät ihre Überraschung und Versuchung. Sie schaut Mrs. Constance an. Sie ist schön für eine Neunzigjährige, denkt sie, während sie sich auf die Lippe beißt. Aber nein. Das ist falsch. Sie kann nicht für Lebenspunkte mit ihr schlafen.

„Ich habe B-Well genommen", erzählt Mrs. Constance, jetzt mit einer Spur von Hochmut in ihrer Stimme. „Hast du davon gehört? Das wunderbare neue Medikament, das XL Medico herstellt? Bahnbrechend. Ich dachte eine Weile, ich würde einfach darauf verzichten, aber ich bin so froh, dass ich es nicht getan habe. Ich fühle mich wieder wie ich selbst. Abenteuerlustig, lebendig. Sehr motiviert. Also, denk einfach darüber nach. Wir haben eine Verbindung, glaube ich. Du verstehst mich auf eine Art, wie es nicht viele tun. Jedenfalls, nochmals vielen Dank. Ich lasse dich jetzt wieder an die Arbeit gehen."

Ava beobachtet, wie Mrs. Constance geht, sicher, dass sie ihre Hüften mehr schwingt als zuvor, und wartet, bis sich die Tür hinter ihr schließt, bevor sie ausatmet. Nein. Sie kann nicht so denken. Es wäre falsch, zu falsch. Mrs. Constance trauert nur, das ist alles. Sie blinzelt den Gedanken weg, während sie sich an die Arbeit macht, ihre dreißig Liter herstellt, in der Annahme, dass das von ihr verlangt wird, und das Labor in einem viel ordentlicheren Zustand verlässt, als sie es vorgefunden hat.

Ava schüttelt die Seltsamkeit des Tages ab und macht sich auf den Weg zum Ausgang, als ihr Telefon piept – ein fröhlich klingendes Piepen anstelle der gefürchteten Warnmeldungen von *Eyes Forward*. Sie liest, dann liest sie noch einmal, nur um sicherzugehen, dass sie keinen Fehler gemacht hat, aber da steht es in klarer Schrift. Eine fröhliche Nachricht von *Eyes Forward*, die ihr tatsächlich zu ihrer Rolle in der Gesellschaft gratuliert. Sie ist die leistungsstärkste Gesellschaftspolizei-Nutzerin des Monats und wurde mit zusätzlichen zwanzig Punkten belohnt! Sie macht einen Luftsprung, als eine Stimme ihren Namen ruft. Eine Stimme, die sie schon lange nicht mehr gehört hat.

„Ava?"

Sie dreht sich langsam um und wird sich plötzlich bewusst, dass sie abgetragene Kleidung trägt und ihre Haare ein Chaos sind, an ihrer verschwitzten Kopfhaut klebend. „Mandi. Was für eine nette Überraschung."

Mandisa sieht makellos aus, wie immer. Ihr Haar glänzt wie Mondschein auf einem Fluss und ihr Make-up ist perfekt aufgetragen – nicht einmal eine Falte in ihrer Kleidung. Es ist ein Jahr her, seit sie sich getrennt haben, als Mandisas Lebenspunktzahl zu hoch war, um sich noch mit Ava abzugeben. Avas Atem stockt, aber ihr Herz rast. Mandisa tritt näher. Sie ist schöner, als in Avas Erinnerung. Der Hibiskus ihres Parfüms entfacht Erinnerungen, die Ava zu vergessen versucht hat.

„Ich wusste gar nicht, dass du hier arbeitest." Mandisa lächelt sanft. „Machst du das Bestattungsunternehmen nicht mehr? Ich schätze, das lohnt sich jetzt nicht mehr."

„Wir machen hauptsächlich Haustiere."

„Schön." Mandisa nickt, ihr Blick schweift für einen Moment ab.

Ava wechselt unruhig von einem Fuß auf den anderen, verlagert ihr Gewicht, während eine kurze Stille unbeholfen zwischen ihnen hängt. „Ich bin nur Teilzeit hier, im Labor. Ich stelle Formaldehyd-Rose her. Nichts im Vergleich zu den fortgeschrittenen Sachen, die du wahrscheinlich machst." Mandisa war schon immer eine brillante Chemikerin. Eine Sache mehr, mit der sie Ava übertrumpfen konnte.

„Das ist toll", sagt Mandisa, sie erwidert den Blickkontakt, funkelnd, intensiv. „Du wolltest schon immer deinen Chemie-Abschluss mehr nutzen. Wie steht's mit deiner Punktzahl? Ich werde bald Pres-X-2 nehmen. Nächste Woche bin ich dran. Ich werde eine der ersten Begehrenswerten sein." In ihrem Ton liegt kein Hauch von Prahlerei. Es klingt eher informativ, als würde sie eine Partyeinladung vorlesen.

Ava betrachtet Mandisas makellose Haut noch genauer. Die minimalen Anzeichen des Alterns sehen bei ihr natürlich aus, als hätte sie ein Leben voller Freude statt Kampf gelebt. Die Wahrheit liegt auf der Hand, denkt Ava, während sie sich bemüht zu erkennen, was der Nutzen des Anti-Aging-Medikaments sein wird.

Als Ava nicht antwortet, füllt Mandisa die Stille. „Wie geht es deiner Zia?"

„Alt und immer älter werdend. Sie wird die sechsjährige Warteliste, auf der sie derzeit steht, nicht überleben." Ava ärgert sich innerlich darüber, dass sie so bitter klingt, aber sie kann nichts dafür. Der saure Nachgeschmack ihrer Trennung ist nie verschwunden. Hätte Mandisa Ava geheiratet, als sie sie gefragt hatte, würde Zia vielleicht jetzt für Pres-X in Frage kommen. Vielleicht hätte sich Zia neulich nicht am Ofen verbrannt, hätte nicht das Badezimmer überflutet, als sie vergaß, dass die Badewanne lief, hätte nicht vergessen, dass Avas Vater tot ist. Das hasst sie am meisten, Zia immer wieder sagen zu müssen, dass ihre Familie tot ist.

„Es tut mir leid", sagt Mandisa und lässt ihren Blick zu Boden wandern.

„Was willst du? Außer mir dein Abzeichen als Leiterin der B-Well-Produktentwicklung zu zeigen." Ava konnte es kaum übersehen. Das goldene Abzeichen schmückt Mandisas Revers wie eine juwelenbesetzte Brosche – ihr Haar über die andere Schulter gelegt, um es nicht zu verdecken.

„Eigentlich nichts. Ich hab dich nur gesehen und wollte Hallo sagen."

„Na ja, ich muss dann mal los."

„Ava?"

Sie dreht sich um und wartet auf den nächsten Satz. Mandisa tritt näher, verkürzt Avas Rückzug.

„Sag Zia einen Gruß von mir, ja? Sie war eine gute Freundin. Sag ihr, ich erinnere mich an die Steinkuchen, die sie immer gemacht hat."

Ava schnalzt missbilligend mit der Zunge. Zia hat nie Steinkuchen gemacht. Sie schluckt ihren Stolz herunter und ihre Augen verweilen eine Sekunde länger auf Mandisa als sie sollten, bevor sie antwortet. „Klar, ich wird's ihr ausrichten."

„Es ist wirklich schön, dich zu sehen, Ava. Hoffentlich können wir uns jetzt öfter sehen, wo du hier arbeitest."

Ava grunzt, dreht sich auf dem Absatz um und marschiert mit einem schweren Gefühl in der Brust zur Tür. Mandisa. Schreckliche Mandisa, die angibt und sich aufspielt und herumstolziert, nur weil sie so hübsch aussieht. Überhaupt zu fragen, wie ihre Punktzahl ist. Wie unhöflich und neugierig. Mandisa lebt offensichtlich immer noch in einer Blase im Land der hohen Punktzahlen und schaut auf alle unter 700 herab, als wären sie Bauern. Ava tritt gegen ihr Fahrrad, als sie es aufschließt, und radelt dann davon – die Finger weiß vom festen Griff um den Lenker.

Auf dem Heimweg hält sie beim Supermarkt an und kauft eine Packung Haarfarbe. Schwarz, um ihrer ursprünglichen Farbe zu entsprechen. Sie färbt sich die Haare, sobald sie zu Hause ist, und knirscht mit den Zähnen, als sie die Farbe mit zusammengeballten Händen durch ihre Spitzen reibt. Ihr Rücken zwickt, als sie sich über die Badewanne beugt, um die Farbe auszuspülen, und noch mehr, als sie sich danach wieder aufrichtet. Es dauert ewig und hinterlässt Flecken auf ihrem Oberteil, aber sie schafft es. Ihr graues Haar ist jetzt einfach schwarz. Sie überprüft das Ergebnis im Spiegel und nickt zufrieden. Der Mangel an silbernen Strähnen lässt ihr Haar wie einen Abgrund der Dunkelheit erscheinen. Das dürfte die Leute eine Weile zum Schweigen bringen.

Sie fährt sich mit den Fingern durch das Haar. Die wenigen Stellen, die sie ausgelassen hat, fallen nicht auf – die Textur ist weicher, verbessert. Eine silberne Kette klingelt leise an ihrem Hals, und sie wischt etwas Farbe davon ab, um zu verhindern, dass sie anläuft. Es ist die Kette ihrer Mutter, die sie ihr ein paar Jahre vor ihrem Tod vermacht hatte – eine zarte Kette mit einem Blumenanhänger, der seinen Glanz zwar verloren, aber nichts von seinem Reiz eingebüßt hat. Sie entfernt den letzten Farbrest und poliert den Anhänger mit dem Handtuch, das sie ohnehin ruiniert hat. Trotzdem sieht sie ein Jahrzehnt jünger aus. Vielleicht etwas blass, also trägt sie ein wenig Make-up auf, um das auszugleichen. Ein Hauch von Farbe betont ihre Wangenknochen und kaschiert die Augenringe, die zu gut zu ihrer Haarfarbe passen. Nicht schlecht. Begehrenswert? Wahrscheinlich nicht. Aber jünger – eindeutig. Ihr Implantat leuchtet noch immer grün, die Hormone halten sich hartnäckig. Wenn ihre Hormone glauben, sie sei jung, kann es sicher nicht schaden, auch so auszusehen.

KAPITEL 17

Dans Haus liegt näher am Fluss als Avas, und als sie eines Abends mit dem Fahrrad dorthin fährt, um sich mit ihm zum Essen zu treffen, schickt er ihr eine Nachricht, dass sie sich an einer anderen Adresse treffen sollen. Es ist ein Anwesen am Hang mit Blick auf den Fluss, aber hoch genug gelegen, um außerhalb der Überschwemmungszone zu sein. Eine dieser Immobilien, von deren Existenz man nichts ahnt – gedacht für Lebenspunktzahlen, die deutlich höher sind als ihre. Ein neuer Mann, das muss es wohl sein.

Sie schaltet ihre Fahrradlichter ein, während sie die Straße hinunterfährt – gesäumt von Einfahrtstoren zu Anwesen, prächtiger als fast überall sonst in der Stadt. Seltene Blumen verströmen ihren süßen Duft über den Asphalt. Echte Blumen, keine künstlichen, soweit Ava das beurteilen kann. Und wenn doch, dann sind es verdammt gute Fälschungen – selbst die Insekten lassen sich täuschen. Am Ende der Straße erreicht sie das Grundstück mit dem Namen, den Dan ihr genannt hat: *Hillside Cottage*. Die Fassade erstreckt sich über mehrere Apartments und ist so hoch wie ein ganzer Häuserblock. Sie zählt drei Balkone, als sie durch das Tor tritt, vorbei an riesigen, perfekt gestutzten Hecken, flankiert von Obstbäumen, die sich über den Weg neigen. Sie parkt ihr Fahrrad draußen, ohne es abzuschließen, und stopft ihr T-Shirt in die Hose.

„Ava!", ruft Dan von der Tür aus und begrüßt sie mit offenen Armen und Luftküssen. Sein Aftershave ist anders. Weniger chemisch, mehr moschusartig. Wahrscheinlich teurer.

„Dan. Was zum Teufel? Ein neuer Mann, nehme ich an?"

„Ja." Er grinst so breit, dass er einem Hofnarren Konkurrenz machen könnte. „Und er hat 890 Punkte."

„890! Donnerwetter", sagt Ava und lässt einen langen Atemzug entweichen.

Ava folgt ihm über den Steinfliesenboden, vorbei an gerahmten Gemälden an den Wänden und Regalen voller Antiquitäten. Ihre Augen sind so weit aufgerissen, während sie alles in sich aufsaugt, dass sie zu brennen und zu tränen beginnen. Sie wischt sich mit dem Ärmel über die Augen und blickt dabei nach unten – ist das echtes Gold in den Fugen der Fliesen? Wow. Sie schleift ihre Sohlen über tatsächliches Gold. In der Eingangshalle – ein Raum, so groß wie Avas gesamte Wohnung, den Dan ganz selbstverständlich *Lobby* nennt – humpelt ihnen ein älterer Mann entgegen. Er stützt sich auf einen Stock, ringt nach Atem. Seine Kleidung sitzt makellos – maßgeschneidert und fachmännisch gebügelt, wie bei den wohlhabendsten Älteren. Und er sieht alt aus. Faltige Haut, die selbst beim Lächeln hängt, rötliche Halbkreise unter den Augen von schweren Lidern. Und doch: sein Gesicht leuchtet in dem auffälligen Rosa der Frischkonservierten.

Offenbar befindet er sich noch in den frühen Stadien der Behandlung.

„Ava, das ist Jeremy. Jeremy, Ava."

Ava lächelt und sagt Hallo, gibt ihm aber nicht einmal die Hand. Ältere Menschen bekommen zu leicht blaue Flecken. Jeremy sieht aus, als würde er zusammenbrechen.

„Ich glaube, ich muss euch beide tatsächlich allein lassen", sagt Jeremy, seine Stimme zittert mehr als sein Körper. „Ich bin sehr müde. Es tut mir so leid, unhöflich zu sein." Sein Akzent erinnert Ava an alte Schwarzweißfilme aus dem letzten Jahrhundert.

„Überhaupt nicht", sagt Ava.

„Ruh dich aus, mein Lieber", meint Dan. „Du wirst dich in Nullkommanichts wieder topfit fühlen."

Ava starrt Dan den ganzen Weg bis zum Esszimmer an, was angesichts der Größe des Hauses ziemlich lange dauert. Als sie sich an dem dunklen Holztisch auf zwei der einzigartig geschnitzten Stühle setzen – so schwer und stabil, dass sie Avas Stühle im Bestattungshaus wie Billigmöbel erscheinen lassen würden – kann Ava nicht länger warten. „Spuck's aus! Wer ist dieser Typ? Was hast du vor?"

„Er ist ein Schatz. Und in ein paar Jahren wird er heiß sein."

„Ja, aber jetzt–"

„Nicht gleich urteilen", sagt er und verschränkt die Arme vor seiner Designerkleidung. Brandneu, wie es aussieht. „Ich habe mich für diesen Job an der Uni beworben. Ich will wirklich meine Punktzahl erhöhen und Pres-X-2 bekommen und dieser Job würde wirklich helfen. Aber es ist ein Teufelskreis. Sie sagen, Pres-X-2 sei eine Voraussetzung für den Job. Nicht nur für Frauen, auch für Männer."

„Nicht nur für Frauen?", sagt Ava und verzieht das Gesicht. Er klang nicht sarkastisch.

„Du weißt, was ich meine. Jedenfalls..." Er winkt ab und ignoriert ihre Empörung. „Sie haben Studien durchgeführt. Studenten lernen besser, wenn der Professor jünger aussieht, und bei den Studiengebühren, die sie heutzutage verlangen, wollen sie das Beste, weißt du? Also musste ich mich verbessern. Ich bin in jede Bar gegangen, habe jede Dating-Seite genutzt, aber alle, die mit der Regression fertig sind, sind schon vergeben. Ich denke, Jeremy ist eine gute Investition. Er hatte seine Behandlung erst letzte Woche. Seine Libido ist nicht mal so schlecht und das wird sich nur noch verbessern." Er wackelt mit den Augenbrauen.

Ava lacht. „Und du denkst, er wird dir Punkte schenken?"

„Ja, er hat es schon gesagt. Er hat keine Familie und braucht jetzt nicht mehr so viele Punkte. Er wollte nicht einmal Pres-X machen lassen. Kannst du das glauben? Aber als sie es für niedrigere Lebenspunktzahlen öffneten, dachte er sich, was soll's, warum nicht? Wenn der Pöbel es macht, sollte er es auch tun!"

Ava verdreht die Augen. Dans Offenheit ist so unverblümt wie eh und je. „Und wie fühlt sich Jeremy dabei, für seine Punktzahl benutzt zu werden?"

„Hör zu, ich bin ehrlich gewesen", sagt er. „Und er hat mir Bilder gezeigt, wie er in seiner Jugend aussah. Der Typ war heiß! Schau mal." Er holt sein Handy heraus, lädt ein Foto und zeigt es Ava. Er hat recht. Selbst Ava kann Jeremys ehemaliges gutes Aussehen würdigen. „Es ist, als hätte man eine Blume und wartet darauf, dass sie aufblüht."

Ava lacht wieder. Wie poetisch. „Also, wann ist deine Behandlung?"

„Ha! Nächste Woche.“

„Nächste Woche! Wow! Du verschwendest wirklich keine Zeit.“

„Hey, das Leben ist kurz, wie man so schön sagt.“

„Oh, die Ironie.“ Sie boxt ihn spielerisch auf den Arm.

Dan blickt nach oben, sein Blick verträumt, als sähe er sein jugendliches Ich hoch fliegen. „Du hast gehört, was sie sagen? Wie sie die nennen, die Pres-X-2 genommen haben? Jung aussehende Menschen, anständige Punktzahlen. Das werde ich sein. Ich freue mich so darauf, ein Begehrenswerter zu sein.“

Dieses Wort wieder. Kein Adjektiv, ein Substantiv, mit großem B. Es lässt Ava zusammenzucken.

„Und sieh dich an, wie du dich jetzt anstrengst. Dachtest du, ich würde es nicht bemerken?“ Er nimmt etwas von ihrem Haar und wickelt es um seine Finger.

„Ich dachte nur, naja...“ Sie stolpert über ihre Worte, ziemlich unsicher, wie sie antworten soll. Sie ist sich selbst noch nicht einmal sicher, warum sie es getan hat.

„Es sieht toll aus. Wenn dein Implantat golden wird, wirst du fast selbst als begehrenswert durchgehen. Du siehst aus, als wärst du endlich bereit, Mandisa hinter dir zu lassen und jemand Neues kennenzulernen.“

Mandisa. Sie war definitiv nicht der Grund, warum sie ihre Haare gefärbt hat. Nein. Ganz bestimmt nicht. Es war für Ava, um auszusehen, als wäre sie nicht im sicheren Alter, um zu ihren Hormonen zu passen. Das war es.

Dan fängt an, an seinen Wangen herumzudrücken, hebt seine Augenbrauen und dehnt seine Kieferlinie. „Mach dich bereit, mich noch umwerfender zu sehen. Kommst du danach zum Abendessen vorbei?"

Ava nickt. „Klar."

***

Das Wort reibt an Ava, den ganzen Heimweg über. Beim ersten Mal, als Mandisa es sagte, war es ihr kaum aufgefallen – aber jetzt hat es sich festgesetzt, wie ein lästiger Ohrwurm. Sie versucht, es stumm zu formen, doch ihre Lippen zucken dabei, als wolle sie die Zähne fletschen. Begehrenswert heißt für Männer: jung aussehen. Für Frauen: jung aussehen – und sicher sein. Avas Heimfahrt ist langsam, trotzdem brennt ihr die Hitze unter der Haut. Ihre Finger klammern sich fester als nötig an den Lenker. *Begehrenswert.* Als wäre Jugend die einzige Voraussetzung, um begehrt zu werden. Der Gedanke lässt ihre Haut kribbeln. Sie möchte sie abstreifen, aus ihr herauswachsen, das Unbegehrtsein hinter sich lassen. Nicht um jünger zu sein – nein –, sondern um eine Haut zu finden, in der sie wieder ganz sie selbst sein kann. Gibt es überhaupt ein Alter, in dem man einfach existieren darf? In dem man lebt, ohne dass etwas zwickt oder zieht? Ein Körper, der genau passt – nicht zu eng, nicht zu weit. Diese Vorstellung von Bequemlichkeit kommt ihr unerreichbar vor. So sehr sie auch tut, als trüge sie sie längst. Weite Kleidung kaschiert viel, aber nicht alles. Das Unbehagen des Alters ist nicht schlimmer als das der Jugend – sie ist nur müder davon. Die Tage graben sich ein, verhaken sich, egal wie viele es waren.

Sie bremst ihr Fahrrad quietschend vor ihrem Apartmentgebäude ab und tritt danach, bevor sie es krachend gegen den

Fahrradständer schlägt, während sie das Schloss greift und es knallend einrastet, wobei sie immer wieder vor sich hin schimpft. *Begehrenswert. So ein Mist.*

Kapitel 18

Da das Bestattungsunternehmen immer noch zu ruhig ist, um davon zu leben, beschließt Ava, proaktiv zu werden, und besucht XL Medico an einem Wochentag, wobei sie ihre momentane grüne Zeit nutzt. Angesichts des Zustands des Labors bei ihrem letzten Besuch besteht eine gute Chance, dass das Labor unterbesetzt ist. Frisch gewaschenes Haar ohne Grautöne, ein Hauch Make-up zur Ausbalancierung, gekleidet in ihren schicksten Hosenanzug. Alles, um präsentabel und anstellbar zu wirken und ihr Selbstvertrauen zu stärken, um nach mehr Stunden zu fragen.

Sie hat sich definitiv nicht herausgeputzt, falls sie Mandisa über den Weg läuft. Sie hat ihre Haare nicht für Mandisa gefärbt, um jünger auszusehen, um Mandisas jugendlichem und bald noch jugendlicherem Aussehen zu entsprechen. Mandisas Schönheit ist nicht einmal der Grund, warum sie sie liebt. Nein! *Liebte.* Dieser Zug ist längst abgefahren. Sie kneift die Augen zusammen, um den Gedanken zu vertreiben. Vergangenheitsform. Alles an ihrer Beziehung zu Mandisa ist Vergangenheit. Sie liebte Mandisa nicht wegen ihres Aussehens. Sie liebte sie wegen... nun ja... sie kann sich gerade nicht wirklich daran erinnern, warum. Und sie will es auch gar nicht.

Es spielt keine Rolle, denn Mandisa ist nicht der Grund, warum sie heute zu XL Medico geht. Sie geht hin, um mehr Stunden zu arbeiten, mehr Geld zu verdienen und nach einer höheren Punktzahl zu streben. Wie eine gute Bürgerin der Gesellschaft. Sie hält den Kopf hoch, als sie ihre Karte scannt und ohne Aufsehen zu erregen eintritt, dann macht sie sich auf den Weg zum Labor.

Mit einem Hauch mehr Glamour als sonst geht sie etwas aufrechter durch die Gänge und streicht sich die Haare hinter die Ohren, anstatt sie ins Gesicht fallen zu lassen. Der Duft des Parfüms, das sie zuvor aufgetragen hat, kitzelt noch immer ihre Nase – und riecht diesmal nicht wie alte Turnhallenklamotten, anders als beim letzten Mal, als sie durch diese Korridore ging. Und sie muss zugeben: Es lässt sie sich besser fühlen. Ihr Schritt ist federnd, getragen von einem Hauch zusätzlichen Selbstvertrauens. Sie ist bei XL Medico wegen der Arbeit. Nur wegen der Arbeit. Mandisa und ihre über 700 Punkte? Nicht mal ein Gedanke wert. Nein. Keinen einzigen.

Die Mitarbeiter im Labor sind hektisch. Das Durcheinander, das Ava bei ihrer letzten Schicht gesehen hatte, war nichts im Vergleich zu dem, was sie jetzt erwartet. Überall verschüttete oder überkochende Glasgefäße, nichts an seinem Platz, begleitet von Geschrei und dem beißenden Geruch von etwas Verbranntem. Ava schleicht sich auf Zehenspitzen hinein – das bisschen Selbstvertrauen, das sie noch eben gespürt hatte, ist bereits aufgezehrt von der Erkenntnis, dass ihr unangekündigtes Erscheinen hier wahrscheinlich nur stört.

Sie räuspert sich. „Hallo?"

Ein Mann hört auf mit dem, was er gerade tut, sein Gesicht rot vor Ungeduld, als er in ihre Richtung blickt. „Wer zum Teufel sind Sie?"

„Ava. Wochenendkraft."

„Ach ja. Die Formaldehyd-Rosen-Chemikerin. Na, was wollen Sie denn?"

„Es schien hier beim letzten Mal, als ich arbeitete, etwas chaotisch zu sein. Ich dachte, Sie könnten vielleicht mehr Hilfe unter der Woche gebrauchen."

Er schaut auf ihr Implantat und hebt überrascht die Augenbrauen. Welche Mühe Ava sich auch immer gegeben hat, um jünger auszusehen, ihr Gesicht sieht offensichtlich immer noch nach sicherem Alter aus.

„Ein grünes Implantat?", schnaubt er. „Machen Sie keine Witze. Das Letzte, was wir hier brauchen, ist noch eine unsichere Frau. Unkontrollierte Hormone sind es, die zu dem Chaos hier führen. *Gefühle und Sensibilität*", sagt er, wobei er den letzten Teil mit einer gespielt weinerlichen Stimme ausspricht, die Ava am liebsten dazu bringen würde, ihm eine zu verpassen. „Verschwinden Sie, ja? Bevor Sie noch mehr Drama verursachen, als wir ohnehin schon hatten. Wenn Sie irgendwelche Männer oder sichere Frauen kennen, schicken Sie sie vorbei."

Ava steht in der Tür, so wütend, dass sie sich sicher ist, Dampf käme aus ihren Ohren.

„Haben Sie wenigstens den Anstand, sich zur Wand zu drehen."

Instinktiv wirft sie ihm einen Blick mit Laseraugen zu, bevor sie gehorcht. Ein paar tiefe Atemzüge, dann zählt sie bis zehn, und der Dampf verpufft.

„Und auch keine konservierten Frauen“, sagt er. „Das Letzte, was wir brauchen, ist irgendeine verkleidete alte Schachtel, die noch ein paar Jahre fruchtbar ist.“

„Verkleidete alte Schachtel? Ihnen ist schon klar, dass Sie hier Pres-X herstellen, oder?“

„Ja, na und, das heißt nicht, dass ich es immer für eine gute Sache halte. Fruchtbare und konservierte Frauen sind Verrückte. Es ist, als würde man hier mit einem Haufen verdammter Joan Porters arbeiten.“

Joan Porters? Ava verschränkt die Arme, um ihre geballten Fäuste aus seinem Blickfeld zu bringen. „Wer zum Teufel ist Joan Porter?“

Er lacht schnaubend. „Sie haben ernsthaft noch nie von Joan Porter gehört?“

Ava schüttelt den Kopf.

„Tja. Der Joan-Porter-Effekt ist real und in vollem Gange. Schauen Sie doch einfach mal die Nachrichten. Sagen wir's so: Für manche ist Pres-X ein Segen und für andere …“ – er macht ein übertriebenes Schaudern – „… heißt jung sein wohl, dass sie sofort zu Räubern mutieren. Ich hab Kratzspuren auf den Schultern, weil ich versucht hab, vor konservierten Frauen zu fliehen. Als wären sie ein Geschenk an die Menschheit oder so. In den Bars ist's schon schlimm genug, aber bei der Arbeit? Da hör ich auf. Kein Wunder, dass sie das Rezept für Pres-X-2 geändert haben. Jetzt wird man langsamer verjüngt – besser als der Schock.“

„Ich denke, das räuberische Verhalten geht in beide Richtungen“, sagt Ava und erinnert sich an den Übergriff und den Kniff in den Hintern in der Bar.

„Ja, wie auch immer. Jedenfalls haben wir hier alle Hände voll zu tun. Mehr Produkt wäre hilfreich, aber das liegt nicht an uns. Die Ziele sind hoch und werden für alles immer höher. Sie stellen das Formaldehyd-Rosen-Zeug her, richtig?"

„Ja."

„Nun, dieser Output muss sich mindestens verdoppeln. Und da Ihr sturer kleiner Hintern das Rezept nicht teilen will, sehe ich keine andere Wahl, als darauf zu bestehen, dass Sie mehr arbeiten. Seien Sie vorsichtig mit dem, was Sie sich wünschen, das ist alles, was ich sage."

„Verdoppeln?", kreischt Ava fast und dreht sich ruckartig zu ihm um.

Er hebt die Augenbrauen, ihre Überraschung spiegelt sich in seinem Gesicht. „Sie haben das Memo über den Output nicht bekommen? Es ist überall in den XL Medico Infostreams."

„Nein... ich bin noch nicht im XL Medico Intranet."

„Glück für Sie. Jedenfalls, Verschwiegenheitserklärung und all das. Sie können alles darüber lesen, wenn Sie Zugang bekommen. Genießen Sie vorerst Ihre glückselige Unwissenheit. Die Arbeit wird noch härter werden."

Ava verlässt das Labor, ein Mix aus Wut und Aufregung schwirrt in ihr herum. Wütend auf den furchtbaren Labortypen – aber ausgerechnet sein selbstgefälliges, arrogantes Arschgesicht hat ihr gesagt, dass sie ziemlich sicher mehr Stunden bekommt, wenn die Produktion verdoppelt werden soll. Doppelt so viel war mehr, als sie erwartet hatte – aber sie könnte das schaffen. Sie müsste es einfach.

Auf dem Weg durch den Flur läuft sie an einer Gruppe Executives vorbei – Mrs. Constance mit dabei. Ava hält sich am Rand des Gangs, schaut zur Seite, ihr schwarzer Anzug hilft ihr kein bisschen dabei, sich in die weißen Wände einzufügen. Natürlich sieht Mrs. Constance sie. Ava hätte nie so viel Glück erwartet, wie ein Schmutzfleck unbemerkt auf einer polierten Oberfläche zu bleiben. Sie sagt nichts, sieht Ava nur an – ein zufriedenes Lächeln auf den Lippen, während sie das Kinn leicht hebt und senkt, um Ava von Kopf bis Fuß zu mustern – dann grinst sie und zwinkert im Vorbeigehen. Unter ihrem dünn aufgetragenen Make-up spürt Ava, wie ihr die Wangen heiß werden. Mrs. Constances Zustimmung war nicht das, worauf sie gehofft hatte.

KAPITEL 19

6 Jahre vor der Großen Unruhe

Lucia legte die Steinkuchen aus, die sie extra gebacken hatte, zusammen mit all ihren anderen Café-Pflichten. Die Steinkuchen waren beim letzten Treffen gut angekommen, nicht zu süß für diese Uhrzeit und mit genug Früchten, um als anständiger Mahlzeitenersatz durchzugehen. Einige der Leute, die zu den Treffen kamen, kamen direkt von der Arbeit und hatten oft noch nichts Richtiges gegessen, also dachte Lucia, sie würden die Kalorien für ihre intensiven Diskussionen brauchen. Ein paar der Steinkuchen waren etwas größer als die anderen – sie hatte nie den Dreh rausbekommen, Dinge gleichmäßig aussehen zu lassen. Alles Gebäck im Café war ein bisschen krumm, aber genau das machte deutlich, dass es hausgemacht war.

Lucia war den ganzen Tag im Café beschäftigt gewesen, hatte sich aber trotzdem Zeit genommen, eine zusätzliche Portion für dieses Treffen zu backen, da zwei weitere Leute kommen würden. Sie konnte es kaum glauben, als sie sagten, sie würden kommen, und ärgerte sich, dass sie sie nicht früher eingeladen hatte. Sie hatte nicht gewusst, wie sehr sie den Lauf der Dinge hassten, aber als sie das neue Bestattungsinstitut im Stadtzentrum eröffneten – nicht irgendein Institut, sondern ein exklusives für die 700-Plus – wusste sie, dass sie wohl ähnlich über Pres-X dachten wie sie selbst.

Keisha und Ian kamen zuerst, Keisha mit einem Bauch, der nun wirklich deutlich zu sehen war."Schau dich an!" Lucia legte die Hände an ihr Gesicht, dann auf Keishas Bauch. „Du wirst richtig rund!"

Bevor sie überhaupt richtig ins Gespräch kamen, kam Mo herein, den kleinen Donny auf dem Arm, abgestützt auf ihrem Bauch. „Und du auch", sagte Lucia und nahm Donny ihr ab. „Dieser Hund wird genauso dick wie du. Du solltest ihn nicht mehr tragen."

Mo war von ihrem Exfreund ungewollt schwanger geworden. Es war damals ein ziemlicher Schock gewesen. Noch überraschender war, dass sie beschlossen hatte, das Kind zu behalten. Aber jetzt strahlte sie.

Mo lachte und setzte sich, drehte ihre schmerzenden Knöchel. „Ich überlege, Donny einen Kinderwagen zu kaufen, aber ich hab Angst vor den Beschimpfungen auf der Straße, wenn die Leute denken, es ist ein Baby."

„Es ist jetzt ziemlich offensichtlich, dass du ein Baby bekommst", sagte Lucia.

„Ja, aber zwei Babys. Weißt du, dass die Häuser einiger Leute verwüstet wurden?"

„Ich habe es in den Nachrichten gelesen. Schrecklich."

„Alles, um Platz für die Konservierten zu machen." Sie schnalzte mit der Zunge und nahm Donny zurück, der sich auf ihrem Schoß zusammenrollte. „Wisst ihr, mein Arschloch von Ex hat tatsächlich versucht, mich feuern zu lassen."

Alle keuchten auf. „Nein!"

„Doch. Sagte, ich sei in keinem Zustand zu arbeiten. Dass ich, wenn ich nicht bereit wäre abzutreiben, nicht meinem Job hingegeben sei. Ich verlange nicht einmal Geld von ihm. Wir sind schon lange kein Paar mehr, abgesehen von der einen Nacht. Ich will nichts mit ihm zu tun haben!"

„Verbittert", sagte Keisha. „Das ist alles, was er ist. Was hat dein Chef gesagt?"

„Nicht viel. Noch nicht. Aber sie wollen uns alle Rechte nehmen. Kein Mutterschutz, kein Kündigungsschutz bei Baby-pause, keine flexiblen Arbeitszeiten. Nichts davon." Sie zählte all die schlimmen Punkte an den Fingern ab und fuchtelte dabei durch die Luft. „Im Moment ist das alles noch Spekulation, aber es wird passieren, da bin ich sicher. Ich hab nur Glück, dass meine Mutter mir helfen kann."

Keisha schüttelte den Kopf. „Wir haben uns immer vorgestellt, dass wir beide nach der Geburt eines Babys arbeiten würden, aber so, wie die Dinge jetzt sind, könnten wir keinen Krippenplatz bekommen. Ian müsste vielleicht frei nehmen. Sie sagen, es sei für Männer akzeptabler. Sie werden von Logik geleitet und nicht von Hormonen. Sie verlieren weniger wahrscheinlich ihren Job und finden eher einen danach. Wusstet ihr, dass Arbeitgeber jetzt Mütter ablehnen können? Das stand tatsächlich in den Nachrichten."

Lucia begann, Kuchen zu verteilen. Die Leute brauchten Zucker, um mit solchen Dingen umzugehen. „Ich bin vor über fünfzig Jahren in dieses Land gekommen, und ich erkenne es kaum wieder." Sie knallte die Teller ein wenig zu hart auf den Tisch.

Immer mehr Leute kamen, so viele inzwischen, und Lucia war froh, dass sie die doppelte Menge Steinkuchen gemacht hatte. All die Leute, deren Namen sie sich nie merken konnte. Ihre Gesichter verschwommen unter künstlichem Licht. Aber Luigi und Daphne erkannte sie sofort. Sie waren tatsächlich gekommen, wie versprochen.

Lucia packte sie bei den Handgelenken und zog sie nach vorne. „Alle zusammen, wir haben zwei neue Mitglieder. Das ist mein Bruder Luigi und seine Frau Daphne. Oh, ich hab eine Idee. Warum machen wir kein Foto? Keisha, du bist doch kreativ. Schreib 'Time's Up' auf das Blatt Papier, schön groß, und halt es hoch."

Keisha tat genau das und Lucia sagte allen Leuten, wo sie stehen sollten, um den engen Raum optimal zu nutzen. „Jetzt sagt 'Time's Up!'", sagte sie mit einem Lächeln und machte ein Foto, plus ein weiteres zur Sicherheit. Sie drückte ihr Handy an ihre Brust, stolz auf das, was sie geschaffen hatte.

„Jetzt komm du mit drauf", sagte Thomas, und er machte ein Foto mit Lucia in der Mitte.

„Wunderbar. Danke euch allen", bedankte sich Lucia mit einer glücklichen Träne im Auge. „Wusstet ihr, dass Luigi und Daphne gerade dieses Bestattungsunternehmen für die 700-Plus eröffnet haben? So sicher sind sie, dass dieses Medikament nicht mehr lange existieren wird."

Alle murmelten zustimmend.

„Ich weiß nicht, Lucia", sagte Thomas. „Jede Person über achtzig in meiner Straße hat es jetzt, schätze ich."

„Das liegt daran, dass du in der feinsten Gegend wohnst." Ian grinste.

Thomas verdrehte die Augen. „Ich sag's ja nur. Und Gesellschaftsspitzel sind überall. Ich wäre heute fast nicht gekommen, aus Sorge, hier könnte ein Spion sein. Wir sollten anfangen, Leute zu überprüfen."

„Ähm, das machen wir schon." Die junge Dame mit der süßen Stimme trat vor. „Ich arbeite für XL Medico und habe viel Zugang zu *Eyes Forward*. Sagen wir einfach, ich habe euch alle überprüft."

„Und wer hat dich überprüft?"

„Das reicht", sagte Lucia so streng, wie sie es noch nie gewesen war. „Neue Leute, da stimme ich zu, sollten überprüft werden. Aber diejenigen von uns, die schon so lange kommen, sind offensichtlich vertrauenswürdig. Und ich kann persönlich für Luigi und Daphne bürgen."

„Gut gemacht mit dem Bestattungsunternehmen, Kumpel", sagte Steve zu Luigi in einem viel leichteren Ton. „Wenn ich anfange, diesen konservierten Abschaum umzulegen, hoffe ich, sie kommen zu euch."

„Hör auf damit!", schimpfte Lucia, jetzt noch strenger. So sehr, dass sie sich selbst überraschte. „Wir sind eine friedliche Gruppe. Wir werden niemanden töten."

„Wenn jemand meiner Frau und meinem Kind etwas antut, werde ich es sicher tun", sagte Ian. „Ich würde die Gesellschaft von all ihren Alten befreien. Sie sind alle Platzverschwendung, wenn du mich fragst. Konserviert oder nicht. Und sie werden bald alle konserviert sein. Merkt euch meine Worte."

„Keine Chance", sagte Luigi. „Es ist Eugenik. Sie wollen nicht, dass die mit den niedrigen Punktzahlen an Pres-X kommen. Das ist der gleiche alte elitäre Mist, den wir seit Generationen haben. Die Reichen kriegen's, die Armen nicht."

„Reich oder arm, niemand sollte Pres-X haben", meinte Mo. „Es ist einfach nicht richtig."

„Genau", sagte Lucia, froh darüber, dass das Gespräch wieder da war, wo es sein sollte. Auf Mo war eben immer Verlass. „Deshalb sind wir hier, um Pres-X zu stoppen. Es für alle zu stoppen."

KAPITEL 20

10 Jahre nach den Großen Unruhen

Am Montag hatte Ava vor dem Mittagessen bereits die Trauerfeier für einen Goldfisch und einen Hamster arrangiert. Das Geschäft mit Haustieren von 750-Plus-Besitzern lief inzwischen so gut, dass sie darüber nachdachte, die Preise zu erhöhen. Wenn sie mit verstorbenen Haustieren genug Gewinn machte, war es vielleicht gar nicht mehr so schlimm, dass kaum noch Menschen starben. Jedenfalls nicht allzu sehr. Trotzdem war es nur ein kleines Geschäft, nicht genug, um die Arbeitsstunden zu füllen, geschweige denn das Bankkonto.

Sie lehnte sich in ihrem Stuhl zurück und blickte auf das gerahmte Foto an der gegenüberliegenden Wand. Ihr Vater sah auf dem Bild so ernst aus – nicht, dass er je ein Spaßvogel gewesen wäre, aber er hatte definitiv mehr Witz und Wärme als dieses Bild vermuten ließ. Sie fragte sich, was er von seinem Unternehmen heute halten würde, das nun auch Tierbeerdigungen anbot.

Dumm genug war er gewesen, ein exklusives Beerdigungsinstitut genau zu dem Zeitpunkt zu eröffnen, als Pres-X herauskam. So überzeugt war er davon, dass Pres-X floppen würde, dass er in diesen Laden investierte. Ava schnalzte mit der Zunge und schüttelte den Kopf. Verdammter Narr. So überzeugt war er davon, dass *Time's Up* gewinnen würde – erst jetzt begriff Ava das, und ärgerte sich, es nicht früher erkannt zu haben.

Ein paar Minuten ließ sie verstreichen, scrollte durch Promi-News. Es gab jede Menge Klatsch über Pres-X-2, sowohl zustimmende als auch ablehnende Stimmen. Einige Promis stritten ab, es genommen zu haben, obwohl es offensichtlich war, andere gaben offen ihre Vorfreude darauf zu. Eine davon war die beliebte Sängerin Monika Skye, ein Star, solange Ava denken konnte. Ihr Song *Life Without You* war eine der meistgewünschten Nummern bei Beerdigungen. Ava checkte ihre Bio: fast fünfzig, und ihr Teint hielt sich erstaunlich gut – besser als Avas jedenfalls. In vielen ihrer unzähligen Selfies war ihr alter, kleiner Hund Theodore zu sehen, ganz grau und mit trüben Augen. Eine Promi-Haustierbeerdigung wäre ein toller Werbegag. Ava klickte auf „Folgen" und fragte sich, wie unangebracht es wäre, ihr die Kontaktdaten für ihre Dienste zu schicken.

Gerade als sie darüber nachdenkt, öffnen sich die Vordertüren. In ihrem Promi-Stalking-Modus hatte sie nicht einmal bemerkt, wie die Autos draußen vorfuhren und die gesamte Busspur blockierten, wie man an dem aufkommenden Lärm draußen hören kann.

„Kann ich Ihnen helfen?", fragt Ava und steht auf.

Sie müssen sich nicht vorstellen. Es sind dieselben scharf gekleideten *Eyes-Forward*-Leute, die sie vor ein paar Wochen wegen der Formaldehyd-Rose angesprochen hatten, mit dem Mann mit der Narbe am Kinn nach wie vor an der Spitze.

„Wir sind gekommen, um Ihnen zu Ihren jüngsten Erfolgen bei der Gesellschaftspolizei zu gratulieren", sagt der mit der Kinnnarbe.

Ava versucht, ihren Blick von seinem Kinn abzuwenden, aber ihre Augen zucken alle paar Sekunden dorthin. Es ist definitiv derselbe. Dieser Mann muss derjenige von dem *Time's-Up*-Foto sein. Die Narbe ist identisch. *Was für ein Heuchler!* Sie schiebt diesen Gedanken in den Hintergrund. Jetzt ist nicht der Zeitpunkt, ihn damit zu konfrontieren. Jetzt ist der Moment, professionell zu sein. „Danke", sagt sie. „Und?"

Er hebt eine Augenbraue, sein Blick wandert von ihrem Gesicht zur Wand – eine stumme, aber unmissverständliche Aufforderung. Ava dreht ihren Stuhl herum und lässt sich mit einem kaum hörbaren Seufzen schwer darauf fallen. Die Stühle auf der anderen Seite des Tisches kratzen über den Boden. Aber keine Knie knackten so wie ihre.

„*Eyes Forward* findet es unerlässlich, Frauen zu ihren Leistungen zu gratulieren, um ihnen zu zeigen, dass die Gesellschaft ihren Beitrag schätzt, auch wenn sie in einem unsicheren Alter sind. Die Geschichtsbücher mögen voll von Männern sein, die große Dinge vollbracht haben, aber wir dürfen nie die wenigen Frauen vergessen, die zu solchen Errungenschaften beigetragen haben. Frauen mögen in den Geschichtsbüchern schweigen, aber sie sind nicht ohne Nutzen. Mit Ihrer Arbeit für die Gesellschaftspolizei und der Menge an Formaldehyd-Rose, die Sie hergestellt haben, sind Sie eine dieser Frauen, die eine wahre Bereicherung für die Gesellschaft sind."

Mit dem Rücken zu den Männern ist es schwer, seine Aufrichtigkeit einzuschätzen. Er klingt ernst, aber vielleicht grinst er gerade wie der Nachrichtensprecher um Mitternacht. Ava entdeckte einen Fleck an der Wand, eine kleine Unebenheit im Anstrich. Sie musste endlich mal sauber machen, alles sollte glänzen, professionell aussehen, perfekt präsentiert. Sie kneift die Augen zusammen und zwingt ihre Gedanken zurück ins Hier und Jetzt. Was hat er gesagt? Eine Bereicherung? „Richtig. Gut zu wissen, dass ich meinen Teil dazu beitrage. Es wäre schrecklich, wenn *Time's Up* und *Enough* wieder zu Großen Unruhen anstiften würden. Es war beim letzten Mal so furchtbar." Sie wartet darauf, dass er ein Anzeichen von Unbehagen zeigt. Schuld. Nichts. Er ist so roboterhaft wie immer, als er antwortet.

„Ich habe gehört, dass Sie jetzt Haustierbeerdigungen durchführen. Eine kluge Entscheidung, angesichts der Aussichten Ihres eigentlichen Geschäfts." Es hätte ein Kompliment sein können, wenn seine Stimme nicht so monoton wie ein Busmotor geklungen hätte.

„Haben Sie ein Haustier, für das Sie eine Zeremonie möchten?"

„Deshalb sind wir nicht hier."

„Ach was."

Er geht nicht auf ihren Sarkasmus ein. „Ist sonst noch jemand hier? Dies ist vertraulich."

Ava schüttelt den Kopf. „Nur ich."

„Sehr gut. Hier bei mir ist Doktor McGellen", sagt er, „von XL Medico. Er wird die Einzelheiten erklären."

„Die Produktion muss erhöht werden. Die Nachfrage nach Pres-X-2 ist weitaus höher als erwartet." Die Stimme des Doktors ist etwas höher. Wenn sie nicht wüsste, dass er ein Mann ist, wäre sie sich nicht sicher. „Die erstaunliche und willkommene Folge dieses neuen Wundermittels ist, dass so viele Menschen danach streben, zu punkten, der Wohlstand der Nation hat sich mehr als erwartet erhöht, und so sind mehr Menschen dafür geeignet."

„Es ist ein wunderbarer Fortschritt für die Gesellschaft", sagt der Mann mit der Kinnnarbe. „Bald werden wir eine fast vollständige Nation von jungen Menschen mit hoher Punktzahl haben, und steril, da die Sterilisation von Frauen eine Bedingung für die Behandlung ist. Keine Bürger mehr, die mit dem mittleren Alter zu kämpfen haben. Keine der kosmetischen Probleme dieser Lebensphase. Sie müssen diesen Vorteil zu schätzen wissen."

„Dann gibt es keine Widerworte mehr von den *Time's-Up*-Mitgliedern?", fragt Ava, unfähig, sich zurückzuhalten.

Eine kleine Pause. Ava wünschte, sie könnte sein Gesicht sehen. Errötet er? Sie kaut auf ihrer Lippe und will ihn mit Fragen löchern – über ihre Eltern, über seinen Sinneswandel.

„Die Fraktionen aus der Ära der Großen Unruhen sind längst verschwunden", sagt der Mann mit der Kinnnarbe. „*Eyes Forward* hat das Land vereint und wir alle arbeiten auf ein gemeinsames Ziel hin."

Ein vereintes Land? Sie denkt einen Moment darüber nach. Er hat nicht Unrecht, nicht ganz. Die Fraktionen sind nicht mehr lautstark, aber wie wurde *Time's Up* zum Schweigen gebracht? Sie waren während der Großen Unruhen genauso laut und aufrührerisch wie *Enough*. Sie schaudert bei dem Gedanken daran, dass ihre Eltern Teil dieser Anarchie waren. Was hat *Eyes Forward* der *Enough*-Bewegung versprochen? Soweit sie sehen kann, ist keine ihrer Forderungen erfüllt worden. Sie kann die Pause in ihrem Dialog nicht andauern lassen, kann sie nicht denken lassen, dass sie zu viel nachdenkt. „Das gemeinsame Ziel ist also eine Gesellschaft voller Begehrenswerter?" Ihr Ton ist süß, eine scheinbar unschuldige Frage.

„Das wäre ein äußerst erfreuliches Ergebnis. Die begehrenswerten Bürger der Gesellschaft werden noch mehr Neid auf sich ziehen als ohnehin schon."

Ava unterdrückt jeglichen Laut der Verärgerung und fühlt sich ganz und gar nicht beneidenswert. „Bedenken Sie, wie schwierig es für mich sein wird, die Produktion zu verdoppeln. Ich bin sicher, Doktor McGellen kann das verstehen."

„In der Tat", sagt der Doktor. „*Eyes Forward* ist dankbar für Ihren Dienst."

„Also werde ich Personal benötigen. Es wird nicht möglich sein, das allein zu bewältigen."

„Ich werde Ihnen einen Laborpartner zuweisen, der gerne mit einer unsicheren Frau zusammenarbeitet", sagt der Mann und zischt beim 's' von 'unsicher'. „Ich glaube, es gibt einen homosexuellen Mann in einem der Labore, der zustimmen könnte."

„Und ich werde offensichtlich mehr Stunden arbeiten müssen. Und entsprechend bezahlt werden."

„Ihr Stundensatz wird selbstverständlich auf die zusätzlichen Stunden ausgeweitet."

Ava grinst breit darüber und widersteht dem Drang, in die Luft zu boxen. Sie kann förmlich sehen, wie ihre Punktzahl vor ihren Augen steigt. Aber *Eyes Forward* ist hier. Sie hat so viele Fragen und kann dem Drang nicht widerstehen, noch eine zu stellen. Sie weiß, dass sie nicht lange bleiben werden, also greift sie nach der Frage, die ihr am wichtigsten erscheint. „Sie machen sich keine Sorgen wegen des Joan-Porter-Effekts?" Sie wartet auf seine Antwort, spürt sein unbehagliches Hin-und-her-Rutschen hinter ihr, die Luft wird augenblicklich stickig.

„Ich werde jemanden schicken, der Sie morgen Abend zu Ihrer Schicht trifft", sagt der Mann mit der Kinnnarbe.

Das war's. Sie machen sich auf den Weg zur Tür, bevor Ava überhaupt aufsteht, und lassen sie euphorisch, aber frustriert zurück. Unfähig, den Mann mit der Kinnnarbe nach ihrer Familie zu fragen oder nach einem anderen Namen, auf den sie wahnsinnig neugierig ist, aber nur begrenztes Wissen hat. Ihr Magen verkrampft sich mehr vor Unbehagen als vor Freude. Das war zu einfach. Sie wollte mehr Stunden und jetzt hat sie sie. So funktioniert das Leben normalerweise nicht, nicht für ihre Punktzahl, ihr Geschlecht. Sie war bereit, für ihre Stunden zu kämpfen, doch sie fielen ihr einfach in den Schoß wie ein Geschenk. Ihr Moment der Euphorie löst sich in Misstrauen auf.

Sie setzt sich und blickt auf die Stühle, wo sie gesessen hatten, grübelt über Hintergedanken und bösartige Absichten nach. Sie schüttelt das Grauen von sich ab. Mehr Stunden, höherer Punktstand, Pres-X für Zia. Das ist alles, was zählt. *Eyes Forward* kann sie ruhig ausnutzen, wenn das der Lohn dafür ist.

Aber trotzdem...

Sie kann nicht anders, sie muss ihren Durst nach Antworten stillen. Das hat sie dazu gebracht, Naturwissenschaften zu studieren. Was würde passieren, wenn sie alle Reinigungsmittel, die sie finden konnte, zusammenmischen würde? Beinahe in Ohnmacht fallen und Kopfschmerzen für einen ganzen Tag, wie sich herausstellte. Aber ihr Verlangen nach Antworten blieb ungebrochen. Was pflegte ihr Vater zu ihr zu sagen, als sie als Kind eine Million Fragen stellte? Er bekreuzigte sich und rief: *Verdammte Eva, die den Apfel aß! Ihr Frauen! Neugier ist der Katze Tod!* Na ja, diese Katze arbeitet in einem Bestattungsunternehmen, das ist ziemlich praktisch.

Joan Porter, wer zum Teufel bist du?

KAPITEL 21

Die Nachrichten verkünden triumphierend, dass die Punktzahl für Pres-X bereits auf 650 gesenkt wurde, vor dem Zeitplan. Effizienz in der Gesellschaft, ein weiterer Erfolg für *Eyes Forward*. Avas Augen weiten sich bei den Nachrichten. „Vor dem Zeitplan" klingt genau nach dem, was sie braucht. Ihre Schultern sackt zusammen, als sie erfährt, wie weit sie dem Zeitplan voraus sind. Wochen, bloße Wochen statt der Monate und Jahre, die Zia braucht.

Zia scheint von Tag zu Tag älter zu werden. Sie hat Mühe aufzustehen, keucht bei jedem Schritt und hält sich zur Unterstützung an der Wand fest. Zweimal in den letzten Tagen musste Ava sie festhalten, um einen Sturz zu verhindern. Schuldgefühle nagen an ihr, wann immer sie nicht in der Wohnung ist. Tausend Sorgen quälen sie. Was, wenn Zia gefallen ist? Was, wenn sie die Wohnung in Brand setzt? Eine Option wäre, eine Pflegekraft für Zia zu finden, aber das würde Avas Punktestand aufzehren und ihr die Chance nehmen, Pres-X zu finanzieren. Je öfters sie weg ist, um zu arbeiten, desto wahrscheinlicher ist es, dass Zia einen

Unfall hat, aber sie muss arbeiten, um ihre Punktzahl zu erhöhen. Wann immer Ava an dieses Dilemma denkt, gähnt sie entweder vor Erschöpfung oder ballt vor Wut die Fäuste.

Es ist nicht fair.

Bei ihrer nächsten Schicht bei XL Medico hat sie einen Laborpartner und sie produzieren fünfzig Liter reines Formaldehyd-Rose. Es hätten sechzig sein sollen, aber ihr Partner ist keine zweite Ava. Er ist ein Labortechniker, der weiß, wo alles gelagert wird, aber kaum eine Ahnung davon hat, wie man es zusammensetzt. Hilfe beim Reinigen und Organisieren ist zwar nützlich, aber auf ihrer Heimfahrt ist sie völlig erschöpft. Sie ist zu müde für jegliche Arbeit als Gesellschaftspolizistin. Mit der Arbeit bei XL Medico und dem Bestattungsunternehmen ist sie voll ausgelastet. Viele günstige Beerdigungen für wohlhabende Haustiere zu organisieren, erweist sich als härtere Arbeit als die viel selteneren und teureren Beerdigungen für Menschen mit über 700 Punkten. Das Einbalsamieren mag einfacher sein, aber die schiere Menge ist schwer zu bewältigen. Sie beschließt, keine Details an Monika Skye für ihren Hund zu schicken. Das zusätzliche Geschäft, das die Aufmerksamkeit generieren könnte, könnte sich als nicht nachhaltig erweisen.

Sie radelt am Morgen mit müden Beinen zur Arbeit und hofft, den Hügel eher hinunterzurollen als zu treten, als der Bus vor ihr eine Vollbremsung macht. Ava kommt quietschend zum Stehen und flucht, schiebt sich dann an den Reifenspuren auf der Straße vorbei und lehnt sich vor, damit sie um den Bus herumsehen kann.

Auf der Straße steht eine Frau, vielleicht achtzig Jahre alt, in Nachtwäsche, die vor Bussen auf die Straße tritt. Sie hat die verräterische rosa Haut von jemandem, der kürzlich Pres-X genommen hat, aber noch nicht mit der Verjüngung begonnen hat. Sie läuft hin und her, blockiert beide Fahrspuren und murmelt vor sich hin. Busse in beide Richtungen hupen, Radfahrer stauen sich und schreien sie an, sie solle zur Seite gehen. Die Wut in der morgendlichen Rushhour heizt sich auf und droht überzukochen. Diejenigen, die es nicht eilig haben, zücken ihre Handys und öffnen die Gesellschaftspolizei-Apps – jemanden beim Blockieren des Verkehrs zu erwischen, ist mindestens fünf Punkte wert. Ava schaut auf die Uhr. Sie wird zu spät kommen. Die Gesellschaftspolizeiarbeit muss warten. Sie steigt von ihrem Fahrrad ab, lehnt es an einen Laternenpfahl und läuft zu der Frau hinüber.

„Hey! Was machen Sie da? Gehen Sie von der Straße runter.“

Die Frau antwortet nicht, sondern läuft erneut auf die nächste Fahrspur. Mehr Hupen und wütende Rufe und Gesten aus dem Stau.

„Hey!“ Ava läuft zu ihr, packt sie am Arm und versucht, sie zurück zum Bürgersteig zu ziehen. Vielleicht werden ihr sogar Punkte für ihre Handlungen anerkannt, überlegt sie.

„Lass mich in Ruhe!“ Die Frau versucht, ihren Arm freizuschütteln. „Es ist meine Zeit. Es soll meine Zeit sein.“

Beide Hände von Ava packen sie jetzt. Zum Glück ist sie leicht – nicht viel, wogegen man ankämpfen muss. „Hier lang. Aus dem Weg. Kommen Sie.“

Sie schaffen es zum Bürgersteig und die Frau sackt zu Boden. Avas Finger haben bereits lila Blutergüsse an ihren Armen hinterlassen.

„Ich werde sie bald sehen“, schluchzt die Frau leise. „Ich vermisse sie.“

„Wen?"

„Cheryl. Sie ist vor drei Jahren gestorben. Ich will sie doch am Ende wiedersehen."

Avas Ungeduld schmilzt dahin. Das gebrochene Herz der Frau erinnert Ava an ihr eigenes. Sie setzt sich neben sie auf den Boden und rückt nahe heran. „Wo wohnen Sie? Ich bringe Sie nach Hause."

„Sei still!" Sie hält sich die Hände an die Ohren, ihre wässrigen Augen weit aufgerissen. „Hör auf, mich anzuschreien! Es ist so laut."

Ava streicht ihr über den Arm, ein Versuch, sie zu beruhigen, als ihr Schluchzen etwas lauter wird. Als sie die Hände von ihren Ohren nimmt, schirmt sie ihre Augen ab, dann geht sie nach einer Weile wieder zu ihren Ohren zurück, die ganze Zeit vor sich hin murmelnd. „Lass es aufhören. Lass es aufhören."

„Warum gehen wir nicht irgendwohin, wo es ruhig ist", sagt Ava und zerbricht sich den Kopf, um an einen solchen Ort zu denken. Die arme Frau braucht offensichtlich etwas Ruhe.

Als sie keine Antwort bekommt, sucht Ava auf ihrem Handy nach einer Nummer für Sozialdienste und ruft dort an. Das Telefon klingelt ein paar Mal, ohne Antwort oder Anrufbeantworter. Sie versucht es wieder und wieder, während die Frau neben ihr zittert. Beim vierten Versuch hört sie einen erschöpft klingenden Anrufbearbeiter.

„Wir werden sie abholen. Alle sind im Moment beschäftigt. Es wird ein paar Stunden dauern." Ava schwört, sie kann zwischen jedem Wort ein Seufzen oder Schnauben hören.

„Ein paar Stunden? Ich kann nicht so lange bei ihr sitzen bleiben."

„Dann lassen Sie sie zurück.“

Der Mitarbeiter am Telefon sagt dies so selbstverständlich, dass Ava fast an dieser Antwort erstickt und von der Frau zurückweicht, in der Hoffnung, das gerade nicht gehört zu haben. Sie hält ihre Hand nahe um das Mikrofon, um zu versuchen, den Ton von ihr abzuschirmen, als sie spricht. „Aber sie wird einen Unfall verursachen.“

„Na und? Fesseln Sie sie einfach oder so.“

Avas Pokerface ist solche Kommentare nicht gewohnt und sie unterdrückt ein Keuchen. Nach einem tiefen Atemzug, um ihre Stimme ruhig zu halten, gibt sie ihnen die Adresse ihres Arbeitsplatzes und legt auf. Sie wird definitiv keine ältere Bürgerin in einer Krise fesseln, noch kann sie sie einfach zurücklassen. Der Bus- und Fahrradverkehr fließt wieder, selbst der Fußgängerverkehr ist zu schnell für jemanden, der unkontrolliert umherläuft. Die geordneten Straßen sind kein Ort für einen Zusammenbruch. Schließlich entscheidet sie sich, ihr Fahrrad anzuketten und die Frau im Bus zur Arbeit mitzunehmen. Ein Bestattungsunternehmen scheint nicht der ideale Ort für sie zu sein, aber es ist alles, was sie tun kann.

Die Frau steht ohne allzu große Beschwerden auf und nach sanftem Zureden von Ava, die eine so leise und sanfte Stimme benutzt, dass sie befürchtet, eher ein Kätzchen als eine alte Frau anzulocken, steigen sie in einen Bus. Es ist kein langer Weg von dort aus. Der Bus ist in Avas üblichem Tempo nur eine oder zwei Minuten schneller, aber es schien um einiges einfacher, als die Frau den ganzen Weg zu schleppen und zu beschwatzen. Sie setzt sich neben Ava und umklammert während der Fahrt ihren

Körper, wobei sie weiterhin Worte vor sich hin murmelt, die Ava nur mit Mühe entziffern kann.

Ava versucht, Small Talk zu machen, spricht beruhigende Worte, stellt ihr Fragen, aber die Frau antwortet nicht. Ihr Kopf zuckt und schüttelt sich. Nur selten sind ihre Augen geöffnet. Die Beschleunigung des Motors lässt sie zusammenzucken und das Gelächter anderer Fahrgäste veranlasst sie, sich noch weiter in sich selbst zurückzuziehen und erneut die Hände gegen ihre Ohren zu pressen. Ava versucht, nicht zu starren, obwohl ihre besorgten Augen nicht umhin können, immer wieder zu ihr hinüberzublicken. Ungewaschene Nachtwäsche, die Enden zerfetzt. Ihr Haar verfilzt und wild. Ihre leuchtend rosa Haut mit Schweißperlen übersät. Die zehnminütige Fahrt fühlt sich eher wie zehn Stunden an, doch schließlich kommen sie beim Bestattungsunternehmen an. Mit wackligen Schritten ermutigt Ava die Frau, aus dem Bus zu steigen und ihr zu folgen.

„Hier drinnen wird es ruhig sein", sagt sie und ruft dann der Menge draußen zu, Platz zu machen und den Weg freizugeben. Selbst der Anblick einer der Ältesten der Gesellschaft in einer Krise reicht nicht aus, um ihre Komplimente und die Flut von Sprüchen einzudämmen.

„Diese Farbe steht Ihnen ausgezeichnet."

„Dieses Nachthemd ist sehr vorteilhaft."

„Sieht aus, als müssten Sie mal richtig aufgemuntert werden."

Ava ist dieses Mal weder sanft noch höflich. Sie grunzt und flucht und benutzt eine Faust, um alle aus dem Weg zu boxen, während die andere Hand den Unterarm der Frau umklammert und sie hindurchzieht. Dabei befürchtet sie ständig, entweder die Frau loszulassen und zurückzulassen oder ihr den Arm abzureißen.

Nach mehr Gewaltanwendung, als sie außerhalb ihrer Tätigkeit als Gesellschaftspolizistin gewohnt ist, schafft sie es durch die Türen. Die Frau blinzelt im gedämpften Licht und zuckt vor der sanften Musik zurück, immer noch murmelnd, beide Hände nun fest um Avas geschlungen.

Max steht vom Empfangstresen auf und eilt herbei, um zu helfen. „Wow! Was ist der Plan? Sie lebendig hereinlocken und in einen Sarg locken?"

„Sehr witzig, Max." Sie setzen sie auf einen Stuhl im Wartebereich und Ava fächelt sich mit ihrer Bluse Luft zu. „Hab sie gefunden, wie sie mit dem Verkehr gespielt hat. Machst du einen Tee, bitte?"

Max nickt und läuft schneller davon, als Ava ihn je hat laufen sehen.

„Es ist so hell", stöhnt die Frau und versucht, ihren Kopf in ihren Schoß zu vergraben. „Macht das Licht aus. Ich halte es nicht aus." Ihr Nachthemd knittert an der Taille und ein Pantoffel fällt von einem Fuß. Ihre leuchtend rosa Haut erstreckt sich bis zu jeder Extremität, bemerkt Ava, als die Frau ihre Zehen unter ihrem Fuß einrollt – ihre Haut ist immer noch mit Gänsehaut überzogen, obwohl sie sich verbrannt anfühlt.

Ava hockt sich neben sie und reibt ihre Schulter. „Wollen Sie mir jetzt Ihren Namen verraten?"

„Millie", sagt sie mit brechender Stimme.

„Okay, Millie. Ich bin Ava und das hier ist Max mit einer schönen Tasse Tee für Sie."

Sie nimmt die Tasse, die nur halb voll ist. Vernünftig, denkt Ava. Verhindert das Verschütten. Millie starrt in die Tasse, der Dampf sammelt sich um ihr Gesicht, und sie blinzelt einen Film aus ihren Augen. Ava geht zum Schreibtisch, wo Max steht.

Er zuckt mit den Schultern. „Wieso?"

„Das Sozialamt hat gesagt, sie brauchen ein paar Stunden. Ich konnte sie ja schlecht einfach zurücklassen."

„Na ja, ich hab echte Arbeit zu erledigen. Drei Meerschweinchen müssen gepflegt werden und da ist noch dieser riesige Hund, mit dem ich noch nicht mal angefangen habe. Sie wollen, dass er mit sichtbaren Zähnen lächelt, aber seine Zähne sind eklig, also muss ich sie schrubben und aufhellen."

„Und was ist das?", fragt Ava und zeigt auf einen dicken Papierstapel auf dem Empfangstresen.

„Das sind die Tischkärtchen für das Beerdigungsbankett für diese Katze, die vor drei Tagen reinkam. Weißt du, der rotgetigerte Kater, der nach Pisse riecht. Sie wollen ein Bankett für fünfzig Personen. Ich glaube, es ist ein Geschäftstreffen. Sehr förmlich. Schau dir die Tischkärtchen an. Herr Khan, Frau Glover. Keine Vornamen. Die Leute sind seltsam."

Ava nimmt das Papier und blättert es durch. Die Organisation der Trauerfeier als Teil des Service sollte eigentlich ein einfacher Zusatz sein, aber diese Anforderungen sind weit mehr als erwartet. Ein Drei-Gänge-Menü mit Sitzordnung, Beamer zur Anzeige von Fotos von, wie heißt die Katze, Tiger, Geschenktüten für alle Gäste, die – Wow! – Designerdüfte und gravierte Silberanhänger enthalten sollen, und ein Sänger, der Nummern aus dem Musical *Cats* vorträgt.

Ava überprüft die Kundenunterlagen, um sicherzustellen, dass der Lebenspunktestand enthalten ist, damit sie alles beschaffen kann, und ja, Max war gründlich. Es ist alles da. „Nun", sagt sie mit einem langsamen Ausatmen. „Solange sie bezahlen… wer sind wir, dass wir urteilen? Mach weiter mit dem Herrichten. Ich fange hier oben mit der Organisation der Trauerfeier an, damit ich Millie im Auge behalten kann."

Max lässt sich das nicht zweimal sagen und dreht sich auf dem Absatz um und rennt zum Kühlraum.

Ava meldet sich auf der Kontoseite an und sieht, dass der Umsatz nicht schlecht ist. Wenn Kunden Beerdigungsbankette für Haustiere veranstalteten, gab es definitiv Spielraum, die Preise zu erhöhen und die Margen zu verbessern. Der arme Max hat seine Stunden protokolliert – er macht viel zu viele. Eine zehnprozentige Preiserhöhung könnte einen weiteren Mitarbeiter finanzieren. Sie macht sich daran, eine neue Preisliste zu entwerfen und die Website anzupassen, fügt einige weitere Bilder von friedlichen Fellbabys hinzu, die auf weichen Betten liegen oder sich an ihre wohlhabend aussehenden Besitzer kuscheln, mit Schmuck auf den Aufnahmen. Es ist erstaunlich, was man heutzutage alles von Stock-Fotografie-Seiten bekommt, denkt Ava, als ihre Aufmerksamkeit wieder auf den Empfangsbereich gelenkt wird durch die Schreie, die von draußen kommen. Ava zuckt zusammen, steht auf und stellt dann fest, dass Millie verschwunden ist.

Ava schaut an all den üblichen seltsamen Stellen nach, wo Leute suchen – unter dem Schreibtisch, hinter der Sargausstellung. Dann wieder dieses Schreien. Sie eilt zur Tür. Draußen auf der Straße hat die alte Frau ein Kind an den Haaren gepackt und hält ihm die Schere an den Hals. Avas Schere. Sie hatte nicht einmal bemerkt, wie sie sie sich geschnappt hatte. Die Mutter des Kindes schreit, während Millie vor ihr zurückweicht, aber das Kind fest an ihre Hüfte gezogen hält, die Schere drückt sich in die Haut des kleinen Jungen.

Trotz der allgemeinen Abneigung der Öffentlichkeit gegenüber Kindern kann niemand es ertragen, eines verletzt zu sehen. Der Junge ist wie erstarrt, nur ein Zittern erschaudert seinen Körper. Er sieht etwa sechs Jahre alt aus. Ava hat ihn nur seitlich im Blick, aber es reicht, um seine weit aufgerissenen Augen zu sehen – feucht von Tränen, zusammengekniffen vor Schmerz, als seine Haare nach oben gerissen werden. Millies Nachthemd flattert im Wind, ihre nun nackten Füße treten durch den Schutt, der die Straßenseite übersät. Der Verkehr ist zum Erliegen gekommen, als Ava nach draußen tritt.

„Millie!", ruft sie laut, aber mit dem sanftesten Ton, den sie zustande bringen kann. „Millie, hören Sie auf damit. Legen Sie die Schere weg."

„Halt die Klappe!" Sie zuckt bei dem Geräusch zusammen, hält sich aber diesmal nicht die Ohren zu. Sie kauert sich nieder, beugt sich vornüber. „Hör auf, so laut zu sein. Wo ist die richtige Polizei? Die mit den Waffen?"

„Die wollen Sie nicht hier haben, Millie. Lassen Sie den Jungen einfach gehen."

„Ich brauche die mit den Waffen! Wo sind sie?"

Ava sieht ihn, den Mann, der sich von hinten anschleicht. Ein Straßenarbeiter, wie es aussieht, mit etwas in den Händen, das wie das Ende eines Presslufthammers aussieht.

„Millie, sehen Sie mich an. Sie müssen ihn jetzt loslassen."

Der Mann schleicht näher, mit langen Schritten, zuerst auf den Zehenspitzen, dann auf der Ferse landend.

„Du verstehst das nicht", schimpft Millie. „Keiner von euch versteht das. Ihr sollt alle die Klappe halten. Ich kann den Lärm nicht stoppen. Es ist einfach alles zu laut. Zu hell und zu laut. Ich will nur, dass es aufhört." Sie hebt die Schere. Der Mann mit dem Presslufthammer schlägt ihr gegen den Kopf – ihr Schädel gibt nach, als wäre er aus Brot.

KAPITEL 22

„Der Erfolg dieser neuesten Kampagne von XL Medico ist revolutionär.“

Die Stimme der Moderatorin ist mit einem Lächeln überzogen, bleibt aber ansonsten ausdruckslos. Ihre kreischend begeisterte Stimme vermittelt den Enthusiasmus, den ihr Gesicht nicht zeigt – ein Zeugnis für Anti-Aging-Behandlungen vor der Einführung von Pres-X-2.

Ava dreht die Lautstärke auf, während sie ihren Morgen damit verbringt, die Nachrichten auf ihrem Arbeitscomputer zu schauen – und bereut es bald. Ist sie die Einzige in der gesamten Gesellschaft, die den Sinn darin nicht sieht, sich zwanzig Jahre jünger zu machen? Sie kann ihre Augen trotzdem nicht vom Bildschirm abwenden. Es ist eine Ablenkung, eine willkommene noch dazu. Es hält das Bild des Schädels fern und stoppt das Klingeln der Schreie in ihren Ohren.

„Die Kriminalitätsmeldungen sind um siebentausend Prozent gestiegen, was unsere Gesellschaft viel sicherer macht“, fährt die Moderatorin fort, ihr gekünsteltes Lächeln erreicht ihre Augen nicht. Ihr knitterfrei gebügelter babyblauer Anzug ist so steif wie ihr Gesicht. Selbst bei Windstärke zehn würde sich nichts an der Frau bewegen. „Die Einkäufe sind sogar noch mehr gestiegen – besonders Damenmode und Haushaltswaren. Die Mehrheit unserer weiblichen Bürger über vierzig hat all ihre verfügbaren Kredite ausgeschöpft und arbeitet hart daran, mehr zu beschaffen. Das kurbelt unsere Wirtschaft schneller an als je zuvor seit Beginn der Aufzeichnungen. Allein in der letzten Woche wurden zusätzliche fünfzig Milliarden Pfund an Mehrwertsteuer eingenommen. Die Wunder von Pres-X-2 kennen keine Grenzen.“

Die Kamera verlässt das Studio, um die Schlangen vor jedem Geschäft zu zeigen, die „ausverkauft“-Schilder, die jeden Online-Kauf kennzeichnen, und die leeren Regale der teuersten Produkte in den Supermärkten. Daneben ein Diagramm mit einer roten Linie, die steil nach oben schießt – falls jemand sehen müsste, wie zusätzliche Steuergelder in Form einer Kinderzeichnung aussehen.

Zurück im Studio zoomt die Kamera heraus und zeigt eine weitere Person, die neben der Moderatorin sitzt. Ein Mann, über dem Alter, in dem Pres-X-2 verfügbar sein wird, trägt einen Anzug, der deutlich zeigt, dass er eine Lebenspunktzahl hat, die hoch genug ist, um es sich leisten zu können. Neben ihm eine junge Frau, vielleicht zwanzig Jahre alt. Ava erkennt sie von irgendwoher, einer TV-Werbung oder so, obwohl sie sie nicht mit Sicherheit zuordnen kann – wahrscheinlich irgendein Z-Promi mit mehr Ehrgeiz als Talent. Genau in diesem Moment möchte Ava alles über diese Frau wissen. Woher sie kommt, wo sie einkauft, was ihr letzter Job war, mit wem sie schläft. Warum ist das so? Zwei Minuten schlechtes Tagesprogramm und sie ist gefesselt. Sie setzt sich in Bewegung, um es auszuschalten, widersteht aber und starrt stattdessen die Schönheit des Gastes an. Sie sieht so selbstgefällig aus, als hätte sie gerade 100 zusätzliche Lebenspunkte dafür bekommen, dass sie einfach nur da sitzt. Wenn sie berühmt ist, hat sie die wahrscheinlich auch bekommen.

Die Moderatorin richtet ihre Frage nun an den Mann und rutscht auf ihrem Sitz herum – ihr Gesicht bleibt unbeweglich. „Und wie geht es den ersten Bürgern, die das neue Medikament Pres-X-2 genommen haben?"

„Die Regressionsjahre sind ganz anders als beim ursprünglichen Pres-X. Die Veränderung ist viel subtiler. Die hellrosa Haut ist nur ein leichter Hauch, der schnell verblasst, und die kulturelle Anpassung ist minimal. Prominente, die als Erste in der Schlange standen, wie Monika Skye und Alana Miley, sind begeistert." Das Lächeln des Mannes sieht eher wie ein Grinsen aus. Die Schwärze seines Anzugs scheint unter dem Studiolicht eine schlechte Wahl zu sein. Es lässt seine Augen noch dunkler erscheinen. Wahrscheinlich hatte er wenig Wahl, denkt sie, als die Kamera den Glanz der *Eyes-Forward*-Anstecknadel an seinem Revers einfängt.

„Und hier im Studio haben wir Isla Sharp." Die Moderatorin wendet sich nun der Frau zu, während die Kamera herumschwenkt und unangenehm nah auf Islas Gesicht zoomt – als wolle sie beweisen, dass es faltenfrei ist und ihre Poren vollkommen rein sind.„Isla, wie geht es Ihnen?"

„Großartig, Sandra, Malcom. Einfach großartig. Noch nie besser, ehrlich gesagt. Ich muss mich nicht mehr mit kosmetischen Injektionen und Behandlungen herumschlagen. Ich habe so viel mehr Zeit, weil meine übliche Anti-Aging-Routine nicht mehr nötig ist."Sie gestikuliert lebhaft, während sie spricht – wie ein Kind auf Zuckerhoch, das eine Fliege verscheucht. Ava bemerkt das Implantat in ihrem Handrücken, das golden leuchtet.

„Was halten Sie von all den Prominenten, die leugnen, Pres-X-2 genommen zu haben?"

„Na ja, Sandra, ich finde das einfach albern. Man sollte es von den Dächern schreien. Es gibt keinen Grund, sich dafür zu schämen. Seid stolz! Lasst den Rest der Gesellschaft das Wunder, das Pres-X-2 ist, kennen."

„Und natürlich..." Malcom lehnt sich nah zu Isla, um seinen Platz vor der Kamera zu sichern. „Für Frauen wie Isla eröffnet es eine Welt voller Möglichkeiten in der Karriere, auf ihrem ästhetischen Höhepunkt zu erscheinen und gleichzeitig im sicheren Alter zu sein. Sie finden auch viel eher einen Partner, falls sie noch Single sind."

„Er hat völlig recht", sagt Isla. „Vor Pres-X-2 war ich darauf beschränkt, in TV-Werbespots aufzutreten. Aber seit Pres-X-2 wurden mir Rollen in Sitcoms und Seifenopern angeboten. Es haben sich so viele Möglichkeiten für mich eröffnet. So viele mehr Schauspielrollen zur Auswahl, da die meisten Fernsehrollen für junge Frauen sind. Über ältere Frauen wird einfach nicht geschrieben. Sie machen kein so gutes Fernsehen. Ich beginne bald mit den Dreharbeiten für eine College-Komödie. Können Sie das glauben? Eine Rolle als College-Studentin, in meinem Alter. Es ist wunderbar."

Avas Augen beginnen zu brennen, weil sie nicht blinzelt, und sie beugt sich vor, um die verdammte Sendung auszuschalten, besorgt, dass sie ihre Zähne völlig abnutzen wird, bis sich der

Ton der Moderatorin ganz leicht ändert. Die Veränderung zieht sie wieder an und sie lehnt sich zurück, immer noch starrend. Immerhin hat sie einmal geblinzelt.

„Wunderbar, Isla. Herzlichen Glückwunsch", sagt die Moderatorin, bevor sie ihre Aufmerksamkeit wieder Malcom zuwendet. „Nun, Malcom, ich frage nur, weil unsere Zuschauer zu Hause sich vielleicht wundern. Warum ist die Akzeptanz bei Männern so viel niedriger?"

„Offensichtlich können wir nicht für jeden Mann da draußen sprechen, aber wir gehen davon aus, dass es daran liegt, dass es für ein Ehepaar schwierig wäre, die Behandlung für beide zu finanzieren. Also priorisieren sie natürlich die Frau. Da sie am meisten davon profitieren."

„Was bedeutet das?"

„Das bedeutet, dass die Karrieren von Frauen stärker durch ihr ästhetisches Alter und ihre Fruchtbarkeit behindert werden. Es gibt viele wissenschaftliche Studien, die das belegen, Studien von vor hundert Jahren bis heute. Frauen sind am produktivsten und am besten zu beschäftigen, wenn sie gut präsentiert sind und keine Babys im Kopf haben."

„Wenn Männer Pres-X-2 nehmen, ist dann eine Sterilisation obligatorisch?"

„Nein, natürlich nicht."

„Warum? Frauen müssen im sicheren Alter sein, um die Behandlung zu bekommen. Warum sollten Männer nicht sicher sein?"

„Weil Männer nicht diejenigen sind, die durch Fortpflanzung zusätzliche Belastungen für die Gesellschaft verursachen. Das sind die Frauen."

„Aber-"

„Hören Sie, ich weiß, worauf Sie hinauswollen."

Ava keucht, als er das sagt. Der Tonwechsel trifft sie bis ins Mark. „Die feministische Bewegung versucht wieder, Wellen zu schlagen, aber es ist gut für Frauen, die Gewissheit zu haben, dass sie steril sind. Es wäre äußerst naiv von einer Frau, einem Mann zu vertrauen, der behauptet, steril zu sein. Es ist viel besser, wenn sie selbst die Verantwortung für sich und ihre Handlungen übernimmt."

Es ist das erste Mal, dass Ava von einer feministischen Bewegung hört, die „wieder" Wellen schlägt. Wann hat sie denn zuvor Wellen geschlagen? Der rotgesichtige Malcom sah bei dem Gedanken ziemlich entsetzt aus. Wenn sich das Gesicht der Moderatorin bewegen könnte, denkt Ava, hätte sie wohl ähnliche Emotionen wie Malcom gezeigt. Sie muss wohl zu viel in ihr jugendliches Aussehen investiert haben, als Botox die einzige Option war. War ihre Fragestellung nur Verbitterung? Das Botox würde bald nachlassen, und sicher ist ihre Punktzahl hoch genug für Pres-X-2. Wenn sie es will. Obwohl sie es vielleicht nicht will. Vielleicht ist Ava nicht die Einzige in der Gesellschaft, die das alles für Unsinn hält. Oder, nach einem Moment des Nachdenkens, vielleicht will sie nur sicherstellen, dass die Männer es auch nehmen.

Die Nachrichten gehen zu einigen kleineren Geschichten über Plünderungen und allgemeinem Vandalismus über – triviale Berichte, die allen Bürgern mitteilen, dass es viel Arbeit für die Gesellschaftspolizei gibt, wenn sie sie wollen. Der *Eyes-Forward*-Slogan, *Alle Augen sind unsere Augen*, läuft ständig über den unteren Bildschirmrand, das eingemauerte Auge dreht sich um eine unsichtbare Achse. Ava schaudert. Sie hatte nie wirklich darüber nachgedacht, wie gruselig das eigentlich war.

Zwischen den *Eyes-Forward*-Hinweisen laufen XL Medico-Werbespots, die nahtlos in die Werbung für die Gesellschaftspolizei übergehen. XL Medico verstärkt offensichtlich sein Branding – seine Werbung ist überall zu sehen. Dann, nach weiteren Berichten über kleinere Verbrechen, behandeln die Nachrichten nach den Promi-Interviews und weiteren XL Medico-Werbespots eine dringendere Angelegenheit.

Der Gesundheitsminister – mit der Brille, die er nur zur Schau trägt, und seiner übermäßig geschminkten, rosa Haut – sagt: „Die jüngsten Gewalttaten von Personen, denen das ursprüngliche Pres-X verabreicht wurde – nicht die neue Formel – sind ein klares Zeichen dafür, dass Menschen mit niedrigerer Lebenspunktzahl einfach etwas Anpassungszeit benötigen. Die Realität eines völlig neuen Lebens für Menschen, die, ähm …" – er macht tatsächlich eine Pause – „… nicht alle Wunder des Lebens erfahren haben, ist schwer zu verarbeiten. Aber das wird ihre Pläne nicht ändern, jedem in der Nation mit sauberer Strafakte die Chance auf ein längeres Leben zu geben. B-Well, das neue revolutionäre Medikament von XL Medico, wird für alle verfügbar sein." Er möchte diesen Punkt offensichtlich noch einmal betonen: Die Dosierung korreliert mit der Lebenspunktzahl.Du willst glücklich sein? Dann strebe nach Punkten! Reize deine Kreditkarten aus, kaufe die Dinge, die du willst, verbessere dein Eigentum – und gerate nicht in Schwierigkeiten mit der Polizei. Dann kannst auch du ein langes und glückliches Leben führen!

Eine Erklärung war notwendig, folgert Ava. Millie war nicht die Erste und wird nicht die Letzte sein. Acht Fälle von Gewalt gegen Ältere allein in Berkshire in der letzten Woche seit Millies plötzlichem Ableben – alles Personen unter 750, die kürzlich Pres-X erhalten hatten. Trotz des Gefühls der Tragödie kann Ava nicht anders, als etwas verärgert darüber zu sein, dass alle Getöteten unter 700 lagen, sodass sie nicht einmal in Avas Bestattungsinstitut kommen werden.

Dennoch beginnt das Haustiergeschäft, an Fahrt aufzunehmen.

Max kommt zur Arbeit und scheint viel besser gelaunt als in letzter Zeit. Aber das ist keine große Veränderung. Wenn er noch tiefer gesunken wäre, wäre er im Boden versunken.

„Morgen, Chefin." Er hat einen federnden Schritt, ein Funkeln in den Augen.

„Wer bist du und was hast du mit Max gemacht? Deine Freundin muss dich wohl endlich aufgeheitert haben."

„Ha! Natürlich tut sie das." Seine Wangen erröten leicht, was Ava zum Lächeln bringt. „Ich fühle mich einfach gut. Ich habe mein B-Well bekommen. Der Arzt hat mir vor ein paar Tagen ein Rezept ausgestellt. Es hat eine Weile gedauert, bis es wirkte, aber jetzt fühle ich mich großartig! Dreißig Milligramm täglich für meine 300er Punktzahl."

„Wow. Hey, das ist toll. Ich freue mich wirklich für dich."

„Und Oma bekommt morgen ihr Pres-X. Sie hat tatsächlich zugestimmt. Kannst du das glauben? Ich wollte fragen, ob ich ein paar Stunden frei haben kann. Sie sagte, sie würde alleine gehen, aber ich mache mir Sorgen, dass sie kneifen wird."

„Natürlich kannst du das. Das sind großartige Neuigkeiten. Ist sie besorgt? Diese Geschichten passieren ziemlich häufig seit der armen Millie."

„Sie wird schon klarkommen. Ich meine, sie führen ja auch B-Well ein. Sie wird fünfundsechzig Milligramm für ihre Punktzahl bekommen. Es wird ihr gut gehen. Ich weiß es."

Max' Optimismus wird von dem Nachrichtenbericht im Hintergrund übertönt, wobei die interviewte Person Max' Standpunkt vehement widerspricht.

„Menschen mit niedrigeren Lebenspunktzahlen können einfach nicht mit einem längeren Leben umgehen. Sie sind mental nicht dafür ausgelegt, so langfristig zu denken. Wenn sie es wären, hätten sie eine hohe Punktzahl."

Ava flucht über den Interviewten und greift hinüber, um das dumme Ding endlich auszuschalten, wobei sie sich selbst dafür verflucht, es nicht schon vor Stunden getan zu haben. So sehr Ava sich auch über die Einführung von Pres-X freut, scheint der allgemeine Konsens von Besorgnis geprägt zu sein: die demografische Verschiebung, das zunehmende Gerede darüber, es sei ein Eingriff gegen die Evolution, und die Kosten von B-Well für das Gesundheitssystem.

Während Max in den Kühlraum geht, um herauszufinden, wie man einen Goldfisch einbalsamiert, stützt Ava die Ellbogen auf den Schreibtisch und legt das Kinn in ihre Hände. Ihre Gedanken kreisen immer wieder um die Nachrichten über sinkende Lebenspunktzahlen und zunehmende Gewalt. Zia würde das natürlich nicht passieren. Erin auch nicht. Beide sind so sanfte, freundliche Frauen.

Trotzdem wäre es das Beste, wenn sie ihrer Sorgfaltspflicht nachkommt und sich vergewissert, dass alles sicher ist und nichts übersehen wurde. Damit sie sicherstellen kann, dass Zias Genesung so schmerzlos wie möglich verläuft.

Was hatte der Typ im Labor gesagt? Der *Joan-Porter-Effekt*? Sie googelt den Namen, aber es taucht nichts auf. Jedenfalls nichts Bemerkenswertes. Es gibt ein paar Joan Porters, aber nichts Alarmierendes. Sie trommelt mit den Fingern auf den Schreibtisch, verlagert ihr Gewicht, googelt erneut. Wieder nichts. Es nagt an ihr. Wer hat heutzutage keine Online-Präsenz? Das allein ist schon alarmierend. Die einzige plausible Schlussfolgerung: Alle Aufzeichnungen über sie wurden gelöscht. Und das wäre eine enorme Aufgabe – etwas, wozu nur die größten Unternehmen überhaupt in der Lage wären. Und XL Medico ist so groß, wie es nur geht.

XL Medico ist der Ort, um mehr herauszufinden, da ist sie sich sicher.

KaPITeL 23

6 Jahre vor der Großen Unruhe

„Mach verdammt nochmal die Tür auf, Lu!", rief Ken durch die Tür.

Es war zehn Uhr abends und Lucia lag lesend im Bett. Kaum in der Verfassung, zur Haustür zu rennen, wie er es offensichtlich erwartete. Sie ließ sich Zeit, zog ihre Pantoffeln an und hielt sich bei jedem Schritt am Geländer fest.

Er hat seine Schlüssel vergessen, da kann er verdammt nochmal warten.

Lucia zog ihren Morgenmantel enger, bevor sie ihre Schlüssel fand und die Tür öffnete, wodurch die kühle Januarluft in ihr Zuhause eindrang.

„Scheiße, Ken. Was zum Teufel ist passiert?"

„So ein Arschloch. So ein verdammtes Arschloch."

Lucia holte ihre Lesebrille und untersuchte sein Gesicht, in dem noch ein Stück Fensterglas steckte. Ein durchnässtes Taschentuch tat wenig, um die Blutung zu stoppen. Über seiner

Stirn waren weitere kleinere Schnitte zu sehen und Blut tropfte in sein Auge.

„Hol das Antiseptikum", sagte er.

„Das braucht etwas mehr als Antiseptikum, Ken. Du solltest ins Krankenhaus gehen."

„Kann nicht."

„Sei nicht so stur."

„Kann nicht gehen. Wenn ich's tue, könnte ich meinen Job verlieren."

„Oh, Jesus." Sie lehnte sich auf die Armlehne des Sofas. Sie war zu müde für diesen Unsinn. „In was für einen Mist bist du da wieder reingeraten?"

„Ich kann meine Tarnung nicht auffliegen lassen, Lu. Wo ist das verdammte Antiseptikum? Und eine Flasche Whisky. Wasch dir die Hände."

Sie tat, wie ihr geheißen, während er sich an den Tisch setzte. Im Erste-Hilfe-Kasten fand sie Steri-Strips, zweifelte aber, dass die ausreichen würden, nahm sie aber trotzdem mit. Sie reichte ihm den Whisky und er nahm einen Schluck. Seinem Geruch zu urteilen, war es wohl nicht sein erster an diesem Abend.

„Okay, jetzt zieh es einfach raus und dann sehen wir weiter", sagte er.

„Einfach rausziehen. Das meinst du ernst?"

„Rausziehen, ausspülen und verbinden. Das muss reichen."

„Willst du mir erzählen, was passiert ist?" Sie verschränkte die Arme und wartete. Er hatte dieses ganze Drama verursacht. Ihr zu erzählen, was passiert war, war das Mindeste, was er tun konnte.

„So ein verdammter Babyfanatiker hat uns belauscht – mich und ein paar von *Eyes Forward*. Wir hatten uns in diese

Gruppe eingeschleust. Ein Haufen Idioten, die sich abends im Pub treffen und behaupten, sie würden Ärger machen und Pres-X stoppen, als ob die das verdammt nochmal könnten. Trottel. Ich meine, es ist von der Regierung genehmigt, um Himmels willen. Sie wussten natürlich nicht, dass wir von der Regierung sind. Wir haben uns einfach eingemischt und ihrem Schwachsinn zugehört. Denen gefielen unsere Ideen nicht. Ich habe nur vorgeschlagen, Babys zu verbieten, um die Bevölkerung einzudämmen. Vernünftig eigentlich. Wahrscheinlich waren es irgendwelche Pädos, die sich Sorgen machten, woher sie ihr frisches Fleisch bekommen sollten.“

Sie goss Antiseptikum über das Glas und die Haut darum, während Ken die Zähne zusammenbiss und ein Stöhnen gurgelte. Gut. Sie hoffte, dass es wehtat.

„Und dann hat dich diese Person mit einer Flasche geschlagen? Klingt plausibel.“

„Er hat zuerst viel rumgeschrien. Ich hab ihm gesagt, er sei ein Arschloch, und dann ging's los.“

„Eine Kneipenschlägerei. In deinem Alter. Jesus, Ken. Du bist in deinen Achtzigern.“

„Na ja, manche Leute mögen es nicht, wenn man ihnen sagt, dass ihr Kind eine Verschwendung von Ressourcen ist.“

Sie zog das Glas in einer schnellen Bewegung heraus und wünschte sich sofort, sie hätte es beim Herausziehen ein wenig gedreht, um ihrem Mann noch mehr Schmerzen zuzufügen. Sein jämmerlicher Schrei, der folgte, war für Lucias Geschmack bei Weitem nicht kehlig genug.

„Du hast was gesagt?“

„Es stimmt doch. Dieser verdammte Planet platzt aus allen Nähten. Und da ist so ein Typ, in einer Bar, nachts, mit seinem Kind, das die ganze Bude zusammenschreit. Verdammter Schläger. Und der hat die Frechheit zu sagen, Pres-X sollte nicht existieren, weil sein Kind wichtiger ist. Wie gesagt, Trottel."

Sie hielt Taschentücher und Tupfer an sein Kinn, um zu versuchen, die Blutung zu stillen. Etwas davon tropfte auf den Tisch. Noch mehr, das sie später sauber machen müsste. „Du bist ein streitsüchtiger alter Narr, Ken. Wie konntest du so etwas sagen?"

„Hey! Es dauert nicht mehr lange, bis ich konserviert werde. Glaubst du, die Gesellschaft kann noch mehr verdammte Babys versorgen, wenn die bereits lebenden Menschen länger leben werden? Das ist einfach vernünftige Planung. Darüber haben wir gesprochen. Den Lebenden Vorrang geben, nicht den Ungeborenen. Kleine schreiende Biester."

Sie nahm seine Hand und hielt sie an sein Kinn. Er könnte wenigstens versuchen zu helfen. „Du meinst, Vorrang für die künstlich Lebenden. Du denkst tatsächlich darüber nach, dich einbalsamieren zu lassen, als wärst du der gottverdammte Tutanchamun. Du willst das wirklich durchziehen?"

„Ja. *Eyes Forward* unterstützt ihre loyalsten reifen Mitarbeiter dabei, die ersten Behandlungen zu bekommen."

„Reife Menschen lassen sich nicht auf Kneipenschlägereien ein."

Er wiederholte ihren Satz in einem hohen, quietschenden Ton.

„Du wirst ein Versuchskaninchen sein", sagte sie.

„Sei nicht albern. Tausende haben es schon bekommen. Millionen wahrscheinlich. Verstehst du es nicht? Das ist die neue Norm, Lu. Wie Antibiotika und Toiletten mit Wasserspülung und was auch immer sonst in der Menschheitsgeschichte erfunden wurde, um Leben zu retten.“

„Das ist nicht Gottes Plan.“

„Was auch immer. Du solltest dich freuen, wieder einen jungen Mann zum Ehemann zu haben.“

„Mit der Einstellung eines alten Bigotten.“ Sie klebte die Steri-Strips darüber. Der Schnitt würde wahrscheinlich eine Narbe hinterlassen. Das würde sein bald junges Gesicht ruinieren.

„Die Welt verändert sich, Lu. XL Medico hat sie verändert. Dieses Medikament wird wunderbare Dinge bewirken. Unsterblichkeit, das bieten sie an. Wie Götter. Wie verdammte Götter – Au!“

Sie spritzte das Antiseptikum in eine seiner kleineren Wunden, wobei etwas in sein Auge tropfte. Sie reichte ihm einen weiteren Wattebausch und schnalzte mit der Zunge, während sie wegging. „Verdammte Götter können ihre eigenen Wunden versorgen.“

Kapitel 24

10 Jahre nach der großen Unruhe

In dieser Nacht bei der Arbeit richtet Ava die Laborausrüstung ein und meldet sich dann am Arbeitscomputer an. Ihr Zugang zum Intranet von XL Medico wurde endlich eingerichtet. Ihr Kollege ist noch nirgends zu sehen, sodass sie glücklicherweise ein paar Momente allein hat, um nach Antworten zu suchen. Sie findet sich in der Software zurecht, durchstöbert die Dateien mit Bestellformularen, Urlaubszeiten, Gesundheit und Sicherheit – all die Dinge, die ihr am ersten Tag hätten vorgelegt werden sollen, wenn es nicht so gefährlich gewesen wäre, in ihrer Nähe zu sein. Es war damals ihre orangene Zeit, erinnert sie sich. Verständlich.

Nach etwas mehr Stöbern findet sie das Mitarbeiterforum. Es ist beunruhigend freimütig und unzensiert. Vielleicht schafft XL Medico diesen Raum für seine Mitarbeiter, um Dampf abzulassen. Trotzdem muss sie vorsichtig sein und aufpassen, was sie tippt. Sie kann es sich nicht leisten, diesen Job zu verlieren. Selbst beim Durchstöbern hat sie das kribbelnde Gefühl, beobachtet zu werden. Schnüffler-Paranoia.

Beim Scrollen durch die vielen, vielen Themen, die sich über Personalmangel, unordentliche Labore und zu schwierige Fristen beschweren, findet sie eine Erwähnung des Joan-Porter-Effekts. Sie hält inne und lässt den Cursor eine Weile über diesem Thread schweben. Sie liest und liest erneut. Der Joan-Porter-Effekt wird beiläufig erwähnt, als ob jeder wüsste, was es ist, und es gibt keine Antwort, die es hinterfragt. Andere Labormitarbeiter haben über die Nachrichten geschrieben und Bedenken über die jüngste Welle von Psychosen bei einigen Patienten geäußert. Es gibt den einen oder anderen Mitarbeiter, der alle an die Wunder von B-Well erinnert, aber trotzdem ist es eine ernüchternde Lektüre.

Ava verschlingt das Forum, sucht dann weiter und weiter, unter Dateien und alten Artikeln, aber Joan Porters Name taucht in nichts Offiziellerem wieder auf. Alle ihre Suchergebnisse ergeben nur weitere Beiträge in Foren, die den Joan-Porter-Effekt erwähnen, ohne Informationen darüber, was der Ursprung eines solchen Namens für die Krankheit sein könnte. Als ihr Kollege ankommt, hat sie Nackenschmerzen, trockene Augen und wenig Geduld übrig. Frustriert steht sie auf, streckt sich und beginnt, einige Geräte auszutauschen.

„Tut mir leid, dass ich zu spät bin. Es kam was dazwischen", sagt Edgar, Avas neuer und bereits nachlässiger Laborassistent, mit keuchenden Atemzügen, sein zurückweichender Haaransatz glänzt vor Schweiß.

„Kein Problem", sagt sie mit einem Achselzucken und fährt fort, die Geräte zusammenzubauen.

Er zieht seinen Laborkittel an und geht umher, als suche er nach Arbeit, sei sich aber unsicher, was zu tun ist. Offensichtlich jemand, der nicht ohne Anweisung arbeiten kann. Ava zeigt in die Richtung des Glasspülers. Er ist gehorsam, wenn auch nicht motiviert.

Nach einer ausreichend langen Pause vom Computer, um keinen Verdacht zu erregen, lehnt sie sich auf eine Hüfte und fragt in ihrem gleichgültigsten Ton: „Hey, wer ist Joan Porter?“

Er steht einen Moment still und lehnt seinen mageren Körper gegen die Theke, als bräuchte er jetzt schon eine Pause. „Du hast noch nie von Joan Porter gehört?“

„Nur in Redewendungen.“ Sie stellt einen Erlenmeyerkolben in die Spüle zusammen mit anderen Glaswaren. Sie wird Edgar das ganze Abwaschen überlassen.

„Eine Art urbane Legende hier“, sagt er und spielt gedankenverloren mit dem Glasgeschirr.

„Kläre mich auf.“

„Nun, sie hat Pres-X erfunden.“

Avas Kiefer fällt herunter, und mit ihm das Reagenzglas, das sie hielt. Es rollt über die Arbeitsplatte und sie stürzt vor, um es zu fangen, bevor es über den Rand rollt. „Wirklich?“

„Ja, aber sie arbeitete für XL Medico, und sie haben ihr nie die Anerkennung dafür gegeben. Es war um die Zeit, als die Lebenspunktzahlen eingeführt wurden, und ihrer war niedrig.“ Er bewegt sich zum Waschbecken und blickt traurig auf die Menge an Reinigungsarbeit, die es bereits zu erledigen gibt.

„Ich schätze, sie wollten nicht, dass jemand mit einer niedrigen Punktzahl mit so einer großen Sache in Verbindung gebracht wird.“

„Genau. Und sie war damals sowieso schon ziemlich alt, vielleicht neunzig. Es war ihr Lebenswerk. Du hast wirklich noch nie von ihr gehört?"

Ava schüttelt den Kopf und verzieht den Mund. „Nö." Immer noch so lässig.

„Sie haben ihren Namen von allem gelöscht, also sollte ich wohl nicht so überrascht sein. Ich schwöre, es gibt einen KI-Filter, der ständig ihren Namen online sucht, falls jemand etwas über sie schreibt. Aber gegen Mundpropaganda kann man nichts machen. Jedenfalls denke ich, sie war einfach zu alt für Pres-X, als es fertig war. Du weißt schon – zu senil, und es wirkt nicht."

„Ich weiß."

„Die Geschichte besagt, dass sie es genommen hat und völlig durchgedreht ist. Ich glaube, sie wurde im Alter im Grunde zur Alkoholikerin und starb in einer Art psychotischen Episode. Das war vor etwa dreißig Jahren, also vor meiner Zeit hier. Du musst einen der älteren Mitarbeiter fragen, wenn du Einzelheiten willst."

„Also..." Ava verlagert ihr Gewicht auf die andere Hüfte, lässt sich noch mehr hängen und versucht, so entspannt wie möglich auszusehen. „Der Joan-Porter-Effekt ist einfach das, was passiert, wenn man nach der Einnahme von Pres-X durchdreht?"

„Genau."

„Ein bisschen wie das, was in letzter Zeit in den Nachrichten war?"

Edgar atmet lang aus und hält inne beim Beladen des Spültabletts, seine Augen glasig für einen Moment. „Es scheint, dass die mit den niedrigeren Punktzahlen anfälliger sind, das stimmt. Ich würde solche Dinge aber nicht herumerzählen. Das ist ein sicherer Weg, nie wieder eine Dosis zu bekommen. Die Hysterie in einigen Nachrichtenkanälen hilft wirklich nicht. Und es spielt sowieso keine Rolle. Mit B-Well, das jetzt verfügbar ist, ist es in Ordnung. Die neu Konservierten brauchen nur etwas Ruhe. Etwas Zeit, um sich anzupassen."

Ava schüttelt das Bild von Millies Gehirn auf dem Asphalt ab. Ihre Schultern knacken, als sie sich zwingt, entspannt auszusehen – steif wie ein Brett in ihrer gebogenen Haltung. Sie ist Blut und Eingeweide gewohnt, aber etwas an diesem Anblick war so viel schlimmer: das *Vorher* und *Nachher* zu sehen, ganz ohne den glänzenden Leichenschautisch, der das Grauen sonst etwas abfedert. Mit den neuen Kolben an Ort und Stelle und der abgesaugten Flüssigkeit zucken Avas Finger erneut über der Tastatur, als sie eine weitere Suche in Betracht zieht. Dann erinnert sie sich an ihre mittelmäßige Lebenspunktzahl – und lässt es besser bleiben. Ihren Job zu verlieren ist keine Option. Nicht mit Zia, die Pres-X braucht. Nicht mit Zia, die sich der Schwelle nähert, ab der sie entscheiden, dass die Behandlung nicht mehr wirkt. Die einzige Person, die ihr einfällt, die sie fragen könnte, ist Mrs. Constance. Sie muss damals dabei gewesen sein, als Joan Porter da war. Aber Ava hat sie schon eine Weile nicht gesehen, und es wäre unangebracht, sie einfach ohne Grund anzurufen. Mrs. Constance könnte denken, ihre Absichten wären irgendwie... anders – und allein diese Vorstellung lässt Ava jucken und zappeln.

Für den Rest ihrer Schicht schwimmen die wenigen Informationen, die sie hat, in ihrem Kopf herum. Joan Porter erfand Pres-X, profitierte aber nie davon. Wie senil war sie? Das ist es, was Ava wissen muss. Was ist wirklich der Zusammenhang zwischen niedrigen Punktzahlen und der geistigen Gesundheit nach der Behandlung? Sie weigert sich, den Unsinn zu glauben, dass die mit niedrigen Punktzahlen nicht die geistige Kapazität haben, ein längeres Leben zu verarbeiten. Dieser Gedanke lässt sie ein Becherglas so fest umklammern, dass sie das Glas fast zerbricht. Nein. Der Joan-Porter-Effekt ist mehr als das. Irgendetwas in der Formel ergibt keinen Sinn. Ava hat einen Master in Chemie. Sie kann eine dubiose Formel von Weitem erkennen. Und diese Formel ist unausgeglichen. Sie geht einfach nicht auf.

Joan Porter ist tot, und Tote hinterlassen Spuren. XL Medico mag ihre Existenz aus dem Internet gelöscht haben, aber dies ist die Gesellschaft – welche Gesellschaft kann ohne Papierkram existieren? Es gibt irgendwo eine Spur, da ist sie sich sicher.

***

Wie der Zufall es will, kommt Mrs. Constance schon am nächsten Tag zu Ava ins Bestattungsinstitut, mit einer Box, die ihre tote Katze enthält.

„Es ist einfach so schrecklich", sagt Mrs. Constance und wischt sich mit ihrem XL-Medico-Taschentuch die Augen. „Ich glaube, er hat sich nie richtig erholt, nachdem Ted gestorben ist. Er hat einfach aufgegeben."

„Das tut mir so leid", sagt Ava und zieht einen Stuhl für Mrs. Constance heraus. „Möchten Sie sich nicht setzen?"

„Armer Stanley. Armer, armer Stanley."

Die Box ist offen und Stanley liegt auf einer karierten Decke. Sein halb angekautes Ohr ist zu sehen, kahle Stellen im Fell, dürre Beine unter sich zusammengerollt.

„Er war sicher ein hübscher Bursche", sagt Ava. „Ich bin mir sicher, Sie haben ihm ein wunderbares Leben geschenkt."

„Er braucht offensichtlich eine Zeremonie, die der von meinem Ted entspricht", sagt Mrs. Constance zwischen Schluchzern. „Das volle Programm. Und eine schöne Fellpflege. Sein Fell ist in letzter Zeit etwas verfilzt."

Max wird mit ihm alle Hände voll zu tun haben, denkt Ava, als sie Mrs. Constance die Box abnimmt, sicher, dass sie einen Floh darin herumspringen sieht. „Warum bringe ich Stanley nicht erstmal in den Nebenraum, wo er vorerst ruhen kann? Hier, lesen Sie in der Zwischenzeit diese Broschüren über unser Angebot. Ich mache Ihnen schnell eine Tasse Tee."

Ava reicht Mrs. Constance die Broschüren und bringt dann die Box zu Max, der gerade einem Labrador den letzten Schliff gibt, dessen Zeremonie morgen stattfindet – glanzverbesserndes Haarspray über seinem Fell und klarer Nagellack auf seinen Krallen.

„Hab noch einen für dich", sagt Ava, als sie die Box auf die Seite stellt. „Erinnerst du dich an Mrs. Constance?"

„Nein."

„Doch, bestimmt. Ihr Mann war unser letzter menschlicher Kunde."

„Oh, der Busunfall, zertrümmerter Kopf. Klar. Ich erinnere mich. Und jetzt ihre Katze. Das ist schade." Er späht in die Box. „Zumindest hat die Katze all ihr Hirn im Kopf behalten." Max' Versuch von Humor kann sein Unbehagen nicht verbergen. Ava sieht es an dem Schleier auf seinen Augen, den er ständig wegblinzelt. Seine kurze Phase besserer Laune scheint schon wieder vorbei zu sein und sein blasses Gesicht verzieht sich zu einer Grimasse.

„Was ist los mit dir?", fragt sie.

„Mit mir? Nichts. Außer dass sie meine B-Well-Dosis reduziert haben. Kannst du das glauben? Ich muss meine Punktzahl erhöhen, damit ich mehr bekommen kann."

„Nein! Oh, Max, das ist furchtbar."

Er fährt fort, die Krallen des Labradors zu polieren, die Intensität seiner Konzentration dieselbe Taktik, die Ava ihn schon früher hat anwenden sehen, um seinen Geist abzulenken. „Frida war wirklich eine Unterstützung", sagt er in monotoner Stimme. „Aber es ist einfach schwer. Ich fühlte mich so gut und jetzt ist es, als wären meine Innereien herausgerissen worden." Er legt die Politur weg und bürstet stattdessen den Schwanz des Hundes.

„Es ist gut, dass du wenigstens Frida hast."

„Ich habe eine Kreditkartenzahlung verpasst. Nur eine. Naja, ich habe schon mal eine verpasst, aber das war vor Monaten. Ich habe ein neues Bankkonto eröffnet und es einfach vergessen. So einfach ist das. Und da die Kreditkarte auf meinen und Nans Namen lief, haben sie uns beiden fünfzig Punkte von unserer Lebenspunktzahl abgezogen." Er knallt seine Bürste auf den Tresen – seine Handlungen zeigen die Wut, die seine Stimme verbirgt. „Ich bin einfach so verärgert."

„Wie geht es Erin?", fragt Ava, die sich auf das Positive konzentriert.

„Sie war sehr still. Ihre Behandlung ist gut verlaufen, haben sie gesagt. Zumindest hat sie das noch bekommen, bevor sie die fünfzig Punkte abgezogen haben. Sie hat seitdem viel geschlafen und hat dieses rosige Gesicht, wie es sein soll. Sie hat nicht wirklich viel gesprochen. Ich bin sicher, es wird ihr gut gehen. Sie steht nur ein bisschen unter Schock. Sie hat ihr B-Well, aber wieder eine niedrigere Dosis seit meinem Fehler. Ich bin einfach froh, dass sie es tatsächlich durchgezogen hat."

„Nun, wenn du etwas Zeit brauchst-"

„Nein. Wirklich. Es ist gut, bei der Arbeit zu sein. Zu Hause würde ich nur Trübsal blasen und Oma würde mir Ärger machen. Sie will es ruhig haben, sagte sie. Richtig ruhig. Sogar meine Schritte haben sie gestört. Es würde mir nichts ausmachen, morgen etwas früher zu gehen. Frida kommt vorbei. Sie muss anscheinend mit mir reden."

„Kein Problem", sagt Ava und hofft zu Gott, dass Frida keine schlechten Nachrichten für Max hat. Eine neue Freundin, die sagt 'Wir müssen reden', ist selten ein gutes Zeichen.

Ava bewaffnet sich mit einer Tasse Tee und macht sich dann auf den Weg zurück zu Mrs. Constance, die dasitzt, sich die Augen wischt und Fotos auf ihrem Handy durchsieht. „Das war Stanley in seiner Blütezeit. Wenn er für die Zeremonie so ausse-hen könnte, wäre das wunderbar. Er war so ein Schlingel. Liebte es, Wollknäuel zu jagen. Vielleicht könnte er ein Wollknäuel in seinem Sarg haben?"

Ava lächelt über die Fotos und fragt sich, ob Max einen Zauberstab hat. Einige Fellextensions und aufpolsternde Kolla-geninjektionen werden nötig sein. „Ein wunderschöner Junge. Warum schicken Sie mir die nicht per E-Mail, und ich schaue, was wir tun können."

„Ich nehme an, es wäre ziemlich unangemessen, Sie jetzt, wo ich wieder ihre Kundin bin, erneut um ein Date zu bitten."

Es war schon beim ersten Mal ziemlich unangemessen! Avas Rücken versteift sich, aber sie hat keine Zeit zu antworten, bevor die Eingangstüren aufkrachen, oder besser gesagt, jemand gegen sie kracht. Mit einem Schrei fällt eine Frau ins Gebäude, schreiend, mit wild fuchtelnden Gliedmaßen, zerzausten Haaren und Kleidung, die in Fetzen von ihr herabhängt.

„Oh mein Gott." Ava eilt hinüber. „Geht es Ihnen gut?"

Die Frau springt auf und knurrt sie an, nur ihr Mund ist unter dem Vorhang aus verfilzten Haaren sichtbar, sie fletscht die Zähne und faucht wie eine Katze.

Mrs. Constance springt von ihrem Stuhl auf und weicht an die Wand zurück. „Was in Gottes Namen-"

„Verdammter Gott!", schreit die Frau. „Gott! Was für ein Gott lässt zu, dass Menschen sich das selbst antun?" Sie rennt zum Empfangstresen und schlägt ihren Kopf dagegen.

Ava eilt zu ihr und packt sie an den Armen, um sie zurückzuhalten. „Hören Sie auf! Lassen Sie uns Ihnen helfen. Sie müssen damit aufhören!"

Die Frau tritt Ava gegen die Schienbeine und stößt dann einen Aufsteller mit Broschüren und Blumen um, wobei die Vase auf dem Boden zerschellt. Sie fällt auf die Knie und schreit: „Warum? Oh, warum! Was habe ich getan?" Ihre Knie schneiden sich an den Scherben der Vase, Blut tropft auf den Boden und ihr leuchtend rosa Teint verschmiert mit Karmesinrot.

Ava hockt sich neben sie, beruhigt sie sanft und streichelt ihre Schulter. Sie streicht ihr die Haare aus dem Gesicht und verschmiert dabei gleichzeitig Blut von ihrer Kopfwunde. Dann, angesichts ihres leuchtend rosa Teints, zieht Ava ihre Hand zurück, als sie sie erkennt. „Erin? Oh, Erin! Was ist los?"

Erin schlägt so hart auf den Boden, dass Ava ihre Knöchel knacken hört – weitere Schnitte vom zerbrochenen Glas. Erin heult und stößt Ava weg, als diese versucht, sie zu trösten.

Mrs. Constance bewegt sich nicht, steht nur da und starrt mit weit aufgerissenen Augen.

„Max!", ruft Ava aus voller Kehle. „Max, wir brauchen hier draußen etwas Hilfe!"

„Ruhe!", sagt Erin und hält sich die blutigen Hände an die Ohren. „Oh, Maxy! Maxy!", schreit Erin und ahmt Ava nach, bevor sie wieder aufsteht und erneut beginnt, ihren Kopf gegen den Tisch zu schlagen. Als Ava wieder zu ihr geht, wirbelt sie herum und hebt die Faust. „Denk nicht, ich würde dir nicht wehtun, junge Dame. Ich schlage dich! Das werde ich! Schlampe! Ich kann dich sehen! Klar und deutlich, ich sehe dich. Direkt durch dich hindurch!"

„Nan?" Max erscheint im Raum, sein Körper zittert, als er sie sieht.

„Maxy!" Erin taumelt zu ihm, kneift die Augen zusammen, streckt die Hände nach ihm aus, Blut verschmiert auf ihren Handflächen und ihrem Kleid. „Es ist einfach schrecklich, Maxy. Mach, dass es aufhört. Der Lärm. Das Licht. Bitte, mach, dass es aufhört."

„Nan, deine Medikamente. Hast du deine Medikamente genommen?" Er hält ihre Handgelenke fest, seine weit aufgerissenen Augen entsetzt über ihren Zustand.

Sie schüttelt den Kopf, zunächst langsam, dann immer schneller. „Nein. Nein, nein, nein. Ich habe sie nicht genommen. Nicht viele. Ich habe sie für dich aufgehoben, Maxy."

„Nan, du brauchst dein B-Well."

Ihre Knie werden weich und sie bricht vor ihm zusammen. „Ich möchte einfach, dass es endet, Maxy. Ich bin fertig. Bitte, mach, dass es aufhört."

Ava greift nach ihrem Mantel, legt ihn dann um Erins zitternde Schultern und hilft ihr wieder auf die Beine. „Warum bringst du sie nicht nach Hause, Max? Ruf den Arzt an."

Erin vergräbt ihren Kopf in Max' Brust. Er ist so viel größer als sie, sie wirkt neben ihm wie ein Vögelchen. Sie stehen einen Moment da, Erins Körper zuckt unter ihrem Schluchzen.

„Du brauchst etwas Ruhe, Erin", sagt Ava, kaum lauter als ein Flüstern. „Nur etwas Ruhe und deine Medikamente, und dir wird es wieder blendend gehen."

„Komm, Nan." Max legt seinen Arm um sie und führt sie weg, wobei er Ava im Vorbeigehen an dem Chaos ein lautloses „Tut mir leid" zuflüstert.

Mrs. Constance hat die ganze Zeit schweigend dagesessen und sich so weit wie möglich in ihren Stuhl gedrückt, dem Anschein nach so weit weg wie möglich.

„Entschuldigung, Mrs. Constance", sagt Ava, während sie einen Besen holt. „Geben Sie mir eine Minute, um das hier aufzuräumen, dann bin ich wieder bei Ihnen."

„Joan-Porter-Effekt. Das passiert überall."

Ava lässt fast den Besen fallen, als sie das hört. „Sie wissen von Joan Porter?"

„Ich nahm an, Sie wüssten es, da Sie bei XL Medico arbeiten."

„Das war vor meiner Zeit."

„Nun, es wird irgendwann herauskommen. Solche Dinge haben die Angewohnheit, das zu tun." Mrs. Constance nippt quälend lange an ihrem Tee, während Ava mit angehaltenem Atem wartet. „Sagen wir einfach, dass Pres-X nicht jedem bekommt. Trotzdem sollte es mit B-Well in Ordnung sein. Diese arme Frau muss ihre Medikamente nehmen."

„Es scheinen tatsächlich eher die Menschen mit niedrigeren Lebenspunktzahlens anfällig zu sein."

„Das würde ich nicht glauben. Es ist einfach zufällig. Nicht einmal genetisch. Ich erinnere mich, dass Joan Porters Tochter sich gut an ihr Pres-X angepasst hat."

Avas Gehirn arbeitet auf Hochtouren, während sie diese Neuigkeiten verarbeitet. Ihr gut einstudiertes mitfühlendes und interessiertes Gesicht ist so perfekt aufgesetzt, dass sie wie diese Nachrichtensprecherin mit dem eingefrorenen Gesicht aussehen muss. „Nun gut. Soll ich Ihnen die Broschüren hier lassen, und Sie melden sich bei mir?"

„Nicht nötig. Ich nehme das Deluxe-Paket. Nur das Beste für meinen Stanley. Und so bald wie möglich. Es wäre wunderbar, wenn wir beide uns nicht nur in beruflicher Hinsicht wieder sehen könnten."

KAPITEL 25

***

Ava erhält ein Selfie von Dan, um ihr das Ergebnis seiner Behandlung zu zeigen. Er sieht in diesem Stadium noch ziemlich gleich aus, nur seine Haut hat einen rosigen Teint. Sein Grinsen ist jedoch breiter als sie es je gesehen hat – voller Freude und Unfug. Sie zoomt nah heran, um das zu betrachten, worauf er sie aufmerksam macht: seinen Haaransatz. Einige neue Haare sprießen bereits und lassen seine Stirn um ein oder zwei Millimeter schmaler erscheinen. Zu aufgeregt, um die wenigen Tage bis zur vollständigen Rückbildung zu warten, besteht er darauf, dass sie ihn noch am selben Abend bei Jeremy trifft.

„Na?", sagt er, als er die Tür öffnet und seine Hände an beide Seiten seines Gesichts hält, als wäre er ein Bild.

„Wunderschön wie immer." Sie lacht und gibt ihm einen Kuss auf die Wange.

„Ich meine es ernst! Kannst du die Verbesserung schon sehen?"

„Du siehst glücklicher aus. Zählt das?"

Er schnalzt so theatralisch mit der Zunge, dass er fast stolpert, als er ihren Mantel nimmt. „Du bist nur neidisch. Komm rein und schau dir mein Gesicht unter dem hellen Licht an."

Seine Aufregung ist ansteckend und sie folgt ihm den scheinbar endlosen Flur entlang. „Wo ist Jeremy?", fragt sie.

„In seinem Zimmer. Es geht ihm nicht so gut. Alles ist zu laut für ihn. Die Lichter sind zu hell."

Das erklärt die Dimmer, stellt Ava fest, während sie sich bemüht, in der Dunkelheit zu gehen. Sie schluckt, als sie sich an Erins Ausbruch erinnert und Millie, die auf der Straße lag. Bei diesem Tempo wird sie selbst bald ein B-Well-Rezept brauchen. „Aber es geht ihm gut, oder?", fragt sie und versucht, die Sorge und Hoffnung aus ihrer Stimme zu verbergen. „Ist er bei Verstand?"

„Was? Ja, natürlich. Glaub nicht den ganzen Unsinn, den du in den Nachrichten siehst. Es ist, als wären die alten *Time's-Up*-Terroristen wieder dabei."

Sie entscheidet sich, ihm nicht zu erzählen, dass sie den Geisteszustand eines frisch Konservierten aus erster Hand gesehen hat. Zweimal.

Das Essen riecht köstlich. Die Art von Delikatessen, von denen sie nur träumen kann, sie mit ihrer eigenen Lebenspunktzahl kaufen zu können.

„Weißt du, ich habe vor einer Stunde in den Spiegel geschaut und ich schwöre, ich habe weniger Falten als noch heute Morgen.

Schau, sieht es nicht so aus, als hätten meine Wangen mehr Kollagen?" Er stupst mit einem Finger in seinem Gesicht herum. „Und mein Haaransatz kommt so schnell zurück. Schau dir die Stoppeln an, die durchkommen." Er lehnt sich zu nah heran, als dass Ava sich darauf konzentrieren könnte, also neigt sie sich zurück und kneift die Augen zusammen. Ja, er hat recht – weiche kleine Babyhaare sprießen hervor.

„Jap", sagt sie. „Dein jugendlicher Haaransatz kehrt zurück. Wie alt warst du, als du ihn das erste Mal verloren hast? Zweiundzwanzig? Das sollte dir ein ganzes Jahr fabelhafter Stirnfotos bescheren." So sehr sie es auch genießt, ihn aufzuziehen, er übertreibt nicht. Weniger als achtundvierzig Stunden nach der Behandlung beginnen die Jahre bereits zu schmelzen. „Also, hast du den Job bekommen?"

„Ja!" Er schenkt zwei Gläser Rotwein ein und sie stoßen darauf an. Ava nippt daran. Es ist der köstlichste Wein, den sie je getrunken hat.

„Du siehst aber fertig aus." Dan kneift die Augen zusammen, um sie genauer zu betrachten. Die Linien verschwinden, wenn er die Augen wieder weit öffnet. Sie bleiben nicht wie tiefe Gräben wie bei Ava. „Überarbeitet?"

„Natürlich. Haustiere sterben links, rechts und in der Mitte."

„Jeremy sagt, wenn es deine Dienste gegeben hätte, als seine Misty starb, hätte er ihr gerne eine Beerdigung gegeben. Das ist Misty." Er zeigt auf ein Ölgemälde eines Hundes mit langem weißem Fell, das mit Schleifen hochgebunden ist. „Er sagt, er hat diesen Hund mehr geliebt als alles andere."

Ein lauter Knall von oben lässt sie beide zusammenzucken. Als Ava das Herz wieder bis zum Hals schlägt, überprüft sie ihr

Glas und atmet erleichtert aus, da sie nichts verschüttet hat. Sie nimmt einen Schluck, als ein weiterer Knall von oben widerhallt. Diesmal hat sie nicht so viel Glück und roter Wein spritzt über ihr Oberteil. Zumindest ist es schwarz. Dan hat den Tisch verlassen und rennt zur Treppe, bevor Ava ihr Glas überhaupt wieder auf den Tisch gestellt hat.

„Jeremy?", ruft Dan und rennt weiter. „Jeremy, Liebling?"

Ava holt von hinten auf. Es gibt einen weiteren Knall und Flüche – die Schreie sind so schrill, als wäre Ava in einem wiederkehrenden Albtraum.

„Nein!", sagt sie zu sich selbst, nur ein Flüstern, und reibt sich die Schläfen. „Nicht schon wieder."

Jeremy steht auf dem Treppenabsatz, sein Gesicht wild, wie das eines wilden Hundes, die Hände in den Ohren vergraben. „Mach, dass es aufhört! Bitte, mach, dass es aufhört."„Dein B-Well. Jeremy, wo ist es? Hast du es genommen?" Dan rennt ins Schlafzimmer und kommt mit einer blauen Blisterpackung voller Pillen zurück. Er sieht Ava an und schüttelt den Kopf. „Er hat alles genommen. Sogar eine hohe Dosis. Fünfundachtzig Milligramm."

„Warum habe ich das getan?", schreit Jeremy. „Warum? Sag es mir?"

Es ist Ava alles zu vertraut. Sie schluckt einige Tränen hinunter, während Dan ihn an der Hand nimmt, die Augenbrauen zusammengezogen, ein feuchter Schimmer in seinen Augen. „Es ist alles gut. Ich bin's, Dan." Er schnieft. „Ich werde mich um dich kümmern. Ava, an der Pinnwand im Büro da drüben steht eine Ärztenummer. Kannst du sie anrufen?"

Ava eilt los, um genau das zu tun, während Dan sich mit Jeremy auf den Boden setzt, ihn in seine Arme schließt, und Jeremy sich an ihn kuschelt. Dan spricht beruhigend auf ihn ein, während Ava zur Tür geht, um den Arzt in einem anderen Raum anzurufen. Sie dimmt die Schlafzimmerlichter weiter herunter, nur noch eine Stufe bis zur völligen Dunkelheit. Kein Wunder, dass Jeremy in den Schrank gefallen ist. Sie kann nichts sehen, und ihre Augen sind Jahrzehnte jünger.

Sie geht in einen anderen Raum, vermutlich ein Gästezimmer. Die ganzen Möbel sind prunkvoll, aber mit einer Staubschicht überzogen. Zumindest kann sie hier das Licht etwas aufdrehen, um die Nummer des Arztes abzulesen. Die Glühbirne summt, als sie den Dimmer hochdreht, flackert dann, als wäre sie in einem Horrorfilm, während die Dielen unter ihren Füßen knarren.

An den Wänden hängen Bilder von Menschen – ein jüngerer Jeremy, mit Personen, von denen sie annimmt, dass es seine Geschwister sind. Oder besser gesagt, seine Geschwister, korrigiert sie sich, zusammen mit Eltern, Tanten und Onkeln. Die Hintergründe und Landschaften sind unbekannt, wahrscheinlich aus den schöneren Gegenden von Berkshire, die sie nie besucht hat.

Sie wählt die Nummer des Arztes und ist für ein paar Minuten in der Warteschleife, während eine blecherne Version von „Greensleeves" am anderen Ende spielt. Sie nutzt die Zeit, um im Raum auf und ab zu gehen und die Fotos zu betrachten, in die Augen von Menschen zu starren, die längst nicht mehr leben. Dan sagte, dass Jeremy keine Familie hat, an die er seine Punkte vererben kann, was bedeutet, dass er so viele verloren hat. All diese Gesichter, das Lächeln und die ernsten Blicke, die fröhlichen Posen und frechen Grinsen, eine Hochzeit inmitten, nein, zwei Hochzeiten, ihre Persönlichkeiten eingefangen durch die Linse, nur in Erinnerung verewigt. Jeremy muss eine Milliarde Tränen für diese Menschen vergossen haben. Ava kennt dieses Gefühl.

Die Angst in seinen Augen, die sie gerade gesehen hatte, war keine Reaktion auf das Medikament oder die Anpassung. Es war die Angst vor den einsamen Jahren, die kommen würden. Ein weiteres Leben vor ihm, mit seinem ganzen Leben hinter sich, seine neue Beziehung zu Dan nicht ausreichend. Seine Geister sind überall um ihn herum und flüstern. Deshalb wollen die Konservierten Ruhe. Sie hören auf das Geflüster ihrer Vergangenheit, während die Zukunft sie mit Lärm bombardiert.

Der Arzt trifft innerhalb einer halben Stunde ein, rauscht an Ava vorbei und steigt die Treppe hinauf, als hätte er ein Nachtsichtgerät. Er setzt sich neben Jeremy, murmelt ein paar „Nur ruhig" und gibt Jeremy eine Beruhigungsspritze. Binnen Sekunden hängt Jeremy über Dans Schulter, sein Schluchzen ist verstummt, seine zuckenden Bewegungen haben aufgehört. Dan und der Arzt ziehen ihn auf die Beine und schleppen ihn zurück ins Schlafzimmer, wo er sofort zu schnarchen beginnt. Dan bleibt bei ihm, streichelt eine Weile seinen Kopf und seine Hand und spricht sanfte Worte, die Ava vom Flur aus nicht verstehen kann. Während der Arzt seine Tasche wieder packt, dreht Ava das Licht an und richtet den Schrank wieder auf – eine zerbrochene Platte, eine Tür aus den Angeln. Wahrscheinlich eine Antiquität, denkt sie. Trotzdem nichts, was ein Schraubenzieher nicht richten könnte. Sie ordnet die Fotorahmen neu – einige von Misty, weitere von Familie und Freunden, Erinnerungsstücke, Bilder aus der Zeit davor. Sie wischt den Staub mit ihrem Pullover ab und begleitet dann den Arzt hinaus.

„Ich habe schon Leute wie ihn gesehen", sagt Ava. „Die das Gleiche sagen."

Der Arzt versteift sich und blickt auf ihre Hand, das Implantat beginnt gerade, orange zu werden. „Dieser Herr hat eine hohe Punktzahl. Er würde nicht unter der Psychose der niedrigeren Punktzahlen leiden."

„Aber er tat es. Es war genau das Gleiche."

Er zuckt mit der Nase und verzieht dann den Mund. „Sie haben während Ihrer orangen Zeit getrunken."

Ihr Gesicht wird heiß, sicher sieht sie jetzt pinker aus als Jeremy. „Es hat gerade erst angefangen, orange zu werden." Innerlich verflucht sie sich dafür, dass sie das Datum nicht bemerkt hat, und macht einen Schritt vom Arzt weg.

„Wahrscheinlich Hormone. Fruchtbare Frauen sagen alle möglichen Dinge, wenn ihre Hormone verrücktspielen." Er greift in seine Tasche und nimmt eine Blisterpackung heraus, die er auf die Seite legt. Sie ist silbern, nicht wie die blaue Packung, die Dan sich vorher angesehen hat, und auf ihr steht B-Well+. „Ein paar zusätzliche Milligramm B-Well. Er wird in kürzester Zeit wieder wohlauf sein. Es gibt eine Anpassungsphase, das ist alles. Er braucht etwas Ruhe, um sich zu erholen. Guten Abend."

Ava nickt, als er sich umdreht und zu seinem Auto geht, einem schicken schwarzen Personenwagen – so selten heutzutage. Das *Eyes-Forward*-Logo glänzt an der Seite.

Kapitel 26

Nach einem geschäftigen Vormittag im Bestattungsinstitut, bei dem sie versuchte, einen Sänger zu finden, der bereit war, die Musik aus dem Musical *Cats* aufzuführen, bereut Ava es sehr, individuelle Haustier-Abschiedsfeiern in ihr Geschäftsmodell aufgenommen zu haben. Doch dann erreicht sie eine erfreuliche Nachricht per Text: Ihr Punktestand liegt jetzt bei 590 – dank ausgeschöpfter Kreditlinie und zusätzlichem Lohn von XL Medico. So, so nah an den 600. Der Pres-X-Rollout liegt zwar noch bei 650, aber diese Marke ist in greifbarer Nähe.

Dunkelblau-schwarze Augenringe zeichnen sich unter ihren Augen ab und ihre grauen Haaransätze sind schon wieder sichtbar. Dass sie zudem nur noch ein einziges Paar Unterwäsche besitzt und seit Tagen keine Wäsche mehr waschen konnte, zeigt, wie hart sie arbeitet. Aus einer Tupperdose, in der sich nicht nur das heutige Mittagessen befindet, sondern auch Reste von gestern – das Geschirr vom Vorabend hatte sie in größter Eile gespült – pickt Ava sich durch ein schlecht zusammengestelltes Lunchpaket. Sie schwört sich, dass sie sich etwas *richtig* Leckeres gönnen wird, sobald sie die 600 erreicht. Etwas Besseres als verkohlter Teigrand und ein Apfel, der aussieht, als hätte er den Tod bereits einmal gestreift. Selbst eine Tasse Tee hilft kaum, das trockene Gebäck herunterzubekommen. Die labbrige Gemüsefüllung schmeckt eher nach Kompost als nach Essen. Aber mit 600 Punkten darf sie endlich in dem Feinkostladen einkaufen, der das Gemüse fast eine Woche früher bekommt als der Laden für 500-plus.

Ihre Augen werden glasig bei dem Gedanken, während sie eine ausgetrocknete Ex-Erbse aus ihrem Backenzahn pult. In ihrer Vorstellung sieht sie Zias Gesicht vor sich – eine jüngere Zia, rückentwickelt, lachend, wie sie die frischesten und feinsten Speisen genießt, dazu eine Tasse losen Single-Origin-Tee. Wenn Zia glücklich ist. Wenn sie gut zurechtkommt. Wenn sie nicht wie so viele unter der Anpassungsangst leidet. Die Älteren der Gesellschaft machen inzwischen täglich Schlagzeilen – harmlose Akte des Ungehorsams, meist Verkehrsblockaden. Keine Gewalt mehr, aber der mentale Ausnahmezustand scheint ein verbreitetes Phänomen zu sein.

Kurzfristig, sagen die Experten. Alles behebbar. Sie behalten es im Auge. Der Nachrichtensprecher lachte, als er das sagte – der alte *Eyes-Forward*-Wortwitz ist für manche immer noch nicht alt geworden. Plötzlich fühlt es sich beängstigend an, auf der Punkteleiter weiter aufzusteigen und Zia auf die Liste für Pres-X zu bringen. Vielleicht zu früh. Und doch nicht früh genug. Was, wenn es ein Problem gibt? Was, wenn der Joan-Porter-Effekt schädlicher ist, als sie sagen? Zia kann sich keine Verzögerung leisten. Gestern Abend hat sie wieder vergessen, den Ofen auszuschalten. Wieder das Bad überlaufen lassen. Wieder geglaubt, Ava sei noch mit Mandisa zusammen. Ava riecht den Rauch noch, wie er aus dem Ofen durch die Wohnung zog, hört den schrillen Alarm. Der verkohlte Teigboden – eine bittere Erinnerung.

Als Joan Porter starb, musste es eine Beerdigung gegeben haben. Das hatte Ava schon vor einiger Zeit für sich geschlossen, war aber zu beschäftigt gewesen, um dem weiter nachzugehen. Jetzt aber hat sie einen Moment Luft – keine Goldfisch-Trauerrituale, die organisiert werden müssen – und kann weiter recherchieren. Es muss Unterlagen zu Joans Tod geben. Auf Papier – etwas, das *Eyes Forward* nicht einfach löschen kann. Und zum Glück arbeitet Ava in der Bestattungsbranche.

Ein grobes Todesdatum ist leicht zu finden. Laut Edgar aus dem Labor war Joans Lebenspunktzahl zu niedrig, als dass XL Medico sie überhaupt erwähnt hätte. Und sie starb etwa zu dem Zeitpunkt, als Pres-X erstmals zugelassen wurde. Eine schnelle Internetsuche ergibt sieben Bestattungsinstitute in Reading, die damals Kunden mit niedrigen Lebenspunkteständen betreut haben – fünf davon sind noch heute in Betrieb. Ava nimmt Reading an, da Joan dort gearbeitet hatte. Niemand verlässt heute noch den Landkreis – weder für Arbeit noch für irgendetwas anderes. Seit Jahren nicht mehr. Wenn es nicht Reading ist oder eines der geschlossenen Häuser, hat sie keine Chance, mehr herauszufinden.

Sie greift zum Geschäftstelefon und beginnt zu wählen. Die Bestatterwelt ist klein genug, dass Ava mit den anderen Inhabern per Du ist. Mit dem Personal weniger – die Fluktuation ist hoch. Viele halten es nicht lange durch. Manche wechseln von Haus zu Haus und Ava hat selbst schon einige davon beschäftigt. Über die Jahre hat man sich immer wieder gegenseitig ausgeholfen: Floristinnen vermittelt, bei Personalmangel unterstützt, Referenzen geschrieben, Einbalsamierungsflüssigkeit geteilt, wenn die Vorräte knapp wurden, oder Verstorbene zwischen den Häusern verschoben, wenn Kunden ihre Meinung änderten. Wenn sie jetzt fragt, wird sie im Zentrum der Bestatter-Gerüchteküche stehen – aber damit muss sie leben.

Beim dritten Anruf hat sie einen Treffer. Die Inhaberin, Kim, hatte einst Max' Vorgängerin abgeworben – eine, die Ava selbst eingearbeitet hatte – mit einem besseren Gehalt, als Ava damals bieten konnte. Aber Max ist besser. Kein böses Blut mehr. Zumindest nicht deshalb. Vielleicht eher wegen der kurzen Beziehung, die Ava und Kim einmal hatten, die dann aber bald im Sand verlief. Kim sagte damals, sie liebe ihren Job, weil sie zur Hälfte Männer beerdige. Keine Männerhasserin, behauptete sie, sie habe nur nie einen getroffen, den sie mochte. Ein Abend mit Kim und Dan genügte Ava, um zu wissen, dass das mit ihnen nichts wird. Kurz nach der Trennung lernte Ava Mandisa kennen. Kim stellte besagte Mitarbeiterin ein. Es sei nichts Persönliches, sagte sie mit diesem süß aufgesetzten Lächeln. Ava fand, sie sollte lieber an ihrem ernsten Blick arbeiten.

„Ja, ich habe die Unterlagen hier", sagt Kim. Ava kann ihr zahniges Gesicht förmlich sehen. Bei jedem „S" macht sie kleine Quietschgeräusche. „Ihre Tochter ist tatsächlich als nächste Angehörige eingetragen."

„Ich habe einen Klienten, der gerne Kontakt zur Familie aufnehmen würde. Ein alter Freund der Familie. Darf ich dir meine Nummer dalassen, damit du sie weitergibst?"

Es folgt eine Pause. Die Art von Pause, bei der Ava sofort das Gefühl hat, dass sich ein paar lose Haare hinten in ihrem Shirt verfangen haben. Bei der Menge Fell, die Max heute Morgen auf Stanley transplantiert hat, ist das sogar wahrscheinlich. Ava hält die Luft an und hofft, dass Kim nicht mehr wissen will. Sie beißt sich auf die Lippe und wartet.

Dann räuspert sich Kim. „Es gibt übrigens gerade einen Engpass bei der Einbalsamierungsflüssigkeit. Stellt ihr eure eigentlich immer noch selbst her?"

Das Jucken lässt sofort nach – das war der Preis. Kein schlimmer. Nichts, was Ava nicht irgendwie schaffen könnte. „Danke, Kim. Ich bring dir ein paar Liter vorbei."

„Fairer Deal. Danke. Ich schick dir eine Mail."

***

Als Ava nach Hause kommt, trifft sie Zia auf der Treppe. Zia, die an Suzannas nun leerem Apartment vorbeigeht. Zia, die alleine unterwegs ist.

„Zia!", ruft Ava, als sie sie sieht, und eilt die wenigen Stufen zwischen ihnen hinauf, um sie einzuholen. „Was machst du?"

Zia hebt ihre Arme, um ihre vollen Taschen zu zeigen. „Ich war nur einkaufen."

Ava mustert sie von oben bis unten. Schuhe an, Mantel an, Haare geflochten – und sie hat es allein nach Hause geschafft. „Allein?", fragt Ava ungläubig, obwohl die Fakten klar vor ihr stehen. Ihre Sorge überlagert alles. „Du solltest das nicht allein machen."

„Warum denn nicht?" Zia verzieht die Lippen bei Avas Kommentar und steigt weiter die Treppe hoch. „Ich bin durchaus fähig, weißt du. Besonders seit dieser neuen Medikation."

„Welche Medikation?"

„Die Injektionen für mein Gehirn, die ich bekomme", sagt sie, als wäre das allgemein bekannt. „Der Arzt kam vor Ewigkeiten und hat mir die gegeben. Er kommt jetzt einmal pro Woche vorbei. Ich habe völlig vergessen, es dir zu erzählen. Aber jetzt erinnere ich mich glasklar daran."

Ava bleibt eine Stufe hinter Zia zurück, da sie einen Moment braucht, um das Ganze zu verarbeiten. „Na ja, was ist das für ein Medikament? Wie heißt es?"

Zia stemmt sich mit ihrem ganzen Körpergewicht gegen die Tür, Ava eilt ihr unnötigerweise zur Hilfe – Zia schafft es allein. „Mein Gedächtnis ist immer noch nicht perfekt, mein Schatz. Die geben den Medikamenten ja auch so seltsame Namen. Memorr... Menzip... Nein, ich weiß es nicht mehr." Sie lacht und stellt die Einkaufstüten auf die Küchenplatte, während sie Avas helfende Hand abwehrt. „Ironisch, nicht wahr? Dass ich mir den Namen eines Gedächtnismedikaments nicht merken kann. Aber ich fühl mich viel besser in letzter Zeit. Du würdest es wissen, wenn du mal öfter da wärst. Ich glaube, ich habe irgendwo einen Flyer dazu. Hast du Hunger? Das Abendessen ist fast fertig."

Die Wohnung ist ordentlich. Keine Teeflecken, keine Krümel. Die Temperatur ist angenehm, und Zia hat recht – der Slow Cooker läuft, das Essen ist fast fertig. Ava tritt einen Schritt zurück und beobachtet, wie Zia die Einkäufe größtenteils in die richtigen Schränke einräumt und dann anerkennend in den Topf schaut. Ava ist seit Jahren nicht in ein so organisiertes Zuhause zurückgekehrt. Zias Teint ist normal, nicht das grelle Rosa von Pres-X. Und doch steht sie hier, mit einer geistigen Klarheit, die Ava lange vermisst hat.

Zia kramt in einer Schublade, in der sich vor allem nutzloser Kram befindet, den niemand je braucht, und reicht Ava schließlich einen Flyer zu ihrem neuen Medikament. Es heißt „Memorexin", ein Medikament zur Verbesserung der kognitiven Funktionen bei über Siebzigjährigen. Ava liest und strahlt – ihre Freude überlagert ihr schlechtes Gewissen, so selten zu Hause zu sein, und Hoffnung macht sich in ihr breit. Vielleicht hilft das wirklich etwas. Vielleicht gewinnt Zia Zeit – bevor sie für Pres-X qualifiziert ist. Dann liest sie das Kleingedruckte: „Speziell entwickelt für Personen mit einem Punktestand unter 600."

„Zia, das ist ein Armenmedikament. Hat der Arzt dir noch mehr erzählt?"

„Es wirkt, Liebes. Was kann ich mehr sagen? Ich fühle mich wunderbar. Du bist immer so beschäftigt, ich wollte dich damit nicht belästigen. Oh, ich habe mich daran erinnert, dass wir über die *Time's-Up*-Treffen gesprochen haben."

Ava stockt der Atem. Sie hatte herausgefunden, dass es sich um *Time's-Up*-Treffen handelte, aber zu hören, wie Zia es so beiläufig erwähnt, klingt unverblümt, irgendwie verräterisch. Sie sagte es ohne einen Hauch von Vorsicht oder Scham.

„Es gibt noch mehr Dokumente in einem Ordner, auf den ich gestoßen bin. Er liegt auf dem Tisch. Bedien dich. Ich habe irgendwo noch mehr, da bin ich mir ganz sicher. Ich hatte einen orangefarbenen Ordner mit ein paar Sachen drin. Kann ihn jetzt nicht finden. Jedenfalls ist das alles, was ich im Moment habe. Diese *Time's-Up*-Leute waren damals ein lauter Haufen.

Leidenschaftlich. Ziemlich offen, was die Sache anging. Ich bin sicher, sie treiben sich immer noch irgendwo herum und haben Treffen, falls du Kontakt aufnehmen wolltest. Sie waren alle recht freundlich. Was wolltest du denn von ihnen?"

„Nur mal Hallo sagen", murmelt Ava geistesabwesend und greift nach dem Ordner.

Es ist ein dicker Stapel, einige lose Blätter versuchen zu entkommen. Sie setzt sich an den Tisch und blättert durch die Unterlagen. Nicht unterzeichnete Friedensverträge. Ihre Eltern starben, bevor die Große Unruhe endete – hat das den Fortschritt behindert? Waren sie so einflussreich? Es gibt scheinbar Verträge, ebenfalls ununterzeichnet, oben mit dem *Eyes-Forward*-Logo versehen. Ava überfliegt die Absätze. Sie sprechen von Rollen in der Gesellschaft, Lebenspunktestand-Entwicklung und Exklusivverträgen. Der meiste juristische Jargon übersteigt ihr Verständnis, aber das macht nichts – die Vorschläge wurden ja ohnehin nie umgesetzt. Einige Stellen sind rot unterstrichen oder mit Fragezeichen versehen, manche Abschnitte von der Handschrift ihrer Mutter durchgestrichen. Ava erkennt einige ihrer Buchstabenformen wieder – das M, das unter die Linie taucht, ein kleiner Haken am Ende.

Ava beißt sich auf die Innenseite ihrer Wangen, blinzelt etwas Nostalgie weg und blättert dann weiter. Verschwiegenheitserklärungen. Die sind unterschrieben, von ihren Eltern und Vertretern von *Eyes Forward*, und von Namen, die sie nicht kennt. Unter den letzteren Namen stehen ihre Titel in der *Enough*-Bewegung. Ava sieht noch einmal genau hin, als sie das sieht. Ihre Augen verfolgen dieses Wort noch einmal, die strenge, kantige Schrift so vertraut, das diagonale Ausrufezeichen, das folgt. Sie fährt mit den Fingerspitzen über die Unterschriften, als ob das Berühren dieser Linien ihr irgendwie helfen würde zu verstehen, eine Botschaft von ihren Eltern zu spüren.

Doch es kommt keine Botschaft. Alles, was Ava weiß, ist: Gründer und Vorsitzende von *Enough* haben dieselben NDAs unterschrieben wie ihre Eltern und *Time's Up*. Sie alle haben geschworen, niemals über ihre Gespräche zu sprechen – was genau besprochen wurde, bleibt absichtlich vage. „Noch bekannt zu geben", steht da. Im Grunde schworen sie, nie ein Wort über irgendein Treffen zu verlieren – über Treffen, deren Inhalte nirgendwo festgehalten sind. „Jegliche Interaktion mit einem Mitglied irgendeiner Fraktion oder einem Vertreter von *Eyes Forward* darf niemals diskutiert werden." Das Papier selbst ist so geheim wie der Inhalt.

Ava denkt immer noch an ihre Eltern und *Time's Up* als zwei getrennte Einheiten. Sie zusammenzubringen ist, als würde man Salz in eine Wunde streuen. Ihr Herz kann nicht akzeptieren, was ihr Gehirn weiß. Ihr Herz sagt immer noch, dass ihre Augen lügen.

Sie sortiert die Blätter und bleibt wieder bei demselben hängen – bei der NDA. Sie denkt an all die Geheimnisse, die damit verschleiert wurden. Sie hält das Blatt ins Licht. Die Schatten bleiben – trübe Geheimnisse, schwarz auf weiß. *Enough*-Vertreter haben am selben Tag unterschrieben wie ihre Eltern. Sie müssen nebeneinander gestanden haben, einander berührt, dieselbe Luft geatmet. Worüber haben sie geredet? Haben sie gelächelt? Sich ausgetauscht über die Zahl der Leben, die ihre Kampagnen gekostet haben? Ava zittert bei diesem Gedanken. Nicht ihre Eltern. Niemals hätten sie solche Taten gutgeheißen.

Enough is enough! – dieser Slogan, auf Häuserwände und Bushaltestellen gesprüht, ist Ava noch gut im Gedächtnis. Manche Graffitis wurden erst kürzlich übermalt. Ein Spruch der Gruppe, die ihre Eltern so leidenschaftlich gehasst haben. Die Zeit, die sie im selben Raum mit diesen Leuten verbracht haben – das muss sie innerlich zerfressen haben. Ava kann sich vorstellen, wie ihnen die Haare zu Berge standen, die Kiefer verkrampft. Sie taten, was sie tun mussten, um das Töten zu beenden. Friedenssucher waren sie. Alles, um der Gewalt ein Ende zu setzen.

„Zia", ruft Ava und geht zu ihr hinüber. „Diese Dokumente, die Verschwiegenheitserklärung, worum ging es dabei?"

„Was ist eine Verschwiegenheitserklärung?"

„Das ist eine Vereinbarung zur Geheimhaltung. Es bedeutet, dass du unterschrieben hast, ein Geheimnis zu bewahren."

„Ich weiß nicht, warum ich das unterschrieben habe. Ich bewahre all meine Geheimnisse sehr gut."

„Ja, Zia, aber worum ging es bei diesem hier?" Sie hält das Formular hoch und Zia setzt ihre Lesebrille auf.

„Was sehe ich mir hier an?"

„Das ist die Verschwiegenheitserklärung."

„Was ist eine Verschwiegenheitserklärung?"

Ava lässt ihren Arm sinken. Sie hätte es ahnen müssen. „Nichts, Zia, mach dir keine Gedanken darüber."

„Dein Vater weiß es vielleicht. Wann kommt er nach Hause? Du kannst ihn dann fragen."

Ava korrigiert sie nicht und geht zurück zum Tisch. Was auch immer damals besprochen wurde, ist wahrscheinlich mit ihren Eltern gestorben. Trotz der angenehmen Raumtemperatur fröstelt es Ava. Vielleicht ist sie die Hitze der Wohnung gewohnt. Oder es ist die kalte Luft der Geister, die sie gerade heraufbeschwört. Ihre Hände prickeln, als sie die Blätter auf dem Tisch verteilt und die Gänsehaut von ihren Armen reibt.

Sie breitet die Papiere über den ganzen Tisch aus, fährt mit den Händen darüber – über Seiten, die ihre Eltern einst berührt und verschwiegen haben. Nicht gelogen, erinnert sie sich. Nur nicht darüber gesprochen. Geheim gehalten. Sie weiß, dass sie gegen die Einführung von Pres-X waren, und dass sie sich sicher waren, dass es nie so populär würde, dass man dafür ein eigenes Bestattungsinstitut für hohe Personen mit hohen Punkteständen eröffnet. Heute erscheint ihr das lächerlich.

Nicht Gottes Plan, pflegte ihr Vater zu sagen. Die Natur wird sich durchsetzen. *Ja, klar.* Sie unterdrückt ein Lachen bei dem Gedanken und erinnert sich an den starken Akzent und die lebhaften Gesten ihres Vaters, als er das sagte. Seit wann hat die Natur eine Chance gegen den Ansturm der Menschheit? Blätter verrotten, Äste brechen. Die Natur ist zerbrechlich, während Menschen Feuer entfachen können.

Solche Dokumente hätten schon vor Jahren verbrannt werden sollen. Ohne Unterschriften – woher sollte Ava wissen, ob solche Verträge überhaupt je existierten? Aber die Ideen waren da, Ideen, die von *Time's Up* ausgingen. Ihre Eltern hatten sich vielleicht gegen die Gräueltaten von *Enough* ausgesprochen, doch *Time's Up* hatte während der Jahre der Großen Unruhe Altenheime bombardiert. Sie waren verantwortlich für den Tod von Millionen älterer Mitglieder der Gesellschaft vor einem Jahrzehnt. Und ihre Eltern waren ein Teil davon. Wenn man diesen Verträgen Glauben schenken konnte, dann war auch

Eyes Forward auf ihrer Seite gewesen. *Eyes Forward* hatte Frieden gesucht – und geliefert, das wusste Ava. Niemand wollte in jene Jahre zurückkehren. Die Morde an jungen Frauen, die nie untersucht wurden, das verpflichtende Opfer eines alten Menschen, um ein Kind zur Welt bringen zu dürfen, die Bombenanschläge und Steinigungen auf Altersgruppen, die einem nicht passten. Es gab sogar wieder echte Polizei. Beritten, bewaffnet. Aus Protesten wurden Ausschreitungen, daraus Brandstiftungen, und dann …

Nein. Niemand will dahin zurück. Die Zusammenarbeit von *Eyes Forward* mit den Fraktionen der Großen Unruhe führte zu Frieden, dem Frieden, der noch immer anhält. Kompromisse waren notwendig.

Ihr Implantat blitzt in ihrem Blickfeld auf, ein scharfer Druck unter der Haut, der sie nie lange vergessen lässt, was war. Die Kompromisse, die Frauen eingehen mussten, um den Forderungen von *Enough* gerecht zu werden, waren offensichtlich. Damals gab es wenig Widerstand. Sicherheit überwog alle Bedenken hinsichtlich Diskriminierung, Gleichberechtigung und anderen Begriffen, die vor der Großen Unruhe in Mode waren. *Enough* stellte Forderungen – und man hörte auf sie. Ihre kollektive Stimme war lauter als die der Frauen. Die Bewegung, die schwangere Frauen ermordet hatte, ihnen die aufgeblähten Bäuche zertrümmerte, um eine Abtreibung zu erzwingen, die Frauen verbot, das Haus zu verlassen – sie war verantwortlich für die Regeln, die heute für fruchtbare Frauen galten. Gekappte Karrieren, Baby-Lizenzen, das ganze "sicheres Alter"-Mantra. *Enough* hatte kaum Kompromisse machen müssen. Man kam ihnen entgegen.

Aber *Time's Up*? Ava hatte sich schon oft gefragt… Was gewannen *sie* durch die Friedensverträge? Niemand stellte damals diese Frage – nicht wirklich. Zu berauscht war man von der Vorstellung, dass die Gewalt endlich vorbei sein könnte. Niemand fragte, was *Time's Up* verlangt hatte. Welche stillen Kompromisse bestimmen heute den Alltag in der Gesellschaft?

Ava starrt auf die Verschwiegenheitserklärung und wünscht sich, die Antworten würden ihr entgegenspringen, aber ihr fällt nichts ein. Es scheint, als hätte *Time's Up* einfach nachgegeben. So einfach war das. Sie lehnt sich einen Moment zurück, beobachtet, wie Zia den Wasserkocher anstellt, und schiebt dann ihre losen Haarsträhnen zurück. Vielleicht kann sie ihr bald solche Fragen stellen. Vielleicht taucht bald mehr von dem auf, was in ihrem Geist verschlossen ist. Ava steht auf und gießt sich beiden eine Tasse Tee ein. Zia fragt erneut nach Mandisa, bevor sie sich nach Avas Vater erkundigt, und stellt dann die Milch in einen Schrank statt in den Kühlschrank. Avas Herz sinkt ein wenig. Sicher, Zia scheint sich verbessert zu haben, aber sie ist nicht vollständig genesen.

Wieder am Tisch sitzend, hält Ava die heiße Tasse mit beiden Händen, lässt die Wärme gegen die Kälte in ihr ankämpfen, während sie weiter das Papier durchsieht. Sie runzelt die Stirn, zwingt sich zu denken, wünscht sich so sehr, dass ihre Eltern noch lebten. Sie nimmt einen Schluck Tee, verbrüht sich die Zunge und flucht leise über ihre eigene Dummheit. Was soll das alles? Es liegt in der Vergangenheit. Ihre Eltern wollten nichts Böses, dessen ist sie sicher. Zu wissen, was genau bei diesen Treffen besprochen wurde, bringt niemandem etwas – außer vielleicht ihrem neugierigen Geist. Ihr Vater würde sie tadeln, sie auffordern, nicht herumzuschnüffeln und sich mit wichtigen Dingen zu beschäftigen. *Sich zu benehmen.*

Und das tut sie. Immer.

Sie steht auf und hilft Zia beim Servieren des Abendessens, als ihr ein letztes Blatt ins Auge fällt – das Punktestand-Erbschaftszertifikat ihrer Eltern. Es zeigt, dass der Punktestand ihrer Eltern weit höher war, als sie geglaubt hatte. Sie hatten über 700 Lebenspunkte.

„Zia", ruft Ava in die Küche, wo Zia das Essen anrichtet. Immer noch so organisiert, aber Ava hat zu viel anderes in ihrem Kopf, um es zu bemerken. „Zia. Warum habe ich diesen Brief nie gesehen?"

Zia nimmt den Brief und schaut ihn durch, verdreht die Augen und fährt dann fort, das Essen zu servieren. „Weil ich ihn dir nie gezeigt habe."

„Hier steht, dass wir, oder zumindest einer von uns, ihre Punktzahl hätten erben sollen." Ava zeigt auf die Zeile, die das klar und deutlich aussagt.

„Das sehe ich. Möchtest du Oliven? Ich habe irgendwo ein Glas."

„Gerne. Aber hör zu, ihre Punktzahl war 760. Deine Punktzahl ist 490 und meine ist 590. Wo sind die restlichen Punkte hin?"

„Ich habe sie abgelehnt. Und jetzt kann ich sie nicht finden. Hast du sie gesehen?"

Avas Augen quellen hervor. „Was!"

„Die Oliven."

„Scheiß auf die Oliven, Zia. Warum hast du die Punkte meiner Eltern abgelehnt?"

„Wozu brauchen wir so eine Punktzahl? Das ist doch blöd. Sie dachten das auch. Sie haben diese Punktzahl nur bekommen, weil dieser Mann, wie hieß er noch, Porter ihn ihnen gegeben hat. Aber er wurde getötet, oder ist gestorben, oder so was."

Ava braucht einen Moment, um das zu verarbeiten. Sie kennt diesen Namen. „Porter? Wie Joan Porter?"

„Nein, es war ein Mann. Joan ist doch ein Frauenname, oder? Jedenfalls sind wir mit unserer Punktzahl zufrieden, also müssen wir ihre nicht nehmen. Hohe Punktzahlen führen zu Ärger, glaub mir. Wir kommen gut ohne so eine alberne Punktzahl aus. Oh, schau. Ich habe sie gefunden. Grüne allerdings. Ich wollte schwarze. Macht dir das was aus?"

„Du hast mich nie gefragt! Ich hätte davon wissen müssen."

„Na ja, ich frage dich jetzt. Sind grüne in Ordnung, Liebes?"

„Ja, grüne sind in Ordnung. Du hast mich nie wegen der Punktzahl gefragt."

Zia drückt ihr einen vollen und schweren Teller in die Hände. „Tut mir leid, Liebes. Wie ist sie? Deine Punktzahl?"

Ava stellt ihren Teller zurück auf die Theke, das Gewicht ist zu viel für ihre zitternden Hände. Sie sieht Zia an. Wie viel versteht sie eigentlich? Es ist, als wäre sie einen Moment da und im nächsten weg. „In Ordnung. Aber wenn wir eine hohe Punktzahl hätten, hättest du dich schon vor Ewigkeiten für Pres-X qualifiziert."

„Siehst du, was ich meine! Hohe Punktzahlen bedeuten Ärger. Hohe Punktzahlen bedeuten niedrige Ethik. Ich will dieses Medikament nicht und ich will mich nicht verpflichtet fühlen, es zu nehmen, nur wegen einer dummen Zahl. Möchtest du etwas Salat dazu?"

„Gerne, und Zia, ich habe mir den Hintern aufgerissen, um meine Punktzahl zu erhöhen, damit ich Pres-X für dich finanzieren kann.“

„Du hast mich nie gefragt.“

„Doch, das habe ich.“

„Na ja, ich habe nie zugestimmt. Dressing? Ölig oder zitronig?“

„Zitronig. Und du musst Pres-X nehmen. Du wirst sonst sterben.“

„Wir werden alle sterben, Ava.“

„Aber früher. Ich kann dich nicht verlieren. Du bist alles, was ich habe.“

„Was ist mit einem Baby? Du wärst eine gute Mutter.“

„Nicht schon wieder. Zia, bitte, du musst klar denken.“

Zia nimmt ihren Teller mit zum Tisch und Ava folgt ihr, räumt mit einer Hand einen Platz zwischen den verstreuten Papieren frei.

„Lass es einfach“, sagt Zia. „Ich lege die Untersetzer darüber.“ Sie tut es, legt Tischsets über die Briefe und Dokumente und bedeckt die Unterschriften von Avas Eltern mit Essen. Zia steckt sich eine Gabel in den Mund, Dressing tropft herunter. Ein kleiner Spritzer landet auf einigen Seiten, als ob sie nichts bedeuten würden. Sie war schon immer eine unordentliche Esserin.

„Ich weiß, ich hatte nie Kinder“, sagt Zia mit vollem Mund – mehr Spritzer. „Aber damals war das noch ein Land, keine Gesellschaft. Wir sind gereist. Aber das ist lange vorbei. Heute zählt Familie. Nicht Abenteuer oder Arbeit oder anderer Quatsch. Familie.“

Ava nimmt eine Serviette und tupft den Fleck, ein sinnloser Versuch, das Papier sauber zu halten. „Ich versuche, meine Familie zu retten", sagt Ava. „Das bist du. *Du* bist meine Familie. Das ist viel wichtiger als eine neue Familie zu gründen."

Zia legt die Gabel beiseite. Ava spürt ihren Blick, während sie den ihren auf das Papier senkt und Flecken abwischt. „Hör zu, Ava. Um deine Eltern zu zitieren: Wenn meine Zeit gekommen ist, dann ist sie gekommen."

Ava sagt nichts mehr. Der Kloß in ihrem Hals reicht schon.

KAPITEL 27

6 Jahre vor der Großen Unruhe

Keisha und Ian frühstückten am nächsten Morgen im Café. Lucia servierte Keisha extra große Portionen, da sie für zwei aß, und Ian klaute immer ein bisschen. Sie hatte es zuerst bei einem der Treffen mit dem Kuchen bemerkt. Lucia hatte angenommen, er würde damit aufhören, als sie schwanger wurde, aber er tat es immer noch. Lucia war erschöpft, weil Ken sie so spät nachts wegen seinen dämlichen Kneipenschlägerei-Verletzungen geweckt hatte, also setzte sie sich mit einer Tasse Tee zu ihnen. Das Café war ruhig und alle anderen Gäste waren bereits bedient worden, sodass sie sich ein paar Minuten Auszeit gönnen konnte.

„Es gibt andere Gruppen", flüstert sie und beugte sich vor. „Dem Anschein nach Gruppen, die mehr Ärger machen."

„Woher weißt du das?", fragte Ian mit vollem Mund.

„Mein Scheißkerl von Ehemann hat es mir erzählt. Er hat eine von ihnen ausspioniert."

„Vielleicht sollten wir, du weißt schon, Kontakt aufnehmen?"

„Nein", sagte Lucia. „Nein, das gefällt mir nicht. Diese andere Gruppe, Ken sagte, die würden Ärger machen."

„Man muss Ärger machen, um Ergebnisse zu erzielen. Schau dir die Geschichte an. Ein Protest, das ist es, was wir brauchen."

Keisha kaute erst zu Ende, bevor sie sprach. „Wenn wir uns zusammenschließen, wären wir lauter. Mehr Menschen könnten zuhören."

„Um ehrlich zu sein, ich glaube, ich wäre glücklicher in einer Gruppe, die bereit ist, tatsächlich etwas zu tun, anstatt nur herumzusitzen und zu tratschen", sagte Ian, viel lauter. „Wir erreichen nichts."

Lucia sah sich um. Die anderen Gäste schienen nichts bemerkt zu haben. „Nun, ich weiß nicht, wo sie sich treffen oder so."

„Frag Ken?", schlug Ian vor und stach mit seiner Gabel in einen von Keishas Röstis.

„Wie soll ich das machen? Ohne dass es so klingt, als würde *ich* Treffen abhalten?"

„Bring ihn zum Buchclub", sagte Keisha. „Lass uns es aus ihm herauskitzeln."

Lucia dachte eine Weile darüber nach. Es könnte funktionieren. Ken mochte lesen früher, und es würde helfen, ihre Tarnung aufrechtzuerhalten. Wenn er irgendwelche Zweifel hätte, dass sie tatsächlich zum Buchclub ging, würde seine Anwesenheit dort das klären. Sie nippte an ihrem Tee, obwohl er noch etwas heißer war, als sie es mochte.

„Okay", sagte sie. „Ich werde ihn fragen."

Und so wurde es beschlossen. Sie schrieben den anderen Clubmitgliedern, damit sie mitspielen konnten. Sie wählten sogar ein Buch aus. „Die Sirenen des Titan" von Kurt Vonnegut. Lucia schlug dieses vor, da sie es gelesen hatte und die Taschenbuchausgabe bereits in ihrem Regal stand, und sie wusste, dass Ken es schon einmal gelesen hatte. Er mochte es ziemlich, hatte er damals gesagt. Und es passte zum fiktiven Thema des Clubs. Sie war ziemlich stolz darauf, dass sie an ein Buch gedacht hatte, das all diese Kriterien erfüllte.

Am nächsten Tag hatte Lucia frei. Gott sei Dank. Ihre Füße brachten sie um. Sie stand früh auf, um ein schönes Frühstück vorzubereiten, dann legte sie das Taschenbuch auf den Tisch.

„Morgen", sagte Ken, ließ sich in den Stuhl fallen und schlürfte sofort an seinem Kaffee.

„Morgen", sagte sie und reichte ihm etwas Toast. „Wir behandeln dieses Buch am Donnerstag. Du hast es gelesen, oder?"

„Vor Jahren. Ich glaube, es hat mir gefallen."

„Du solltest mitkommen. Es könnte dir Spaß machen." Sie versuchte, ihren Ton beiläufig und locker zu halten, und sie machte es wirklich sehr gut. „Du kannst sowieso keine *Eyes-Forward*-Arbeit mehr machen, mit deinem schmerzenden Kinn. Sie sollten dir etwas frei geben."

Er lehnte sich in seinem Stuhl zurück und dachte einen Moment nach. „Du hast wahrscheinlich recht."

„Wir haben auch immer leckere Kuchen."

„In Ordnung", sagte er und nahm einen Bissen von seinem Toast. „Donnerstag."

***

Der Donnerstag kam zu schnell und Lucias Stimme zitterte vor Nervosität, wann immer ein Kunde versuchte, mit ihr zu sprechen. Es ist dumm, nervös zu sein, sagte sie sich immer wieder. Er war ihr Ehemann. Und es war ja nicht so, als wäre er noch nie im Café gewesen. Es war nur der Buchclub, so wie früher. Kein Grund zur Sorge.

Bis zur Schließzeit hatte sie das Café geputzt, frische Steinkuchen gebacken und wartete auf Kens Ankunft. Alle anderen erwarteten ihn ebenfalls und sie hatten alle daran gedacht, ihre Bücher mitzubringen. Einige hatten es sogar gelesen.

Als Ken ankam, war sein Gesicht rot von der Kälte draußen, was sein wundes Kinn noch schlimmer aussehen ließ. Er schnaufte, als er hereinkam, und gab Lucia seinen Mantel.

„Also, Kuchen?"

„Setz dich", sagte sie und hängte seinen Mantel auf. „Die anderen sind gerade hinten."

Der Ofen piepste, etwas später als geplant. Die Kuchen wären noch zu warm zum Essen. Sie verfluchte sich dafür. Alles sollte perfekt sein.

Der Personalraum leerte sich in den Cafébereich und alle Teilnehmer nahmen einen Stuhl und stellten sie zu einem Kreis. Lucia setzte sich neben Ken und entschuldigte sich kurz, dass die Steinkuchen noch ein paar Minuten zum Abkühlen bräuchten, bevor sie ihren Mann vorstellte. „Alle zusammen, das ist mein Mann, Ken."

Alle lächelten und sagten Hallo.

„Meine Güte, Ken. Was ist denn mit deinem Gesicht passiert?", fragte Luigi.

„Irgendein Idiot in der Kneipe hat mich mit einem Glas erwischt. Kein Respekt, die Leute heutzutage."

„Das ist ja schrecklich", sagte Ian. „Ich wusste gar nicht, dass der Red Lion so ein raues Publikum hat."

„Es war nicht im Red Lion. Es war im White Horse."

Lucia hätte am liebsten vor Freude in die Luft geboxt. Sie blickte über den Sitzbereich und sah, wie die anderen in sich hineinlächelten. Es war so einfach gewesen. Obwohl sie das Gefühl der Beklemmung nicht abschütteln konnte, dass diese andere Gruppe nichts Gutes im Schilde führte, mussten die anderen Recht haben. Es war an der Zeit, endlich zu handeln. Die Pres-X-Angelegenheit geriet in der gesamten Gesellschaft völlig außer Kontrolle.

Die Zeit für müßigen Smalltalk war vorbei.

Kapitel 28

10 Jahre nach der Großen Unruhe

Am nächsten Tag hat Ava immer noch nichts von Kim gehört.
Jedes Mal, wenn sie ein Geräusch draußen hört, schaut sie auf,
erwartet, Kim zur Tür kommen zu sehen – und dass sie mehr
als nur Einbalsamierungsflüssigkeit als Bezahlung will. Dass Ava
ihre Beziehung beendet hatte, wurde damals schon mit genug
spitzen Kommentaren quittiert; sie kann sich nicht vorstellen,
dass Kim nicht irgendeine Art von Vergeltung will. Irgendwann
wird sie ihr das wohl vorbeibringen müssen. Vielleicht wird
Kim dann ihre wahren Absichten offenbaren. Ava zwingt sich,
diesen Gedanken aus dem Kopf zu verbannen, genauso wie das
flau-knotige Gefühl im Magen, das sie immer bekommt, wenn
sie sich fragt: „Was hab ich mir dabei nur gedacht?" Sie sieht sich
einen Moment im Spiegel an und lacht dann über ihre eigene
Paranoia. Sie ist kein großer Fang. Kim genießt es vermutlich
nur, ein wenig Macht über sie zu haben, das ist alles. Wenigstens
hat sie nicht nach einem männlichen Kunden gefragt.

Die Geschichten über den Wahnsinn der Älteren in der Gesellschaft machen immer noch den Großteil der kleineren Nachrichten aus, unter all den begeisterten Berichten über Pres-X-2 und B-Well. Ava versucht, die Nachrichten zu meiden, und lenkt ihren Geist von der Ungeduld ab.

Nervös und frustriert putzt sie das Bestattungsinstitut, poliert die Ausstellungssärge, schickt die Stühle für die Trauerfeiern zum Neubeziehen und bestellt noch mehr Blumen, obwohl keine gebraucht werden. Alles Aufgaben, die gerade nicht nötig sind – aber sie halten ihren Kopf beschäftigt und ihre zappelnden Finger davon ab, Kim nochmal anzurufen. Es wäre unhöflich, so schnell schon wieder nachzuhaken. Geduld, sagt sie sich, während sie Sargkissen aufschüttelt, nicht existierende Schlieren von den Fenstern wischt und bereits ordentlich gestapelte Flyer neu richtet. Sie findet ein Raumspray mit Blumenduft und sprüht großzügig, um den ohnehin schon angenehmen Geruch der Blumen zu überdecken.

Sie murmelt vor sich hin, während sie zum zweiten Mal staubsaugt. Sie ist überzeugt davon, dass sie Hundehaare sieht, die wieder auftauchen, obwohl seit über einem Tag keine Hunde mehr da waren. „Es ist durchaus möglich, dass Joan Porters Tochter schwer zu finden ist. Die Leute ändern ständig ihre E-Mail-Adressen und Telefonnummern."

Falls Max ihr seltsames Verhalten bemerkt, sagt er jedenfalls nichts dazu – was Ava überlegen lässt, ob sie im Alltag nicht noch durchgeknallter wirkt, als sie dachte. Vielleicht ist dieses nervöse Verhalten normal für sie, aber sie ist sonst einfach zu entspannt, um es zu merken. Der Gedanke bringt sie dazu, erneut die Sargausstellung umzustellen und unter den Schreibtischen zu putzen.

Am nächsten Tag, als Ava gerade alle Oberflächen abstaubt, die sie erst am Vortag abgestaubt hat, erhält sie eine E-Mail.

Hallo, ich bin Joan Porters Tochter. Ich habe gehört, Sie möchten mit mir über meine Mutter sprechen?

Avas Hände erstarren über der Tastatur, ihr Magen zieht sich bei diesen Worten zusammen. Joan Porters Tochter. Ihr Mund wird trocken, als würde sie der Frau direkt gegenüberstehen statt über E-Mail. Ihr Kopf ist leer, und sie verflucht sich dafür, nicht vorbereitet zu sein. So sehr hat sie nach Antworten gesucht – aber an die Fragen hat sie kaum gedacht.

In der Fußzeile der E-Mail steht die Adresse eines Steuerberatungsbüros in der Stadt – ausgerechnet Friar Street. Eine Kanzlei zwischen Wettbüros wirkt fast wie ein schlechter Witz. Sie beauftragt Max, sich um Rezeption und Telefon zu kümmern, und macht sich auf den Weg.

Es ist ein kurzer Spaziergang. Das gemächliche Schlendern gibt ihr ein paar Minuten Zeit, um zu überlegen, was sie fragen muss. Was ist der Joan-Porter-Effekt? Erklärt das die negativen Reaktionen? Warum glaubt sie, dass ihre Mutter so schlecht reagiert hat? Ist Pres-X sicher? Der Weg ist nicht lang genug, um den Adrenalinschub abklingen zu lassen, und so steht sie bald vor einem kleinen Bürogebäude mit Werbung für Unternehmens- und Privatbuchhaltung – wie vermutet hinter Wettbüros, mitsamt ihrer zwielichtigen Kundschaft. Ava betritt das Gebäude und wird von einem Kind empfangen, das auf einem Laptop herumtippt.

„Hallo", sagt das Mädchen, steht auf, lächelt, dunkle Locken fallen ihr ins Gesicht.

„Oh, hi. Ich suche die Steuerberaterin."

„Meine Mama sagt, ich soll mit niemandem reden."

„Klingt vernünftig."

„Aber du wirkst nett."

„Ist deine Mama da?"

„Iris!", ruft eine Stimme aus dem Büro dahinter. „Ich hab dir gesagt, du sollst nicht mit Fremden sprechen." Eine Frau tritt heraus – etwa in Avas Alter, vielleicht ein paar Jahre jünger, schwer zu sagen heutzutage. „Entschuldigung. Iris hat es gerade schwer in der Schule, deswegen versuchen wir es vorübergehend mit Homeschooling."

„Klingt nach einer Herausforderung."

„Unmöglich, ehrlich gesagt. Aber es ist nur für eine Woche, vielleicht zwei."

Ava sieht die Tätowierung am Arm des Mädchens. Verzogen durch das Wachstum, aber das Symbol von *Eyes Forward* ist deutlich zu erkennen. Ein Kind aus der Zeit der Großen Unruhen. Sie haben ein Leben geopfert, um sie zu bekommen. Könnte das Joan gewesen sein?

„Wie kann ich Ihnen helfen?", fragt die Frau, Müdigkeit in der Stimme, während sie ihren roten Zopf über die Schulter wirft – eine Frisur aus einer anderen Zeit, damals so beliebt, dass sie fast Pflicht war.

Ava zögert, denkt spontan nach. „Ich bräuchte ein paar buchhalterische Ratschläge für mein Geschäft."

„Dann kommen Sie doch mit."

Sie gehen in das Büro, auf dessen Türschild „Mae Taylor" steht. Porter muss ihr Mädchenname gewesen sein.

„Also, ähm, ja…" Ava stolpert über ihre Worte, ärgert sich, so unvorbereitet zu sein. „Sie hatten einen Spender für Ihre Tochter, sehe ich. War das Ihre Mutter oder Ihr Vater?"

„Nein", sagt sie kühl. „Also – Buchhaltung?", ihre Augen verengen sich, die blassen Wangen leicht gerötet.

Ava zappelt, ringt ihre Hände.

„Lassen Sie mich raten…" Mae lehnt sich in ihrem Stuhl zurück, verschränkt die Arme und seufzt. „Sie sind diejenige, die sich wegen meiner Mutter gemeldet hat. Sie wollen gar keine Buchhaltungstipps."

Ava beißt sich auf die Lippe. „Es tut mir leid, dass ich nicht ehrlich war. Wirklich."

„Was wollen Sie? Meine Mutter und ich hatten kein gutes Verhältnis."

Ava schluckt, sammelt sich, wünscht, sie wäre so direkt wie Mae. „Ich mache mir Sorgen wegen der Einführung von Pres-X. Meine Tante ist bald dran. Ich habe gehört, dass Ihre Mutter schlecht darauf reagiert hat, Sie aber nicht."

Mae presst die Lippen zusammen, ihre Sommersprossen brennen fast. „Mein persönlicher Gebrauch von Pres-X ist nicht öffentlich bekannt. Woher wissen Sie davon?"

„Ich arbeite bei XL Medico."

„Dann haben Sie Zugang zu allen Informationen, die Sie brauchen." Mae wendet sich ihrem Bildschirm zu, als wäre Ava gar nicht da.

Ava wartet einen Moment, hofft, dass Mae doch wieder reagiert. Als nichts passiert, spricht sie so leise, dass es kaum hörbar ist: „Ich habe dort keinen wichtigen Posten, aber die Leute reden, wissen Sie?"

Mae senkt das Kinn, ihre Schultern sacken. „Was erwarten Sie von mir?"

„Was ist mit Ihrer Mutter passiert? Muss ich mir Sorgen machen? Meine Tante ist alles, was ich habe. Ich will sie nicht verlieren. Aber die Leute bei XL Medico reden vom *Joan-Porter-Effekt.*"

Mae schnaubt ein kleines Lachen, dann schüttelt sie den Kopf. „Meine Mutter würde das hassen."

„Es tut mir leid. Ich hab's nicht so gemeint. Es gibt einfach nichts über sie. Ich will nur wissen, ob meine Tante sicher ist."

Mae zuckt leicht mit den Lippen. Sie schnippt ein Band an ihrem Handgelenk. „Ich hatte den größten Teil meines Lebens keinen Kontakt zu ihr. Erst in ihren Neunzigern bin ich wieder auf sie zugegangen. Ich wollte Frieden schließen. Sie hat mich gebeten, Pres-X zu nehmen – mir eine zweite Chance zu geben, nachdem mein erstes Leben so erbärmlich war. Ich war damals einundsiebzig. Sie versprach uns ein gemeinsames Leben, einen Neuanfang."

„Aber sie starb."

„Pres-X war ihr Lebenswerk. Wir gehörten zu den ersten menschlichen Versuchsgruppen. Nur wenige Tage später wandelte sie sich – von versöhnlich und liebevoll zu missbräuchlich und alkoholabhängig. Sie starb wenige Wochen später an einer Alkoholvergiftung. Ich wollte sie aufhalten, aber sie war aggressiv. Sie müssen bedenken: Ich war selbst noch recht gebrechlich damals. Ich hatte zwar ein verjüngtes Gesicht, aber der Rückbildungsprozess dauert Jahre. Sie war gewalttätig – zu mir und zu sich selbst. Sie hat mir nie Liebe gezeigt. Aber diese letzten Wochen waren die schlimmsten." Mae erzählt das alles ohne jede Regung – als würde sie eine Einkaufsliste vorlesen. Ava bewundert sie für diese Stärke. Dafür, nicht vom Schmerz beherrscht zu sein.

Ava atmet ein paar Mal tief durch. „Es tut mir leid. Meine Tante hat nicht genug Punkte. Sie haben sicher die Nachrichten zu den niedrigen Lebenspunktzahlen gesehen – die unter 750?"

„Habe ich. Ich weiß nicht, was Sie von mir hören wollen. Ich bin keine Chemikerin. Es könnte genauso sein, wie sie sagen, Anpassungsprobleme. Aber das neue B-Well klingt, als wäre es wirksam."

„Sie hatten selbst eine niedrige Lebenspunktzahl."

Maes Lippen verziehen sich leicht. „Ja."

„Keine Psychose danach?"

Mae zuckt die Schultern, schaut weiter auf ihren Schoß. „Ich war nie neurotypisch. Die Anpassung war hart. Mein Gehör wurde über Jahre schlechter, genauso mein Sehvermögen. Man merkt es kaum – bis es plötzlich zurückkehrt. Aber das Gehirn hinkt hinterher. Die Gelenke auch. Es war, als hätte jemand das Licht angeknipst und die Lautstärke aufgedreht. Ich habe mich dann eingesperrt, allein in einem Raum, für den Rest der Regression." Mae blickt kurz auf, Ava fängt einen Moment lang ihren Blick ein. „Es tut mir leid", sagt sie. „Ich weiß nicht, wie ich Ihnen helfen kann. Ich habe einfach nur das genommen, was meine Mutter mir gegeben hat."

Ava nickt. Mae hat eine Wärme, die sie zu verbergen versucht, da ist sich Ava sicher. Die Nachrichten sind ihr nicht entgangen. „So wie sich die Gesellschaft entwickelt, werden bald sowieso alle

– zumindest alle Frauen – auf Pres-X-2 sein." Sie sagt dies mit all der beabsichtigten Bitterkeit.

Mae antwortet eine Weile nicht, starrt nur an Ava vorbei und schnippt das Band an ihrem Handgelenk. „Ich möchte wirklich nichts mit diesem Medikament zu tun haben. Ich habe eine Tochter. Ich hatte auf eine bessere Welt für sie gehofft. Die Gesellschaft tut nichts anderes, als die Uhr zurückzudrehen. Die Ideale, die sie Frauen aufzwingen... Ich will das nicht für sie."

Ava blickt durch die Tür zu Iris, die immer noch auf der Tastatur herumtippt. „Sie ist sicher ein süßes Kind."

„Tut mir leid, dass ich so viel rede", sagt Mae. „Ich habe so wenige Menschen, mit denen ich reden kann. Es gibt nicht viele Eltern – vor allem Mütter – mehr, seit… na ja, Sie wissen schon."

„Ich kenne das Gefühl", sagt Ava, während Maes Worte alte Wunden berühren. Die Große Unruhe hatte so viele Frauen ihres Alters ausgelöscht. Totgeschlagen – nur weil sie fruchtbar waren. Ava hatte Glück gehabt. Viele ihrer Freundinnen aus Schul- und Studienzeiten nicht. „Es ist sogar erfrischend. Alle, mit denen ich sonst spreche, freuen sich nur über ihre Jugendlichkeit. Als wäre das alles, was zählt."

„Meine Mutter hätte das genauso gesehen. Bitte – ich will anonym bleiben. Dass meine Mutter in Verruf geraten ist, war ein Segen."

„Was ist mit Ihrem Vater?"

Mae versteift sich sichtlich bei der Erwähnung ihres Vaters, schüttelt dann die Worte von ihren Schultern. „Ich habe meinen Vater seit Jahrzehnten nicht gesehen. Er ist vermutlich tot."

„Er könnte am Leben sein – wenn er Pres-X genommen hat."

„Wenn Sie das herausfinden, will ich es nicht wissen. Er ist nichts für mich. Er hatte nie etwas mit Pres-X zu tun. Im Gegenteil – er war strikt dagegen. Sie haben sich deswegen zerstritten.“

„War er bei Enough?“ Ava will gar nicht forsch klingen, die Fragen kommen einfach so.

Da stürmt Iris herein, ein krasser Kontrast zu ihrer Mutter – dunkles Haar neben rotem, ein fröhliches Gesicht neben Maes erschöpftem.

„Mama, ich bin mit Mathe fertig! Und ich hab programmiert, schau mal!“ Sie hält Mae den Laptop hin.

Mae blickt Ava an, die Augenbrauen hochgezogen, ihre Augen huschen zwischen Ava und der Tür hin und her. Alle Wärme ist verschwunden.

„Danke für deine Zeit“, sagt Ava.

★★★

Zurück bei der Arbeit findet Ava keine Ruhe. Sie putzt, ordnet Flyer um und versucht, die Website zu aktualisieren, aber der Drang, auf und ab zu laufen und ihre Gedanken zu zermartern, ist stärker als jede andere Motivation. Joan Porters Tochter hat Eindruck hinterlassen und sie kann an nichts anderes denken. In einem anderen Leben hätten sie vielleicht Freundinnen sein können. Ava hat nicht viele davon. Viele ihrer alten Schulfreundinnen wurden während der Großen Unruhen erschlagen. Sie waren damals im Zielalter. Wie Mae überlebt hat, weiß nur Gott. Mae hat nie beantwortet, ob ihr Vater zu *Enough* gehörte, aber der Blick in ihren Augen – und dass sie nichts sagte – sprach Bände.

Ein konserviertes Paar kommt in das Geschäft und erkundigt sich nach Trauerdienstleistungen für ihren Pudel, der „nicht mehr lange hat". Man wolle vorbereitet sein, sagen sie. Ihre Haut ist fleckig-rosa. Sie müssen Pres-X vor ein paar Jahren genommen haben. Einige Falten sind geblieben, ein paar graue Haarsträhnen ebenfalls. Früher verbrachte man die Regressionsjahre im Verborgenen. Heute zeigt man sich ganz offen, geht mit dem Hund spazieren und schmiedet Pläne. Ava versucht, sich zu bemühen, ihnen ihre Dienste anzubieten und sich für ihre Sorgen zu interessieren, doch sie ist gedanklich zu abwesend. Der Name des Pudels war Horace – oder Holly – vielleicht auch Hugo … sie vergisst es, kaum dass die beiden gegangen sind. Ebenso vergisst sie, welches Leistungspaket sie wollten. Wenigstens hat sie ihre Kontaktdaten notiert.

Im Bewusstsein, dass ihr Hirn sich derzeit wie klumpiger Vanillepudding anfühlt, verlässt sie die Arbeit früher. Sie klebt einen Zettel ins Fenster und sagt Max, er solle abschließen, wenn er gehe. Auf der Straße ist es wärmer als drinnen, und sie vermisst die Klimaanlage sofort. Die dichten Menschenmengen lassen die Luft abgestanden und klebrig wirken. Es zieht Regen auf, man spürt schon das Gewitter. Gerade als ein Bus vorbeiknattert, schwingt sie sich auf ihr Fahrrad – die Abgase machen die Schwüle nur schlimmer. Die stickige Luft hilft ihrem Kopf nicht, klarer zu werden, und der Heimweg bergauf macht sie schweißnass und gereizt. Sie wünscht sich, dass alles Sinn ergäbe, dass sich die Dinge zusammenfügten, dass sich das innere Ziehen endlich löste. Die Informationsschnipsel in ihrem Kopf verstopfen ihre Gedanken. Vielleicht hilft eine Aspirin.

Als Ava zu Hause ankommt, meldet ihr Handy eine E-Mail von einer verschlüsselten Adresse. Der Betreff lautet: *Diese E-Mael könnte von Nutzen sein.*

Mae.

Sie öffnet die Mail und im Anhang befinden sich Fotos, ähnlich denen, die Zia ihr geschickt hat, aber mehr. Menschen halten Banner mit der Aufschrift *Enough is enough!* Sie stehen Schulter an Schulter mit Mitgliedern von *Eyes Forward*, deren Logo auf ihren Revers zu sehen ist. Alles Männer natürlich. Keine Frauen und ihre „gefährlichen Uteri" in Sicht.

Da ist er wieder – dieser Mann mit der Narbe am Kinn. Er trägt einen breitkrempigen Hut, schräg gezogen, sodass er die Hälfte seines Gesichts verdeckt. Derselbe Mann wie auf den Fotos von *Time's Up.*

Sie kann ihrem eigenen Gedächtnis nicht trauen. Viele Menschen haben Narben. Also lädt sie zu Hause die Festplatte. Zia schaut halbherzig fern – die andere Hälfte ihrer Aufmerksamkeit hängt an einem Kreuzworträtsel, das sie immerhin anguckt, wenn auch auf dem Kopf. Nach einer kurzen Begrüßung durchforstet Ava die Fotos und vergleicht. Die Narbe ist identisch. Es muss derselbe Mann sein. *Eyes Forward*, damals noch jünger, zu sehen sowohl mit *Time's Up* als auch mit *Enough.*

Es ist allgemein bekannt, dass *Enough* versucht hat, XL Medico aufzukaufen und Pres-X als Druckmittel zu nutzen, um die Mächtigen zur Akzeptanz ihrer Ideologie zu zwingen. Damals kursierten Videos online, in denen reiche Pres-X-Nehmer auf Bühnen standen und riefen: *Enough is enough!* Die Nachrichten während der Großen Unruhen stellten *Time's Up* und *Enough* als Rivalen dar. Doch die Papiere, die Ava gesehen hat, deuten eher auf eine Verbindung hin. Jedenfalls gab es offenbar eine gewisse Übereinstimmung, die den Frieden brachte. Die Anwesenheit des Kinn-Narben-Manns in allen drei Gruppen stützt diese Theorie. Ein Pres-X-Nehmer, ein *Time's-Up*-Mitglied, ein ranghoher Mitarbeiter von *Eyes Forward*, und hier nun mit *Enough* fotografiert – das ist ein deutliches Indiz dafür, dass sie zumindest zeitweise gemeinsame Ziele verfolgten. Dieses Ziel war einst die *Depopulation*, nicht generell, zumindest nicht am Anfang. Sie richtete sich gegen Menschen mit niedrigen Lebenspunktzahlen – jene, die sich Pres-X nicht leisten konnten. Doch inzwischen wird es für immer mehr Menschen zugänglich. Ein echter Schlag ins Gesicht für *Time's Up*. Das ergibt einfach keinen Sinn.

Es ist nicht das Einzige, das Ava nicht versteht. Ihre Eltern waren friedliebend und wollten nur das Beste für ihre Tochter und die Zukunft der Gesellschaft. Zia sagt, sie hätten für das Recht gekämpft, dass Ava einmal Kinder haben dürfe – auch wenn Ava selbst das nie wollte. Aber das war nicht der Punkt. Es ging um das, wofür sie standen. Und sie standen so sehr dafür, dass sie in einem Aufstand zu Tode getrampelt wurden, als sie versuchten, ihre Stadt zu schützen. Sie waren keine Menschen, die Altenheime bombardierten oder den Tod der Älteren in Kauf nahmen. Sie hatten sich für die Arbeiterklasse eingesetzt, schließlich kamen sie selbst aus einfachen Verhältnissen. Und doch hatten sie eine Erhöhung ihres Punktestandes angenommen. Ihr Beitrag zu einer Fraktion der Großen Unruhen hatte ihnen Eliteprivilegien eingebracht. Vielleicht stört Ava dieser Mangel an Skrupeln mehr, als sie zugeben will.

Sie starrt noch eine Weile auf die Fotos, bohrt ihre Augen in die zweidimensionalen Gesichter, versucht, aus aufgesetzten

Mienen und inszenierter Körperhaltung etwas herauszulesen. Was dachten sie? Was brachte *Time's Up* zum Einlenken?Neben dem Kinn-Narben-Mann auf den Fotos von *Time's Up* steht eine Frau, die Ava bisher nicht erkannt hatte. Warum auch? Sie hat sich seitdem stark verändert. Fünfzehn Jahre jünger auf den Bildern, größtenteils schwarzes Haar statt völlig grau, Lachfalten statt Sorgenfalten.

Im Zentrum des *Time's-Up*-Treffens steht ihre Zia.

KAPITEL 29

In dieser Nacht läuft Ava ruhelos und besorgt in ihrer Wohnung auf und ab. Sie kann es nicht abschütteln, ihre Muskeln verkrampfen sich, ihr Rücken ist so steif wie ein Bügelbrett. Sie dehnt sich, ohne Erfolg. Sie ist zu aufgewühlt, zu angespannt. Die Dokumente, die sie gelesen hat, spielen sich immer wieder in ihrem Kopf ab und lassen ihre Stirn und ihren Nacken verkrampfen. Besonders die Verschwiegenheitserklärung. Der Rest, der Vertrag und die Abkommen, sind noch ein Rätsel, und sie kämpft gegen den Drang an, zurück zum Ordner zu gehen und erneut zu lesen. Sie macht ein paar Liegestütze, Sit-ups, dann noch mehr Liegestütze. Aber kein Herabschauender Hund, keine Übung bringt die Anspannung zum Schwinden.

Das Foto von Zia, ihren Eltern und dem *Eyes-Forward*-Mann mit der Narbe am Kinn kommt ihr wieder in den Sinn – inmitten der *Time's-Up*-Leute. Der Mann, der ganz offensichtlich Pres-X genommen hat. Etwas daran stimmt einfach nicht. Sie kann sich die Szene nicht vorstellen, wie sie sich abgespielt haben muss. Als würde sie durch falsche Lesebrillen blicken. Schlagzeilen über die

Morde von vor zehn Jahren blitzen in ihrem Kopf auf, während sie auf und ab geht, dann schüttelt sie den Kopf, wünscht sich, ihr Hirn wäre ein Sieb, das all diese Bilder durch die Löcher fallen lässt – all das Rauschen loswird und ihr nur noch ein paar Klumpen von Fakten hinterlässt. Im Moment ist alles ein einziger Brei.

Sie widersteht nicht länger und holt die Dokumente erneut heraus, lässt ein paar auf den Boden fallen und beobachtet, wie sie herabflattern und zu ihren Füßen landen. Sie bückt sich, um sie aufzuheben, und unter dem Schrank blitzt etwas orange auf. Was hatte Zia gesagt? Ein orangefarbener Ordner irgendwo? Sie greift darunter und zieht ihn hervor. Ein dünner Ordner, kaum etwas drin. Nur ein einziges Blatt – ein Ausschnitt des Vertrags, den sie schon kannte, aber dieses Blatt war versteckt gewesen. Separat aufbewahrt, nicht für neugierige Augen bestimmt. Sie liest es – und beinahe lässt sie es erneut fallen, als sich aus den Buchstaben Worte formen, die sich wie ein Dolch in ihre Brust bohren. Das Dokument wirft weitere Fragen auf, aber in all dem mentalen Chaos stechen diese Worte hervor – Worte, die sie ihre Eltern schmerzlich vermissen lassen. Es ist ein Versprechen von *Eyes Forward*, das ihren Punktewert erhöht, wie Ava bereits wusste. Doch dieses Dokument ist mehr. Es ist eine unterzeichnete Erklärung: Sobald sie das 80. Lebensjahr erreicht hätten, hätten ihre Eltern kostenlos Pres-X erhalten.

Avas Knie geben nach und sie sinkt zu Boden. Sie schluckt eine Welle der Übelkeit hinunter und plötzlich ist ihr heiß, zu heiß. Die Hitze steigt von ihren Zehen auf und umhüllt sie vollständig. Schweiß strömt von ihrer Stirn und brennt in ihren Augen, als ob sie nicht schon genug tränten. Sie wischt die Tränen mit ihrem

Daumen weg und liest das Dokument erneut. Ihre Eltern wollten nie sterben. Sie wollten nie, dass ihre Zeit abgelaufen ist.

Langsam steht Ava wieder auf und fächert sich mit ihrem T-Shirt Luft zu. Sie beginnt weiter auf und ab zu laufen und findet dann ein kaltes Bier im Kühlschrank – eine Billigmarke, nicht besonders gut, aber es reicht.

Ihre Eltern wollten nicht so früh sterben. Niemand will das. Aber ihre Eltern hatten die Chance auf ein langes Leben. Sie sollten noch hier sein. Dieser Gedanke lässt das Bier sauer schmecken und nicht kalt genug. Ihr Hals brennt und ihre Hände schwitzen so sehr, dass sie die Flasche wieder auf die Theke stellt. Sie beugt sich vor und atmet ein paar Mal tief durch.

Ihre Eltern sollten nicht sterben.

War das ihr Deal gewesen? *Time's Up* zum Schweigen bringen – im Gegenzug Pres-X? Das wäre eine offensichtliche Erklärung dafür, warum *Time's Up* keine Forderungen stellte. Sie wurden gekauft. Dass sie Pres-X nehmen wollten – Ava ist das egal. Zum Teufel mit ihren Prinzipien. Es zählt nicht. Aber es füllt ein paar Lücken. Wenn ihre Eltern wirklich so wichtig bei *Time's Up* waren, war das vielleicht der Grund für den Waffenstillstand. Jeder würde Pres-X nehmen, wenn er könnte. Jeder – außer Zia. Zia, die im Zentrum der *Time's-Up*-Fotos lächelt. War sie die Anführerin? Ist das der Grund, warum sie glaubt, es nicht zu wollen?

In ihrem Kopf ist zu viel Trauma, zu viele Bilder von Menschen, die sich selbst oder einander wehtun. Und zu viele Nachrichtenartikel über Anpassungsprobleme mit Pres-X. Aber sie hat Mae getroffen. Mae ging es gut. Vielen geht es gut. Nur eine Minderheit leidet. Frieden und Ruhe, das ist alles, was nötig ist. Davon ist Ava nun überzeugt. Ihre Zia wird es irgendwann einsehen. So wie ihre Eltern.

Dennoch verkrampft sich ihr Magen weiterhin. So viele Fragen sie auch beantwortet, sie hat noch mehr zu stellen.

Und doch liegt ihr Magen in Knoten. Auf jede beantwortete Frage folgen zwei neue. Sie beschließt, sich abzulenken, geht auf Gesellschaftspatrouille. Ihr Implantat ist gerade wieder grün geworden. Auf dem Dark Web herrscht kaum Aktivität. Reiner Zufall, wenn sie heute was findet. Sie fährt mit dem Fahrrad den Hügel hinunter ins Stadtzentrum. Die dunklen Straßen sind menschenleer – bis auf zwei kreischende Katzen, die mitten auf der Straße streiten. Eine davon wird bestimmt bald ihr Kunde sein. Sie hofft, es ist die kleinere, die mit dem gekrümmten Rücken. Ava war schon immer für Außenseiter.

Die Innenstadt besteht aus ein paar Fußgängerzonen, die angrenzende Straße ist ein beliebter Ort für Drive-by-Gewalt – eine schnelle Flucht ist fast garantiert. Alte Überwachungskameras hängen leblos und zerstört an ihren Halterungen – Relikte aus der Zeit, bevor die Polizeiarbeit größtenteils an die Gesellschaft übergeben wurde. Gesellschaftspolizei-Plakate mit dem *Eyes-Forward*-Logo haben sie ersetzt. Und die Gesellschaftspolizei ist wieder überall. Ihre üblichen Plätze mit Blick auf die Imbisse sind überfüllt. Sie beschließt, sich mit kleinerer Kriminalität zu begnügen, vielleicht ein bisschen Vandalismus, und fährt zur busfreien Zone.

Das orangefarbene Leuchten künstlichen Lichts erzeugt den Effekt der Morgendämmerung und blendet Ava, als sie versucht, die *Broad Street* hinunterzuschauen. Sie blinzelt hindurch, fährt mit ihrem Fahrrad noch ein Stück die Straße hinunter, bevor sie sich für einen Platz an der Ecke zur Cross Street entscheidet.

Die näherkommenden Schritte klingen nicht leicht und schnell, wie sie es gewohnt ist. Sie schleifen, keuchen, begleitet von Stöhnen und Wimmern. Aus dem Licht treten Silhouetten hervor. Am Schnittpunkt der Straßen steht das Denkmal – eine sieben Meter hohe Statue des *Eyes-Forward*-Logos, das statische Auge starr geradeaus blickend, eingerahmt von den offenen Händen von XL Medico.

Die Schritte kommen näher, die Menschen sind immer noch als Silhouetten gegen die dämmrigen Straßenlichter zu erkennen. Ava versteckt sich in den Schatten, holt dann ihr Handy heraus, lädt die Gesellschaftspolizei-App und wartet.

Die Stimmen sind jetzt hörbar. Die üblichen Banden nähern sich lautlos, schleichen sich an ihr Ziel heran wie ein Raubtier im Hinterhalt. Das müssen Amateure sein, nimmt Ava an, bis sie im dämmrigen Straßenlicht sieht, dass sie alle rosa Gesichter haben.

Ein Glitzern von Metall in jeder ihrer Hände, die glänzenden Klingen fangen das Licht. Sie gehen und schlurfen auf das Denkmal zu. Als sie ankommen, fallen sie auf die Knie und jammern. Millies Jammern war ein Katzenschnurren im Vergleich zu diesem Geräusch. Ava kann dieses Jammern in ihren Knochen spüren, es erschüttert ihr Innerstes.

Sie umkreisen jetzt das Denkmal – etwa zwanzig, wie es aussieht – alle knien, dem *Eyes-Forward*-Auge zugewandt.

„Mach, dass es aufhört!"

„Wir wollen nur, dass es endet."

„Keine Drogen mehr."

Ava filmt weiter, obwohl kein Verbrechen zu sehen ist. Was tun sie? Ist das eine Art Anbetung, alle zum Denkmal gewandt? Aber nein, ihre Rufe sagen etwas anderes.

„Wir sind am Ende! Wir alle sind am Ende!"

Wieder dieses Aufblitzen von Metall im Licht der Straßenlaternen, jetzt höher. Messer werden in die Luft gehoben, die Lichtreflexe schweben dort für einen Moment, bevor sie nach unten gestoßen und in die eigenen Hälse gerammt werden.

Ava keucht auf und lässt ihr Handy fast aus zitternden Händen fallen. Sie rennt auf sie zu, weicht Blutspritzern und zu Boden fallenden Körpern aus. Sie steigt über eine Frau hinweg, kniet sich dann neben sie, zieht ihre Jacke aus und drückt sie auf die Wunde. Eine sinnlose Geste. Das Blut sickert sofort durch. In ihrem letzten Moment schiebt die Frau Avas Hand weg.

Die letzten Worte kommen als Gurgeln heraus. „Lass mich in Ruhe. Ich will Frieden finden." Mit blutigen Händen ruft Ava einen Krankenwagen, verschmiertes Blut versperrt ihr die Sicht auf den Bildschirm. Sie eilt zu dem Mann nebenan, dessen Augen bereits im Tod erstarrt sind. Normalerweise ist sie an den Anblick von Leichen gewöhnt, Blut bringt ihren Magen nicht aus der Ruhe. Aber das hier. *Das hier* ist etwas völlig anderes. Die nächste Frau atmet noch, ihr Blut pulsiert nicht wie bei den anderen. Vielleicht hat sie ihre Arterie verfehlt. Ihr Gesicht zeigt Schmerz statt Frieden.

Ava ergreift ihre Hand und drückt sie. „Ich bin hier. Sie werden es schaffen. Hilfe ist unterwegs."

Der Notruf meldet sich. Ava stellt auf Lautsprecher und schreit die Adresse.

Die Frau zieht ihre Hand weg, stöhnt. „Lass mich. Wenn du helfen willst, dann hilf mir zu gehen."

Mit zitternder Hand hebt sie das Messer, reicht es Ava. „Hilf mir gehen, Ava."

Avas Augen weiten sich. Sie wischt Haare und Blut aus dem Gesicht der Frau. „Erin? Oh Gott, nein. Erin, bitte, Max braucht dich." Sie drückt die Jacke gegen Erins Wunde. Das Blut ist nur ein Rinnsal – aber Erin ist zu schnell, zu entschlossen. Sie rammt das Messer in den Oberschenkel – trifft die Arterie. Tiefrotes Blut ergießt sich über ihren Körper. Die Farbe weicht aus ihren Wangen, ihr Mund friert in einem Lächeln ein, als ihr letzter Atemzug entweicht.

KAPITEL 30

Das Rettungspersonal scheint von dem Anblick unbeeindruckt. Sie bewegen sich gemächlich, atmen schwer und sprechen wenig. Ausgestattet mit Leichensäcken packen sie jede Leiche in einen hinein und lassen das Blut auf der Straße zurück, damit der bevorstehende Regen es wegwäscht. Keine echte Polizei taucht auf, um den Bereich abzusperren und zu untersuchen, kein Nachrichtenteam. Avas Video wird in die Gesellschaftspolizei-App hochgeladen. Der Regen setzt ein, nur ein Nieselregen, der Blutlachen durch die Risse sickern lässt.

Einundzwanzig Älteste hatten ihre Seelen quer durch die Stadt geschleppt, um hierher zu kommen. Vor das *Eyes-Forward*/XL-Medico-Denkmal. Alle einundzwanzig Leichensäcke werden in Krankenwagen verladen, ohne blinkende Lichter oder heulende Sirenen. Lautlos fahren sie durch die Nacht zurück und lassen die Straßen so verlassen zurück, wie sie es noch vor einer halben Stunde waren.

Ava sitzt eine Weile auf dem Denkmal und betet für die Auslöschung der Zeit. Sie beobachtet, wie sich das Blut verdünnt und sich mit dem Regen und dem Straßenschmutz vermischt. Erins Blut. Sie kann ihre Hand noch in ihrer spüren, ihre Stimme noch hören. Ihre leuchtend rosa Haut hat sich in ihre Netzhaut eingebrannt. Sie steht auf, fährt langsam nach Hause, ihr Magen krampft vor Schmerz über das, was sie gerade gesehen hat. Max, der arme Max. Kann sie ihm sagen, dass sie da war und dass sie Erin nicht retten konnte? Die Behörden werden ihn informieren. Vielleicht ist es am besten, sie ihre Arbeit machen zu lassen. Was würde sie ohnehin sagen? Ihre Worte könnten die Dinge nur verschlimmern.

Sie kommt nach Hause zu Zia, küsst ihre Stirn, während sie schläft, und legt ihr eine zusätzliche Decke über. Sie beobachtet einen Moment lang, wie sich ihre Brust hebt und senkt – die aschgrauen Augenlider geschlossen, eine Zufriedenheit in ihrem Schlaf.

Ava setzt sich auf das Sofa und starrt die Wand an. Überall, wo sie hinschaut, sieht sie die rosa Gesichter der Verzweiflung, ihr Verstand wiederholt ein Wort immer und immer wieder: Warum? Sie schaltet den Fernseher ein, ohne Ton, zappt nur durch die Kanäle und versucht, die neuesten Nachrichten zu finden. Irgendwo muss es doch Schlagzeilen über einen Massenselbstmord von Ältesten in der Gesellschaft geben. Es gibt nichts. Noch nicht jedenfalls.

Es klopft an der Tür und sie schaut auf die Uhr. Ein Uhr dreißig morgens. Das kann nicht gut sein. Sie öffnet die Tür. Es sind zwei Männer in Anzügen und eine Frau mit Kurzhaarschnitt, das vertraute Logo auf all ihren Jacken eingeprägt, die Münder fest zusammengepresst in jener bedrohlichen Arroganz, die Menschen mit Macht so oft zur Schau stellen. Ihre Blicke gleiten kurz über das grüne Licht ihres Implantats, bevor einer von ihnen spricht.

„Ava Maricelli. Sie müssen mit uns kommen."

Sie stellt keine Fragen, leistet keinen Widerstand. Was hätte das für einen Sinn? Sie folgt ihnen und schließt die Tür hinter sich ab.

In der Erwartung, zu einem Verhör gebracht zu werden, eine Verschwiegenheitserklärung zu unterschreiben, vielleicht eine Standpauke darüber zu bekommen, keine Panik zu schüren und ihren Teil für die Gesellschaft zu tun, nimmt sie an, dass sie zu einem *Eyes-Forward*-Gebäude fahren werden. Die Anzugträger erklären nichts, sprechen nicht untereinander. Die eiskalte Stimmung im Wagen reicht, um ihr klarzumachen, dass Fragen unerwünscht sind.

Die Fahrt ist kurz, nur zwanzig Minuten. Es ist das erste Mal, dass sie jemals in einem Privatwagen sitzt – nicht, dass sie es genießen könnte. Die verdunkelten Scheiben verbergen den Blick nach draußen – und den Blick von außen auf sie. Wie typisch für die Helfer von *Eyes Forward*: gleiche Anzüge, gleiche ausdruckslose Gesichter, identische monotone Stimmen – und dazu noch der Wunsch, sich hinter getöntem Glas weiter zu tarnen. In solch einer Verkleidung steckt eine Art Unsterblichkeit. Einer steigt aus, ein anderer könnte nahtlos seinen Platz einnehmen – wie ein endloses Wesen. Ein Fließband aus homogenen Körpern.

Was ist die Sammelbezeichnung für eine Gruppe von *Eyes-Forward*-Vertretern? Es sollte eine geben. Eine Herde Elefanten. Ein Rudel Elche. Eine Rotte Wildschweine... Ava verschluckt sich bei diesem Gedanken an ihrem eigenen Speichel, dann ballt sie die Fäuste und knirscht mit den Zähnen.

Sie schaut auf ihren Schoß, ihre Hände, auf das dunkle Fenster. Sie sollte nervöser sein. Ihr Herz sollte rasen. Und doch fühlt sie sich schwer, ein Gewicht drückt auf sie herab, lässt nicht einmal Platz für Furcht. Dieses Gefühl von Gleichgültigkeit wird von Besorgnis abgelöst, als sie aus dem Auto steigt – denn sie befinden sich nicht bei *Eyes Forward*, sondern vor den Laboren von XL Medico. Dem Zuhause von potenten Medikamenten, allerlei Skalpellen und giftigen Gasen. Vielleicht wollen sie ja einfach nur ihr Rezept hören, und der nächtliche Besuch soll sie einschüchtern, sie zur Kooperation zwingen.

Sie gehen weiter, durch die Türen hindurch. Immer noch schweigend. Ava schaut zu ihnen hoch, auf der Suche nach einem Hinweis, einem verräterischen Zucken, irgendetwas.

Nichts.

Keine Mitarbeiterkarte zum Scannen. Die Rezeptionistin lässt sie direkt durch. Keine Fragen. Kein Aufsehen. Sie gehen durch die Korridore, an ihrem üblichen Labor vorbei, während sie etwas hoffnungsvoll überlegt, dass sie vielleicht nur Ärger hat, weil sie etwas Ausrüstung draußen gelassen oder etwas verschüttet hat, aber nein, sie ist sich sicher, dass nichts davon der Fall ist.

Der Korridor geht weiter, vorbei an den B-Well Laboren und weiter, als sie je zuvor gegangen ist. Sie biegen um einige Ecken, bevor sie in einen Aufzug steigen. Schweigend treten sie ein und fahren nach unten.

Wurde ihr Herumschnüffeln bemerkt? Hat Mae mit jemandem gesprochen? Nein. Sie blinzelt den Gedanken weg. Warum sollten sie sich darum kümmern? Sie hat doch nichts falsch gemacht. Nicht wirklich. Das kann nur mit dem zusammenhängen, was sie gerade erlebt hat. Sie bringen sie irgendwohin, um sie zum Schweigen zu bringen.

Der Keller riecht feucht. Freiliegende Stürze und grobe Betonblöcke statt der üblichen weiß gestrichenen Wände und Chromoberflächen. Der raue Betonboden fühlt sich selbst durch ihre Schuhe kalt an. Der große, hallenartige Raum ist fast leer – nur ein paar Regale, ein Drehstuhl mit einem fehlenden Rad und ein Tisch mit drei Beinen stehen herum. Es scheint der Ort zu sein, an den man Dinge bringt, die man vergessen oder nicht mehr reparieren will.

Ava schluckt, spannt ihre Muskeln an und richtet sich auf. Sie wirft den Männern einen Seitenblick zu. Wenn es sein muss, ist sie bereit, sich herauszukämpfen. Jeden Einzelnen könnte sie vielleicht schaffen. Die Frau vermutlich nicht – sie hat die Statur von jemandem, der öfter trainiert als Ava. Aber vielleicht hätte Ava eine Chance. Wenn sie keine Waffen haben. Zu dritt allerdings … da bräuchte sie Glück.

Nach einer Tür, die nur mit Schlüssel geöffnet wird, betreten sie einen klinisch wirkenden Raum. Es riecht schwach nach Bleichmittel, das Licht ist grell und spiegelt sich in den weißen Wänden und Möbeln. In der einen Ecke steht ein einzelner Plastikstuhl, in der anderen ein Tisch aus Chrom.

„Setzen Sie sich", sagt einer der Männer.

Ava gehorcht, aber sie lässt sich nicht hängen. Sie bleibt aufrecht, jederzeit bereit, aufzuspringen und zu fliehen – obwohl sie beim Blick in den Raum weiß, dass das sinnlos wäre. Ihre Gedanken kreisen, während sich Angst in ihrem Magen ausbreitet. War's das? Ist das ihr Ende? Stirbt sie in irgendeinem Hinterzimmer von XL Medico, für immer verschwunden? Was ist mit Zia? Sie wäre völlig verwirrt. Angesichts ihrer möglichen Internierung denkt Ava nur noch an sie. Die Ironie bringt sie fast zum Lachen. Sie hat sich so sehr darauf konzentriert, Zias Leben zu verlängern und sie zu schützen – wenn sie selbst zuerst stirbt, war alles umsonst.

Die Männer schließen die Tür hinter sich. Eine Arbeitsfläche zieht sich entlang der Wand, darunter mehrere Schränke. Einer der Männer öffnet einen davon und holt eine Einwegspritze heraus.

„Jacke aus. Ärmel hochkrempeln."

Die Spritze ist leer. Also keine Giftspritze. Ein Luftstoß in eine Arterie vielleicht? Wieder gehorcht Ava, versucht, ihren Bizeps zu entspannen, um nicht so auszusehen, als würde sie gleich zuschlagen. Der Mann öffnet die Verpackung der Spritze.

„Wofür ist das?" Sie reißt instinktiv ihren Arm zurück, doch der Mann packt ihr Handgelenk, und mit Hilfe seines Kollegen drücken sie ihren Arm fest.

„Zur Messung Ihres follikelstimulierenden Hormonspiegels."

„Der ganze Aufwand für einen Wechseljahrestest?" Sie versucht, die Erleichterung in ihrer Stimme zu verbergen.

„Der ganze Aufwand, um zu sehen, ob Sie als Kandidatin in Frage kommen."

„Wofür?"

Er antwortet nicht. Ava beißt die Zähne zusammen, als die Nadel scharf einsticht, und beobachtet, wie sich die Spritze mit Blut füllt, sicher, dass er nicht so viel braucht.

„Ihr Handy, bitte", sagt er, als er fertig ist.

„Warum?"

Er sagt nichts, aber sein Kollege tritt näher. Er ist breiter und so nah verdoppelt er förmlich die Menge Mensch, die Ava gegenübersteht. Er streckt die Hand aus und Ava gibt ihm das Gerät. Er hält es vor ihr Gesicht, um es zu entsperren, scrollt durch die Dateien und löscht schließlich die Aufnahme des Videos.

„Unterschreiben Sie das."

Ein Dokument, das Ava gut kennt. Sie hat erst kürzlich ein ähnliches gesehen. Die Standard-Vertraulichkeitsvereinbarung von *Eyes Forward* – seit der von Zia praktisch unverändert. Sie hinterfragt es nicht, nimmt einfach den Stift und unterschreibt.

Der *Eyes-Forward*-Mann grinst. „Braves Mädchen."

Mädchen! Sie hebt ihre Oberlippe wie ein knurrender Hund.

„Francine wird Sie hinausbegleiten."

Ava hatte Francine schon völlig vergessen. Die Frau zieht sie an der Achsel hoch und schiebt sie zur Tür. Ihre Knie sind schwach und sie braucht einen Moment, um sich zu fangen, als sie durch die Tür stolpert. *Ein dummer Bluttest! Ist das alles?* Trotz des Grauens des Abends fühlt sie sich leicht. Nach all dem Tod, den sie gesehen hat, durchströmt sie Wärme, Leben. Fast taumelnd vor Erleichterung. Ein Bluttest. All das für einen verdammten Bluttest.

Sie gehen schweigend durch das Lagerhaus, den Aufzug hinauf und dann die Korridore entlang, Ava jetzt leichtfüßiger, ihr Schweiß beginnt zu trocknen. Theater, mehr war das nicht. Ein Schreck, um sie zum Schweigen zu bringen. Sie könnte über diese Theatralik lachen.

Francine keucht bei jedem Schritt. Sie wirkt jetzt mehr erschöpft als kräftig. Ava wirft ihr einen verstohlenen Blick auf das gerötete Gesicht zu. Ja, die könnte sie auf jeden Fall besiegen.

An der Rezeption angekommen, geht Ava durch die Drehkreuze. „Es war schön, Sie kennenzulernen, Francine. Lassen Sie uns doch mal einen Kaffee trinken gehen."

Francines schmale Augen könnten die Sonne gefrieren lassen. Sie bohrt ihren Blick in Ava, während sich die Türen schließen, und Ava tritt rückwärts hinaus in die Nacht.

Sie wendet sich von XL Medico ab und blickt auf die schwach beleuchtete Straße vor sich. Verdammt, flucht sie, als ihr klar wird, dass sie nach Hause laufen muss.

Kapitel 31

5 Jahre vor der Großen Unruhe

Die Treffen zehrten an Lucia. Immer mehr Leute tauchten auf, aber nicht immer die richtigen. Wütende Menschen. Menschen, die Schaden anrichten wollten. Nicht nur, um sich über Pres-X zu beschweren und möglicherweise eine Petition zu starten, um es zu stoppen. Menschen, die gefährliche Maßnahmen ergreifen wollten. Einige waren zu den anderen Gruppen im White Horse gegangen und es war, wie Lucia befürchtet hatte... sie wollten den Konservierten schaden, ihnen sogar das Leben nehmen. Das schien nicht richtig. Das Medikament zu stoppen, war alles, was sie wollte, es vielleicht unwirksam zu machen. Einige wollten sogar Älteren schaden, die Pres-X nicht genommen hatten. Lucia zählte die Jahre, die ihr noch blieben, bis sie in diesem Alter sein würde. Nur zehn. Ein Jahrzehnt, bis die Leute sie grundlos hassen würden. Das bedeutete, sie hatte ein Jahrzehnt Zeit, diesen Wahnsinn zu stoppen.

Sie vermisste die frühen Treffen, als es nur sie sieben waren. Ian und Keisha kamen nicht einmal mehr. Sie waren zu beschäftigt mit ihrem Baby. Und beim letzten Treffen, an dem Mo teilnahm, war sie so abgelenkt davon, sich um ihr Baby zu kümmern, dass Lucia nicht auf ihre Unterstützung zählen konnte. Lucia fühlte sich in letzter Zeit bei den Treffen ziemlich einsam und überlegte, ob sie vorschlagen sollte, einen anderen Treffpunkt zu finden – einen, an dem sie nicht Gastgeberin sein musste, sodass sie nicht teilnehmen müsste, wenn sie nicht wollte.

Aber nein. Das wäre albern. Wenn sie an den Treffen teilnahm, konnte sie zumindest zuhören und etwas zu sagen haben. Wenn sie nicht da wäre, hätte sie gar keinen Einfluss. Und sie alle liebten ihre Steinkuchen sehr, also fühlte sie sich immer noch nützlich.

Das heutige Treffen endete zu ihrer Erleichterung früh, nachdem Thomas und Steve in Streit geraten waren. Immer so ungestüm, diese beiden. Luigi versuchte einzugreifen, aber vergeblich. Vielleicht würden alle zuhören, wenn Daphne ab und zu mal etwas sagen würde. Lucia kannte Daphne seit Jahren und hatte sie nie viel sagen hören, außer dass sie Tee anbot. Luigi war in dieser Hinsicht altmodisch. „Es gibt genug zu sagen, ohne dass Frauen ihren Senf dazugeben", pflegte er immer zu sagen.

Lucia hatte jetzt schon vergessen, worum es bei dem Streit ging – so war ihr Gedächtnis in letzter Zeit – aber es hatte sie auf ihrem Heimweg ziemlich aufgewühlt. Alle waren so abrupt gegangen, dass sogar noch einige Kuchen übrig waren, also wickelte sie sie ein und nahm sie für Ken mit nach Hause. Vielleicht wäre er zu Hause und wach, wenn sie ankäme. Sie schienen sich in letzter Zeit selten zu begegnen, sie waren beide so beschäftigt mit ihren Projekten. Ken erzählte ihr nie etwas über seine Gesellschaftsarbeit und sie erzählte ihm nie die Wahrheit über ihre Treffen. Er genoss den falschen Buchclub, an dem er teilnahm – nicht wirklich. Sagte, er sei „zu hochgestochen und langweilig", was sie gekränkt hätte, wenn es nicht völlig wahr gewesen wäre. Sie wollten es für ihn nicht unterhaltsam machen. Sie wollte auf keinen Fall, dass er an einem anderen teilnahm.

Sie war sich sicher, dass er nichts Gutes im Schilde führte. Die Zusammenarbeit mit der Regierung brachte noch nie etwas Gutes. Aber sie wollte es wissen. Wenn sie ein paar Insider-Informationen bekommen könnte, könnte das der Fokus für ihr nächstes Treffen sein, anstatt all der Streitereien.

Also, eine Schachtel Steinkuchen unter dem Arm geklemmt, kam sie zu Hause an und trat durch die Haustür, um Ken im Wohnzimmer sitzend vorzufinden – mit ausgeschalteten Lichtern. Auch kein Fernseher an.

„Was machst du so früh zu Hause?", fragte er.

„Es ist acht Uhr abends."

„Das ist früh für dich."

Sie ging zum Lichtschalter.

„Lass es!", bellte Ken von seinem Stuhl aus.

Sie zog ihre Hand überrascht zurück. „Was? Warum? Ich kann verdammt nochmal nichts sehen." Sie betätigte den Schalter und hätte fast die Kuchenschachtel fallen lassen. „Ken? Nein. Nein, nein! Das hast du nicht!"

„Doch, und ich bin begeistert. Ich lasse mir von jemandem wie dir kein schlechtes Gewissen einreden."

„Du hast es tatsächlich durchgezogen."

„Ich habe dir gesagt, dass sie es für Mitarbeiter einführen. Ich war so ein guter Angestellter, ich verdiene das."

„Du verdienst das! Das? Du hast deinen Körper mit diesem... diesem... Medikament vergiftet. Diesem Zombieschildkröten-Medikament. Und jetzt sieh dich an. Du siehst lächerlich aus!"

Ken wandte sich von ihr ab und schirmte seine Augen vom Licht ab. „Die rosa Haut wird irgendwann vergehen. Dann werde ich ein neuer Mann sein. Wieder jung. Ich fühle mich verjüngt. Mein Gehör ist schon besser."

„Na dann, vielleicht fängst du ja an, dir selbst zuzuhören. Du bist verrückt. Verdammt zur Hölle, das bist du!" Sie nahm einen Steinkuchen aus der Schachtel und warf es nach ihm. „Raus! Ich will dich nicht in meinem Haus! Raus."

Er lachte. Er lachte tatsächlich! „Ich ziehe nicht aus, Lu."

„Raus!", schrie sie ihn wieder an und wünschte, die Kuchen wären echte Steine.

Er hielt seine Hände vor sein Gesicht und wehrte die weichen Geschosse ab. „Ich gehe nach oben, Lu, um am Computer zu arbeiten. Ich werde im Gästezimmer schlafen, bis du zur Vernunft kommst."

Er ging die Treppe so langsam wie immer hinauf, dachte Lucia. Von Wut angetrieben, ging sie ins Hauptschlafzimmer und holte den Koffer heraus – den Koffer, den sie seit Ewigkeiten nicht benutzt hatten, da sie nirgendwo mehr hinfuhren. Sie füllte ihn mit seinen Kleidern, seiner Ersatzbrille, seinem Tablet und dem Zeug, das er sich in die Haare schmierte und das sie nicht einmal besser aussehen ließ, dann schleifte sie ihn die Treppe hinunter. *Rums, rums, rums*, machte er den ganzen Weg hinunter. Sie ließ ihn auf der Veranda stehen. Er würde den Wink schon verstehen. Wenn er ein junger Mann sein wollte, konnte er in einem Hostel leben.

KAPITEL 32

10 Jahre nach den Großen Unruhen

Max erscheint am nächsten Tag nicht bei der Arbeit. Verständlich, denkt Ava, das Bild von Erins letzten Momenten flackert noch immer vor ihrem inneren Auge. Sie hat sich die Haut wund geschrubbt, ihre Kleidung gewechselt, und doch glaubt sie, immer noch Blut zu riechen. Das metallische Aroma hat sich in ihre Sinne eingebrannt. Sie kann Erins Hand noch spüren, wie sie in ihrer langsam kalt wurde. In den Nachrichten wird nichts von dem Massenselbstmord berichtet, nur einige sehr öffentliche Fälle von neu aufgetretener „Erhaltenen"-Psychose tauchen als Randnotizen auf. Die Art von Vorfällen, die sich nicht so leicht vertuschen lassen – mit mehreren Zeugen mitten am Tag. Ereignisse, bei denen eine sanfte Entführung mit Spritze nicht ausreicht, um sie zum Schweigen zu bringen. Ava reibt sich den Arm, wo man ihr Blut abgenommen hat. Dort ist ein blauer Fleck geblieben – als Erinnerung. Nützlich, dachte sie, als sie aufwachte und einen Moment lang glaubte, alles sei nur ein böser Traum gewesen. Zum Glück war der Mann nicht gerade feinfühlig gewesen.

Max muss sich immernoch um Stanleys Fell kümmern, ebenso wie um die anderen Haustiere, die sie im Kühlraum haben. Ava überprüft ihre Buchungsliste und stellt fest, dass im Moment nur Stanley und der Labrador da sind. Die Meerschweinchen haben ihre Dienste bekommen, die extravagante Katzenbeerdigung war vor ein paar Tagen und abgesehen davon, dass der Sänger einen halben Ton zu tief war, lief alles gut. Ein Blick auf die Konten zeigt deutlich, dass Haustierbeerdigungen das Geschäft nicht am Laufen halten werden, selbst mit ihren erhöhten Preisen und dem stetigen Geschäft. Es gibt nur eine begrenzte Summe, die sie für die Einbalsamierung eines Hamsters rechtfertigen kann. Die Lebenspunktzahl-Grenze zu senken, mag gegen die Vision ihres Vaters sein, aber sie kann es nicht länger einer Leiche rechtmachen. Eine neue Lizenz für etwas niedrigere, sagen wir von 600 aufwärts, könnte einen großen Unterschied machen. Es würde auch Max erlauben, sie für Erins Beerdigung zu nutzen. Sicher, Ava hatte geschworen, die Grenze nie zu senken. Ihr Vater hatte Visionen davon, den Reichsten der Gesellschaft grandiose Beerdigungen zu bieten. Doch die Zeiten ändern sich und im Moment, da über den Massenselbstmord nichts berichtet wird, vermutet Ava, dass die öffentlich bekannten Todesfälle älterer „Erhaltener" nur die Spitze des Eisbergs sind.

Zum Glück ist der Antrag für die neue Lizenz einfach – nur ein zwölfseitiges Formular, das sich in ein paar Stunden ausfüllen lässt, sodass ihr der restliche Tag zum Nachdenken bleibt. Nachdenken über Zia. Und wie sie früher war – wie sie joggen ging und die besten Pasteten backte, wie sie über Fernsehsendungen lachte und mit der jungen Ava ins Theater ging, wie sie sich noch ohne Schmerzen bewegen konnte. Und jetzt scheint das Heilmittel gegen ihr Leiden ein völlig neues Leid bei anderen hervorzurufen. Ava hat keinen Zweifel daran. Vielleicht hat Mae die Behandlung gut überstanden, aber das war vor Jahrzehnten. Ava ist überzeugt, dass mit Pres-X etwas ganz und gar nicht stimmt.

Sie blickt kurz auf das Bild ihrer Eltern, dann wendet sie sich leicht ab, als wolle sie dem Blick ihres Vaters ausweichen. Ihre Mutter hätte es verstanden – sie war immer etwas nachgiebiger. Weniger stur jedenfalls. Die richtige Art Frau, würden die Leute von *Eyes Forward* sagen. Wenn mit Pres-X etwas nicht stimmt, würde ihr Vater jubeln. „Ich hab's doch gesagt", würde er rufen. Sie kann seine Stimme immer noch hören, abfällig, meinungsstark, immer schwarz oder weiß. Die Stimme ihrer Mutter ist für Ava nur noch eine ferne Erinnerung. Sie war immer so leise. Ava erinnert sich an sie als halbes Lächeln und zustimmendes Nicken. Die Geister der Großen Unruhen sind überall. Alte Schulfreunde und Uni-Bekanntschaften, und Frauen, die nicht überlebt haben. Diese Gewalt ist wie ein Hologramm, das Jahrzehnte überdauert und ein Nachbild hinterlässt..

Vielleicht hätte ihr Vater mehr über die Zukunft nachdenken sollen, anstatt in seiner eigenen Moral zu schwelgen. Ein wütender Gedanke, aber einer, den sie benutzt, um ihre Handlungen zu rechtfertigen. Sie kann es ohnehin nicht allen recht machen – weder der Vergangenheit noch der Gegenwart. Doch das Gefühl, ihre Eltern zu enttäuschen, lässt sie nicht los. Jetzt scheint es, als würde die Zukunft unablässig fragen, was sie tue und warum –

als sei sie die einzige Zeit, die zählt. Die Vergangenheit flüstert, die Zukunft schreit. Die Gegenwart geht im Lärm unter.

Ava durchsucht weitere Nachrichtenartikel, liest Chemie-Artikel und von Fachleuten überprüfte Studien, um Antworten zu finden – Hinweise, irgendetwas, das erklärt, warum manche Erhaltene so sehr leiden, dass sie sich das Leben nehmen. Doch sie findet nur Lobgesänge auf die Vorteile von Pres-X und seiner Kombination mit B-Well. Hatten all diese Menschen sich einfach schlecht angepasst, so wie Erin, die ihr B-Well nicht genommen hatte? Aber Pres-X gibt es schon seit Jahren, B-Well erst seit Kurzem. Irgendetwas in der Rezeptur muss sich geändert haben. Das Fehlen von Informationen und die Undurchsichtigkeit, mit der die Medien über die Psychose-Fälle berichten, machen Ava jedoch eines klar:

Das ist eine Vertuschung.

Die Nachrichten sind voll von Geschichten über Prominente und Pres-X-2. Einige leugnen es, aber immer mehr preisen die Vorteile an. Millionen werden auf ihre Gagen für den nächsten Film, das nächste Album, die nächste TV-Show draufgelegt. Nimm Pres-X-2 und es entfacht deine Karriere neu, so heißt es. Der Sportteil in den Nachrichten diskutiert hitzig darüber, dass Athleten es nehmen. Es hat keine leistungssteigernden Eigenschaften, heißt es. Es gibt ihnen nur zurück, was die Zeit ihnen genommen hat. Eine kurze Karriere hält länger. Legenden können wieder glänzen. Und diejenigen, die es genommen haben, genießen mehr Kamerazeit, bessere Sponsorendeals. Die Spitzenverdiener unter den Athleten sind nicht mehr die Besten in ihrem Sport, sondern die, die am jüngsten aussehen.

Ava schnaubt und schaltet die Übertragung aus. Bei diesem Tempo werden sie bald wollen, dass die Leute wie Kleinkinder aussehen.

Da die Arbeit ruhig ist, schreibt sie Dan eine Nachricht. Zwischen seinen Jobs hat er sicher etwas Zeit, sich auf einen Kaffee zu treffen. Sie schließt den Laden, hängt ein Schild mit der Aufschrift „Bin in einer Stunde zurück" an die Tür und reiht sich dann in den Fußgängerverkehr ein, der sich Richtung High Street bewegt. Es ist so dicht wie immer, die Luft stickig von Atem und Körperwärme, das typische Gemurmel und Gemecker, wenn sich Menschen aneinander vorbeischieben. Die Spuren sind wenigstens geordnet und Ava hält sich an die Schnellspur.

Als sie in die Broad Street einbiegt, wird es etwas ruhiger. Zwischen den Leuten kann sie nach vorne sehen, nicht nur auf die Dächer. Sie nähert sich der *Eyes-Forward-Statue* – oder XL Medico, je nachdem, wofür sie gerade stehen soll – und bemerkt eine Frau in Warnweste im Stehbereich. Seifenwasser neben sich, eine Bürste in der Hand, ein Müllsack in der anderen. Ava schaut ein zweites Mal hin, dann tritt sie über die weiße Linie, um Hallo zu sagen.

„Suzanna?"

Die Frau richtet sich auf, stützt die Hände in den Rücken und lässt fast ihren Schwamm fallen. „Oh, Ava, mein Schatz. Hallo."

„Wie geht's dir?" Eine höfliche Frage, die Ava sofort bereut. Dass Suzanna gerade die Straße schrubbt, beantwortet die Frage von selbst.

„Nun, ich bin knapp an einer Haftstrafe vorbeigekommen – das ist doch was. Ich versuche, mich auf das Positive zu konzentrieren." Ihre Augenfalten formen sich zu Krähenfüßen, als sie lächelt. Sie wirkt recht gelassen, weniger gestresst. „Wie ist meine alte Wohnung? Ist schon jemand eingezogen?"

„Ich habe niemanden gesehen, aber ich war auch sehr beschäftigt."

„Das kann ich mir vorstellen, so clever wie du bist. Ich bin in einem furchtbaren Wohnblock untergebracht worden – Nachbarn frisch aus dem Gefängnis, lauter zwielichtige Gestalten. Ich hab all meine Punkte verloren, alle. Kannst du das glauben?" Sie seufzt leise und blickt nach oben, als könne sie sehen, wie ihre Punkte davonflattern. „Ich lebe von Pulverrationen. Kann mir nicht mal richtiges Essen kaufen. Ich habe jetzt ein paar Punkte, weil ich arbeite, aber ich musste ganz von vorn anfangen."

„Oh, Suzanna. Das tut mir so leid."

„Schon gut, wirklich. Ich kann sie wieder aufbauen, das weiß ich." Ihr Lächeln wird angespannter, als sie das sagt, ihre Falten vertiefen sich vor Anstrengung. „Du, sag mal... ich will ja nicht aufdringlich sein... aber wenn mal ein Witwer – oder eine Witwe, bin da nicht wählerisch – in dein Geschäft kommt... würdest du ein gutes Wort für mich einlegen? Ich hab immer geschworen, ich schaff's allein, aber na ja... Not macht erfinderisch. Und ich denke, ich wäre eine gute Ehefrau."

Avas Schultern sacken herab, doch sie ist nicht wirklich überrascht. Sie sollte einen Partnervermittlungsservice für Punktejäger und einsame Senioren gründen. Eigentlich keine schlechte Geschäftsidee. „Klar. Ich werde dich im Hinterkopf behalten, Suzanna."

Ava tritt zurück in den Fußgängerstrom und wird in Sekundenschnelle mitgerissen, stolpert fast über ihre eigenen Füße, während sie sich noch einmal nach Suzanna umdreht, die wieder zu schrubben beginnt. Wahrscheinlich entfernt sie gerade Erins Blut. Die letzten Spuren von Beweisen verschwinden.

Die Schnellspur ist jetzt so schnell, dass sie ihr Café, die Lunch Lounge, fast verpasst. Es ist nicht ihr üblicher Ort für einen Kaffee, sondern einer mit einer umfangreicheren Mittagskarte, auf Dans Wunsch hin. Sie drängt sich aus der Spur in den markierten Wartebereich am Bürgersteig und sieht Dan bereits am Fenster sitzen, rosiges Gesicht, winkt ihr zu. Ava tritt zur Tür, Handy in der Hand, bereit, ihren Punktestand zu zeigen. Sie hält ihn dem Barista hin, der ihn jedoch ignoriert. Stattdessen greift er zu einem großen Gerät mit Lichtern an den Seiten und hält es ihr wie eine überdimensionale Kamera vors Gesicht.

„Schauen Sie geradeaus", sagt der Barista.

Ava gehorcht, zu verwirrt, um zu protestieren. Die Lichter hinterlassen kleine Ringe als Nachbild.

„Tut mir leid, Miss." Der Barista verschränkt die Arme vor der Brust und bläht sich auf wie ein Türsteher. „Sie dürfen hier nicht rein."

Ava weicht einen Schritt zurück, die Stirn gerunzelt. „Das ist ein 500-Plus-Café. Ich bin 500 Plus."

„Nicht mehr nur vom Punktestand abhängig, Miss. Zumindest nicht vollständig", sagt der Barista ohne ein Quäntchen Bedauern. „Der Computer sagt, Sie sehen über vierzig aus. Wir lassen nur Leute rein, die unter vierzig wirken."

„Wie bitte?"

„Kommen Sie wieder, wenn Sie Pres-X-2 genommen haben."

Der Barista dreht sich um, während Ava mit hochrotem Gesicht dasteht. Dan kommt zu ihr.

„Hey", sagt er und legt ihr eine Hand auf die Schulter. „Sie ist mit mir hier. Ich begleite sie."

„Dann begleiten Sie sie bitte woanders hin. Sie sieht zu alt aus, um hier zu trinken. Auch wenn sie in Begleitung ist. Wir haben auch andere Gäste, wissen Sie. Augenbeleidigungen sind schlecht fürs Geschäft."

Augenbeleidigung! Ava ballt die Fäuste, spannt auch die Oberarme an. Am liebsten würde sie ihm selbst das Gesicht vermiesen. Dieser verdammte Bengel. Vor Wut findet Ava keine Worte. Ihr Mund steht offen, die Augen weit, sie schluckt Luft durch die trockene Kehle. „Dan... ich... was..."

„Komm schon." Dan nimmt sie am Arm. „Gehen wir woanders hin."

Dieses Mal die langsame Spur. Mit ihrer brodelnden Wut sind Avas Beine schwach, ihr Körper reagiert nicht. Sie braucht einen Zuckerschub, etwas Koffein. Baristas sollten solche Nachrichten nicht ohne gleichzeitige Kaffeeausgabe überbringen dürfen. Das ist einfach nicht fair. Nach ein paar Minuten wackeliger Schritte betreten sie ein schäbiges Café in der Nähe der Zinzan Street, ein Ort, an dem Ava noch nie gesessen hat. Seine Unter-300-Einrichtung besteht aus mehr Kaugummi als Farbe, und die Sitze sehen aus, als würden sie selbst unter Avas geringem Gewicht zusammenbrechen.

„Was möchtest du?", fragt Dan. „Ich lade dich ein."

Ava starrt ihn nur leer an.

„Schon gut. Ich sehe mal, was sie haben."

Er kommt ein paar Minuten später mit lauwarmem, schwachem Tee, Zuckertütchen und zwei Shots Sambuca zurück. Ihre Überraschung über die seltsame Kombination ist nur von kurzer Dauer – schnell erscheinen ihr Dans Getränkewahl wie das Vernünftigste der Welt. Ava kippt den Sambuca sofort hinunter, dankbar, dass das Personal ihren Implantat-Chip nicht überprüft hat und ihr keinen Alkohol verboten hat. Der Anislikör bringt ein Auge zum Zukneifen, das andere fängt an zu tränen. Dann stürzt sie den Tee hinterher.

Ihre Stimmbänder wieder geölt, findet sie endlich ihre Stimme. „Ich fass es einfach nicht, Dan. Wie oft waren wir in diesem Café? Und jetzt, nur weil ich meinem Alter entsprechend aussehe, bin ich nicht mehr willkommen? Ich kann's einfach nicht glauben."

„Ich weiß auch nicht, was ich sagen soll. Die Welt ist völlig verrückt geworden mit diesem neuen Medikament." Er sieht selbst ein bisschen verrückt aus in seinem grünen Tweedanzug und dem noch grüneren Hemd. Wahrscheinlich dachte er, das Grün würde das Pink neutralisieren.

„Wie geht's Jeremy?", fragt Ava.

„Da wir schon von *verrückt* sprechen?"

„So meinte ich das nicht."

Dan schaut auf seine Hände und spielt eine Weile mit der Serviette, bevor er antwortet. „Ihm geht's tatsächlich besser. Der Arzt hat ihm neues B-Well verschrieben, also sind seine Stimmungsschwankungen im Griff. Aber er schläft wahnsinnig viel und wenn er wach ist, ist er wie ein Zombie. Das ist nicht das, worauf ich mich eingelassen hab. Ich dachte, mit so 'nem alten Kerl zusammen zu sein, während er rückentwickelt, wäre irgendwie witzig – aber im Moment bin ich eher sein Pfleger."

„Klingt anstrengend."

„Und ich kann ihn ja nicht einfach in den Wind schießen."

„Dan!"

„Was denn? Unter normalen Umständen, wenn ich mit 'nem richtig langweiligen Typen zusammen wäre, würde ich Schluss machen. Aber er hat mein Pres-X-2 finanziert. Wenn er abspringt, lande ich entweder im Schuldgefängnis oder verliere all meine Punkte."

Klingt, als wärst du diese Verpflichtung etwas vorschnell eingegangen."

Dan kippt seinen Sambuca runter, wischt sich den Mund ab und spricht mit einem gurgelnden Unterton. „Ja, ja, schon gut. Ich brauch keinen Vortrag – schon gar nicht vom Sensenmann." Sein üblicher Spruch über ihre Kleidung trägt diesmal nicht dieselbe komödiantische Leichtigkeit wie sonst.

„Ich halt keinen Vortrag. Klingt halt einfach, als wärst du gefangen. Aber Jeremy wird bestimmt bald wieder witzig. Du musst nur durchhalten."

Dan nickt, hebt das Kinn leicht und dreht den Kopf zur Seite. „Und ich seh toll aus, oder? Ich fang nächste Woche auch 'nen neuen Job an, also werd ich an der Uni ziemlich eingespannt sein, bis Jeremy wieder fit ist."

Falls Jeremy wieder fit wird, denkt Ava. Sie stützt sich auf ihre Ellbogen und ignoriert dabei die Flecken, die durch ihr Hemd sickern, dann lehnt sie sich näher heran und senkt ihre Stimme. „Hör zu, Dan. Ich muss dir etwas sagen." Sie schaut sich um. Niemand schenkt ihnen Aufmerksamkeit. Niemand sieht aus wie *Eyes Forward*, die in der Ecke lauern könnten. Mit ihren zurückgegelten Haaren und makellosen Anzügen würden die sich nie an einem Ort wie diesem blicken lassen. „Es ist nicht sicher für mich, es dir zu erzählen, aber du musst es wissen. Bitte behalte es für dich."

Dan beugt sich näher an ihren Mund, und sie erzählt ihm von letzter Nacht. Von Erin, Millie, Joan Porter. Alles, was sie weiß. Er ist so nah, dass sie seinen Gesichtsausdruck nicht deuten kann, aber er bleibt still, hört jedem Wort zu und macht nicht einmal einen Witz.

„Es ist eine Vertuschung, Dan. Ich weiß es. Etwas stimmt nicht. Wirklich nicht. Ich arbeite heute Abend bei XL Medico. Ich werde versuchen, mehr Informationen herauszufinden."

***

Edgar ist bereits im Labor, als Ava bei XL Medico ankommt. Er tut nichts Besonderes, sitzt einfach an einem Schreibtisch. Ihre sofortige Verärgerung darüber, ihn auf zwei Stuhlbeinen schaukelnd und untätig zu sehen, ist unbegründet, da ihr bald klar wird, dass er nicht weiß, wie man Formaldehyd-Rose herstellt. Dann fällt ihr ein, dass sie ihren Vorteil verlieren würde, wenn er es wüsste. Ava kann sich nicht vorstellen, dass ihr Patent für ein Unternehmen, das mit *Eyes Forward* unter einer Decke steckt, irgendetwas bedeutet.

„Guten Abend, Edgar."

„Abend", sagt er, und sie schwört, er zuckt beim Anblick ihres orangefarbenen Implantats zusammen. „Fünfzig Liter heute."

„Kein Problem. Du holst, was wir aus dem Kühlschrank brauchen, und ich bereite das Glasgeschirr vor."

Der Kühlschrank ist knapp bestückt – sie weiß das von ihrer letzten Schicht – und es ist unwahrscheinlich, dass jemand anderes inzwischen aufgefüllt hat. Er wird zum Lagerkühlschrank gehen müssen, um nachzufüllen.

„Das wird nicht genug Methanol sein", sagt er, genau wie sie es vorhergesagt hat. „Ich gehe mehr holen."

Mit dem Glasgeschirr, das in Rekordzeit fast vollständig aufgebaut ist, richtet sie einige zusätzliche Stufen ein, verbindet sie aber nicht mit dem Hauptsystem. Eine Scheinserie, nur um Edgar zu täuschen. Der Kerl ist ahnungslos genug, um die Ablenkung nicht zu bemerken. Sie nimmt etwas Kochsalzlösung aus dem Kühlschrank, fügt eine kleine Menge Calciumcarbonat und Phenolphthalein hinzu und lässt es dann köcheln. Das Destillieren von irgendetwas Unsinnigem sollte ihn eine Weile verwirren. Wenn er fragt, wird sie sich etwas ausdenken.

Da Edgar sich Zeit lässt, nutzt Ava die Gelegenheit, erneut den Computer zu durchsuchen – dieses Mal aber nicht nach Informationen über Joan Porter. Sie will alles, jegliche Studien über Pres-X und den Unterschied zu Pres-X-2. Sie findet die Rezepturen beider Präparate. Nicht die Herstellung, die ist noch geschützt, aber die Zutaten. Wie sie vermutet hatte: In regulärem Pres-X ist kein Formaldehyd-Rose enthalten. Aber mehr normales Formaldehyd als erwartet – und Vanadium ist Pflichtbestandteil. Es gibt offenbar keinen Ersatzstoff.

Sie fährt den Rechner runter, schließt die letzten Glasverbindungen und kratzt sich beim Nachdenken am Kopf. Es gibt kein Vanadium mehr. Das ging vor ein paar Jahren aus, als das Öl zur Neige ging. Wie stellen sie also das ursprüngliche Pres-X her? Haben sie ihr Mittel als Ersatz genommen? Das wurde mit der Originalrezeptur doch nie getestet.

Edgar kehrt zurück, ein ganzes Tablett voller Flaschen klirrt.

„Edgar, gibt es hier Labore, die das ursprüngliche Formaldehyd herstellen?"

„Glaube nicht."

„Wie stellen sie dann Pres-X her?"

„Soweit ich weiß, gar nicht. Sie verbrauchen im Moment nur die Vorräte."

„Aber Vanadium ist vor zwei Jahren ausgegangen, heißt das, die Vorräte von Pres-X sind zwei Jahre alt?"

Edgar beginnt, das Methanol abzumessen. „Es ist nicht unsere Aufgabe, Fragen zu stellen, Ava."

Ava nickt, bemerkt seine Reaktion auf die Ablenkungsausrüstung, die sie aufgebaut hat, und macht sich dann an die Arbeit. Es besteht keine Notwendigkeit, weiter zu spekulieren. Die Antwort, warum Menschen schlecht reagieren, ist so klar wie Kloßbrühe.

Das Formaldehyd in Pres-X ist zu alt. Das Medikament ist abgelaufen.

Es ist halb zehn abends, als sie endlich fertig sind. Fünfzig Liter sind abgefüllt und der süßliche Geruch steckt in Avas Nasennebenhöhlen fest. Ihr gefärbtes Haar ist inzwischen ein verschwitztes Durcheinander, das an ihrer Kopfhaut klebt, und ihr Gesicht ist fleckig vor Hitze und Erschöpfung. Sie verlässt das Labor und geht den Flur entlang, ohne auch nur im Ansatz zu versuchen, ihr Aussehen zu richten. So viele der Glasfenster sind spiegelnd – wie Spiegel werfen sie ihr Bild auf sie zurück. Waren die schon immer so? Vielleicht ist es nur das Licht. Dann sieht sie Mandisa, die in ihre Richtung kommt und aussieht, als käme sie gerade vom Kosmetiksalon und nicht aus einem feuchten Labor. Matte Haut und glänzendes Haar. Warum macht es das Aussehen so viel weniger attraktiv, wenn man diese beiden vertauscht?

„Ava. Hi, du arbeitest spät." Ihre Stimme ist so glatt, als würde sie mit Honig gurgeln.

Ava räuspert sich, trotzdem klingt ihre Stimme, als hätte sie Kieselsteine geschluckt. „Du auch."

„Ich habe nur ein paar Dinge überprüft, das ist alles."

Ava schaut sich um und merkt, dass Edgar schon verschwunden ist. Sie hat nicht mal bemerkt, wie er weggegangen ist – zu sehr in ihrer eigenen Unbeholfenheit versunken.

„Euer Produktlaunch von B-Well lief ja, ähm ... gut." Ava verzieht das Gesicht über diesen dämlichen Satz und wünscht sich irgendeine Möglichkeit, ihren Geruch zu neutralisieren.

„Danke", sagt Mandisa.

Sie stehen einen peinlich langen Moment schweigend da. Durch ihren eigenen Labor-Mief hindurch nimmt Ava Mandisas Vanille-Parfum wahr, die glatt gebügelte, perfekt sitzende Bluse, die glänzenden Schuhe.

„Pres-X-2 steht bei dir wohl als Nächstes an, oder?" fragt Ava.

„Nächste Woche, tatsächlich. Du solltest es dir überlegen. Es würde dir beruflich sehr guttun."

Ava zuckt leicht zusammen, obwohl Mandisas Worte gar nicht spöttisch klingen. Ihr gefärbtes Haar ist in Mandisas Augen offensichtlich nicht genug.

„Danke", sagt sie. „Ich glaube nicht, dass das etwas für mich ist."

Mandisa nickt kaum merklich und geht dann weg. Ihre leichten Schritte klingen sanft auf dem gefliesten Boden.

Ava wartet einen Moment, bevor sie sich schwerfällig entfernt. Ihr Vater sagte ihr immer, dass sie sich wie eine Elefantenherde anhört, wenn sie geht. Nach ein paar Schritten dreht sie sich um, um Mandisa zu beobachten, genau in dem Moment, als Mandisa über ihre Schulter zurückblickt. Ava errötet und reißt den Kopf nach vorn. Wie unverschämt ist Mandisa! Ava vorzuschlagen, sie solle Pres-X-2 nehmen! War sie schon immer so unverschämt? Wahrscheinlich. Ava war einfach zu verknallt, um's zu merken. Jetzt nicht mehr. Jetzt sieht sie sie, wie sie wirklich ist: hochnäsig, überheblich, verurteilend.

Ava betrachtet ihr Spiegelbild in den polierten Fenstern auf dem Weg zum Ausgang. Ihr Ansatz ist deutlich zu sehen. Den wird sie später nachfärben. Vielleicht auch ein bisschen mehr Make-up. Nicht wegen Mandisa, natürlich nicht. Einfach nur, um präsentabel zu sein. Professionell.

Blöde Mandisa mit ihrem perfekten Teint. Unhöflich. Zickig. Ava hofft, dass sie ihr nie wieder über den Weg laufen muss.

KAPITEL 33

Die Bestätigung kommt rein, dass das Bestattungsunternehmen nun auch Personen mit niedrigeren Lebenspunktzahlen bedienen kann. Ava macht sich am nächsten Tag früh an die Arbeit, um die Website und die Werbung anzupassen. Die Sonne ist gerade erst aufgegangen, die Fußgängerwege sind nur teilweise gefüllt und das Gewusel der Fahrräder ist viel ruhiger als zu ihrer üblichen Pendelzeit. Selbst die Punktejäger haben sich noch nicht vor dem Laden versammelt. Eine niedrigere Lebenspunktzahl-Lizenz wird sie vielleicht ganz abschrecken, hofft Ava mit einem Grinsen. Es lohnt sich heutzutage kaum noch, einen Ältesten mit weniger als 700 Punkten an Land zu ziehen. Als sie ungehindert durch die Vordertüren geht, denkt sie, dass allein das schon das Senken der Punkteanforderung wert ist. Der schmale Lichtstreifen aus dem Kühlraum verrät ihr, dass Max bereits da ist.

„Hi, Max?“, ruft sie den Flur hinunter.

Er tritt aus dem Kühlraum, mit roten Augen und blassem Gesicht. Er hat das Kinn gesenkt und sieht ungewaschen aus. „Ich habe nur etwas Zeit mit Oma verbracht..."

„Ich habe davon gehört. Max, es tut mir so, so leid." Sie tritt vor, um ihm eine Umarmung anzubieten, aber er neigt seinen Körper weg, abwehrend, als wolle er sich dem nicht hingeben. So ist das mit dem Schmerz. Neuer Schmerz lässt den alten Schmerz nicht verschwinden. Geteilter Schmerz ist nicht halber Schmerz. Er gerinnt. Klebrig. Wie ein geronnenes Durcheinander aus Schmerz. So sieht Max' Gesicht jetzt aus.

Er zappelt ein wenig herum und sucht nach Worten. „Ich weiß, sie hat keine 700 plus, aber ich wollte nicht, dass sie woanders hin kommt."

Trotz seiner abweisenden Körpersprache umarmt Ava ihn trotzdem – keine übliche Geste für sie beide, aber was soll sie sonst tun? Er erwidert die Umarmung nicht, seine eiskalten Glieder sind an seine Seiten gefroren. „Erin war die freundlichste und wunderbarste Frau."

Er weicht zurück und hält seinen Kopf von Ava abgewandt. Es ist keine Schande zu weinen, aber er will die Tränen offensichtlich verbergen. „Sie hat ihr B-Well genommen. Es hätte ihr gut gehen sollen. Ich weiß nicht, wie das passieren konnte. Was für ein schrecklicher Unfall."

Unfall? „Was ist denn passiert?"

„Ein Busunfall. Eine Menge frisch Konservierter auf dem Weg zu einem Retreat, um sich etwas Zeit zu nehmen, sich anzupassen, verstehst du? Glassplitter vom Fenster haben sie direkt am Hals und am Bein getroffen."

Avas Brust zieht sich zusammen. Sie ringt darum, durch zusammengebissene Zähne zu sprechen. „Was für ein blöder Zufall."

„Ich weiß, sie hat keine 700, aber gibt es eine Möglichkeit, sie bei uns bleiben zu lassen?"

„Ich habe die Lebenspunktzahl für das Geschäft gesenkt. Not macht erfinderisch. Wir können die Trauerfeier für deine Oma gerne bei uns abzuhalten, wenn du das möchtest."

Max lächelt ein wenig und sieht etwas weniger traurig aus. „Zumindest wurde sie nicht richtig depressiv. Nicht wie einige von ihnen. Hast du von denen in Sheffield gehört? Es war in den nationalen Nachrichten."

„Was suchst du denn in den nationalen Nachrichten?", fragt Ava mit gerunzelter Stirn.

„Ich hab sie gestern Abend gesehen. Bevor... na ja... ich weiß nicht warum. Ich hab's einfach gesehen. Siebzehn Konservierte haben sich dieses Jahr in Sheffield bereits das Leben genommen. Sie vermuten, es sei eine Anpassungssache – sie kommen nicht klar damit. Oder Sheffield ist einfach so überfüllt, dass es ihnen nach der Wiederherstellung des Gehörs zu laut war. Aber einige von ihnen hatten laut ihrer Familie ein einwandfreies Gehör. Oder es liegt daran, dass die Weisheit des Alters nicht zum Lebensstil der Jugend passt. So in der Art haben sie es gesagt. Und es gibt so gut wie keine anständigen psychischen Gesundheitsdienste mehr, egal wie hoch deine Lebenspunktzahl ist." Seine letzten Worte bleiben ihm trotz seines Versuchs, sie wegzulächeln, im Hals stecken. Er muss keine tapfere Miene aufsetzen, denkt Ava, als sie ihn ansieht. Ein junger Mann, der versucht, älter zu wirken. Von der Trauer geschwächt, aber bemüht, stark zu sein.

„Du musst nicht hier sein, Max. Nimm dir ein bisschen frei."

„Nein. Ich bin lieber beschäftigt. Ich kann nicht nach Hause gehen. Ich will nicht dort sein."

Das kann sie verstehen. Das Echo eines leeren Hauses ist herzzerreißend.

„Hast du es Frida erzählt? Vielleicht kannst du etwas Zeit mit ihr verbringen?"

Max versteift sich. Dann erinnert sich Ava, dass sie ein Gespräch führen wollten. „Sie… na ja… sie hat grad viel im Kopf. Ist schon okay. Ich will sie gerade nicht belasten."

Ein doppelter Schlag für Max. Ava beißt sich auf die Lippe, als sie sieht, wie seine Schultern sich senken. Die wenigen Therapiestunden, die er bekommen hatte, haben vielleicht die Schärfe seiner Trauer etwas abgemildert, aber sie liegt immer noch wie ein Fels auf ihm. Und jetzt ist dieser Fels noch größer geworden. „Wenn du's dir anders überlegst, wenn du mal durchatmen willst – geh einfach, okay?"

Er nickt, dann verschwindet er in den Kühlraum und schließt die Tür hinter sich. Sie wird ihm später einen Kaffee bringen, vielleicht ein Sandwich. Auch wenn der Gedanke, Erin dort drin zu sehen, sie innerlich aushöhlt – auf eine Weise, die sie nicht erklären kann, als hätte die Lüge ihr das Innere herausgerissen. Integrität, stellt sie fest, nimmt mehr inneren Raum ein, als sie je gedacht hätte. Wie ein ehemaliger Untermieter, der jetzt ausgezogen ist und nur Leere hinterlässt.

Ava hat keine Zeit zu trauern, und Max auch nicht. Keine halbe Stunde nach Öffnung, nachdem ihre Werbung aktualisiert wurde, nimmt Ava schon neue Aufträge entgegen. An diesem Morgen kommen vier neue Klienten dazu, mit weiteren Anfragen im Posteingang. Max arbeitet wie ein Uhrwerk, besteht weiterhin darauf, keine Pause zu brauchen, und Ava ist dankbar. Ohne ihn würde sie das nicht schaffen. Max arbeitet ohne zu klagen – bis der Kühlraum voll ist.

„Die Katze und der Hund nehmen je eine ganze Kammer ein", sagt er. „Wann wollen die Besitzer die Trauerfeier?"

„Für den Labrador ist alles organisiert – übermorgen. Bei dem Kater hat Mrs. Constance noch nichts gesagt. Ich frage nochmal nach. Vielleicht kann er mit jemand anderem zusammengelegt werden?"

„Du willst sie zusammenlegen?"

„Na ja, es ist nur eine Katze. Sie kann zum Hund gelegt werden."

Neun Menschen, eine Katze, ein Hund. So ausgelastet waren sie lange nicht.Alle Verstorbenen sind Ältere mit Lebenspunktzahlen zwischen 650 und 700, alle mit knallrosa Gesichtern und Verletzungen durch „tragische Zufälle". Die Angehörigen murmeln beim Eintreten: „So eine Schande," und, „Sie hatten ihr ganzes zweites Leben noch vor sich."

Um mit der zusätzlichen Nachfrage fertig zu werden, arbeiten Ava und Max unermüdlich und ziehen Gefallen bei Caterern und Floristen ein, um die Beerdigungszeiten schnell zu organisieren. Erins ist die erste, auf Max' Wunsch hin. Er hatte ein hellblaues Sommerkleid ausgewählt, das sie geliebt hatte, Musik, die bei der Hochzeit seiner Eltern gespielt wurde, eine Urne, die zu der ihrer Tochter passte. Die Trauerfeier ist bewegend und gut besucht. Max flattert zwischen Personal und Familie hin und her, will seine Verantwortung nicht abgeben, wirkt professionell und benutzt die Arbeit als Schutzschild. Ava steht ganz hinten im

Raum, um zu trauern. Sie versucht, die quälenden Fragen nicht immer wieder durchzuspielen, und ihre Fäuste zu entspannen, jedes Mal, wenn sie „tragischer Unfall" hört. Sie befürchtet, dass von ihren Zähnen nichts mehr übrig sein wird, wenn der Tag vorbei ist.

Es ist nicht die erste frisch konservierte Klientin, die sie hatten, obwohl es schon eine Weile her und selten ist. Vor dem Dienst überprüft Ava die Details von vor ein paar Jahren, einer Layla Dean, die Wochen nach ihrer Behandlung von ihrem Ehemann ermordet wurde. Die Kremationsdauer war wie bei jedem anderen Konservierten die gleiche wie bei Mr. Constance. Doch als Erin ins Krematorium gebracht wird, ist die Verbrennungszeit lang. Sogar viel länger als bei Mr. Constance und den üblichen Konservierten. Als die Einäscherungen die ganze Woche über weitergehen, ist es dasselbe. Die neuen Pres-X-Nehmer brauchen fast doppelt so lange, um zu Asche zu werden. Am Ende der Woche bemerkt Max es und bestätigt es Ava mit hochgezogener Augenbraue. Die zusätzliche Ofenzeit wird sicherlich in ihre Marge einschneiden, aber Ava denkt jetzt nicht an Margen. Sie hat andere Dinge im Kopf.

Kapitel 34

Am Ende der Woche trifft eine E-Mail von *Eyes Forward* in Avas geschäftlichem Posteingang ein. Sie kündigt sich mit dem dreitönigen Klingeln an, das sie reflexartig aufstöhnen lässt. Was wollen die? Normalerweise ist ein neues Gesetz oder eine neue Regel der Grund für dieses Klingeln. Diese drei Töne klingen fröhlicher, als sie sich anfühlen, weniger bedrohlich, als sie sein sollten. Ava klickt, um sie zu öffnen, und ein weiteres Stöhnen entfährt ihr. Ein Link zu einem Shop, wo sie die erforderlichen Materialien kaufen kann. Wie zuvorkommend von ihnen. Sie muss mehrere Meter reflektierende Beschichtung für die Schaufenster ihres Geschäfts kaufen. Per Dekret von *Eyes Forward* müssen die Fenster von Geschäftsräumen nun zu fünfundsiebzig Prozent aus Spiegeln statt aus Fenstern bestehen. Das bedeutet, dass die Glasfront des Bestattungsunternehmens zur Straße hin nun zu drei Vierteln verspiegelt sein muss. *Damit unsere Pres-X-2-Bürger ständig die Vorteile ihrer Behandlung genießen können*, heißt es. Oder um den Mangel an Pres-X-2 für diejenigen hervorzuheben, die es nicht wollen, denkt Ava. Die Strafen für Nichteinhaltung sind den Ärger nicht wert. Ein verärgerter Brief an ihren örtlichen Abgeordneten ist alles, was sie tun kann, und dann bestellt sie die erforderlichen Materialien.

Max' Gefühlslage ist seit Erins Tod ein einziges Auf und Ab, aber in den letzten Tagen schien er etwas gefasster zu sein, konnte sich zwischendurch sogar über kleine Lichtblicke freuen. Heute Morgen jedoch kommt er zur Arbeit, als wäre er in sich zusammengesackt. Kein Hallo für Ava, nicht einmal ein Winken – er stürmt direkt in den Kühlraum.

Es ist der Tag der Beerdigung von dem Kater Stanley. Mrs. Constance hatte sie wegen ihres engen Zeitplans verschoben, aber jetzt treffen die Trauernden in Scharen ein, um ihr Beileid auszudrücken. Der Zeremonienraum sieht wunderschön aus, überall Blumen, Stanley zusammengerollt auf einem weichen Bett, aus dem Lautsprecher leises Vogelzwitschern und das Rauschen von Bäumen. Die Gäste hinterlassen kleine Sträuße, Fischdosen, zusätzliche Decken, um ihn einzuwickeln. Manche bringen sogar ihre eigenen Haustiere mit – lebendige – um sich zu verabschieden. Das Fauchen und Knurren lässt Ava vermuten, dass da nicht gerade innige Freundschaften bestanden, aber rührend ist es trotzdem.Sie hört der Zeremonie zu, während sie zur Wand blickt. Die Mitglieder von *Eyes Forward*, die anwesend sind, fordern sie nie ausdrücklich dazu auf. Es ist, als hätten sie eine unsichtbare Abwehrmauer um sich. Ava will ihnen nicht ins Gesicht schauen, will nicht auf den verächtlichen Blick oder die demütigende Anweisung warten. Sie merkt, wie sehr sie konditioniert wurde. Fügsam, um ihnen die Mühe zu ersparen. Aus dem Augenwinkel meint sie, hin und wieder ein goldenes Flackern im orangefarbenen Licht ihres Implantats zu sehen.

Den ganzen Vormittag über hat Ava Max immer noch nicht gesehen. Als der Gottesdienst endet und die meisten gehen, macht sie sich auf den Weg zum Kühlraum, um ihn zu finden. Der Körper eines 650ers liegt auf dem Tisch, Max mitten beim Einbalsamieren, eine junge Frau schluchzt in der Ecke.

„Ähm, Max?"

„Ava, das ist Frida."

Ava zuckt zusammen und schaut dann zu der Frau hinüber. Ein hübsches Ding, wie Erin gesagt hatte. Selbst mit ihren tränenverschmierten Wangen sieht sie attraktiv aus mit ihren hohen Wangenknochen und gut frisierten Haaren. So gar nicht passend zu Max. „Hi, Frida. Schön, dich kennenzulernen, aber du solltest wirklich nicht hier drin sein."

„Wir mussten nur kurz reden", sagt Max, ohne von seiner Arbeit aufzublicken.

„Ich musste einfach mit ihm sprechen. Es ist ziemlich dringend", sagt Frida zwischen Schluchzern, ohne die schönen Manieren, die Erin so gelobt hatte.

Max und Frida sehen sich in die Augen und Ava fühlt sich so fehl am Platz wie die Leiche.

„Wollt ihr mir sagen, was los ist?", fragt Ava und klingt dabei eher, als würde sie sich an ein Kind wenden als an zwei Erwachsene.

Max hebt die Augenbrauen in Fridas Richtung, die steif dasteht mit zusammengepressten Lippen.

„Sie könnte wissen, wie man helfen kann, Frida."

Frida starrt ihn an, als wäre der Raum nicht schon kalt genug.

Max seufzt, schüttelt den Kopf und sieht dann Ava an. „Ich weiß nicht, was ich tun soll. Frida will nicht hören."

„Wir wissen genau, was zu tun ist. Ich habe eine wirklich gute Option gefunden und wir müssen uns beeilen", sagt Frida durch zusammengebissene Zähne.

„Das ist eine beschissene Option, Frida."

„Okay", sagt Ava und hebt die Hände. „Ich weiß nicht, ob ich helfen kann, aber ich kann es definitiv nicht, wenn ihr mir nicht sagt, was los ist." Sie ist überrascht, wie autoritär sie klingt. Wie ein nörgelndes Elternteil.

Fridas Haltung erschlafft ganz leicht und sie nickt Max zu.

Max legt seine Werkzeuge beiseite und lehnt sich dann gegen die Wand. „Frida ist schwanger. Ohne Lizenz, offensichtlich."

„Oh", sagt Ava und tritt von einem Fuß auf den anderen. Der Raum fühlt sich plötzlich viel heißer an. Sie sieht es dann – Fridas Implantat leuchtet blau. Sie hatte angenommen, ihr Problem wäre ein rechtliches Nachlassproblem, etwas mit der Punktzahl. Nicht das hier. Das übersteigt bei weitem ihr Wissen und ihre Komfortzone. „Nun, ich denke, du kannst einfach in die Kliniken gehen-"

„Ich werde es nicht abtreiben", sagt Frida.

Ava verschluckt sich an dünner Luft. „Oh. Moment, was? Ernsthaft?"

„Jetzt siehst du unser Problem", sagt Max.

„Aber...", murmelt Ava. Sie braucht Zeit, um zu verarbeiten, was sie da hört. „Aber ihr könnt nicht einfach ein Baby bekommen. Ihr wisst, dass ihr das nicht könnt."

„Doch, können wir, wenn wir nach Frankreich oder Schottland gehen", sagt Frida.

Max wirft die Hände in die Luft. „Wie denn, Frida? Du könntest genauso gut sagen, lass uns eine Milliarde Dollar besorgen oder fliegen lernen. Es ist halt eben nicht so einfach, oder, Ava?"

Ava schaut von Max' Gesicht zu Fridas. Beide starren sie an, als ob ihre unwissende Meinung irgendwie dieses Problem lösen könnte. „Ähm, nun, nein. Ehrlich gesagt. Frankreich oder Schottland – das ist ziemlich weit weg und dein Implantat leuchtet blau. Wie willst du das denn die ganze Zeit verstecken? Und ich bin mir ziemlich sicher, dass sie die Grenzen für Schwangerschaftsflüchtlinge schon vor Jahren dichtgemacht haben."

„Ich habe Online-Artikel gelesen", sagt Frida mit einem Nicken, das keine Zweifel zulässt. „Es gibt Leute, die schaffen es."

„Und die, die es nicht schaffen, verlieren alles. Alles", sagt Max, während er mit den Händen durch die Luft schneidet, als würde er sich selbst losreißen. „Lebenspunktzahl auf null. Nichts. Nein. Das Risiko ist viel zu groß."

„Aber es gibt Leute, die helfen, wenn man sie bezahlt. Ich hab das gelesen." Fridas Stimme bricht und ihre Augen füllen sich erneut mit Tränen.

„Und es gibt Leute, die Punkte von der Gesellschaftspolizei wollen und einen verpfeifen. Ava, sag's ihr."

Ava macht einen Schritt zurück. Dies ist der beschissenste Zeitpunkt dafür, dass Erin tot ist. Warum konnte sie nicht noch hier sein und in dieser Sache beraten? Was würde sie sagen? „Das ist definitiv nicht mein Fachgebiet", sagt Ava und macht damit die Untertreibung des Jahrhunderts. „Mein Bauchgefühl sagt, dass es waghalsig klingt."

Ein leises Husten lässt sie alle zusammenzucken und sich umdrehen. Mrs. Constance steht in der Tür.

„Ich störe doch nicht, oder?"

Ava geht auf sie zu und streckt ihre Hand zum Gruß aus. „Nein, Mrs. Constance–"

„Flick."

„Flick. Ja. Nein, Sie stören nicht." Sie schütteln sich die Hände. Mrs. Constances Händedruck ist fest, während Avas etwas schlaff wirkt. „Hier entlang, bitte."

Ava geht den Flur hinunter und lässt Max und Frida mit ihrer Debatte allein, während Mrs. Constance ihr folgt.

„Ich wollte mich nur für den Gottesdienst bedanken", sagt Mrs. Constance und hält ihre seidenbehandschuhten Hände an ihre Brust. „Es war eine wunderbare Ehrung für Stanley und viele sehr wichtige Leute sind gekommen. Einige Minister von *Eyes Forward* und Vorstandsmitglieder von XL Medico. Alles sehr angemessen."

„Nicht weniger, als er verdient hat." Es war Ava nicht entgangen – die *Eyes-Forward*-Logos auf den Anzügen, die XL Medico-Werbegeschenke. Sogar einige der anwesenden Haustiere trugen XL Medico-Halsbänder. Selbst von ihrer Position aus, die meiste Zeit des Gottesdienstes zur Wand gewandt, konnte sie den Reichtum und die Wichtigtuerei von allem spüren. Ava blickt auf das Fell, das sich auf dem Boden verteilt hat. Egal wie wohlhabend und wichtig die Haustierbesitzer sind, sie hinterlassen trotzdem eine Schweinerei.

„Ich werde nächste Woche vorbeikommen, um seine Asche abzuholen." Mrs. Constance zieht ihren schwarzen Mantel über die Schultern. Er sieht aus, als sei er aus einem Pudel gemacht.

„Ich werde Sie informieren, wenn wir fertig sind."

Mrs. Constance nimmt erneut Avas Hand. Ava ist sich ziemlich sicher, dass ihr Schweiß einen Fleck auf der Seide hinterlassen wird. „Ich werde diese Woche an einigen Abenden in unserer Lieblingsbar sein. Sie sind dort so freundlich. Ich dachte, ich lasse es Sie wissen."

„Das ist schön zu hören", sagt Ava mit ihrem geübtesten Lächeln. „Bis bald."

Mrs. Constance gleitet über den Boden und aus der Vordertür, während Ava den Drang unterdrückt, heftig zu zittern. Sie dreht sich um und Max und Frida stehen im Flur und beobachten sie mit weit aufgerissenen Augen und offenen Mündern.

„Schaut mich nicht so an", sagt Ava.

„Okay, Boss", sagt Max. „Dein Privatleben geht uns nichts an."

KAPITEL 35
Während der Großen Unruhe

Lucia zog ihren Schal hoch, um ihr Gesicht auf dem Weg zur Arbeit zu bedecken. Der Rauch des Feuers hing noch in der Luft. Es roch nach Asche, geschmolzenem Plastik und toten Menschen.

So viele tote Menschen.

Jedes Gebäude war mittlerweile mit Graffiti besprüht, immer mehr im letzten Jahr. Die Sprühfarben hatten die Stadt aufgeteilt. Ihre Gruppe machte einen großen Teil davon aus. Nicht ihre eigentliche Gruppe, die ursprüngliche Gruppe, sondern das, was daraus geworden war. Die *Enough*-Bewegung. Es war zu eingängig – das war das Problem. Die anderen Gruppen, die gewalttätigeren, hatten den Namen übernommen, sobald sie ihn gehört hatten. Sie hatten unter diesem Banner Gebäude in die Luft gesprengt.

So viele tote Menschen.

Das Pflegeheim die Straße runter, *Thistledown Manor*, war weg, samt all seiner älteren Bewohner. Fünfzig von ihnen waren verbrannt oder erstickt. *Oakwood Hall*, weg. *Daffodil House*, weg. Betreute Wohnblöcke wurden niedergebrannt und es gab auch Straßengewalt. *Time's Up* wurde vor Rathäusern und Regierungsgebäuden skandiert. Niemand wollte mehr ihre Steinkuchen. Alles, was sie wollten, war Tod.

Seit die Regierung die Richtlinie für Lebenspunkte-Spenden eingeführt hatte. Das war wahrscheinlich Kens Idee gewesen. Es klang nach etwas, das er sich ausdenken würde.

Von da an eskalierte alles. Und kein noch so ruhiges Reden und Argumentieren von Lucia konnte es aufhalten. Die Menschen wollten Blut sehen – von welchem Ende des Altersspektrums, hing davon ab, wo ihre Ansichten lagen.

Der arme Ian und Keisha hatten ihr Haus seit Monaten nicht verlassen, aus Angst um die Sicherheit ihres kleinen Jungen. Lucia hatte ihn nur auf Fotos gesehen, nicht einmal durfte sie ihn persönlich knuddeln. Keishas Bauch war nach der Geburt nicht richtig zurückgegangen. Sie würde auf der Straße verprügelt werden, wenn jemand dächte, sie sei schwanger.

Mo. Von Mo hatte niemand gehört. Das letzte Mal, als Lucia sie sah, war sie mit ihrem wunderschönen Mädchen ins Café gekommen. Lucia kann sich nicht an den Namen des Babys erinnern, aber es sah genauso aus wie Mo. Lockiges Haar und strahlende Augen. Mo war sehr aufgewühlt gewesen, weil der arme Donny gestorben war. Furchtbar traurig war das, aber Mo war nicht lange geblieben. Es war ein 300-plus-Café. Lucia fragte sich, ob es vielleicht daran lag.

Mit einem müden Seufzer öffnete sie das Café, stemmte die Tür auf und fragte sich, ob es überhaupt Sinn hatte, heute zu öffnen. Viel hatte sie nicht mehr auf Lager, wegen dieser Gruppe, die sich für maßvolleren Konsum stark machte. Wie nannten die sich noch gleich? *Pre Green, Pro Grow* – sie konnte es sich nicht merken. Zu viele Gruppen, zu viel Unruhe. Namen und Slogans waren die Hirnzellen nicht wert. Genau solche Worte hatten doch das ganze Chaos überhaupt erst ausgelöst. Sie wurde langsam zu alt für all das.

Ken würde sagen, sie solle Pres-X nehmen – wenn er denn überhaupt noch ihr Mann war. Echte Ehemänner verraten ihre Frauen nicht einfach. Echte Ehemänner hauen nicht einfach ab. Er war vor fast einem Jahr gegangen, um in einem dieser geschützten Lager für rosige Dummköpfe zu leben, als die Große Unruhe begann und sich alle Konservierten mit Sicherheitsleuten und dem ganzen Kram versteckten. *„Ich komm zurück, wenn sich das alles beruhigt hat"*, hatte er gesagt, als er ging. Als ob sie das interessieren würde.

Mehl hatte sie immerhin noch genug. Nicht wirklich genug Zucker, aber es schadete ja nicht, einfach weniger reinzutun. Sie würde ein Schild aufstellen: Kalorienreduzierte Kuchen. Orangensaft gab's auch keinen. Ihre Kaffeebestände würden noch etwa eine Woche reichen. Vermutlich würde nichts mehr übrig bleiben, um heute Abend noch etwas Frisches für das Treffen zu backen. Denn, trotz allem, fanden die Treffen noch statt. Und das heutige sollte ein großes werden.

Eyes Forward würde kommen. Sie wollten reden.

KAPITEL 36

10 Jahre nach den Großen Unruhen

Wohin Ava auch blickt, tobt der Wahnsinn rund um Pres-X-2. Leere Läden, Begeisterung in den Nachrichten – eigentlich in sämtlichen Fernsehsendungen – und Zia, die es zu Hause ständig erwähnt. Es ist wie ein Jahrmarkt des Unsinns, durch den Ava sich nicht hindurchwühlen kann. In Stellenanzeigen auf Social Media steht jetzt schon: *Nur Pres-X-2-Nehmer*innen.*

In einem seltenen Moment der Ruhe im Bestattungsinstitut holt Ava ihren Taschenrechner hervor. Die Brenndauer – also die Zeit, bis ein Körper zu Asche wird – ergibt einfach keinen Sinn. Sie wühlt sich durch alte Unterlagen früherer Einäscherungen von Konservierten. Die Zahlen sind damals genauso unlogisch wie heute. Sie denkt kurz darüber nach, andere Bestattungsinstitute zu fragen, bis ihr wieder einfällt, dass ihres das einzige ist, das eine Lebenspunktzahl verlangt, die hoch genug ist, um

Konservierte zu kremieren. Nicht, dass sie gerade scharf drauf wäre, erneut bei Kim einen Gefallen einzufordern.

Sie rechnet erneut und kalkuliert die benötigte Energie. Basierend auf ihren Berechnungen müssen die Leichen der jüngsten Einäscherungen fast vollständig aus Polytetrafluorethylen bestanden haben. Sie lacht über sich selbst. Sie liebt es, wenn sich Chemie und Kremation überschneiden. Noch mehr liebt sie es, wenn es Sinn ergibt. Ist die Formel etwa stärker geworden? Überdosieren sie mit abgelaufenem Pres-X? Ist *das* der Grund, warum alle durchdrehen?

Das kann nicht sein. Ein dummer Gedanke. Warum sollten sie mehr von dem Mittel verabreichen, das sie selbst so verehren, mehr von dem Mittel, das bald knapp wird – seit niemand mehr Formaldehyd herstellt, seit es kein Vanadium mehr gibt?

Kein Formaldehyd mehr.

Kein Vanadium mehr.

Sie denkt länger darüber nach, als sie sollte – ihr Gehirn arbeitet zu langsam. Das Formaldehyd ist alt. Zu alt. Formaldehyd zerfällt zu Ameisensäure und Kohlendioxid. Ameisensäure… reizt Augen, Nase, Ohren, verursacht Verwirrung. Kohlendioxid. In der Ecke des Raums steht ein Feuerlöscher. Ein Kohlendioxid-Feuerlöscher.

Ava steht auf, rennt zum Feuerlöscher und nimmt den knallroten Zylinder in die Hand – die Antwort schlägt ihr ins Gesicht.

Das Gas, das zum Löschen von Bränden verwendet wird.

So schnell sie die Körper verbrannten, so schnell produzierten diese Trockeneis, das die Flammen abkühlte.

Langsam geht sie wieder zu ihrem Stuhl, lässt sich in den Sitz sinken. *Kann es so einfach sein?* Nein, ermahnt sie sich. Es ist überhaupt nicht einfach. Es ist verdammt kompliziert. In Pres-X stecken etliche weitere Stoffe, von denen sie kaum etwas versteht, und es würde sie ein Jahrzehnt kosten, all die Möglichkeiten allein zu durchforsten. XL Medico besteht nicht nur aus einem einzigen Wissenschaftler. Die haben Teams. Forscher. Fachleute. Es erscheint lächerlich, zu glauben, dass ihr eingerostetes Wissenschaftshirn das durchschaut hat – auch wenn sie vermutlich die Einzige ist, die die Brenndauern kennt.

Die Einzige, die es weiß.

Dieser Gedanke lässt sie erschaudern und plötzlich fühlt sie sich weniger clever und deutlich verletzlicher. Weiß XL Medico von der Kremationsdauer? Weiß es *Eyes Forward*?

Wissen sie, dass ich es weiß?

Sie lädt die Daten zu allen Einäscherungen und ändert die Angaben – korrigiert die Kosten, bringt ihre Bilanzen durcheinander. Es ist mühsam, alles so zu verbuchen, dass es nicht mehr aufgeht, aber ein Ärger mit dem Finanzprüfer ist ihr immer noch lieber als Ärger mit *Eyes Forward*. Wie sie die Zahlen später wieder ins Lot bringen soll, weiß sie noch nicht. Sie hat sowieso genug andere Rätsel zu lösen.

Es ergibt immer noch keinen Sinn, warum *Eyes Forward* Pres-X jetzt an die Allgemeinbevölkerung ausgibt. Dass XL Medico das Geld einstreicht, ist die einzige Erklärung – und im Gegenzug finanziert die Firma dann *Eyes Forward*. Aber ist es wirklich so simpel? Abgelaufene Bestände aufbrauchen und dabei noch ordentlich absahnen?

Wie zum Teufel können sie behaupten, dass *B-Well* gegen diese aggressive Mischung helfen soll?

Sie sollte aufhören, darüber nachzudenken. Sie weiß, dass sie es sollte. Aufhören, sich einzumischen. Neugier ist der Katze Tod. Aber ihr Verstand läuft auf Hochtouren. Sie ruft nach Max.

„Was gibt's?" Er kommt aus dem Kühlraum und sieht genauso aus, als hätte er den ganzen Tag dort Leichen einbalsamiert.

„Wie geht's Frida?"

„Sie ist wütend. Warum?"

„Einfach so. Sag mal, hat Erin noch B-Well zurückgelassen? Könnte ich mir das mal ansehen?"

Er zieht den Kopf zurück – hätte er etwas mehr Speck, hätte er jetzt ein Doppelkinn. „Du weißt, dass man das ziemlich leicht verschrieben bekommt, oder?"

„Ich weiß."

„Okay..." Er zieht dieses Wort in die Länge und klingt dabei so verwirrt, wie er aussieht. „Na gut, warte mal."

Er kommt mit einem Rucksack zurück und wühlt darin, bis er eine Handvoll blauer Blisterpackungen findet. „Wie viele willst du?"

„Nur ein paar. Ist das... bist du sicher, dass das B-Well ist?"

„Ja. Siehst du, steht auf der Packung. Jetzt, wo ich Omas Punktzahl habe, bekomme ich viel mehr. Das brauch ich auch, wirklich."

Er drückt ihr ein paar blaue Pillen in die Hand. Die Blisterpackung, die der Arzt Jeremy gegeben hatte, war silbern. Nicht blau wie Erins. Auf Jeremys Blisterpackung stand B-Well+ geschrieben.

„Alles okay, Boss?"

„Ja", sagt Ava und steckt die Pillen ein. „Klar. Ja, alles bestens."

***

Sie muss ins Labor und genau herausfinden, was in diesem B-Well steckt. Und sie braucht eine Probe von Dan. Aber die Kühlkammer ist fast ständig voll mit 650er-Konservierten. Das Geschäft brummt und Ava bleibt kaum Zeit für irgendetwas anderes. Gerade als sie völlig durchgeschwitzt versucht, die individuellen Trauerfeiern zu organisieren – über die sie sich jetzt ärgert, weil sie sie nach der Lebenspunktabsenkung nicht aus dem Angebot genommen hat – öffnet sich die Tür. Kim tritt ein. Ava hat sie seit Jahren nicht mehr persönlich gesehen. Und da ist es, dieses *Was hab ich mir dabei nur gedacht*-Gefühl, das an ihr kratzt.

„Kim, was für eine schöne Überraschung.“

„Dachtest du, ich würde meinen Teil unserer Abmachung nicht einfordern?“

Avas Kopf ist für ein paar Sekunden leer, dann schlägt sie sich an die Stirn. „Oh, es tut mir so leid. Wir waren hier so überlastet, dass ich die Einbalsamierungsflüssigkeit völlig vergessen habe.“

„Das sieht man. Läuft bei dir anscheinend richtig gut. Glück muss man haben.“ Kims Ton hat einen Hauch von Bewunderung – aber wirklich nur einen Hauch. Der Rest klingt kühl und leicht bitter. „Ihr habt bestimmt die Crème de la Crème hier. Witwen und Witwer mit ganz hohen Lebenspunktzahlen. Hast du zufällig eine einsame alte 750 plus auf Lager?“ Sie lacht – aber Ava ist sich nicht sicher, ob es ein Witz war.

„Frag die Punkteschnorrer draußen. Viel Glück scheinen die nicht zu haben.“

„Weniger als früher. Ich schätze, seit du deine Punktzahl-Anforderung gesenkt hast. Kluger Schachzug übrigens. Obwohl

Paul von *'Beerdigungen für Sie'* ist deswegen ein bisschen ange-
fressen."

„Paul wird mit ein bisschen Konkurrenz schon klarkommen,
da bin ich mir sicher."

Ava hält ihre Augen auf den Bildschirm gerichtet und spielt
gedankenverloren mit dem Cursor, während sie nachdenkt. Sie
weiß, warum Kim hier ist, und ihr ist durchaus bewusst, dass ihre
eigenen Vorräte an Formaldehyd-Rose zur Neige gehen, und sie
hat einen vollen Kühlraum zu balsamieren. „Es tut mir leid, Kim.
Kann ich dir nächste Woche etwas Einbalsamierungsflüssigkeit
vorbeibringen? Ich komme hier gerade ein bisschen ins Schwimmen."

„Vergiss das Formaldehyd-Rose. Unser Bestattungsunternehmen für unter 500 braucht nicht wirklich so hochwertiges
Zeug."

„Okay. Na, wenn du dir sicher bist."

„Es gibt da allerdings etwas anderes, was du für mich tun
könntest."

Ava verzieht das Gesicht hinter ihrem Lächeln. „Ach ja?"

„Abendessen? Oder vielleicht ein Drink? Morgen? Ich hab
immerhin Datenschutz verletzt, um diesen Klienten für dich zu
kontaktieren."

Ava versucht, ihre Brust nicht sichtbar einsacken zu lassen.
So viel zum Thema *nicht begehrenswert.* Sie scheint nur für die
falschen Leute begehrenswert zu sein. Doch kaum hat sie den
bitteren Gedanken zu Ende gedacht, formt sich ein Plan in ihrem
Kopf. Zwei Fliegen mit einer Klappe, wie man so schön sagt. Sie
unterdrückt ihr Zucken und versucht, ihr Lächeln etwas echter

wirken zu lassen, als sie Kim in die Augen sieht. „Klar. Sehr gern. Ich kenne da einen guten Ort."

Kim geht zur Tür hinaus, schwingt die Hüften ein wenig mehr als sonst – und bleibt draußen stehen, genau in dem Moment, als die Wagen vorfahren. Alle drei. Das reflektierende Glas erlaubt es Ava, nach draußen zu sehen, ohne dass man hineinblicken kann. Kim steht zwischen den Lebenspunktzahl-Schnorrern und starrt verblüfft auf die *Eyes-Forward*-Anzüge, die sich in Bewegung setzen. Großartig. Das wird das Gesprächsthema aller Bestattungsinstitute sein.

Sie kommen herein, sechs Stück, im Gleichschritt. Wieder angeführt von dem Mann mit der Narbe am Kinn. Ava wartet, bis sich die Eingangstüren hinter ihnen schließen, dann setzt sie sich erneut hin und dreht sich zur Wand, noch bevor jemand etwas sagt. Die Stühle bewegen sich nicht. Kein Kratzen über den Boden, kein Geräusch, als sich jemand setzt. Und doch spürt sie ihre Präsenz hinter sich.

„Wir sind hier, um Ihnen zu gratulieren, dass Sie in diesem Monat die leistungsstärkste Benutzerin der Gesellschaftspolizei-App sind", sagt der Mann mit der Kinnnarbe. Sie würde diese Stimme jetzt überall erkennen.

„Oh. Danke."

„Und als solche werden Sie belohnt. Sie wurden ausgewählt, um kostenloses Pres-X-2 als Geschenk von *Eyes Forward* zu erhalten. Dies ist eine wunderbare Gelegenheit für jemanden Ihres Ranges, wie Sie sicher zu schätzen wissen. Ihr Bluttest zeigt, dass Sie jetzt geeignet sind."

„Mir geht es gut, danke. Ich will es nicht."

„Sie werden Ihre Behandlung nach Ihrem nächsten Zyklus beginnen. Dies ist eine Ehre. Und eine hervorragende Entwicklung, besonders für Frauen. Forschungen haben gezeigt, dass sichtbar alternde Frauen sich weniger erfüllt fühlen, weniger nach einer höheren Punktzahl streben und am Arbeitsplatz weniger produktiv sind. Sie sind weniger attraktiv und leiden dadurch mehr. *Eyes Forward* hat sich verpflichtet, der gesamten Gesellschaft ein langes und glückliches Leben zu ermöglichen. Sogar Frauen."

Sogar Frauen. „Wie gesagt, ich bin im Moment ganz zufrieden damit, *keine* Konservierungsmedikamente zu nehmen."

„Sie werden abgeholt, wenn Ihr Implantat golden ist. Ihre Bluttests zeigen, dass dies unmittelbar bevorsteht. Die Bedingungen dieser Gelegenheit werden Ihnen per E-Mail zugesandt. Einen schönen Tag noch und herzlichen Glückwunsch."

„Habe ich überhaupt eine Wahl?", ruft sie, als sie das Geräusch ihrer Anzüge hört, die sich zur Tür bewegen.

„*Eyes Forward* trifft die besten Entscheidungen für Sie – wie für alle weiblichen Bürger."

In Avas Magen bildet sich ein Loch und der Raum beginnt sich zu drehen. Ihre Brust hebt sich, doch sie ringt nach Luft. Sie hat keine Wahl. Das haben sie gesagt. Verkehrslärm erfüllt den Raum, als sich die Türen öffnen. Ava bleibt sitzen, immer noch zur Wand gewandt, Worte entgleiten ihr nun. Sie bleibt so sitzen, bis sich die Türen schließen und die Welt draußen verstummt.

Kapitel 37

Ava weiß, dass sie für die Gesellschaftspolizei arbeiten sollte. Ein freier Abend ohne XL Medico und der kurze Blick ins Darknet, den sie vorhin geworfen hat, verrät ihr, dass es eine lukrative Nacht werden könnte. Doch statt nach geplanten Plünderungen und Vandalismusakten zu suchen, lässt sie sich ablenken. Sie liest Beiträge von anderen Menschen, die unzufrieden sind mit der Haltung gegenüber Frauen und Pres-X-2. Dass Frauen zu zwingen, jünger auszusehen, eher ein Mittel ist, um ihre Rechte einzuschränken, als sie zu stärken. Ava spürt ein warmes Aufleuchten von Stolz, ein Gefühl von Zugehörigkeit – sie ist nicht die Einzige, die denkt, dass das ganze Pres-X-2-Ding Wahnsinn ist. Da sind Frauen, die dieses Wort wieder sagen, das sie damals bei dem Fernsehmoderator gehört hat: Feminismus... was hatte er gesagt? Diese Bewegung schlägt wieder Wellen? Offenbar hatte er recht. Es wird viel diskutiert, vor allem von einer Gruppe namens *Sisters and Spies*, aber Ava ist zu müde, um alles zu lesen.

Sie macht sich auf den Heimweg und denkt immer noch über die Gesellschaftspolizeiarbeit nach, aber der Gedanke an das schnelle Rein und Raus, ein flüchtiger Snack und ein kurzes Hallo an Zia, und dann gleich wieder los – das lässt ihre Beine schon vor dem ersten Tritt in die Pedale schmerzen. Sie gähnt den ganzen Heimweg über, reibt sich an den Ampeln die Oberschenkel und überlegt ernsthaft, ob sie die Arbeit für die Gesellschaftspolizei heute nicht einfach lassen soll. Sie ist sowieso orange – irgendwie orange mit etwas Gold, das sich langsam einschleicht. Die Ausgangssperre klingt wie ein Segen gerade.

Trotz all ihrer Zweifel an Pres-X kann sie nicht aufhören zu hoffen, dass es Zia damit gut gehen würde. XL Medico wird es schon regeln. Sie werden die Formel anpassen, um ihr Formaldehyd-Rose stattdessen zu verwenden, um irgendwie den Mangel an Vanadium zu kompensieren. Das B-Well vielleicht anpassen. All diese Rechtfertigungen halten ihre Hoffnung am Leben – der Glaube, dass XL Medico das bald erkennt und korrigiert. Genug Leute haben sich schließlich nicht schlecht angepasst. Sie kann Zia einfach nicht verlieren.

Aber was, wenn Zia doch schlecht darauf reagiert?

Nein. Sie schüttelt diesen Gedanken sofort ab. Ava wird herausfinden, wie man es repariert, selbst wenn XL Medico das nicht tut. Wie genau sie das schaffen soll, übersteigt in ihrem übermüdeten Zustand zwar ihre Vorstellungskraft, aber sie wird es herausfinden. Ganz sicher. Sobald sie mal wieder richtig geschlafen hat, wird sie weitermachen mit ihren Nachforschungen. Nur eine vernünftige Nacht Schlaf – das ist alles, was sie braucht. Dann wird sie es herausfinden.

Sie *kann* Zia einfach nicht verlieren.

Scheiß auf die Ausgangssperre. Irgendwo lassen sich sicher noch ein paar Punkte verdienen. Sie fährt durch das schlechte

Viertel der Stadt, wo sich Stapel von Kisten vor den Gebäuden häufen, nur um genauso schnell wieder hineingetragen zu werden, und hört das Weinen der Neuankömmlinge, die in ihre neuen Unterkünfte ziehen. Manche sind Schlafsäle. Wenn man Glück hat, ein Einzelzimmer. Wenn nicht, dann eben die Straße. Ava starrt nicht – oder versucht es zumindest. Sicher erkennt sie eine Familie von gegenüber. Die Kisten mit Kleidung und Küchensachen deuten jedenfalls stark auf einen Abstieg hin. Noch eine Familie, die vermutlich denselben Weg gegangen ist wie Suzanna.

An ihrem Wohnblock angekommen, kettet sie ihr Fahrrad am leeren Fahrradständer an, bevor sie sich die Treppe hochschleppt. Der Flur ist ruhig und kalt. Da ist eine Leere, eine Trostlosigkeit. An manchen Türen hängen Zettel mit „Zwangsräumung", bei anderen sind sie bereits abgerissen – doch das gelbe Viereck auf der Pinnnadel reicht als Beweis. Ava war zu beschäftigt, um die Entleerung des mittleren Punktstand-Bereichs zu bemerken. Die mit der höchsten Punktzahl sind sicher, keine Frage – 750 plus trägt man wie eine Rüstung. Wer 800 erreicht, ist fast unantastbar. Diese Punktzahl ist wie Kevlar. Die Verwundbarkeit, von denen mit einer mittleren Punktzahl, ist jetzt klar. Während alle mehr und mehr kaufen, um nach Punkten zu streben, stützt ihr Geschäft die mit den Super-Punktzahlen zu ihrem eigenen Nachteil. Avas Wohnhaus wurde ausgehöhlt. Dort, wo einst ein schlagendes Herz war, herrscht nun Kälte.

Zumindest ist Avas Wohnung noch gut bewohnt und bezahlt. Ava kann die Miete im Moment leicht aufbringen, was eine Sorge weniger ist. Als sie hereinkommt und durch die Küche geht, wird klar, dass Zia sich selbst übertroffen hat. Bei Avas vollem Arbeitsplan hatte sie wenig Zeit zum Kochen und Putzen, doch sie kommt nach Hause zu aufgereihten Tupperdosen, beschriftet mit den Wochentagen.

„Ich dachte, ich stelle sicher, dass du richtig isst", sagt Zia und macht den letzten Deckel zu. „Also gibt es Mittagessen für jeden Tag diese Woche. Alles selbst gekocht, kein verarbeiteter Müll. Ich war in dem Lebensmittelladen, der noch an Leute unter 600 verkauft. Es ist wirklich ganz gut. Kein Schnickschnack, aber viele frische Sachen und sogar etwas Käse. Ein bisschen gummiartig, aber lässt sich ganz gut verkochen. Es war ganz schön voll da – selbst in den langsamen Spuren geht's ziemlich zügig, aber das liegt wahrscheinlich eher an meinen Knien als an deren Tempo. Jedenfalls weiß ich nie, wann du zum Abendessen da bist, also hab ich dafür auch was vorbereitet. Kannst du dir einfach warm machen, wie du willst."

„Zia..." Ava starrt auf all die Boxen und blinzelt ein paar Tränen weg. „Ich kann nicht glauben, dass du das alles gemacht hast."

„Und die ganze Wäsche ist auch erledigt. Ich bin ehrlich gesagt erschöpft. Aber zumindest weiß ich, dass du ordentlich essen und saubere Kleidung tragen wirst." Zia räumt langsam den Geschirrspüler ein.

„Es ist meine Aufgabe, mich um dich zu kümmern, Zia. Nicht umgekehrt", sagt Ava und will helfen.

Zia wedelt sie weg. „Pah! Warum? Ich hab doch sonst nichts zu tun. Und dieses neue Medikament wirkt Wunder. Ich vergesse die Dinge nicht mehr so wie früher. Ich kann mir merken, was gemacht werden muss."

„Das ist großartig, Zia, wirklich."

Zia setzt sich, während Ava den Rest übernimmt und den Geschirrspüler anschaltet. Nicht alles hat reingepasst, also füllt Ava das Spülbecken. Sie gießt das Spülmittel aus einer vollen Flasche – neu. Zia muss es ersetzt haben, als Ava es vergessen hatte.

„All die Arbeit, die du machst, steigert deine Lebenspunktzahl bestimmt ordentlich", sagt Zia und knabbert an ein paar Trockenfrüchten. „Du wirst dich sicher bald für dieses Verjüngungsmittel eintragen, oder? Ich hab die Werbung im Fernsehen gesehen. Klingt nach einer tollen Sache."

„Nein, Zia. Mein Lebenspunktstand ist dazu da, deine Behandlung zu finanzieren, nicht meine."

„Tu das ja nicht. Ich will das nicht. Ich hab's dir doch gesagt."

Ava dreht sich mit einem verletzten Gesichtsausdruck zu Zia um. Es ist falsch, da ist sich Ava sicher. Natürlich hat sie Zia solche Dinge schon früher sagen hören, aber sie kann es nicht ernst meinen. Zia will einfach nicht, dass Ava ihr Punkte schenkt. Zia weiß nicht, was sie da sagt. Sie versteht es nicht. Ava muss es ihr nur klar machen. Sie erinnert sich die Hälfte der Zeit nicht einmal daran, dass ihr Bruder tot ist, also weiß sie nicht, dass sie Ava ganz allein zurücklassen wird. Sobald sie die Behandlung hatte und wieder jung ist, wird sie es verstehen. „Aber–"

„Nein. Mir geht's gut. Ich bin gerne eine alte Schachtel. Lass mich in Ruhe. Um dich müssen wir uns Gedanken machen. Deine Zukunft ist wichtig. Du bist keine alte Schachtel, aber du scheinst wie eine aussehen zu wollen. Du wirst nie jemanden finden, wenn du nicht anfängst, dich um dich selbst zu kümmern. Du solltest wenigstens mal ein bisschen Gesichtscreme benutzen."

Gesichtscreme. Als wäre das wirklich wichtig. Ava schüttelt das Seifenwasser von den Händen, lässt das Spülbecken ab und streicht sich mit den noch feuchten Händen die Haare aus dem Gesicht. „Ich glaube, ich hab ein bisschen mehr zu bieten, als nur hübsch zu sein."

„Aber das ist der erste Eindruck, den man bekommt. Der zählt." Zia steht wieder auf, nimmt das Besteck aus der Schublade, nur um es gleich wieder hineinzulegen, dann tut sie dasselbe mit den Tassen.

Ava geht ins Wohnzimmer und lässt sich auf das Sofa plumpsen. Der Sitz ächzt, die Polsterung lässt nach. Wahrscheinlich muss es bald ersetzt werden. Aber es sieht noch okay aus. Akzeptabel. Nicht zu fleckig oder abgenutzt. Sie schaltet den Fernseher ein und die erste Werbung, die sie sieht, ist die neueste XL-Medico-Kampagne für Pres-X-2. Zu sehen sind junge Frauen, die lachen und lächeln, als wären sie wirklich Teenager. Wahrscheinlich sind sie es auch. Der einzige Unterschied ist: Sie stehen alle auf Hochhäusern und blicken auf die Welt unter sich hinab.

„Willst du wie die beste Version von dir selbst aussehen? Natürlich willst du das! Mit Pres-X-2"

Ava knurrt den Fernseher an und ist mehr genervt als inspiriert, während Zia von der Tür aus zustimmend nickt. „Ästhetik ist nur eine vorübergehende Lösung für ein langfristiges Problem", sagt Ava zum Fernseher – oder zu Zia, sie ist sich nicht sicher. Eher zu sich selbst. „Das Problem ist, dass Frauen als Problem gesehen werden. Hübsch zu bleiben bringt rein gar nichts."

Sie verlagert ihr Gewicht auf dem holprigen Sofa. Ihre Knie sind ein wenig steif. Vor einem Monat hat sie sich den Rücken verrenkt, aber nichts, was sie beunruhigt, nichts, worüber sie je einen zweiten Gedanken verschwendet hat. In letzter Zeit greift sie öfter nach ihrer Lesebrille – das ist der einzige Aspekt des Alterns, der sie ein wenig stört, und selbst das nur am Rande.

Anstatt zu Hause zu bleiben und sich eine weitere Predigt über ihr Single-Dasein anzuhören, entscheidet sie sich dafür, ihre müden Beine zu bewegen und als Gesellschaftspolizistin zu arbeiten. Oder zumindest so zu tun, als ob. Vielleicht wird der goldene Schimmer in ihrem Implantat sie davor bewahren, in Schwierigkeiten zu geraten, wenn sie nach der Ausgangssperre erwischt wird. Sie fährt mit ihrem Fahrrad in die Dunkelheit hinaus in Richtung des besseren Stadtviertels und umgeht dabei die Kriminalitätsschwerpunkte und üblichen Vandalismusorte. Sie betreibt die Arbeit für die Gesellschaftspolizei mit wenig Enthusiasmus, aber in ihrem Kopf rechtfertigt es ihre Zeit weg von zu Hause mehr als einfach nur das Bedürfnis nach frischer Luft.

Ein Stück weiter den Hügel hinauf und über den Kreisverkehr erreicht sie das Stadtviertel, das viel exklusiver ist als ihres – Häuser statt Wohnungen, jedes mit eigenem Vorgarten, manche sogar mit Auto vor der Tür. In allen Fenstern brennt Licht. In diesem Teil der Stadt gibt es keine Zwangsräumungen. Wer es so weit nach oben geschafft hat, für den schließt sich die Falltür hinter einem. Der Absturz wird immer abgefedert. Aber es ist fast unmöglich, so weit nach oben zu kommen, wenn man alleinstehend ist. Ein Gehalt, ein Lebenspunktestand – das reicht selten, um so hoch zu fliegen. Nicht, dass es Ava stört. Diese großspurigen Dinge interessieren sie überhaupt nicht, wirklich

nicht. Sie braucht all das nicht. Alles, was sie braucht, ist ihre Zia
– und dass Zia aufhört, sie ständig zu nerven.

Sie beobachtet ein Paar, das mit seinem Kind von der Bushaltestelle zur Haustür geht, sieht den Kuss, den sie sich an der Tür
geben, die zärtliche Art, wie sie sich an den Händen halten. Der
Abend ist warm und doch schaudert Ava leicht und verschränkt
die Arme vor der Brust. Sie zieht den Kragen hoch, um ihren Hals
zu schützen. Aber anstatt weiterzufahren, um sich aufzuwärmen,
bleibt sie stehen. Sie schaut weiter zu. Trotz ihrer abwehrenden
Haltung Zia gegenüber, was Partnerschaft angeht, stellt sie sich
manchmal doch vor, mit jemandem alt zu werden. Jung zu
bleiben mit jemandem – das klingt einfach nicht so schön.

KAPITEL 38

Der erholsame Schlaf, den Ava so dringend gebraucht hätte, entpuppte sich als etwa fünf Stunden Hin- und Herwälzen, frustrierte Träume und nächtliches Aufstehen zum Pinkeln. Eine schlechte Erholung und sie hatte nicht einmal Polizeiarbeit für die Gesellschaft geleistet. Eine vergeudete Nacht. Sie macht sich Vorwürfe, faul und unmotiviert gewesen zu sein. Das ist nicht die Einstellung einer 700, da ist sie sich sicher. Hätte sie sich auf die Lauer gelegt, wäre mehr Rad gefahren, hätte sie sich vielleicht so ausgepowert, dass sie zufrieden eingeschlafen wäre – anstatt ihrem wachsenden Unmut Futter zu geben. Das Herumradeln und Beobachten der Villenviertel war völlig nutzlos und nicht mal inspirierend. Sie macht sich auf den Weg zur Arbeit mit einem nagenden Gefühl der Unzulänglichkeit und Müdigkeit, tritt in die Pedale, als wären ihre Knie aus Gummi. Wenigstens geht es größtenteils bergab.

Ihr Arbeitsweg führt sie durch die ungleichmäßige Gentrifizierung, die die Stadt überrollt. Einige Menschen mit einer niedrigen Lebenspunktzahl schaffen es nicht mehr, in ihrem gewohnten Laden einzukaufen – ein neues „Zutritt ab 400"-Schild hängt über dem Eingang. Der Lieferwagen für Pulverrationen ist schon unterwegs – ungewöhnlich früh für diesen Service. Vor günstigen Wohnungen und Übergangsunterkünften stapeln sich Kartons mit persönlichen Gegenständen, bevor sie diesen Teil der Stadt hinter sich lässt und in die Straßen kommt, in denen jeder Hautton einen rosigen Schimmer hat – oder den taufrischen Glanz, der gerade erst verblasst ist.

Ava versucht nicht zu starren, konzentriert sich auf Fahrräder und Busse vor ihr statt auf die Menge der Passanten, aber die Veränderung ist so auffällig, dass ihr Blick immer wieder abgleitet. Wenn sie nicht andere Leute angafft, wirft sie viel zu viele Blicke auf sich selbst. Die verspiegelten Fenster sind jetzt überall. Die Fußgängerwege wurden einen Meter oder so verschoben, weg von den Schaufenstern, um einen neuen Betrachtungsbereich zu schaffen. Ein Bereich zum Herumlungern und Bewundern des eigenen Spiegelbildes. Einige Geschäfte haben sich richtig ins Zeug gelegt und verzierte Bilderrahmen-Designs auf ihre verspiegelten Fenster gemalt und erfreuen sich an einer Schlange von Leuten, die anstehen, um sich selbst zu betrachten. Der Wind ist heute leicht, ihre Wangen röten sich in der kühlen Morgenluft, ihre Krähenfüße vertiefen sich durch das Zusammenkneifen der Augen gegen die tiefstehende Sonne. All das kennt sie nur zu gut. Sie wird ständig daran erinnert, während sie radelt. Als würde sie sich nicht schon unzulänglich genug fühlen.

Die Gruppe der Punktzahl-Jäger fehlt heute vor dem Eingang des Bestattungsinstituts. Gut so. Sie ist dafür genauso in Stimmung wie für einen Tritt in den Schritt. Dieser kleine Segen hebt ihre Laune ein wenig, aber nicht so sehr wie das Piepen ihres Handys. Trotz ihrer fehlenden Gesellschaftspolizei-Punkte piept ihr Handy um 9 Uhr morgens, um ihr mitzuteilen, dass sie die Schwelle zum begehrten 600er-Club überschritten hat. Ihr zusätzlicher Lohn bei XL Medico und die Tatsache, dass das Bestattungsunternehmen so viel besser läuft, haben ihr die zusätzlichen zehn Punkte verschafft, die sie brauchte, um diese Schwelle zu überschreiten.

Sie macht einen Luftsprung und freut sich über den kleinen Sieg. Sie feiert, indem sie zu Beanies zurückgeht, Kris ihren Lebenspunktestand zeigt und grinst, als er ihr Kaffee serviert – genau so, wie sie ihn mag. Er hat es nicht vergessen. Sie werden dort auch Gesichtsscanner einführen, zweifellos, wie fast überall. Aber für diesen Tag kann sie ihr müde aussehendes, schlaff gewordenes Gesicht hochhalten. Sie kehrt zur Arbeit zurück, geht auf der langsamen Spur – ihr Kaffeebecher-Logo zur Schau gestellt, für den Fall, dass jemand wissen möchte, dass sie jetzt eine 600er ist.

Als sie sich an ihren Schreibtisch setzt, stellt sie den Becher vor sich hin. Der überteuerte Preis bedeutet, dass sie sich heute wahrscheinlich keinen zweiten Becher von dort leisten wird, aber sie könnte ihn vielleicht nachfüllen. Sie dreht den Becher herum und überlegt, welcher Winkel der beste ist, um das Beanies-Logo sichtbar zu halten.

Gerade nimmt sie den letzten Schluck – lauwarm mittlerweile –, als sich die Eingangstür öffnet und sie fast daran erstickt.

„Mandisa!", ruft Ava nach einem schleimigen Husten. „Was machst du denn hier?"

Mit der Sonne, die durch den Türrahmen scheint, ist Mandisa eine goldgerahmte Silhouette, schlank und glamourös, die geht, als würde sie schweben. Avas Wangen erröten, während sie weiterhin den letzten Schluck Kaffee hochhustet, aber es gelingt ihr, nichts zu verschütten. Ausnahmsweise sieht sie tatsächlich einigermaßen präsentabel aus. Ihre gut gebügelten Kleider und frisch gewaschenen Haare haben sich von ihrer Radtour zur Arbeit erholt, ganz anders als das verschwitzte Durcheinander, in dem sie normalerweise im Labor erscheint. Sie erwartet heute einige Kunden, aber Mandisa hätte sie nicht erwartet.

„Hi, Ava", sagt Mandisa. Ihre Stimme ist glatt, als wäre sie aus Honig gemacht.

Ava beugt sich vor, um ihren Mund an ihrem Ärmel abzuwischen, außer Sichtweite unter Ava beugt sich unter den Tisch und wischt sich unauffällig den Mund am Ärmel ab. „Tut mir leid. Ich wusste nicht, dass du jemanden verloren hast. Wen besuchst du denn?"

„Oh, ich besuche niemanden. Ich meine, ich hab niemanden verloren. Ich bin tatsächlich wegen dir hier."

„Ach so. Nun, hier bin ich." Ava beißt sich auf die Lippe wegen ihres dummen Kommentars. Warum muss Mandisa immer so gut riechen? Und so gut aussehen. Selbst mit ihrem neuen rosa Teint sieht sie perfekt aus. „Ich sehe, du hast deine Behandlung gehabt." Noch ein dummer Kommentar.

„Ja. Wirkt wirklich Wunder, nicht wahr?"

Nicht, dass sie vorher auch nur eine einzige Falte gehabt hätte, aber jede Wirkung der Schwerkraft ist verschwunden. Ihre Augenbrauen sind höher und ihr Kiefer angehoben. Ihre Haut hat eine Fülle, die ihre Wangen aussehen lässt, als würden sie vor Lebendigkeit platzen, anstatt vor dem Leben zu schrumpfen. Ava schluckt und zappelt auf der Stelle, dann nickt sie. „Du siehst toll aus.“

Mandisa lächelt und erwidert das Kompliment nicht. „Ich habe gehört, du hattest neulich ein Treffen mit einigen von *Eyes Forward*.“

„Komische Neuigkeiten verbreiten sich schnell.“

„Jedenfalls – bitte, gern geschehen.“

Ava zieht ihr Kinn ein. Sollte sie nicht tun – das betont den Kiefer ungünstig. Also streckt sie ihn gleich wieder, als die Überraschung über Mandisas Worte abklingt. „Wie bitte?“

„Ich hab ein gutes Wort für dich eingelegt. Damit du die Behandlung bekommst.“

Sie will ihr Kinn erneut einziehen – aber unterdrückt es. „Was? Aber ich will sie gar nicht.“

Mandisa kichert – ein mädchenhaftes Lachen. „Ach komm, natürlich willst du sie. Jeder will sie.“

„Du weißt, dass sie mich dazu zwingen.“

„Ich habe viele Fäden für dich gezogen. Du könntest zumindest dankbar klingen.“

„Aber du hast mich nie gefragt. Es ist nur eine kosmetische Sache. Das ist wirklich nichts für mich.“

„Es ist so viel mehr als das“, sagt Mandisa und blickt zur Decke. „Und es öffnet so viele Türen, buchstäblich. Neue Bars und Cafés, Respekt-“

„Mandi, ernsthaft.“ Avas Ton ist schroff. Sie schluckt und macht ihre Stimme sanfter. „Keine dieser Dinge ist mir wichtig. Kennst du mich überhaupt?“

„Aber stell dir vor, was es für uns bedeuten könnte.“ Mandisa tritt vor und blickt Ava an, während sie Avas Hände in ihre nimmt und ihr in die Seele schaut. Avas Wut löst sich in etwas anderes auf, etwas Weicheres, Bedürftigeres.

„Du bist fast bei 600", sagt Mandisa, so nah, dass ihr Atem Avas Gesicht streift. So frisch. So einladend. „Dein Hormonlevel ist jetzt perfekt für die Behandlung. Stell dir vor, wir könnten wieder zusammen sein."

Diese Worte hängen in der Luft – süßer als ihr Parfüm, sanfter als ihre Hände, einladender als jede Berührung. Der Raum kippt kurz, Ava schwankt, blinzelt hart, zweimal, richtet sich wieder auf. „Ich *bin* eine 600. Und wir könnten auch so zusammen sein, Mandisa. Diese Dinge sind nur dir wichtig."

Mandisa lässt ihre Hände los, tritt zurück. Ihr Lächeln bleibt – jetzt mehr überheblich als herzlich. „Du wirst es schon sehen, Ava. Es geht nicht darum, was mir wichtig ist. Du bist mir wichtig. Aber das hier ist größer. Es geht darum, was gut ist – für die ganze Gesellschaft." Sie wendet sich ab, geht zur Tür.

Ava schluckt und spannt sich an, als sie merkt, dass sie sie gehen lässt. Die Worte *Du bist mir wichtig* schweben wie Staub in Sonnenstrahlen durch die Luft.

Mandisa wirft ihr Haar zurück und blickt über ihre Schulter, um Ava ihre Abschiedsworte zu sagen. „Wenn du die Augen öffnest, komm und finde mich. Ich werde warten. Ich habe so lange gewartet."

Als sich die Türen hinter ihr schließen, findet Ava einen Stuhl. Ihre Knie werden weich und ihr Atem ist weg. Mandisa. Hat ihre Hände gehalten. Hat gesagt, sie könnten zusammen sein.

Nein. Nein. Ava schlägt sich gegen die Schläfen. Warum fühlt sie sich so versucht? Das mit Mandisa und ihr waren schon vor Ewigkeiten vorbei. Sie wird diesen Weg nicht noch einmal gehen, nicht unter diesen Bedingungen. Ava ist, wie sie ist. Mandisa will, dass sie jemand anderes ist. Nein, *etwas* anderes. Begehrenswert. Sie denkt nicht, dass Ava begehrenswert ist, so wie sie ist. Mandisa…

Ihre Gedanken stoppen an dieser Stelle. Der Name hallt nach wie eine Droge.

Mandisa. Ihr Duft liegt noch immer in der Luft. Ava atmet tief ein, leckt sich über die Lippen.

Mandisa.

KAPITEL 39
Während der großen Unruhen

Es gab keine Kuchen für das Treffen, was Lucia nicht störte. Allerlei unangenehme Gestalten sollten kommen. Sie verdienten keine Kuchen, besonders nicht in Zeiten wie diesen. Wie viele unschuldige Arme waren jetzt wegen dieser Regierung und ihrer Regeln getötet worden, wegen der extremistischen Ansichten einiger? Sie konnte ein Gefühl der Verantwortung nicht abschütteln. Sie war der Kopf hinter *Enough*. Sie mögen unter ihrem Namen gehandelt haben, aber die Gruppe war nicht die, die sie gegründet hatte. Bei weitem nicht.

Dennoch dachte *Eyes Forward*, sie hätte Einfluss. Und sie wollten reden.

Nicht nur *Eyes Forward*, sondern auch *Enough* – diese schrecklichen Leute, die junge Frauen töteten. Es hatte ihr einen Schauer über den Rücken gejagt, als sie gehört hatte, dass sie kommen würden. Sie gaben ihr nicht einmal die Wahl. *Eyes Forward* sagte ihr einfach, dass all diese schrecklichen Menschen in ihr Café kommen würden, und sie könne es mögen oder nicht. Sie hatten es formeller ausgedrückt, aber sie hatte das Konzept verstanden.

Sie hatte immer noch nichts von Mo gehört. Sie lebte nicht mehr im selben Haus, seit sie ein weiteres Baby bekommen hatte und ihre Lebenspunktzahl so weit gesunken war, dass sie es sich nicht mehr leisten konnte. Sie hatte auf keine E-Mails oder Nachrichten geantwortet und Lucia befürchtete das Schlimmste. Lucia könnte mit den Kindern helfen, wenn sie wüsste, wo Mo war, aber niemand hatte von ihr gehört.

Lucia hatte über dieses Treffen Stillschweigen bewahrt, wie von *Eyes Forward* angewiesen. Nur die einflussreichsten sollten teilnehmen. Lucia hätte sich selbst nicht einmal zu den einflussreichsten gezählt, aber immerhin war es ihr Café, also hatte sie wohl ein gewisses Mitspracherecht. Therese, Thomas, Selina und Steve würden kommen, ebenso wie Luigi und Daphne. Das war alles. Meistens die eher ausgeglicheneren der Gruppe. Um fair zu sein: Die jähzornigeren sah man ohnehin kaum noch im Café. Sie verbrachten ihre Zeit, soweit Lucia gehört hatte, fast ausschließlich im „White Horse". Üble Geschichte.

Vier Männer kamen zuerst. Große Kerle mit geröteten Gesichtern und breiten Schultern. Lucia dachte, sie hätten ihre T-Shirts wohl gekauft, als sie noch ein paar Kleidergrößen schlanker waren. Und sie alle trugen diesen Ausdruck im Gesicht – als hielten sie unglaublich viel von sich selbst, dabei schafften sie es nicht einmal, passende Kleidung zu kaufen. Lucia war froh, dass es keinen Kuchen gab. Sie schnalzte missbilligend mit der Zunge und schüttelte den Kopf, ganz vergessen, sich zu beherrschen.

„Ist das das Treffen mit *Eyes Forward*?", fragte einer mit deutlich höherer Stimme, als Lucia es bei einem solchen Schrank erwartet hätte.

„Ja. Das ist es. Bitte nehmen Sie Platz." Lucia sah auf ihre Uhr und hoffte, dass bald jemand aus ihrer Runde auftauchen würde. Alle saßen schweigend da und Lucia wagte es nicht, jemandem direkt in die Augen zu sehen. Sie tippte nervös mit dem Fuß und biss sich auf die Innenseite der Wange, während sie versuchte, an das Abendessen zu denken und daran, was zu Hause noch alles zu erledigen war.

Luigi und Daphne kamen gerade rechtzeitig, als die Stimmung bereits frostiger wurde als der Zuckerguss im Kühlschrank. Sie begrüßten Lucia mit einem Kuss auf jede Wange.

„Worum geht's bei diesem Treffen, Lucia?", fragte Luigi, während Daphne sich neugierig umsah.

„Ich wurde kontaktiert. Jemand hat angerufen… ach, ich bin schlecht mit Namen. Fängt mit K an. Jedenfalls möchte *Eyes Forward* möchte mit uns sprechen und—"

In diesem Moment kam Ian zur Tür herein. Lucia hatte gar nicht mit ihm gerechnet. „Ian. Was für eine Überraschung."

„Die anderen aus dem White Horse werden bald hier sein. Ein Typ, Kylan Morris, hat uns gesagt, wir sollen hier sein."

„Das ist sein Name." Lucia schlug sich an die Stirn. „Warum hat er euch eingeladen?"

„Keine Ahnung", sagte Ian.

Lucia wollte nach Keisha und dem Baby fragen, aber als sie aufblickte, stand Ken in der Tür, mit gerötetem Gesicht und vernarbtem Kinn. Lucia keuchte auf und wich zurück, als Ken einen Schritt näher kam.

„Ich wollte dich nie wiedersehen", sagte sie in einem zischenden Flüstern.

„Ich versuche, dir zu helfen, Lu. Hör dir an, was wir zu sagen haben. Du denkst, ich wusste nicht, was du vorhattest? Wir sind alle hier, um dir zu helfen, und diesem Wahnsinn ein Ende zu setzen, dich zur Vernunft zu bringen – um *uns* wieder eine Chance zu geben."

„Uns?" Das Wort kam wie Galle ihre Kehle hoch. „Du bist nicht mein Ehemann. Du kannst niemals der Mann sein, den ich geheiratet habe."

Lucia machte einen Schritt von ihm weg und drehte ihm dann den Rücken zu.

„Du hast vielleicht Nerven. Ein verdammter Pinkie kommt zu einem *Time's-Up*-Treffen", sagte Ian zu Ken.

„Das ist kein *Time's-Up*-Treffen", sagte einer der großen Männer. „Wir sind von *Enough*."

Lucias Knie gaben nach und sie setzte sich. Einem gegenüb erzustehen... im selben Raum zu sein wie einer dieser... diese r... Mörder. Es war zu viel. „Ihr... ihr Babymörder, in meinem Café. Raus mit euch, alle miteinander." Sie wünschte, sie würde autoritärer klingen oder könnte zumindest aufstehen, um ihnen entgegenzutreten, aber ihr Körper ließ es nicht zu. Es war, als würde die Nähe zu solchem Bösen ihr das Blut aussaugen.

Noch zwei Männer betraten das Café, in denselben Anzügen wie Ken, das *Eyes-Forward*-Logo auf der Brust. „Niemand geht hier weg", sagte einer von ihnen. „Wir sind alle für das Gemeinwohl hier. Ihr seid ebenfalls auf Anordnung von *Eyes Forward* anwesend, also beruhigt euch."

„Wir sind fürs Gemeinwohl hier", sagte Luigi und zeigte auf sich, Lucia und Daphne. „Diese Grobiane sind nur für sich selbst da."

Die *Eyes-Forward*-Männer reagierten nicht, während weitere Leute eintrafen – Leute, die Lucia nicht kannte, die sich als *Time's Up* vorstellten. Aber das war nicht *ihr Time's Up*. Das waren die, die Ärger machten. Sie leugneten es nicht einmal – im Gegenteil: Sie prahlten damit.

„Wieder einen Block geschafft."

„Ich auch. Gestern fast hundert ausgelöscht."

„Gut gemacht."

Es gab Händeschütteln, Schulterklopfen und Grinsen. Lucia kauerte sich zusammen, zitterte und kämpfte gegen die Tränen an.

Mörder waren in ihrem Café. Überall.

Schließlich kamen Therese, Selina, Thomas und Steve an und gesellten sich zu ihr in ihre Ecke. Sie freute sich, dass die Brutalen in ihrem eigenen Café nicht mehr in der Überzahl waren. Es waren so wenige Frauen im Raum. Tatsächlich gab es keine Frauen außer die in ihrer kleinen Gruppe. Sie war umgeben von finster dreinblickenden Männern mit Macht im Kopf. Wenigstens hatte sie einen Sitzplatz bekommen. Auf keinen Fall sollten diese Schläger einen bekommen.

Der *Eyes-Forward*-Mann räusperte sich. „Guten Abend, zusammen. Mein Name ist Kylan Morris, das sind Lloyd Porter und Ken Wickes. Wir sind hier, weil die Unruhen eskalieren. Eure Fraktionen richten Chaos in der Gesellschaft an. Es steht außer Frage, dass eure Methoden effektiv waren. Die

Bevölkerungszahl sinkt schneller als erwartet – dank eurer Aktionen. Dafür gebührt euch Anerkennung."

Anerkennung? Für Massenmord? Lucia wollte aufschreien. Ihr Mund formte Worte, doch kein Ton kam heraus. Allein die Präsenz von *Eyes Forward* ließ sie verstummen wie ein folgsames Kind. Sie hasste sich dafür, für ihre Feigheit.

„Allerdings", fuhr Kylan fort, „ist die Zeit gekommen, darüber nachzudenken, wie wir Frieden herbeiführen können. Die Regierung muss die Kontrolle behalten. Zunächst einmal ist dieses Treffen streng vertraulich. Eine Verschwiegenheitserklärung wird herumgereicht, die Sie alle unterschreiben müssen. Nun, bevor Sie zu diskutieren beginnen, denken Sie daran, dass alle Fraktionen Gewalt und Tode verursacht haben. Jeder von Ihnen in diesem Raum hat Blut an den Händen."

Lucia betrachtete ihre Hände. Sie waren sauber, das wusste sie. Blitzsauber.

„Die Unruhen müssen aufhören", fuhr er fort. „Die Schäden an der Infrastruktur werden zu groß. Es wird zu kostspielig, die Gesellschaft in diesem Tempo zu reparieren."

Schäden an der Infrastruktur? Lucia dachte, die Regierung hätte vielleicht andere Prioritäten. Hoffte es jedenfalls.

„Das sind diese verdammten *Time's-Up*-Vandalen", sagte einer der großen Männer und zeigte auf Lucias Seite. „Die von *Enough* beschädigen nie Gebäude."

„Ihr habt eine Entbindungsstation in einem Krankenhaus in die Luft gejagt", sagte Luigi.

„Na ja, die muss ja nicht wieder aufgebaut werden, wenn wir uns durchsetzen."

„Ihr ermordet Frauen."

„Und?“

„Aufhören!“ sagte der Mann von *Eyes Forward* und hob die Hände zu beiden Seiten, als ob ein Kampf ausbrechen würde. „Wir sind mit Bedingungen gekommen, um Frieden zu schaffen. Sie alle hier, als Anführer der Fraktionen, werden Ihren Terrorismus beenden und Ihre Anhänger davon überzeugen, dasselbe zu tun. Im Gegenzug haben wir diese Kompromisse erarbeitet.“ Er reichte einige Papiere herum.

„Tut mir leid, wenn ich etwas grummelig bin“, sagte einer der anderen großen Männer. „Ich habe heute Morgen keinen Kaffee bekommen, weil diese Idioten von *Pro Grow* keine Lieferungen reinlassen. Die werden nicht zufrieden sein, bis das Essen so dünn verteilt ist, dass wir alle nur noch Kohlsuppe und aromatisierte Luft essen.“

Ein kleiner Mann in der Ecke, den Lucia beim Hereinkommen gar nicht bemerkt hatte, trat vor. „Und doch sitzen Sie hier, lebend und atmend, keineswegs schlechter dran.“

Der große Mann lachte. „Ach, verpiss dich. Ich wette, die von *Pro Grow* haben Kaffee gehortet, bevor sie die Lieferungen blockiert haben. Als wäre es so einfach, mit weniger auszukommen.“

„Ruhe!“, sagte Kylan Morris. „Bitte nehmen Sie das Papier und lesen Sie unsere Bedingungen. Ich denke, Sie werden alle zufrieden sein.“

Lucia holte ihre Lesebrille aus der Tasche und las. Sie blinzelte, wischte die Feuchtigkeit aus ihren Augen und las erneut.

Zwangssterilisation aller Mädchen.

Pres-X wird weiterhin für die, mit einer hohen Lebenspunktzahl verfügbar sein, aber die Einführung für Personen mit niedrigen Punktzahlen wird nie stattfinden.

Lebensmittel werden stärker rationiert, wobei pulverisierte, ernährungsphysiologisch ausgewogene Beutel als nachhaltige Nahrungsquelle zur Verfügung stehen.

Als Belohnung für Ihre Hilfe zum Frieden werden alle Personen in diesem Raum ihre Punktzahl auf 750 erhöht bekommen, mit der Option auf kostenloses Pres-X, wenn sie das entsprechende Alter erreichen.

Ihr Brustkorb zog sich zusammen. Ihr Magen verkrampfte. „Nein!", rief Lucia und schüttelte den Kopf, die Augen voller Tränen. „Ihr wollt Mädchen verstümmeln? Ihnen jede Entscheidung nehmen? Das darf nicht passieren!"

„Ich stimme zu", sagte Luigi. „Meine Tochter sollte das Recht haben, Kinder zu bekommen – wenn sie das möchte."

„Kinder? Plural?", fauchte einer der *Enough*-Männer. „Auf welchem Planeten lebst du denn? Verdammte Ausländer."

„Und dann wollt ihr uns mit Pres-X bestechen?", fragte Lucia, atemlos vor Schock. „Als wären wir so billig zu kaufen!"

„Na ja, *das* ist vielleicht überlegenswert", murmelte einer der Grobiane – und aus dem Augenwinkel sah Lucia, wie ihre eigenen Freunde – Selina, Steve, Therese, Luigi und Daphne – langsam nickten. Nur Thomas tat es nicht.

„Verräter, allesamt." Sie verschränkte die Arme und wandte sich von ihnen ab. Vor ihr war das rosige Gesicht ihres Mannes, lächelnd, diese dummen flehenden Augen versuchten immer noch, sie zu überzeugen. „Ken Wickes, du bist für mich gestorben. Tot!"

„Natürlich wird es weitere Maßnahmen geben – speziell auf *Time's Up* zugeschnitten. Diese Maßnahmen sind sensibler Natur. Viele von euch wären besser dran, wenn sie nicht wüssten, worum es geht. Wer nichts davon erfahren möchte, kann jetzt den Raum verlassen. Wer es wissen will, bekommt eine Zusatzseite."

Kylan legte einige Blätter mit der bedruckten Seite nach unten auf den Tisch. Lucia ließ ihre Hände an den Seiten. Sie war sich sicher, dass sie es *nicht* wissen wollte. Aber vielleicht *musste* sie es wissen – um es aufzuhalten. Sie hob das Blatt, las – so gut sie konnte, denn ihr ganzer Körper zitterte. Was dort stand, war abscheulich, grausam, unmenschlich.

Oder ... war es das?

Ein Kopfschmerz pochte hinter ihrer Stirn, breitete sich in die Schläfen aus. Sie hatte in letzter Zeit ständig Kopfschmerzen. Ihre Kopfhaut krampfte, selbst ihr Kiefer schmerzte.Sie wurde in zwei Hälften gerissen – Mittel und Zweck standen sich unvereinbar gegenüber.Ihr Verstand begann, sich von ihrer Moral zu lösen.

Das Treffen endete kurz darauf. Sie alle hatten Kopien ihrer Verschwiegenheitserklärungen, falls sie es wagen sollten, über die schrecklichen Dinge zu sprechen, die sie gehört hatten, sowie das Angebotsschreiben von *Eyes Forward*. Lucia wollte alles davon verbrennen. Sie ging wütend nach Hause. Verraten, niedergeschlagen.

Als sie zu Hause ankam, schlief sie fast sofort ein. So erschöpft war sie von ihrer Wut. Sie vergaß völlig, das Abendessen zuzubereiten.

Kapitel 40

10 Jahre nach den Großen Unruhen

Willst du wie die beste Version deiner selbst aussehen? Natürlich willst du das – mit Pres-X-2!
Einer der Grundsätze von XL Medico

***

Avas Implantat schaltet gerade rechtzeitig für ihre Freitagabendpläne wieder auf Grün. Sie will sowieso ausgehen, irgendwohin, wo *Eyes Forward* sie wahrscheinlich nicht finden wird. Jeden Tag könnten sie kommen, um sie zu holen. Der Gedanke lässt ihren Rücken jucken und ihren Nacken knacken.

Die Bar ist am Freitagabend brechend voll – voller Gesichter, die noch pink sind, oder Leute, die wie Teenager aussehen. Ava geht sofort nach ihrer Ankunft zur Toilette, um etwas Creme in ihr Gesicht einzumassieren, dann etwas schimmerndes Rouge.

Es ist mehr, als sie normalerweise tragen würde, aber der sanfte Schimmer soll angeblich Falten verwischen. Nicht, dass es sie kümmert. Früher konnte sie sich tarnen. Ihre dunkle Kleidung half ihr, mit dem Hintergrund zu verschmelzen. Das Verwischen ihrer Linien dient nicht dazu, sie in ihrem Gesicht verschwinden zu lassen, das Verblenden von Make-up nicht dazu, ihre Gesichtszüge unkenntlich zu machen. Jeder Hauch von Alter ist jetzt wie eine Warnweste auf der Straße. Die bunten Markierungen einer giftigen Kröte.

Dan ist schon da und sitzt an einem Tisch in der Mitte – in voller Sicht aller, ohne Ecke zum Verstecken, ohne Schatten. Ava flucht leise vor sich hin, geht aber hinüber und setzt sich zu ihm. Sie nimmt einen Schluck aus einem der beiden Getränke vor ihm, in der Annahme, dass eines für sie ist. Dann beugt sie sich vor und umarmt ihn. Sein pinkes Gesicht hat sich bereits beruhigt und sein Haaransatz ist seit ihrem letzten Treffen um einen weiteren Zentimeter nach unten gewandert. Es ist, als würde die Schwerkraft seine Wangen und Augen nach oben drücken, anstatt sie nach unten zu ziehen.

„Na, das hat ja wirklich einen Unterschied gemacht!", sagt Ava, als er sie um einen Kommentar bittet.

„Ich weiß, oder? Also, wie lange dauert es noch, bis deine Punktzahl hoch genug ist, dass du es bekommst?"

Ava verdreht die Augen und nimmt noch einen Schluck von dem Bier. „Ich will es nicht, aber sie zwingen es mir trotzdem auf."

Es gelingt ihm, seine Augenbrauen zu heben, ohne seine Stirn zu runzeln, und sie erzählt ihm die ganze Geschichte.

Er hält sich die Hände an die Wangen und sein Mund bleibt offen stehen, als sie fertig ist. „Moment mal. Du bekommst Pres-X-2 umsonst und *das* macht dich fertig?“ Wenn Dans Augen noch mehr hervorquellen, fallen sie ihm bald aus den faltenfreien Augenhöhlen.

„Ich habe keine Wahl. Ich sollte doch das Recht haben zu entscheiden, oder?“

„Dann triff halt die richtige Entscheidung. Ava, das ist doch großartig. Du musst dich nicht mal mehr an irgendeinen alten Langweiler binden, um an das Zeug zu kommen.“

Ava verzieht das Gesicht bei seiner Beschreibung von Jeremy. „Ist Jeremy inzwischen etwas lebendiger?“

„Kaum. Das B-Well wirkt noch, also heult er nicht wie eine verrückte Katze. Du wolltest eine Probe? Hier, ich habe dir eine mitgebracht.“ Er reicht Ava eine Blisterpackung und sie ist, wie sie sie in Erinnerung hat: B-Well+ in einer silbernen Verpackung. „Warum zum Teufel willst du das überhaupt? Jeder kann es auf Rezept bekommen, wenn man es wirklich braucht.“

„Ich will es nur testen, sehen, was drin ist. Schön, dass es Jeremy besser geht.“

„Es geht ihm besser. Aber... naja... ich hatte einfach erwartet, dass er ein bisschen aufregender oder aufgeregter wäre und sich darauf freuen würde, wieder jung zu sein, verspielt, weißt du? Stattdessen will er nur das Licht aus-“

„Oh, ja...“

„Nicht dafür. Wir haben *es* noch nicht einmal gemacht. Die Libido scheint nicht das Erste zu sein, was zurückkommt. Nicht, dass ich es im Moment wollen würde. Er sieht immer noch uralt aus.“

„Gut Ding will Weile haben", sagt Ava. „Jedenfalls gab es noch einen anderen Grund, warum ich heute Abend hierherkommen wollte. Ich treffe jemanden-"

„Oh Gott. Versteck dich!", sagt Dan. „Diese schreckliche Frau, mit der du vor Ewigkeiten zusammen warst, ist gerade reingekommen. Wie heißt sie noch, Kam oder Lin oder-"

„Kim! Hi, hier drüben!" Ava steht auf und winkt, wirft Dan dabei einen warnenden Blick zu. Der formt mit dem Mund ein stummes *What the fuck?* zurück.

„Ava, schön dich zu sehen." Kim gibt Ava einen Kuss auf die Wange und blickt dann mit Augen, die die Sonne einfrieren könnten, zu Dan. „Ich dachte, wir wären nur zu zweit."

„Dan war zufällig hier. Stimmt's, Dan?"

„Schön, dich wiederzusehen, Kim. Es ist zu lange her", sagt er mit einem aufgesetzten Lächeln.

Kim presst die Lippen zusammen. „Hmmm." Dann dreht sie sich so, dass sie Dan den Rücken zukehrt. „Ich hol uns was zu trinken. Dann kannst du mir erzählen, was es mit diesen *Eyes-Forward*-Trucks auf sich hatte, die neulich bei dir waren."

„Klar. Danke, Kim."

Kaum ist sie ein paar Schritte weg, piekst Dan Ava in den Arm. „Sag mal, geht's noch? Du datest sie wieder?"

„Nein. Hör zu, ich schuldete ihr einfach einen Gefallen, und das ist er. Aber es ist okay. Ich habe einen Plan."

„Wenn dein Plan nicht darin besteht, ihr das Getränk überzuschütten, hasse ich ihn."

Kim ist noch an der Bar, als Mrs. Constance hereinkommt – enge beigefarbene Hose, goldener Gürtel und ein tief ausgeschnittenes rotes Top, das einen kleinen Spalt Haut über dem

Bund freigibt. Ihr goldenes Haar liegt in frischen Locken über den Schultern. Ava steht wieder auf und winkt.

„Wer zum Teufel ist das denn jetzt? Obwohl… die gefällt mir besser als die letzte."

Ava faucht ihn leise an und zieht einen weiteren Stuhl heran. „Flick", sagt sie, gerade noch rechtzeitig fällt ihr der Vorname ein. „Wie schön, dich hier zu sehen."

„Ganz meinerseits, Ava. Und wer ist dein Freund?"

„Das ist mein guter Freund Dan. Dan, das ist Flick."

„Sehr erfreut", sagt Dan, schüttelt ihre Hand und grinst über das ganze Gesicht.

Kim kommt mit einem Tablett voller Drinks zurück und bleibt fast stehen, als sie Mrs. Constance sieht. „Oh. Hi…" Sie wackelt leicht, als sie die Getränke auf den Tisch stellt. „Ava, stellst du mir deine Freundin vor?"

Ava übernimmt die Vorstellung und Dan wirft ihr einen vielsagenden Augenbrauen-Hüpfer zu.

Falls Mrs. Constance irgendeine Unterhaltung mit Ava wollte, war das an diesem Abend unmöglich. Kim überschüttet sie mit Komplimenten, lacht über alles, was sie sagt, spielt mit ihren Haaren und benimmt sich genau so, wie Ava sich Lebenspunktzahl-Jäger beim Daten vorstellt – inklusive Dan.

Nach ein paar Stunden in der Bar verabschiedet sich Ava unauffällig. Draußen trifft sie, wie erwartet, auf Dan, der ihr gefolgt ist. Gemeinsam machen sie sich lachend auf den Heimweg, während Kim und Mrs. Constance zurückbleiben – vertieft in flirtende Gespräche.

***

Samstag bei XL Medico – Zeit, ihre Nachforschungen fortzusetzen. Sie hat die B-Well-Pillenproben von Max, die sie in etwas Frischhaltefolie aufbewahrt hat, und die Blisterpackung von B-Well+ von Dan. Sie schluckt etwas Aspirin, um die anhaltenden Kopfschmerzen vom Alkohol letzte Nacht zu lindern, und kommt eine Stunde früher an, um vor Edgars Ankunft etwas private Laborzeit zu haben. Ihr früher Start erweist sich als unnötig, da die Tests nur wenige Minuten dauern. Der pH-Wert der Tabletten ist völlig unterschiedlich, so unterschiedlich, dass sie die Ergebnisse zweimal überprüft. Ihre Hände zittern und sie lässt das Lackmuspapier fallen. Die Pillen, die Erin verschrieben wurden, haben einen neutralen pH-Wert. Jeremys sind alkalisch. Und der einzige Grund, den sie dafür erkennen kann, ist, den Körper von Ameisensäure zu befreien. Tatsächlich ist es der perfekte pH-Wert, um dies zu tun.

Sie wühlt im Lagerkühlschrank herum und findet etwas Ameisensäure und testet sie im Labor mit dem B-Well – ein Kinderspiel. Sie weiß, dass sie recht hat. Aber sie will es einfach sehen und es wirklich selbst visualisieren. Sie taucht das Lackmuspapier am Ende ein und liest dann das neutrale Ergebnis ab. Es bestätigt ihre Befürchtungen. XL Medico weiß, dass das Pres-X nicht in Ordnung ist und gibt es trotzdem aus, vergiftet sie buchstäblich, treibt sie so in den Wahnsinn, dass sie sich selbst das Leben nehmen, anstatt das weitaus längere Leben zu führen, das versprochen wurde. Die mit den hohen Punktzahlen haben das Gegenmittel zur Säure in ihren Glückspillen beigemischt. Sie sind sicher.

Sie muss es jemandem erzählen, jedem, der zuhören wird. Vielleicht ist es nur ein Fehler in der B-Well-Herstellung. Sie muss sie benachrichtigen – das Produktentwicklungsteam. Sie muss mit Mandisa sprechen.

Mandisa.

Ava schlägt sich an die Stirn und kneift dann die Augen zusammen, weil sie glauben muss, was sie nicht glauben will.

Mandisa – mit einem Ausweis der B-Well-Produktentwicklung. Mandisa ist brillant. Eine weitaus bessere Chemikerin als Ava. Penibel bis ins Letzte. Perfekt in allem, was sie tut.

Mandisa weiß Bescheid. XL Medico weiß Bescheid.

War das von Anfang an Teil des Plans von *Eyes Forward*? Ein geheimer, NDA-geschützter Deal mit *Time's Up*? Zehn Jahre stillhalten, warten, bis die Euphorie um Pres-X ihren Höhepunkt erreicht, und dann zulassen, dass das Mittel „schlecht" wird? Fossile Brennstoffe und Vanadium – ihr Verschwinden war längst vorhergesagt. Das alles ist seit Jahren geplant. Seit ihre Eltern noch lebten. Seit sie diese verdammte NDA unterschrieben. Es gibt nur eine Schlussfolgerung, zu der Ava kommen kann, nur eine, die *Time's Up* besänftigt, ohne die mächtigen Bürger mit den hohen Punktzahlen aufzubringen.

Die Auslese der Älteren der Gesellschaft während der Großen Unruhen endete nie. Sie wurde nur verdeckter, bedrohlicher. *Eyes Forward* hörte nie auf zu töten. Sie vertuschten nur ihre Spuren.

★★★

Während Edgar das Labor reinigt und aufräumt, stellt Ava sechzig Liter Formaldehyd-Rose her, bevor sie sich frustriert auf den Heimweg macht. Sie tritt nur langsam in die Pedale – nicht wegen der Müdigkeit, sondern weil sie Zeit braucht. Zeit, um zu verarbeiten, um irgendeine andere Erklärung zu finden außer der offensichtlichsten. Doch es gibt keine. Egal wie oft sie die Fakten auseinandernimmt und neu zusammensetzt – sie landet immer bei derselben Antwort:

XL Medico weiß Bescheid. Mandisa weiß Bescheid. Das war geplant.

Sie fährt den Hügel hinauf, die Beine schwer, doch der Anstieg bleibt ihr kaum bewusst – zu sehr ist sie in Gedanken versunken. Als sie vor ihrem Wohnblock ankommt, nehmen ihre Augen weder die blauen Lichtreflexe wahr noch das weiß-gelbe Fahrzeug auf der Straße. Die Rufe von oben, aus den oberen Stockwerken, erreichen sie nicht. Erst als sie ihre Wohnungstür offen vorfindet – mit Menschen in grünen Overalls, medizinische Taschen verstreut über dem Linoleumboden – wird sie schlagartig in die Gegenwart gerissen.

„Zia?", ruft sie, aber Zia antwortet nicht. Eine Frau geht zu Ava, eine Fremde, und hält sie davon ab, näher zu kommen. „Zia!", ruft Ava erneut. Der reglose Körper am Boden gibt keine Antwort.

Die Stimmen des medizinischen Personals klingen fern, wie unter Wasser, sagen Worte, die Ava nicht hören sollte, Maschinen machen Geräusche, die nicht aus ihrer Wohnung kommen sollten. Piepsen und Surren. Da ist etwas Blut an der Seite des Tisches, eine zerbrochene Tasse auf dem Tisch und etwas verschüttetes Getränk, das sich auf dem Boden sammelt.

„Zia! Bitte, sagen Sie mir, dass es ihr gut geht."

Die Frau sagt irgendetwas, dann deutet sie, Ava solle sich setzen. Ava gehorcht. Widerstand ist zwecklos, ihre Kraft versiegt. Zitternd sitzt sie auf dem Stuhl, beobachtet, wie sie an Zia arbeiten, sie schließlich auf eine Trage legen und die Treppe hinuntertragen.

***

Die Plastikstühle im Krankenhaus sind kalt und unbequem. Egal, Ava hatte sowieso nicht vor zu schlafen. Sie sitzt eine Weile, läuft dann auf und ab, lehnt sich gegen die Wand und setzt sich dann wieder. Vielleicht schläft sie auch kurz ein – sie weiß es nicht. Die Zeit vergeht so sprunghaft: mal Minuten, mal Stunden, dann wieder nur ein Augenblick.

Ärzte und Krankenschwestern gehen von einem Zimmer zum anderen. Immer noch keine Neuigkeiten.

„Ava Maricelli?"

Ava zuckt zusammen, als sie ihren Namen hört. Die Ärztin lächelt – nicht auf diese verhaltene, mitfühlende Art, wie man sie beim Überbringen schlechter Nachrichten sieht. Nein, dieses Lächeln gilt den Lebenden. Ava kennt den anderen Blick nur zu gut. Diese Ärztin sieht aus, als würde sie sich um Lebende kümmern, statt über eine Leiche zu trösten. „Sie können sie jetzt sehen."

„Geht es ihr gut? Sie hat eine Vorgeschichte mit Riesenzellarteriitis und vaskulärer Demenz."

„Ich bin mir dessen bewusst. Sie hatte einen leichten Schlaganfall und eine Kopfverletzung vom Aufprall, als sie fiel. Sie hatte unglaubliches Glück, dass sie es schaffte, den Krankenwagen zu rufen, bevor sie das Bewusstsein verlor. Ich bin optimistisch, dass sie sich von diesem Vorfall erholen wird."

Ava sinkt zurück auf den Stuhl. Tränen brechen aus ihr hervor. Die Erleichterung geht durch Mark und Bein. *Sie legt. Zia lebt.* Sie atmet tief durch, braucht einen Moment, um sich zu sammeln. Trocknet sich die Tränen, schnäuzt sich, reißt sich zusammen.

Zia ist nicht tot. Sie hat sie nicht verloren. Noch nicht. Es geht ihr gut. Vorerst.

KAPITEL 41

Auf dem Weg zur Arbeit am Montag, während Zia noch im Krankenhaus liegt, fragt sich Ava, ob es wohl schlimmere Schuldgefühle gibt, als von einem kranken geliebten Menschen getrennt zu sein. Als sie nach Hause gekommen war, hatte sie das Blut und den verschütteten Tee vom Linoleum gewischt, die Glasscherben aufgesammelt und dann in eine Flasche Bier geweint. Wäre sie am Samstag wie die meisten Leute zu Hause gewesen, hätte sie sich vergewissern können, dass es Zia gut geht. Vielleicht hätte sie die frühen Warnzeichen des Mini-Schlaganfalls bemerkt.

Es ist reines Glück, dass es Zia nicht schlimmer erwischt hat. Noch ein paar Medikamente, sagten die Ärzte. Zias Kopf ist zum Teil rasiert, wegen der Nähte, und ihr Gesicht ist ganz lila und geschwollen von den Blutergüssen – sieht schlimmer aus, als es ist, beruhigten sie Ava. Die Platzwunde verfehlte ihr Auge. Sie hat nicht zu viel Blut verloren. Ein Wunder, sagte der Arzt. Ein paar Tage zur Erholung im Krankenhaus und dann wird sie wieder gesund.

Gesund.

Was für ein schreckliches Wort. Zia ist schon seit Ewigkeiten nicht mehr gesund gewesen.

Ava blieb bis in die frühen Morgenstunden des Sonntags bei Zia und war am Nachmittag wieder da, bis Zia ihr sagte, sie solle nach Hause gehen. Zia bestand darauf, dass Ava normal weitermachen und sich keine Sorgen um sie machen solle, und dass sie ihre Punktzahl erhöhen müsse, um Pres-X-2 zu bekommen. Ava wagte es nicht, ihr zu sagen, dass es ihr kostenlos aufgezwungen wird. Tatsächlich kam ihr dieser Gedanke kaum in den Sinn. Alles, woran sie denken konnte, seit sie Zia gesehen hatte, war, wie sie ihr die private Behandlung mit dem neutralisierenden B-Well verschaffen konnte. Sie war viel zu knapp daran vorbeigeschrammt, Zia zu verlieren. Jetzt würde sie kein Risiko mehr eingehen. Zumindest für den Moment war Zia im Krankenhaus gut aufgehoben und Ava konnte sich ganz auf die Arbeit und das Punktesammeln konzentrieren, mit dem Wissen, dass Zia derzeit in Sicherheit war.

Das ganze furchtbare Wochenende läuft Ava in Dauerschleife durch den Kopf, während sie zur Arbeit radelt. Was sie hätte tun können... was sie hätte tun sollen. Dass sie sagten, Zia werde wieder gesund. Dass Ava findet, Zia müsse verdammt noch mal besser werden als nur *gesund.* Diese Ärztin, mit ihrer ins Normale zurückweichenden rosigen Haut, sah aus wie ein Kind, als sie Ava die Nachricht überbrachte. Es fühlte sich eher wie ein Pausenhoftratsch an als wie ein Gespräch zwischen Ärztin und Angehöriger. Manche Berufe, denkt Ava, sollten vom Pres-X-2 ausgenommen sein. Wie soll sie einer Ärztin zuhören, die aussieht, als wäre sie ein Teenager?

Ava kommt vor der Öffnungszeit bei der Arbeit an, aber es steht eine Schlange draußen. Nicht die Art von Menge, die die Punktzahl-Jäger verursachen, sondern eine ordentliche Reihe von Menschen, die alle zur Vordertür blicken. In der Annahme, dass sie nur da sind, um ihr Spiegelbild im neuen reflektierenden Glas zu überprüfen, ignoriert Ava sie und lässt sich selbst hinein, wobei sie die Tür hinter sich abschließt.

Sie schaltet die Computer ein, saugt schnell und wischt Staub, begrüßt Max, der direkt zum Kühlraum geht, setzt Wasser auf und öffnet dann um 9 Uhr die Türen. Die Schlange schiebt sich vorwärts und betritt das Bestattungsunternehmen einer nach dem anderen.

„Kann ich Ihnen helfen?", fragt Ava den Mann, der gerade hereingekommen ist. Es ist niemand, den sie von ihrer aktuellen Kundenliste kennt. Er trägt das fröhliche Gesicht von jemandem, der nicht in Trauer ist, mit passend bunter Kleidung.

„Ich möchte gerne eine Beerdigung auf Kredit kaufen. Ich habe gehört, Sie bieten Ratenzahlungen an?"

„Wir bieten Ratenzahlungen an, ja. Wer ist der Verstorbene?"

„Nun, noch niemand. Aber ich möchte der Zeit voraus sein. Ich plane voraus, wissen Sie. Ich nehme ein Paket auf Kredit, bitte."

„Für wen?", fragt Ava und mustert ihn – vielleicht ist er krank? Doch er sieht nicht im Geringsten nach Kühlraum aus. „Vorauszahlungspläne machen wir in der Regel für Personen über sechzig, es sei denn, es gibt besondere Umstände."

„Es ist für mich. Ich bin neunundvierzig. Und mein besonderer Umstand ist: Ich bin gut organisiert."

Bevor Ava Zeit hat zu antworten, kommt die nächste Person in der Schlange herein und ruft über den ersten Kunden hinweg: „Streben nach einer höheren Punktzahl, verstehen Sie. Es gab einen Artikel bei den *Punkte-Tipps am Sonntag*, der über einige ungenutzte Kreditquellen beriet, die die meisten Leute nicht nutzen. Ich habe eine Punktzahl von 600, also qualifiziere ich mich für eine Beerdigung hier."

Eine weitere Person tritt ein, und noch eine, alle rufen jetzt und halten ihre Punktzahl-App hoch, um ihre Punktzahl von über 600 zu zeigen – keiner von ihnen auch nur annähernd in dem üblichen Alter, um mit der Bezahlung einer Beerdigung zu beginnen. Bevor Ava Zeit hat, das Ganze zu verarbeiten, drängt sich die gesamte Schlange, die draußen stand, in den Empfangsbereich, und noch mehr Menschen strömen zu den Türen. Alle mittleren Alters, 600-750er, die Jahre im Voraus ihre Beerdigung planen.

„Max!", ruft Ava zum Kühlraum. „Kannst du rauskommen und mir helfen?"

Sie hört Max fluchen, als er am Empfang ankommt, hat aber nicht einmal eine Minute Zeit, sich umzudrehen und ihn zu begrüßen. Der erste Kunde wird ungeduldig, die anderen noch geduldig – aber die Stimmung heizt sich auf.

Ava lädt die Lizenzunterlagen, findet aber nichts, was gegen solch frühe Zahlungen spricht. Die Inflation ist das Problem. Eine Beerdigung für zehntausend heute wird vermutlich das Doppelte kosten, wenn diese Leute einmal wirklich sterben. Sie rechnet grob, erklärt, dass nur das Deluxe-Paket bei so langfristiger Vorauszahlung möglich sei. Dreißigtausend heute – aber wer weiß, was es in Jahrzehnten kosten wird? Sie runzelt die Stirn, denkt über Zinsen und Inflation nach, hat keine Ahnung von den „Burn Rates", besonders nicht bei jemandem, der Pres-X-2 bekommt. Sie greift Zahlen aus der Luft, bastelt live einen Vertrag, während ein voller Warteraum gierig darauf wartet, Geld bei ihr loszuwerden – und entscheidet: fünfzigtausend ist ein guter Preis.

Kein Widerwort. Im Gegenteil – sich mit so viel Kredit zu verschulden, löst bei ihnen mehr Jubel als Schmerz aus.

Max wirft Ava einen Blick zu. Sie zuckt mit den Schultern. Was soll sie schon sagen?

Bis zum Mittag haben sie fünfundvierzig Zahlungspläne abgeschlossen – für Menschen, die vermutlich noch Jahrzehnte leben werden.

„Also", sagt Max, als er die Tür abschließt und ein *geschlossen für Mittagspause*-Schild ins Fenster hängt, „das war der seltsamste Vormittag auf der Arbeit aller Zeiten."

„Ja." Ava atmet tief aus, lehnt sich im Stuhl zurück. „Ich meine… ich weiß gar nicht, was ich davon halten soll. Mit dem und den ganzen Leuten mit niedrigen Punktzahlen im Kühlraum… das ist der geschäftigste Tag überhaupt."

„Ja… ähm… wegen dem Kühlraum…"

Ava sieht zu ihm, bemerkt seine hängenden Schultern und nervösen Hände. „Max… was ist los? Wenn du abspringst, muss ich's wissen."

„Tut mir leid, ja. Wollte es dir längst sagen. War nur so viel los."

„Und—?"

„Also… Schottland scheint am einfachsten."

Ava setzt sich aufrecht hin, lehnt sich über den Schreibtisch. „Du gehst wirklich?"

„Scheint so. Es ist das, was Frida will. Ich kann sie nicht einfach im Stich lassen.“

Ava nickt und lächelt. Erin wäre stolz. „Schön für dich, Max. Nicht jeder Mann wäre so anständig.“

„Nun, das ist es, was Oma gewollt hätte, da bin ich mir sicher. Frida geht in einer Woche. Ich werde ihr eine Weile später folgen. Paare ziehen anscheinend mehr Aufmerksamkeit auf sich. Sie kann alleine leichter durchschlüpfen.“

„So weit weg“, sagt Ava – sie kann sich nicht mal vorstellen, so weit zu reisen. Wie die meisten hat sie ihr County nie verlassen. Berkshire ist groß genug. Schottland ist unvorstellbar weit. „Wie kommt sie dorthin?“

„Züge, Leihfahrräder, noch mehr Züge. Diese Kombination ist am unauffälligsten. Es wird ewig dauern.“

„Scheiße.“ Ava stützt ihr Kinn in ihre Hände. „Das ist wirklich hart.“

„Wenn du einen neuen Mitarbeiter findest, kann ich noch eine Weile bleiben, um bei der Einarbeitung zu helfen.“ Die Betonung am Ende seiner Stimme macht aus dieser Aussage eine Frage. Ava kann nichts von ihm verlangen. Er hat genug durchgemacht.

„Danke“, sagt sie. „Ich weiß das sehr zu schätzen. Aber konzentriere du dich nur auf dich. Und danke für heute Morgen. Das war verrückt. Ich werde wohl einen Buchhalter engagieren müssen, um das alles zu managen. Es ist jetzt viel komplizierter.“ Glücklicherweise kennt sie da jemanden und wollte diese Person schon seit einer Weile besuchen.

Ava greift nach ihrem Mantel, will gerade den Computer ausschalten, als die Nachrichtensendung beginnt. Wirtschaft läuft super, die Mehrwertsteuereinnahmen sind rekordhoch und das ganze Land liebt den *Trend zum Ausgeben.* Was ihre Aufmerksamkeit wirklich fesselt, ist nicht der übliche Beitrag, sondern der Schwenk zu den Unterhaltungsmeldungen. Monika Skye ist zu sehen, mit einigen anderen Promis, deren Namen Ava nicht kennt – sie brüllen fröhlich über ihre neue Show. Das Livepublikum klatscht, die Begeisterung der Moderatoren ist greifbar.

„Ein paar glückliche Bürger und Bürgerinnen der Gesellschaft wurden mit Pres-X-2 belohnt – und wir zeigen euch ihre Behandlung, Verjüngung und Reise live!"

„Genau, Monika. Drei glückliche Gewinner beginnen ihre Behandlung in zwei Tagen. Und wir zeigen euch alles – live. Nun fragt ihr euch vielleicht: Warum genau *diese* Menschen?"

„Gute Frage, Berenice. Jeder dieser Gewinner hat herausragende Leistungen erbracht, die sie würdig für diesen Preis machen. Sehen wir uns ihre Profile an."

„Scheiße! Scheiße, scheiße, scheiße!"

„Zuerst haben wir Jenny." Ein Ganzkörperfoto einer blonden Frau mit einem müden, aber freundlichen Lächeln erscheint. „Sie ist einundfünfzig, arbeitet als Pflegerin mit einer niedrigen Lebenspunktzahl, hat aber viele Pres-X-Nutzer in den Jahren vor deren Behandlung betreut."

„Die Zweite ist Meenal – sie hatte mal einen Punktestand von 700, verlor dann aber alles kurz vor Einführung von Pres-X-2. Pech gehabt, Meenal – aber jetzt bist du dabei!" Meenals Bild erscheint, eine perfekt frisiert lächelnde Frau – so falsch, dass Ava fast das Gesicht verzieht. Zwei sind es. Vielleicht ist sie nicht dabei. Vielleicht wird ihre Behandlung privat.

„Und als Dritte haben wir Ava – Mitglied der Gesellschaft-spolizei mit den meisten Verurteilungen in ganz Berkshire. Sie hält unsere Straßen sicher! Bravo, Ava.“

Scheiße!

Kapitel 42

Ava überlässt Max die Leitung und macht sich auf den Weg zur Geschäftsadresse von Mae Porter/Taylor, wobei sie der Versuchung widersteht, sich bei Beanies einen weiteren Kaffee zu holen. Sie möchte ohnehin nicht gesehen werden. Und nach Kaffee ist ihr ohnehin nicht zumute. Sambuca wäre angemessener, um das Erlebte zu verarbeiten. Sie zieht ihren Schal hoch, um die eine Hälfte ihres Gesichts zu bedecken, und schlägt die Kapuze ihrer Jacke tief ins Gesicht, sodass nur ein schmaler Schlitz zum Durchschauen bleibt. Ihr Gesicht ist so rot, dass man meinen könnte, sie habe ihre Behandlung bereits hinter sich. Sie könnte Mandisa dafür umbringen, dass sie sie in diese Lage gebracht hat. Niemand mag die Gesellschaftspolizei. Auf der Straße wird sie von Schlägern mit niedrigen Lebenspunktzahlen gesteinigt werden.

Weiter vorn bricht eine seltsame Rangelei aus, der sie durch einen Gassenwechsel ausweicht – eine verpönte Art der Fortbewegung, die ihr allerdings keine Punkte kosten dürfte. Obwohl – vielleicht wären ein paar abgezogene Punkte im Moment gar nicht so schlecht. Vielleicht würden sie sie davor bewahren, an dieser Fernsehshow teilzunehmen.Sie beginnt sich zu fragen, ob Max vielleicht Gesellschaft auf seinem Weg nach Schottland möchte.

Ein flüchtiger Blick in die Schaufenster zeigt mehrere „ausverkauft"-Schilder und einige weitere mit „Ware bald verfügbar! Jetzt reservieren!"-Bannern, die ihre Eingänge schmücken. Das Geschäft boomt offensichtlich für die meisten, nicht nur für sie. Die Nachrichten über die boomende Wirtschaft scheinen wahr zu sein, ebenso wie die Verzweiflung in den Gesichtern der Menschen, die Verkäufer anschreien und versuchen, Kreditkarten zu übergeben und betteln, jetzt zu bezahlen, um später eintreffende Ware zu reservieren. „Es ist egal, wann es kommt, lass mich einfach jetzt dafür bezahlen!"

Auf den Dächern der Gebäude werden laufend neue Plakate für Kreditkarten- und Darlehensfirmen angebracht – so schnell, wie man sie lesen kann. Alle in grellen Farben, als würden sie Süßigkeiten statt Schulden verteilen. Trotz des zügigen Tempos und der Körperwärme der anderen Passanten fröstelt Ava. Sie hat ihr Leben lang darauf geachtet, Punkte zu sammeln, war aber stets vorsichtig, was Schulden anging. Sie hat einige, ja – aber überschaubare. Sie hört immer noch Suzannas Schreie, sieht noch, wie sie kniend den Asphalt schrubbt. Und sie weiß, dass auch sie ihre Schulden zurückzahlen muss. Schulden vererben sich – genau wie Lebenspunktzahlen.

Ava geht an einem Restaurant für 700-Plus-Punkter vorbei. Früher war es nicht so hochklassig. Das Essen war gut, asiatische Fusionsküche, und jetzt ist es Spitzenklasse geworden. Der süße und würzige Geruch erfüllt die Straße. Wenn sie die 700 erreicht, verspricht sie sich, dort wieder zu essen – falls sie überhaupt in der Öffentlichkeit gesehen werden kann, wenn jeder sie als Gesellschaftspolizistin kennt. Ein Schild im Fenster verkündet, man könne jetzt schon auf Kredit bezahlen und das Essen dann genießen, sobald man die 700 erreicht hat – sogar online lässt sich das regeln. Ava leckt sich die Lippen und macht sich eine Erinnerung auf dem Handy. Vielleicht nutzt sie dafür eine ihrer neuen Kreditkarten.

Jemand rempelt sie mit einer Einkaufstüte am Arm, ein anderer tritt ihr fast auf den Fuß. Beim Blick um sich stellt sie fest, dass sie die Einzige zu sein scheint, die sich dem „Trend zum Konsum" noch nicht vollständig hingibt. Ihre Gedanken kreisen um den chaotischen Vormittag bei der Arbeit – wie viele Bestattungspläne sie wohl auf Kredit verkaufen könnten? Sie graut sich vor dem Andrang in fünfzig Jahren... oder vielleicht sogar erst in hundertfünfzig, je nach Entwicklung von Pres-X-2. Ein Geschäftsmodell für so weit in die Zukunft zu planen, ist einschüchternder, als sie dachte. Ehrlich gesagt hatte sie darüber anfangs kaum nachgedacht. Wenn es wieder zu einem Massensterben kommt wie während der Großen Unruhen – wie soll das Unternehmen das bewältigen?

Während sie Schritt hält, holt sie ihr Handy heraus und lädt den Artikel der *Punkte-Tipps am Sonntag*, wobei sie versehentlich auf jemandes Fuß tritt. Ihr Mund ist zu trocken, um sich zu entschuldigen. Der Artikel ist abgelaufen und sie kann ihn nicht mehr lesen. Doch Schlagzeilen anderswo zitieren den Artikel und jede Plattform in den Sozialen Medien ist überschwemmt mit neuen und aufregenden Möglichkeiten, Kredite zu erweitern, von denen man nicht einmal wusste, dass man sie hatte, um die Punktzahl zu erhöhen. Regelmäßige Blumenlieferungen, Kinomitgliedschaften, ein neues Fahrrad bestellen, das erst in Jahren produziert wird, Urlaube im Voraus buchen, Versicherungen für Jahre im Voraus abschließen, Geburtstagsfeiern zum 50., 60. – eigentlich könnte sie für jeden einzelnen Geburtstag, den sie womöglich noch erlebt, schon jetzt planen. Die Frage ist nur: Wie lange wird ihr Leben überhaupt dauern? Zias Geburtstag steht bald an – das wäre immerhin etwas Konkretes. Ava speichert die Seite und nimmt sich vor, später etwas zu organisieren. Aber sie will nicht in die Falle der Kreditmaximierung tappen. Diese paar Essentials reichen völlig aus.

An den Wettbüros vorbei – die mittlerweile auch Wetten auf Kredit erlauben – kämpft sich Ava durch die Menge bis ins Büro der Buchhalterin. Maes Tochter ist diesmal nicht da, stattdessen wird Ava von einer Frau mit dem ordentlichsten Zopf begrüßt, den sie je gesehen hat.

„Kann ich Ihnen helfen?", fragt sie – in einem Tonfall, der keinerlei Hilfe signalisiert.

„Ich bin hier, um Mae zu sprechen."

„Sie ist gerade beschäftigt."

„Ich werde mich einfach setzen und warten."

Ava setzt sich, bevor die Frau Zeit hat zu protestieren. Wenn sie etwas aus den Taktiken von *Eyes Forward* gelernt hat, dann, den Leuten keine Wahl zu lassen. Sie nimmt einige Broschüren und blättert sie durch. Die Ratschläge für Geschäftsbuchhaltung scheinen vernünftig, sogar sinnvoll, weit entfernt von den übereifrigen Versprechungen und leeren Aussagen der meisten Unternehmen. Als sie alle gelesen hat, beginnt sie mit den Postern. *Geschäftsbuchhaltung, der Sie vertrauen können! Sparen*

Sie bei Ihrer Selbsteinschätzung. Streben Sie nach Punkten? Streben Sie nach Erfolg! Ava zuckt bei dem letzten zusammen. Einen *Eyes-Forward*-Slogan abzuändern, erscheint geschmacklos.

„Mae wird Sie jetzt empfangen."

Nach der langen, unangenehmen Stille lässt Avas Zusammenzucken sich kaum verbergen, als sie aufsteht und zur Bürotür geht.

Maes Schultern sacken leicht, als sie sie sieht. „Also doch keine Kundin."

Ava erinnert sich, warum sie Mae beim ersten Treffen so mochte – diese Ehrlichkeit ist selten geworden. „Ich würde gern eine werden. Ich habe die Lebenspunktzahl-Anforderung meines Bestattungsinstituts von 700 auf 600 gesenkt. Es läuft gerade sehr gut. Ich habe ein paar Tabellen und Unterlagen dabei."

Mae verengt leicht die Augen und nimmt die Papiere entgegen, blättert mit zusammengepressten Lippen hindurch. „Vorauszahlungspläne für Leute in dem Alter?"

„Sie wollen anscheinend den Kredit. Was soll ich sagen – fürs Geschäft ist es gut. Das und die gesenkte Punktegrenze."

„Eine kluge Entscheidung, angesichts der aktuellen Lage."

„Meinen Sie die Tatsache, dass Konservierte unter 750 scheinbar extrem unfallgefährdet sind?"

„Das weiß ich nicht. Ich versuche, die Nachrichten zu ignorieren."

„Ebenfalls eine kluge Entscheidung."

Mae liest weiter, tippt nebenbei Zahlen in ihren Rechner. Ava sitzt ruhig da und bewundert fast ehrfürchtig die Ordnung auf Maes Schreibtisch – jedes Teil exakt platziert, kein Staubkorn auf dem Regal.

„Ich sehe mir das in den nächsten Tagen genauer an und schicke Ihnen dann ein Management-Paket."

„Das wäre großartig, danke."

„Aber nur nach dem ersten Eindruck könnte das den Wert Ihres Unternehmens erheblich steigern. Und natürlich auch Ihre Punktzahl. Ich würde sagen, wenn Sie so weitermachen, könnten Sie in etwa einem Jahr die 700 erreichen."

Ava setzt sich etwas gerader hin und strafft die Schultern. „Ich möchte die 700 jetzt erreichen, oder so bald wie möglich. Was glauben Sie, wie viele Vorauszahlungspläne ich dafür brauche? Ich muss auch mindestens einen weiteren Mitarbeiter einstellen."

„Sie wollen unbedingt Pres-X-2?"

Maes Direktheit lässt Ava für einen Moment zusammensacken, bevor sie sich wieder aufrichtet. „Es ist nicht für mich", sagt sie und spricht sorgfältig. „Es ist für meine Tante, damit sie Pres-X bekommt."

„Das ist inzwischen bei 650, das könnten Sie bald—"

„Nein", unterbricht Ava, schärfer als beabsichtigt. Sie atmet tief durch. „Sie muss die Hochpunkt-Behandlung bekommen. Was wir neulich besprochen haben..." Sie beugt sich vor, senkt die Stimme. „Ich habe es rausgefunden. Es gibt einen Unterschied—"

„Ich glaube nicht, dass ich das hören sollte", sagt Mae, zieht sich zurück und schüttelt den Kopf.

„Ich sage nichts weiter. Aber ich muss auf 700, besser 750 – falls ich keinen Mitarbeiterrabatt kriege. Können Sie mir sagen, was dafür nötig ist?"

Mae sieht sie eine Weile an – ein seltener, intensiver Blick. „Natürlich. Das gehört zu meinem Job. Aber Sie sollten wissen, dass Firmen, in denen das Personal Pres-X-2 nimmt, bereits erfolgreicher sind als andere. Es wurde heute eine neue Studie dazu veröffentlicht. Sehen Sie, was Ihre Konkurrenz macht."

„Ja, danke. Ich bekomme Pres-X-2 kostenlos."

Maes Mundwinkel heben sich. Ava kann nicht sagen, ob beeindruckt oder spöttisch. „Herzlichen Glückwunsch", sagt sie. Definitiv spöttisch.

„Ach, halten Sie die Klappe."

Mae lacht trocken – und Ava lacht mit, überrascht über sich selbst.

„Wieso ausgerechnet Sie?", fragt Mae.

„Beste Gesellschaftspolizistin – angeblich. Außerdem hat meine Ex ein gutes Wort eingelegt."

Maes Gesicht verzieht sich zu schockiertem Entsetzen. „Sie sind eine Gesellschaftsschnüfflerin?"

„Urteilen Sie nicht zu schnell. Das Leben ist hart. Ich will das ja alles gar nicht."

„Dann werden Sie jedenfalls der Neid der Gesellschaft sein", sagt Mae, mit hörbarer Verachtung.

Ava grinst. „Ist ja nicht so, als hätte ich eine Wahl. Irgendwelche Tipps, wie ich da wieder rauskomme?"

„Vielleicht sollten Sie wie die Armen, die Sie ausspionieren, einfach ein Verbrechen begehen. Zwei Verbrechen und kein Pres-X mehr, oder?"

„Gilt das auch für Pres-X-2?"

„Ich habe nur Spaß gemacht. Als Profi befürworte ich natürlich nicht, dass Sie ein Verbrechen begehen. Und sie würden Ihnen wahrscheinlich auch Ihre Punktzahl entziehen."

Ava sinkt tiefer in den Stuhl. „Danke übrigens für die Fotos."

„Ich weiß nicht, wovon Sie reden", sagt Mae mit einem Zwinkern.

„Ich habe einiges online gelesen, im Darknet. Andere Frauen sind unzufrieden. Heimlich. Sie sind nicht einverstanden mit der Richtung, in die sich das alles entwickelt. Es gibt Gerüchte, dass *Eyes Forward* Frauenrechte weiter einschneiden will. Manche kämpfen dagegen – sie nennen sich *Sisters and Spies*."

Mae schnappt hörbar nach Luft – Avas Worte treffen offensichtlich einen Nerv. Sie bleibt einen Moment ganz still, bevor sie den Gedanken abschüttelt. „Sich da einzumischen, ist wohl die sicherste Methode, um das Pres-X-2 wieder aberkannt zu bekommen."

„Klingt nach einem Plan." Ava lacht.

„Ich melde mich wegen der Konten bei Ihnen. Ich schicke Ihnen eine E-Mail, wenn Ihre Unterlagen fertig sind."

Ava bedankt sich und verlässt das Büro – ein mulmiges Gefühl kriecht ihr den Rücken hoch. Da war etwas. Etwas, das Mae ihr sagen wollte, aber nicht konnte. Auf dem Rückweg über die Friar Street läuft sie an Läden vorbei, deren Fassaden mit Spiegeln glänzen, während die Regale dahinter leer sind. Auf der Straße brechen Auseinandersetzungen aus, während Menschen sich mit gezückten Handys gegenseitig provozieren – im Streben nach Punkten, auf die bösartigste Weise. Wenigstens reicht das zusätzliche Geld, um neue Schlösser und eine Innenkamera im Haus anzuschaffen. Bei dem Level an Hysterie und Stress auf den Straßen wird sie das brauchen.

KAPITEL 43
Während der großen Unruhe

Lucia hatte ihren Friedensvertrag nie unterschrieben. Es waren ein paar Monate seit diesem Treffen vergangen und sie hatte immer noch kein Verlangen, ihn zu unterzeichnen. Unsinniger Vertrag, nannte sie ihn. Rückschrittlicher Vertrag. Diskriminierender Vertrag. Sie hatte alle möglichen Bezeichnungen dafür – keine davon beinhaltete das Wort *Frieden*. Und warum sollte sie ihn auch unterzeichnen? Sie hatte keinen Ärger verursacht. Keinen einzigen. Sie hatte ihnen schon vor Ewigkeiten gesagt, sie sollten den Ärger beenden. Und sie brauchte keine blöde hohe Punktzahl, um ein guter Mensch zu sein. Diese Schurken bei dem Treffen waren hinter Bestechung her. War es das, worum sich all das Gerede gedreht hatte? Es zu benutzen, um reich zu werden und Pres-X zu bekommen? Oh, sie wollte auf ihre Türschwellen spucken.

Sie konnte sich auf Luigi und Daphne verlassen. Sie würden sich nicht so leicht beeinflussen lassen. Sie hatten eine Tochter, an die sie denken mussten. Sie war noch jung genug, um eine

Familie zu gründen. Sie würden für ihr Recht kämpfen, Kinder zu bekommen und ihre körperliche Selbstbestimmung zu behalten. Sie traf sie an einem Freitag nach Geschäftsschluss in ihrem Bestattungsunternehmen, mit der Absicht, danach essen zu gehen. Als sie ankam, heizten sich einige Proteste auf der Straße auf.

Luigi kniete auf dem Boden, als sie ankam – ein großes Laken unter ihm, einen Pinsel in der Hand. „Oh, Lucia", sagte er erschrocken. „Ich hatte vergessen, dass du heute kommst."

„Luigi!", sagte sie und starrte auf das Laken. „Was machst du da?"

„Es ist ein friedlicher Protest, es wird keine Probleme geben."

„Aber... aber... du meinst das nicht ernst. Sicher meinst du das nicht ernst." Er konnte das nicht ernst meinen.

Sterilisiert Frauen, rettet die Gesellschaft!

„Es ist das Beste, Lu. Verstehst du das nicht? Es wird keinen Frieden geben, wenn wir uns gegenseitig an die Gurgel gehen. Das ist ein Kompromiss."

„Kompromiss?" Sie knurrte dieses Wort durch ihre Zähne. Verdammter Kompromiss. „Du willst, dass Frauen sterilisiert werden? Nein. Das kann ich nicht glauben..." Dann wurde ihr klar. „Du hast dich verkauft, nicht wahr? Für dieses Medikament! Für dieses verdammte Medikament!"

„Sie haben versprochen, dass sie es nicht an alle verteilen werden. Die Welt wird nicht von Konservierten übernommen werden. Nur einige ausgewählte Bürger dürfen länger leben-"

„Aber du warst so dagegen."

„Ich war gegen die universelle Einführung, klar. Aber wenn nur ein paar Leute es haben – wo ist das Problem?"

Er sprach so ruhig und vernünftig, dass es fast so wirkte, als müsste er eigentlich etwas völlig anderes sagen. Er konnte diese Worte nicht ernst meinen, das konnte er einfach nicht.

„Was würde Ava dazu sagen? Ich erkenne dich kaum wieder.“

„Ich senke sogar den Lebenspunktestand für diesen Laden – dann läuft das Geschäft besser.“

„Geschäft! Darum geht's dir also. Was ist mit der Natur? Was ist mit Gott?“

Selbst durch die dicken Fenster an der Vorderseite des Bestattungsinstituts war das Rufen von draußen laut und deutlich zu hören. Nicht die einzelnen Worte – die waren durcheinander. Aber der Hass, der Zorn, das war unüberhörbar. Das Trommeln gegen die Scheiben, das Stampfen der Füße.

„In den letzten Wochen gab es viel weniger Tötungen. Verstehst du das nicht, Lu? Das ist das Beste – für die ganze Gesellschaft.“

„Du wurdest gehirngewaschen von diesem Kerl, wie hieß er nochmal, ich hab's vergessen. Und der andere. Und mein Ken. Die sind böse, Luigi. Mein Bruder würde sowas niemals denken.“

Sie hielt sich die Hände auf die Ohren und schloss die Augen, presste sie so fest zusammen, dass es wehtat. Ihr Puls hämmerte in den Schläfen. „Nicht mein Bruder“, murmelte sie immer wieder. „Nicht mein Bruder.“ Als sie die Augen öffnete, schwang die Tür gerade zu. Das Bestattungsinstitut war leer. Ihr Kopf pochte, ein seltsames Gemisch aus Schmerz und Taubheit, ein grauer Schleier vor ihrem Blick, der nicht verschwinden wollte. Was sollte sie tun? Wohin war Luigi gegangen? Er war doch eben noch hier. Die Schlüssel lagen auf dem Tresen, also ging sie hinüber und schloss die Tür ab. Aber die Schlüssel konnte sie nicht mitnehmen – das wäre nicht richtig. Luigi würde sie brauchen, wenn er zurückkäme, von wo auch immer er gerade war. Wo war er überhaupt hingegangen? Sie versuchte, sich zu erinnern. Runzelte die Stirn, konzentrierte sich. Sie lief den Flur entlang, schaute im Büro nach, dann nach hinten, rief seinen Namen und auch Daphnes. Keine Antwort.

Also setzte sie sich und wartete.

Menschenmassen zogen am Bestattungsinstitut vorbei, so viele, dass Gesichter gegen die Scheiben gedrückt wurden, Fäuste dagegen schlugen. Aufrührer, alle miteinander. Sie drehte ihnen den Rücken zu. Keine Chance, dass sie die reinließ. Es wurde schnell dunkel und als sie sich umdrehte, sah sie nur noch Abdrücke von Wangen und Händen an der Scheibe, begleitet von lautem Geschrei. Diese Aufstände waren immer voller Geschrei.

Luigi und Daphne waren bestimmt nach Hause gegangen. Sie würde warten, bis der Marsch vorbei war und sich ihnen dann anschließen. Wenn sie nur wüsste, wohin sie gegangen waren.

Lucia nickte ein, schlief eine Weile – wachte auf mit etwas Sabber am Kinn und noch mehr Verwirrung im Kopf. Eine Wange war taub, die andere Schläfe pochte. Wo war sie? Sie blickte sich um. Die Särge und die Flyerständer erinnerten sie wieder: Im Bestattungsinstitut. Warum war sie hier? Wahrscheinlich sollte sie Luigi treffen. Dieser Tölpel von Bruder. Er war immer so rücksichtslos.

Sie beschloss zu gehen, ohne genau zu wissen, warum sie eigentlich geblieben war. Welcher Tag war heute? Musste sie heute arbeiten? Vielleicht schaute sie kurz bei Mo und ihrem kleinen Hund vorbei. Ihr Baby müsste bald kommen.

Kapitel 44

10 Jahre nach den Großen Unruhen

Der Nachmittag im Bestattungsunternehmen ist etwas weniger geschäftig als der Morgen und Ava schafft es, alle Vorauszahlungsanmeldungen ohne Max' Hilfe zu erledigen. Er hat einen vollen Kühlraum vorzubereiten und wenn er bald gehen wird, muss er jetzt im Zeitplan bleiben. Sie hatte noch keine Zeit, um nach neuem Personal zu suchen, und macht sich eine gedankliche Notiz, dies so bald wie möglich zu tun, obwohl Max im Moment ziemlich unersetzlich erscheint. Sie ist am Boden zerstört, wenn sie ehrlich zu sich selbst ist. Sie wünschte, es gäbe einen anderen Weg.

Ava bemerkt, dass Frida gegen Ende des Nachmittags hereinkommt und Frida winkt ihr kurz zu, als sie durchgeht. Ava winkt zurück, hat aber keine Zeit, sie aufzuhalten, da ein weiterer Kunde bei ihr sitzt. Es ist nicht professionell von Frida, dort hinten zu sein.

Gerade als Ava erschöpft die Türen abschließt – mit mehr Geld in der Kasse, als sie je an einem einzigen Tag verdient hat –, rollt ein *Eyes-Forward*-Transporter vor. Kein eleganter SUV wie sonst, sondern ein Wagen mit vergitterten Fenstern, einer verschraubten Tür am Heck und nur den Fahrertüren zum Öffnen, dennoch tiefschwarz und mit dem *Eyes-Forward*-Logo an der Seite. Die Männer, die aussteigen, tragen keine Anzüge, sondern schwarze Hosen und Hemden mit darüberliegenden Stichschutzwesten. Ava beginnt zu schwitzen. Ist ein Witz über ein Verbrechen jetzt auch schon ein Verbrechen?

Ohne zu grüßen betreten die drei Männer das Gebäude, die Hände nahe an ihren Schlagstöcken.

„Kann ich Ihnen helfen, meine Herren?"

Sie antworten nicht sofort, sondern gehen im Empfangsbereich umher und schauen hinter Särge und Ausstellungsstücke. „Ist noch jemand im Gebäude?"

„Mein Angestellter im Kühlraum, und seine Freundin—"

„Das sind sie! Hier entlang!" Die drei Männer beschleunigen ihre Schritte, rennen den Flur hinunter, öffnen zuerst die Bürotür, dann die zum Kühlraum, Ava dicht hinterher.

„Was soll das?!"

Max und Frida schrecken zusammen, als die Männer in den Raum stürmen. Max wirft schützend den Arm um Frida, während Ava hilflos in der Tür steht.

„Frida Simmons?"

„Ja?", antwortet sie. Ihre Stimme ist kaum mehr als ein Piepsen.

„Sie sind verhaftet wegen versuchten illegalen Grenzübertritts während einer Schwangerschaft. Sie werden umgehend in eine Abbruchseinrichtung überführt."

Ava stößt den Atem aus, als hätte man ihr die Luft aus der Lunge geschlagen. Max' Arm um Frida wird steif, doch seine Beine geben nach. Seine Augen sind so rot und weit aufgerissen wie nur möglich.

„Nein!" Frida schreit auf, klammert sich an Max. „Max, halt sie auf! Nein! Ich kann das nicht!"

Doch ihr Widerstand ist zwecklos. Max ist kein Gegner für die drei Männer mit ihren Schlagstöcken. Einer hebt seinen Stock über den Kopf – sein Blick härter als alles, was Max entgegenzusetzen hat. Zwei der Männer packen Fridas Handgelenke. Sie würden ihr eher die Arme ausrenken, als loszulassen. Ihre Füße schleifen über den Boden, ihr Körper windet sich, während ihre dünnen Arme festgehalten werden.

„Max! Nein!"

Max ruft von hinten: „Frida! Bitte, lasst sie gehen!" Seine Stimme ist klein, geradezu kläglich, sein magerer Körper nicht mehr als eine leichte Störung für einen von ihnen, geschweige denn für drei. Ava tritt zur Seite und lässt sie vorbei, während Frida weiterhin schreit und tritt. So schnell, wie sie das Haus betreten haben, sind sie wieder weg. Ein zitternder Max bleibt an den Türen stehen und sieht zu, wie der Truck davonfährt.

„Max. Es tut mir so leid–"

„Du Miststück! Du warst es, oder? Du bist so eine hochrangige Gesellschaftspetze! Niemand sonst wusste es! Sie hatte ihr Implantat versteckt. Nur dir haben wir es erzählt."

„Nein! Max, ich würde niemals–"

„Wie konntest du nur!"

Er rennt zur Tür hinaus in Richtung des Trucks und lässt Ava allein und zitternd zurück.

***

Ava wartet noch eine Stunde nach Geschäftsschluss im Bestattungsunternehmen, falls Max zurückkommt, um seine Jacke, sein Handy oder irgendetwas anderes zu holen, das er zurückgelassen hat, bevor er davonlief. Sie macht sich eine Tasse süßen Tee, während sie wartet. Als das sie nicht beruhigt, macht sie Liegestütze, bis sie ihre Bluse durchgeschwitzt hat. Ihren Herzschlag zu erhöhen, beruhigt sie nicht, aber es kanalisiert ihre Wut, befreit ihren Kopf von all dem *Vielleicht ist es das Beste*-Unsinn und fokussiert ihre Aufmerksamkeit messerscharf auf das, was sie gerade gesehen hat. Es ist nicht das erste Mal, dass sie eine Frau von Leuten weggekarrt sieht, die ihren Uterus als Bedrohung betrachten, aber es ist das erste Mal seit einem Jahrzehnt.

Die Geheimverhandlungen der Friedensverträge erinnern so sehr an die *Enough*-Kundgebungen vor Jahren, wenn man sie aus so naher Perspektive sieht – wenn es jemanden betrifft, den sie kennt. Es war leicht anzunehmen, dass die Gesellschaft es richtig gemacht hat und *Eyes Forward* die Großen Unruhen beigelegt hat, wenn die Konsequenzen davon verborgen blieben. Die meisten Konsequenzen.

Ihr Implantat fühlt sich nach wie vor fremd unter ihrer Haut an. Ist das wirklich Frieden – oder nur Beschwichtigung? Die Jahre seit den Großen Unruhen wirken ganz und gar nicht wie jene eigentümliche Ära der Ruhe und des Wohlstands, wie *Eyes Forward* sie verkaufen will. Es ist bloß die Geschichte, die sich wiederholt – wie sie es immer tut. Manchmal dauert es Wochen, manchmal Jahre oder gar Jahrhunderte, aber sie wiederholt sich – wie eine zyklische Zeitschleife frauenfeindlichen Irrsinns.

Ihre Arme hängen schlaff an ihren Seiten und sie wünschte, sie hätte mitgezählt, wie viele Liegestütze sie gemacht hat. Es muss ein neuer Rekord für sie sein. Max ist noch immer nicht zurückgekehrt. Nachdem Ava das Gebäude gefühlt hundertmal durchquert hat, schickt sie ihm eine E-Mail und schließt ab, um zu gehen. Eine Stunde Besuchszeit bleibt noch, also rast Ava ins Krankenhaus – mit leeren Händen, außer Atem, die Beine brennend vor Anstrengung. Sie fürchtet die Abzüge von ihrem Lebenspunktestand für das Überfahren roter Ampeln und zu schnelles Radfahren.

Zia sitzt aufrecht und unterhält sich mit ihrer Zimmernachbarin, als Ava ankommt.

„Ava, Liebes. Wie schön, dass du hier bist.“

„Zia.“ Sie gibt ihr einen Kuss auf die Stirn und vermeidet dabei die Blutergüsse. „Wie geht es dir?“

„Oh, es ging mir noch nie besser. Weißt du, sie bringen mir Tassen mit Tee, wann immer ich möchte.“ Ihr Gesicht ist immer noch geschwollen und lila, ihre Aussprache ist ein wenig verwaschen, aber in der Tat, sie sieht viel besser aus, als Ava es sich vorgestellt hatte.

„Was haben die Ärzte gesagt? Geht es deiner Kopfverletzung besser? Sie sagten, du hättest einen Mini-Schlaganfall gehabt.“

„Alles Unsinn. Mir geht es absolut super. Du siehst allerdings etwas erhitzt aus, und blass. Wie schaffst du diese Kombination? Ist das Make-up? Hast du Eisenmangel?“

„Mir geht's gut, Zia. Ich werde mit dem Arzt sprechen.“

Zwanzig Minuten der kostbaren Besuchszeit werden damit verschwendet, die Flure auf der Suche nach einem Arzt abzulaufen, aber als sie einen findet, ist der kindlich aussehende Arzt freundlich und aufmerksam. „Wir gehen davon aus, dass es ein sehr leichter Schlaganfall war. Wir behalten sie noch eine Nacht zur Beobachtung hier. Sie kann wahrscheinlich morgen nach Hause gehen."

„Sie nimmt dieses Medikament, eine Injektion, Memorexin. Ich glaube, sie ist in einem Tag fällig für ihre Dosis. Hat das den Schlaganfall verursacht?" Das vergiftete Pres-X geht ihr nicht mehr aus dem Kopf und sie kann diesen Gedanken nicht abschütteln. Was, wenn sie versuchen, alle Älteren aus dem Weg zu räumen?

„Das ist keine Nebenwirkung bei diesem Medikament", sagt der Arzt entschieden, aber Ava kann ihre Zweifel nicht unterdrücken.

„Und der Schlaganfall… hat das Auswirkungen auf ihre Pres-X-Berechtigung?"

„Diesmal nicht. Sie wird allerdings eine oder zwei Dosen Memorexin auslassen müssen. Wir wollen ihr Gehirn nicht zusätzlich belasten. Ihre Erinnerung könnte dadurch etwas mehr nachlassen."

„Aber Pres-X – nicht so stark, dass es Pres-X gefährdet?"

„Das hängt wie immer vom bereits vorhandenen Schaden ab. Wenn es ernster wäre, dann ja. Es wäre ratsam, bald mit Pres-X zu beginnen."

Ava beißt sich auf die Lippe, frustriert – selbst der Arzt weiß so wenig. „Danke, Doktor."

Zurück vor Zias Zimmer bleibt sie erst mal im Türrahmen stehen. Zia lacht mit der Patientin im Nachbarbett. Wären da nicht die blauen Flecken, könnte man meinen, sie sei völlig gesund. Avas Brust hebt sich mit einem tiefen Atemzug, ein kleines bisschen Wärme durchströmt ihr Herz.

Mit einer steigenden Lebenspunktzahl, einem gut laufenden Job und einer sich erholenden Zia fühlt sich Ava so hoffnungsvoll wie schon lange nicht mehr.

KAPITEL 45

Zehn Punkte Abzug für ihre chaotischen Fahrradkünste, teilt die Morgennachricht Ava mit. Die süße Zeit im 600er-Club war allzu kurz. Sie kommt bereits müde zur Arbeit, in Erwartung eines weiteren geschäftigen Tages wie dem vorherigen und unsicher, ob Max da sein wird, um ihr zu helfen. Ihre E-Mail beteuerte ihre Unschuld, aber sie kann ihm nicht vorwerfen, dass er das Schlimmste von ihr denkt. Die ganze verdammte Gesellschaft wird sie hassen, wenn sie in irgendeinem XL Medico-Werbemist im Fernsehen landet.

Als sie ankommt, sind die Lichter aus, bis auf eine Taschenlampe. In der frühen Winterdämmerung des Morgens erscheint das seltsam. Ein Stromausfall? Vielleicht ist Max schon da und sucht sein Handy. Sie betritt den Laden, dann geht sie zum Kühlraum. Die offene Bürotür fällt ihr auf dem Weg auf. Alle Papiere liegen auf dem Boden, der Aktenschrank ist umgestürzt und ein gerahmtes Foto, das auf dem Schreibtisch stand, ist in Stücke zerbrochen.

Ihr Herz rast, als sie sich gegen eine Wand lehnt. Ein Einbruch? Sicher nicht. Wer bricht in ein Bestattungsunternehmen ein? Sie öffnet die App der Gesellschaftspolizei auf ihrem Handy und greift dann nach einem abgebrochenen hölzernen Stuhlbein. Einer der Stühle ihres Vaters. Das massive Holz ist so schwer, dass sie Mühe hat, es mit einer Hand zu halten. Sie atmet ein paar Mal tief durch, erinnert sich daran, dass sie gut für solche Situationen ausgebildet ist, und das Zittern in ihren Händen lässt nach. Sie hält inne und lauscht einen Moment. Ein leises Rascheln kommt aus dem Kühlraum. Auf Zehenspitzen schleicht sie zur Tür, wartet ein paar Sekunden davor, bevor sie sie auftritt und ruft: „Keine Bewegung!"

Max sitzt auf dem Boden in einer Pfütze seiner eigenen Tränen.

„Max! Was zum-" Sie lässt das hölzerne Stuhlbein fallen und hockt sich neben ihn.

„Sie haben ihr eine Abtreibung verpasst. Sie haben sie betäubt, das Baby getötet und sie dann wie einen Müllsack vor ihrer Wohnungstür abgeladen. Haben die Hälfte ihrer Lebenspunkte und die Hälfte meiner genommen. Omas. Was sie mir hinterlassen hatte."

„Oh, Max. Es tut mir so, so leid."

„Sie spricht nicht mehr mit mir. Denkt, ich war's. Ich hab ihr gesagt, dass du es warst, und sie gibt mir auch dafür die Schuld."

„Ich war's nicht, Max. Ich schwöre, ich würde das niemals tun."

Er rutscht weiter weg. „Es ist vorbei. Alles nur, weil wir es dir erzählt haben. Ich hätte dir nie vertrauen sollen."

„Oh, Max. Ich habe es niemandem erzählt. Es tut mir so, so leid."

Sein Körper wird von Schluchzern geschüttelt. Sie kann nicht sauer auf ihn sein, weil er den Laden verwüstet hat. Der arme Kerl. Sie reibt seinen Arm und versucht, ihn zu trösten, wobei sie Erin mehr als je zuvor vermisst.

Vom Empfang ruft jemand: „Hallo?"

Verdammt. Warum hat sie die Tür nicht abgeschlossen? Sie schaut auf ihre Uhr. 8:55 Uhr. Mit einem Seufzer lehnt sie Max gegen den Schrank. „Warte hier. Ich bin gleich wieder da."

Sie geht hastig zum Empfang und bleibt fast wie angewurzelt stehen, als sie Mrs. Constance dort stehen sieht, über beide Wangen strahlend.

„Ava, Sie sehen ein wenig blass aus. Bekommen Sie genug Schlaf?"

„Mrs. Co— Verzeihung, Flick. Wie kann ich helfen?" sagt Ava und geht zur Eingangstür, um sie mit ihrem Körper zu versperren. Draußen bildet sich bereits eine Warteschlange und sie will keine weiteren Frühankömmlinge. Sie dreht der Tür den Rücken zu, froh darüber, dass das Glas verspiegelt ist. Der Duft von Mandeln, Lilien und Hibiskus hängt in der Luft, während Mrs. Constance auf sie zutritt. „Ich bin nur vorbeigekommen, um Hallo zu sagen und dir zu sagen, was für eine schöne Zeit ich neulich hatte. Wir sollten das auf jeden Fall wiederholen."

„Du und Kim schient euch gut verstanden zu haben."

„Oh, sie ist schon in Ordnung, ja. Aber am meisten habe ich es genossen, mit dir zusammenzusitzen. Ich habe gerade eine Punktzahl von 900 erreicht. Können Sie das glauben? Und es gibt dieses sehr exklusive Restaurant in Henley, von dem ich dachte, wir sollten hingehen. Diesmal nur Sie und ich."

Ava kann nicht anders, als die Augenbrauen zu heben. „900. Das ist eine beachtliche Leistung.“

„Ja. Sechzig Punkte wurden mir nur dafür anerkannt, dass ich *Eyes Forward* eine illegale Schwangerschaft gemeldet habe. Sie nehmen diese Dinge schrecklich ernst, wissen Sie.“

Avas Magen verkrampft sich, sie kann nicht atmen. „Entschuldigung. Sie? Sie haben eine Schwangerschaft verpetzt?“

„Ja. Hässliche Angelegenheit, diese ungeregelten Schwangerschaften. *Enough* hat sehr vernünftige Forderungen gestellt, denke ich. Und nach dem, was man hört, wollte diese Angestellte von dir das Baby sowieso nicht.“

„Max’ Baby!“ Keine heisere Stimme mehr, jetzt klingt es wie ein Würgereiz. „Das waren Sie?“ Avas Kopf hämmert, sie schließt die Augen und reibt sich die Augenbrauen.

„Und dafür sechzig Punkte.“ Der Stolz in ihrer Stimme lässt Ava zurückweichen. „Also, wie steht’s mit—“ Ein dumpfer Schlag unterbricht Mrs. Constance. Dann ein leises, quietschendes Winseln.

Ava reißt die Augen auf. Mrs. Constance ist verschwunden – stattdessen steht Max da. Zitternd, das Gesicht rot, in der Hand ein Stuhlbein. Ava folgt der Blutspur von dem Stück Holz bis auf den Boden, wo Mrs. Constances Kopf auffällig dem von Mr. Constance ähnelt, als er ankam.

Wieder einmal ist Ava unendlich dankbar für die verspiegelten Scheiben – die Menge draußen ahnt nichts.

Max steht da wie erstarrt, nur sein Arm zittert – das Stuhlbein noch immer an derselben Stelle, an der es auf Mrs. Constances Kopf getroffen ist.

Scheiße.

Ava denkt einen Moment nach. Was tun? Was tun? Was tun?

Dann geht sie zur Tür, öffnet sie einen Spalt und ruft zur wartenden Menge: „Wir öffnen heute später. Stromprobleme. Kommen Sie um zehn wieder.“

Als sie die Tür schließt und abschließt, steht Max immer noch dort. Seine Fingerknöchel sind weiß vor Anspannung um das Stuhlbein. Er starrt auf Mrs. Constance am Boden, gebannt von ihrem leeren Blick. Ava beugt sich hinunter, streicht ihr die karamellfarbenen Locken aus dem Gesicht und prüft den Puls. Unsinnig eigentlich. Ihr Hirn liegt auf dem Boden.

„Max?“

Keine Reaktion.

„Max!“

Er zuckt zusammen, als hätte er Ava vorher gar nicht bemerkt.

„Ja, Chefin?“

„Heiz den Ofen an. Los. Es ist wie eine ganz normale Einäscherung, okay? Zum Glück haben wir heute keine weiteren Einäscherungen.“

„Jetzt gleich?“

„Ja, Max“, sagt sie sanft überredend. „Mach schon.“

Ava folgt ihm ein Stück weit und holt dann einen Rollwagen aus dem Kühlraum. Als Max zurück ist, heben sie, ohne ein Wort zu wechseln, Mrs. Constance auf den Wagen, schieben sie zum Krematorium und kippen sie in den Ofen. Sie drehen die Flammen hoch. Avas Brust prickelt vor Schuldgefühlen, als sie zusieht, wie das Feuer den Körper verschlingt. Schuld über die Tat, Schuld darüber, dass sie sich mit Mrs. Constance eingelassen hat – aber vor allem Schuld über den Gedanken, wie deren Punkte nun zu Asche werden.

900 Lebenspunkte, die zu Staub zerfallen, verschwendet. Die Tatsache, dass sie diesen Verlust betrauert, macht sie genauso schlimm wie jeden anderen. Dennoch kann sie das Gefühl nicht abschütteln. Sie hat kein Mitgefühl.

Mitgefühl ist eine Emotion für die Wohlhabenden. Wut ist ökonomischer. Und Ava ist verdammt wütend auf alles. Die Flammen spucken und knistern in einem zornigen Tanz aus Täuschung und Verschwendung. Der Gestank von Mrs. Constances Leben steigt den Schornstein hinauf, gefiltert und gereinigt, um die Atmosphäre mit ihren Verbrechen zu durchräuchern.

Ava tritt zurück und schluckt die dicke Suppe aus Emotionen hinunter, die droht, sich ihren Weg ihre Kehle hinauf zu bahnen und auf den Boden zu ergießen. Ihr Atem zittert, als sie ihrem Herzen befiehlt, langsamer zu schlagen, und sie reibt ihre Wangen, ihre Schläfen und zwingt das Blut, wieder zu fließen, damit der Nebel der Verärgerung sich lichtet. Max steht direkt hinter ihr und zittert lautlos. Im Augenwinkel sieht sie, wie er sich das Auge wischt und sich die Nase putzt.

Immer noch ohne ein Wort holen sie Putzmittel und wischen das Durcheinander auf dem Boden auf.

Um 9:50 Uhr räumen sie die Putzmittel weg und stehen dann einen Moment im Flur. Max' Zittern ist jetzt kaum noch wahrnehmbar. Ava holt ein paar zuckerhaltige Getränke aus dem Kühlschrank, die sie normalerweise für Kunden nach besonders tränenreichen Momenten aufbewahren.

„Max?"

„Ja, Chefin?"

Ihre Lippen bewegen sich kurz, finden kaum Worte, bevor sie sich lösen. „Das ist nie passiert. Verstanden? Wenn Frida fragt, hast du keine Ahnung, wie *Eyes Forward* davon erfahren hat. Geh davon aus, sie haben deine Internetsuche überwacht. Klar?"

„Ja, Chefin."

Sein Blick ruht auf der Stelle, wo das Blut war. Der Fleck ist nicht mehr sichtbar – aber in ihrem Innersten werden sie ihn beide immer sehen.

„Kannst du mir heute bei den Vorsorgeverträgen helfen?"

„Ich denke schon."

„Ein ganz normaler Arbeitstag."

Ein paar tiefe Atemzüge später, nach einem letzten Blick in den Spiegel, öffnet Ava die Tür und lässt die Wartenden herein.

Was kann schon Schlimmeres passieren? Diese Frage stellt sie sich, während sie für einen Kunden nach dem anderen die Vorauszahlungsunterlagen ausfüllt. Sie ist jetzt eine Kriminelle. Vielleicht werden sie sie wirklich nicht in diese gottverdammte Fernsehshow zwingen.

★★★

Avas Gesicht prangt nun auf den Titelseiten mehrerer Social-Media-Kanäle. *Der Neid der Gesellschaft*, heißt es – weil sie Pres-X-2 kostenlos erhält. Es ist ihr Ausweisfoto, auf dem sie eher wie eine Kriminelle wirkt als wie eine Vertreterin der öffentlichen Ordnung.

Die Kommentare liest sie nicht. Sie erträgt es nicht, zu sehen, was die Bürger über sie schreiben. Dass sie eine Petze sei, eine Verräterin, die nur auf Punkte aus ist. Eine Elitäre. Sie kann es sich denken. Sobald ihr Gesicht irgendwo auftaucht, scrollt sie weiter, schaltet den Fernseher aus – was auch immer nötig ist, um ihr Abbild vom Bildschirm zu verbannen.

Doch nur einen Moment später sitzt sie wieder vor dem Computer. Eine lange Liste an Vorauszahlungskunden wartet. Nachrichten- und Social-Media-Pop-ups blinken auf, während sie Formulare und ID-Checks lädt, doch zum Scrollen bleibt kaum Zeit. Sie erledigt, was möglich ist, minimiert den Rest – und arrangiert anschließend zweiundzwanzig weitere Vorauszahlungspläne.

Bei jedem neuen Kunden, der hereinkommt, erwartet sie, dass er auf sie herabschaut, sie mit beißendem Argwohn behandelt und irgendeinen Witz oder eine spitze Bemerkung über ihre Tätigkeit als Gesellschaftspolizistin macht. Aber diejenigen, die es erwähnen, danken ihr. Sie danken ihr tatsächlich, schütteln ihr die Hand und sagen, sie mache einen wunderbaren Job dabei, die Straßen sicher zu halten und dabei zu helfen, die Plage derer mit niedrigen Lebenspunkten loszuwerden, die so viele Probleme verursachen. Avas ernstes Gesicht dankt ihnen im Gegenzug und sie nickt leicht, in der Hoffnung, dass ihre Wangen nicht so rot sind, wie sie sich anfühlen.

In der Mittagspause schließen sie die Türen, hängen das Schild „In einer Stunde zurück" ins Fenster und setzen dann den Wasserkocher auf. Max hat die letzte Stunde im Kühlraum gearbeitet. Ava geht hinein, um nach ihm zu sehen. Er ist beschäftigt, arbeitet schnell, sogar hektisch. Sechs Leichen einbalsamiert, alle mit Haaren und Make-up fertig und die Wangen aufgefüllt. Der Kühlraum ist allerdings ein Chaos – überall Unordnung und Max verliert Dinge genauso schnell, wie er sie findet.

„Die Einäscherung ist abgeschlossen", sagt er mit zittriger Stimme. „So viel schneller als Oma und die anderen Konservierten. Super schnell eigentlich, verglichen mit den heutigen Zeiten, also nicht zu schlecht für die Finanzen. Ich werde es natürlich bezahlen. Wenn du willst. Zieh es von meinem Lohn ab. Aber es ist erledigt, jedenfalls alles weg. Als wäre es nie passiert. Haha. Was ist nie passiert? Nichts! Ha! Genau wie wir gesagt haben. Mein Baby ist tot und sie auch. Wer? Niemand! Und die Kremationsdauer war wie in den alten Zeiten. Gleiche Zeit wie Mr. Co-" Er hört abrupt auf, seinen Namen zu sagen. „Gleiche Zeit wie die alten Konservierten mit hohen Punktzahlen."

Natürlich ist es die gleiche Kremationsdauer. Mrs. Constance hatte Pres-X bekommen, bevor es abgelaufen war.

Max redet immer noch, plappert weiter, holt kaum Luft. Sie tritt vor und packt seine Schultern, greift mit all ihrer Kraft zu und gräbt ihre Nägel in ihn.

„Max. Halt. Die. Klappe."

Seine Augen treffen ihre und durch ihre angespannten Finger spürt sie, wie seine Anspannung ein wenig nachlässt. Seine Brust hebt sich langsamer, das laute Ausatmen, das folgt, ist lang und kontrolliert. „Tut mir leid, Ava. Es tut mir leid. Scheiße, es tut mir leid. Es tut mir so verdammt leid."

Ihr Griff an seinen Schultern reicht nicht aus, um sein Zittern zu stoppen. Sein Körper krampft. Sie zieht ihn zu einer Umarmung heran, so wie Zia es tat, als sie erfuhr, dass ihre Eltern gestorben waren, als Mandisa mit ihr Schluss machte, als sie sich als Kind das Knie aufgeschürft hatte. So wie es Eltern und Tanten und Familie tun, um zu trösten und Mitgefühl zu zeigen, wenn ihre Herzen die Traurigkeit teilen, wenn sie dich unterstützen und dir zeigen wollen, dass sie für dich da sind, wenn der dünne Film des Glücks wie eine Seifenblase platzt und all der Kummer herausquillt. Denn das ist alles, was sie in diesem Moment fühlt, als Max' zittriges Geplapper in Verzweiflung zusammenbricht.

„Es ist okay, Max", sagt sie besänftigend, während seine Tränen ihre Bluse benetzen. „Es ist okay. Es wird alles gut."

KAPITEL 46

Avas Implantat leuchtet golden auf, gerade als sie die Ladentür abschließt. Dann beginnt es heller zu werden – und bleibt golden. Kein bloßes Flackern diesmal. Endlich ist ihre Fruchtbarkeit vernachlässigbar genug, um als akzeptabel zu gelten. Kurz denkt sie daran, sich zur Feier des Tages einen Drink zu gönnen – bis ihr einfällt, dass Zia vor ein paar Stunden aus dem Krankenhaus entlassen wurde. Und dass ein Feiertrunk nach der Vertuschung eines Mordes vielleicht schlechtes Karma wäre.

Bei diesem Gedanken durchfährt sie ein kalter Schauer, doch sie schiebt ihn beiseite. Nie wieder daran denken. Lebenstraumata in Schubladen packen. Es ist vorbei. Sie hatte Max nach Hause geschickt, als er sich beruhigt hatte – als er aufgehört hatte, sich zu entschuldigen, als seine Tränen versiegten. Sie sagte ihm, er solle sein B-Well nehmen und schlafen. Eine doppelte Dosis. Dreifach, wenn nötig. Wie sie ihm mehr davon beschaffen kann, wird sie später herausfinden.

Sie muss beinahe lachen, als sie sich an ihr Gespräch mit Mae erinnert. Ein Verbrechen begehen. Dann geben sie dir niemals

Pres-X-2. Ha! Wie praktisch. Auch wenn sie nach einem Verbrechen dieses Ausmaßes vermutlich nie wieder das Tageslicht sehen wird.

Gerade als sie sich vom Computer abmelden will, blinkt eine Schlagzeile über den Bildschirm: *„Neue Initiative von Eyes Forward!"* Sie klickt darauf – und Monika Skye erscheint auf dem Bildschirm, umgeben von einer Gruppe lächelnder Frauen.

„Frauen werden in unserer Gesellschaft wirklich geschätzt – ob konserviert oder nicht, fruchtbar oder nicht. Und um diesen Wert sichtbar zu machen, werden die Löhne aller weiblichen Angestellten im öffentlichen Dienst, die noch nicht alt genug für Pres-X-2 sind, angepasst. Die Frauen, die das Glück haben, in diesen Bereichen zu arbeiten, erhalten künftig die Hälfte ihres Gehalts in Form von Schönheitsgutschriften. Genau – Schönheitsgutschriften! Sie bekommen Zugriff auf einen exklusiven Katalog mit Produkten und Behandlungen und genießen bei Bestellungen höchste Priorität. Damit bleiben unseren geschätzten Mitarbeiterinnen die Engpässe und leeren Regale erspart, die wir zuletzt so häufig gesehen haben. Frauen werden spüren, dass *Eyes Forward* ihre Interessen im Blick hat.

Dieser Bonus endet selbstverständlich, sobald die betreffende Frau das Pres-X-2-Alter erreicht. Doch bis dahin hilft dieses Angebot, in diesen herausfordernden Jahren bestmöglich auszusehen, sich wohlzufühlen – und unsere Gesellschaft in ihrer schönsten Form zu repräsentieren!

Die Schönheitsgutschriften sind nicht übertragbar und nicht rückerstattbar.Meine Damen, sie sind nur für euch – also macht das Beste daraus!"

Ava reibt sich die Ohren, blinzelt mehrmals – nur um sicherzugehen. Doch ja, sie hat sich nicht verhört. Verdammte Schönheitsgutschriften. Einen Moment lang spielt sie mit dem Gedanken, das Dark Web zu öffnen, um nach Reaktionen der *Sisters and Spies* zu suchen. Mae fällt ihr ein. Und ihr kleines Mädchen. Aber was würde das bringen? Wenn so etwas passiert, weiß sie, dass sie kaum etwas dagegen tun kann – und vermutlich auch nicht tun sollte. Wie Mae sagte: Sich in solche Dinge einzumischen, ist keine gute Idee. Würden sie ihre Lebenspunktzahlen streichen, hätte Zia nie wieder eine Chance auf Pres-X. Es ist ein perfides Druckmittel, das *Eyes Forward* einsetzt. Eine Erpressung. Und was wäre effektiver, um Gehorsam zu erzwingen, als die Drohung mit Sterblichkeit?

Sie stöhnt und schaltet den Computer aus – dankbar, keine Angestellte im öffentlichen Dienst zu sein. Wie lange noch, bis diese Maßnahme überall verpflichtend wird? Die Straßen sind gesäumt von Spiegeln und die Vorstellung, dass *Eyes Forward* der gesamten Bevölkerung Eitelkeit aufzwingt, lässt Ava die Galle hochkommen. Wie so oft fühlt sie sich ausgehöhlt. Machtlos. Allein mit ihren Ansichten gegen *Eyes Forward*. Die wenigen, die ähnlich denken, verbergen sich hinter dubiosen Netzwerken und Codenamen. Und der Rest der Gesellschaft? Verwandelt Frauen zunehmend in Schmuckstücke.

Sie radelt nach Hause – ohne die schwere Furcht oder Schuld, die sie eigentlich empfinden müsste. Tatsächlich fühlt sie sich leichter. Die neuen Maßnahmen werden sie nicht mehr betreffen. Sie hat endlich das sichere Alter erreicht. Ein Problem weniger. Liegt es an ihrer Fruchtbarkeit? An Mrs. Constance? Oder daran, dass Max nun weiß, dass sie Frida nicht verpfiffen hat? Vielleicht an allem zusammen. Vielleicht liegt es auch einfach daran, dass Zia wieder zu Hause ist. Sie rast den Hügel hinauf, hält sich dabei aber streng an die Verkehrsregeln. Als sie im Krankenhaus anrief, hieß es, eine Freundin habe Zia abgeholt. Gott weiß, wer es war – aber es war Zias Wunsch. Ein weiteres Zeichen, dass ihre Erinnerung zurückkommt. Dass sie sich an alte Freundinnen erinnert.

Im Fahrradständer vor ihrem Wohnblock steht ein weiß-lila Fahrrad, das Ava bekannt vorkommt, aber sie kann es nicht einordnen. Muss eine Freundin von Zia aus früheren Zeiten sein. Sie läuft die Treppe hoch durch einen nun fast völlig leeren Block und stürmt dann durch ihre Wohnungstür.

„Zia! Wie geht es-" Sie bricht ab, als sie sieht, wer bei Zia sitzt. „Mandi?" Mandisa ist da und lächelt, in einem gut sitzenden Hosenanzug, ihr XL Medico-Abzeichen „Produktentwicklung für B-Well" an ihr Revers geheftet.

„Ava", sagt Zia. „Schau, wer mich im Krankenhaus besucht und nach Hause gebracht hat. Ich bin Bus gefahren! Meine alte Freundin Mandisa. Sie hat sich kein bisschen verändert."

Ava zögert einen Moment, dann wandert ihr Blick von einem Gesicht zum anderen, ihr eigenes verzieht sich. „Sie ist aber nicht wirklich deine alte Freundin, Zia."

„Oh doch, das ist sie. Ich erinnere mich jetzt ganz deutlich. Deine Eltern haben sie auch vergöttert. Wie glücklich sie wären, wenn sie wüssten, dass ihr zwei zusammengekommen seid."

Ava kneift die Augen zusammen, als wollte sie durch das Zusammenkneifen Mandisa in jemand anderen verwandeln. Aber nein. Es ist immer noch sie. Ganz lächelnd, schön und – für Ava – total verwirrend. „Was? Meine Eltern haben Mandi nie ge kannt."Eigentlich sollte sie sich gar nicht erst die Mühe machen, zu argumentieren. Sie weiß, dass es keine guten Argumente gibt. Zias Gedächtnis füllt die Lücken mit Unsinn, das ist alles.

„Natürlich kannten sie sie", sagt Zia. „Von den Treffen."

Treffen?

„Ava!", ruft Mandisa und unterbricht Ava, bevor sie überhaupt nachdenken kann. „Oh mein Gott. Schau dir dein Implantat an." Sie steht auf und geht zu Ava. „Das war's dann wohl. Sie werden dich bald für dein Pres-X-2 abholen."

„Oh, das ist schade", sagt Zia mit einem Hauch von Bedauern. „Ich hatte immer gehofft, du würdest ein Baby bekommen. Jetzt ist es zu spät. Aber immerhin gute Nachrichten wegen deiner Behandlung."

„Ich habe auf dich gewartet, Ava", sagt Mandisa. Sie sieht jünger aus als bei ihrer ersten Begegnung. Ihre Wangen sind prall, ihre Augenlider gestrafft. Sie macht den letzten Schritt auf Ava zu, ein Lächeln spielt immer noch auf ihren Lippen, die leicht geöffnet sind. Sie ist nun so nah, dass Ava ihre seifige Frische riechen kann. Es fällt ihr schwer, an etwas anderes zu denken als Mandisas Duft. „Ich wollte dich beschützen, weißt du – vor all dem *Time's-Up*-Kram. Du wärst auf ihrem Radar gewesen, wegen deiner Eltern... Aber das spielt jetzt keine Rolle mehr. Ich musste gehen, verstehst du? Um bei ihnen voranzukommen, befördert zu werden, damit ich meine Arbeit vollenden konnte. Aber jetzt arbeitest du für XL Medico. Sie vertrauen dir – was großartig für unsere Sache ist. Ich bin so aufgeregt, was das alles für uns bedeutet, Ava."

Ihr Atem ist auf Avas Gesicht, so nah. Avas Augen sind wie gebannt, ihr Herz hämmert in ihrer Brust.

„Du verstehst es jetzt, oder? Sobald du die Behandlung hast, kannst du bei XL Medico auch die Karriereleiter erklimmen. Es gibt so viel Gutes, das wir zusammen tun können."

Ava kann kein Wort sagen, kann sich nicht einmal bewegen. Sie ist fixiert auf diese weichen, leicht geöffneten Lippen. Ihr Bauch kribbelt, ihre Lippen sind trocken.

„Es sind du und ich, Ava. Es waren immer du und ich", sagt Mandisa und küsst sie fest auf den Mund.

Ava hält sich am Türrahmen fest, als ihre Knie weich werden. Mandisa lehnt sich näher heran, ihr Körper presst sich gegen Avas, während Ava ein Stöhnen unterdrückt und den Kuss gierig erwidert, ihr Körper wird zu Wackelpudding. Mandisa zieht sich zurück und lässt Ava verlangend zurück, die sich plötzlich schmerzlich bewusst wird, dass ihre betagte Tante im Raum ist. Sie klammert sich fester an den Türrahmen und richtet sich auf.

„Wir sehen uns bald?", fragt Mandisa.

Ava will eigentlich antworten: „Ja, klar. Bald", aber was tatsächlich über ihre Lippen kommt, klingt eher wie „Jahhla. Bannt." Sie dreht sich zum Türrahmen, während Mandisa an ihr vorbeigeht und Zia noch zum Abschied zuruft.

„Wie wunderbar", sagt Zia. „Ich hatte keine Zeit, Abendessen zu machen. Sollen wir etwas bestellen?"

„Hä?", sagt Ava, immer noch in Mandisas Richtung schauend. „Ja, klar. Moment mal. Können wir reden? Über das Treffen? Also, *Time's-Up*-Treffen? Mandisa war bei denen dabei?"

„Oh ja. Sie war wirklich hilfreich. So ein liebes Mädchen. Ich habe ihr von diesem Friedensabkommen vor Jahren erzählt, obwohl ich gesagt hatte, ich würde es nicht tun." Zia legt ihren Finger auf die Lippen, in einer kindlich unschuldigen Geste.

Ava stürzt zum Schrank und zieht die Unterlagen hervor, die Zia ihr vor einiger Zeit gegeben hat. Die Verträge. Sie blättert hastig durch die Seiten, versteht vieles nicht, aber liest dennoch weiter, überfliegt Passagen, stolpert immer wieder über die Erwähnung von Brotralapram-Welloxatinin. Dann bleibt ihr Blick an einer anderen Stelle hängen. Brotralapram-Welloxatan. Sie wiederholt das Wort mehrmals. Ein so kleiner Unterschied – fast wie ein Tippfehler. Sie ärgert sich, dass ihr das nicht früher aufgefallen ist. Doch da steht es, schwarz auf weiß, und bestätigt all ihre Vermutungen: eine alkalische Form und eine neutrale Form von B-Well. Der Vertrag ist sieben Jahre alt, eine Erweiterung des Friedensabkommens. *Time's Up* hat dem zugestimmt. Und Mandisa – damals bereits bei XL Medico – hat mitunterzeichnet.

Sie greift nach Zias Tasse und leert sie, wünscht sich, das Koffein wäre stärker. Dann liest sie weiter. Sie wussten es. Natürlich wussten sie es. Dass das Vanadium irgendwann zur Neige gehen würde. Jeder wusste es. Das B-Well war von Anfang an geplant – die alkalische Form für jene mit den höheren Lebenspunktzahlen. Die anderen, die mit den niedrigen, sollten damit nie zurechtkommen.

„Zia! Das Pres-X. Es sollte immer ablaufen. *Time's Up* wusste, dass es schlecht werden würde. *Eyes Forward* wusste es."

„Natürlich. So ein grässliches Zeug. Überhaupt nicht natürlich, so lange zu leben. Menschen laufen ab. Medikamente laufen ab. Das ist Gottes Wille."

„Und die Behandlung, das B-Well, sie geben das gute B-Well nur denen mit hoher Punktzahl."

„Ich weiß nicht, was das ist. B-wasauchimmer. Das ist alles Kauderwelsch für mich. Aber dieses Pres-X ist eine Plage. Pizza oder Curry?“

„Pizza. Also, du, Mandisa, *Eyes Forward*, die Pres-X-Einführung-“

„Oh je. Die haben heute geschlossen. Dann also Curry?“

„Klar. Also hör zu, Zia. *Eyes Forward* und die Einführung von Pres-X – sie schaden den Menschen mit dem alten Pres-X. Du… ihr habt das geplant?“

„Ach, sieh dich nur an.“ Zia nimmt Avas Gesicht in ihre Hände. „Du siehst ganz gestresst aus, Liebes. Als hättest du eine Hitzewallung. Schade. Ich hatte immer gehofft, du würdest ein Baby bekommen.“

★★★

Als Ava an diesem Abend ins Bett geht, *sollte* sie über den Vertrag nachdenken, über den Friedensvertrag, über Mandisas Plan mit *Eyes Forward* – darüber, wie sie die Älteren mit niedrigen Lebenspunktzahlen vergiften wollen. Sie *sollte* sich vor Abscheu und Wut hin und her wälzen, erschüttert von dem, was Mandisa getan hat. Doch stattdessen verweilt sie bei ihrem Kuss. Bei dem, was Mandisa gesagt hatte: *Es sind du und ich, Ava.* Es war so lange nicht mehr *sie und Mandisa* gewesen – doch als Mandisa es sagte, wollte es jede Faser ihres Körpers glauben. Sie will es immer noch. Obwohl sie sich nach einem weiteren Kuss sehnt, spürt sie Mandisas Hände um ihren Hals – erst liebevoll, dann wie eine Schlinge, die sich zuzieht. Millies und Erins rosa Gesichter der

Verzweiflung flackern vor ihr auf, ihre Schreie, ihre klagenden Stimmen des Elends.

Ava schlägt sich gegen den Kopf und versucht, Schmerz und Traurigkeit aus ihrem Gehirn zu vertreiben. Aber wenn sie ehrlich ist, ist es nicht der Schmerz, den sie loswerden will. Es ist das Verlangen. Mandisa hat vor Ewigkeiten mit ihr Schluss gemacht. Es gibt kein *Ava und Mandisa*. Mandisa will Ava nicht so, wie sie ist. Sie will sie jünger. Reicher. Eine andere Ava. Eine mit hoher Lebenspunktzahl. Eine hübschere – als wäre sie jetzt nicht genug. Mandisa wollte sie beschützen. Ava will Mandisa – Nein. So will sie nicht denken. Sie schüttelt den Kopf und beginnt von vorn. Ava will Mandisa – Verdammt. Egal wie sie es dreht, es kommt immer wieder darauf zurück. Ava will Mandisa. Das tut sie. Aber die Mandisa von früher. Bevor sie sich in diese ehrgeizige Frau verwandelt hat. Bevor sie wusste, dass Mandisa die Älteren vergiftete. Ava will die Mandisa, wie sie war, als sie sich zum ersten Mal trafen. Unschuldig. Brillant. Nicht diese Mandisa.

Sie steht auf, schaltet das Nachtlicht an und betrachtet dann ihre hängenden Brüste und das faltige Gesicht im Spiegel. Weit entfernt von der Ava, die Mandisa zuerst kennengelernt hat. Es zermürbt sie, als sie daran denkt, dass Mandisa vielleicht auch die Ava von früher will, bevor sie sich verändert hat.

KAPITEL 47

3 Jahre nach der Großen Unruhe

Lucia hatte vor einer Weile aufgehört, im Café zu arbeiten. Es wurde geschlossen und in ein Wettbüro umgewandelt. Es war nicht wirklich ihre Schuld. Sie hatte ein paar Mal vergessen, den Ofen auszuschalten. Die Feuerwehr war verärgert und dann war da noch der Vorfall mit dem Mindesthaltbarkeitsdatum. Jeder vergisst ab und zu, welches Jahr wir haben, aber der Gesundheitsinspektor sah das anders. Sie hätte sowieso bald in Rente gehen sollen. Jetzt, dachte sie, hätte sie vielleicht endlich Zeit, all diese Bücher zu lesen.

Heute stand sie langsam auf, etwas früher als sonst. Die Sonne war noch nicht aufgegangen. Sie ging die Treppe hinunter und fand einige Koffer und Kisten im Flur. Nachlässig. Eine Stolpergefahr. Sie umrundete sie und fand eine Notiz auf der Theke:

Zia, nur zur Erinnerung, wir ziehen heute in diese Wohnung. Das Umzugsunternehmen wird später die Kisten abholen. Kaffee ist im Schrank und ich habe dir etwas zum Mittagessen hingestellt. Ava. xx

Ava. Sie hatte Ava schon so lange nicht mehr gesehen. Oder war es gestern? So eine liebenswerte junge Frau. Luigi muss so stolz auf sie sein.

Ihre Brust schmerzte ein wenig, wenn sie an Luigi dachte, obwohl sie nicht genau wusste warum.

Nach ihrem Kaffee und den Frühstücksflocken, die man ihr hingestellt hatte, beschloss sie, zur Bibliothek zu gehen. Ein neues Buch würde diesen Brustschmerz vertreiben. Etwas mit einem Happy End und einem netten Paar, einem jungen Paar, das sein ganzes Leben noch vor sich hatte. Auf dem Weg hielt sie bei einer Bäckerei an und kaufte etwas Brot für Ken, bevor ihr einfiel, dass sie Ken schon lange nicht mehr gesehen hatte. Er war irgendwie zu einem schlechten Menschen geworden. Vielleicht hatte er sie betrogen. Es war etwas Schreckliches, dessen war sie sich sicher.

Dann erinnerte sie sich, dass er gestorben war. Sie erinnerte sich an ihre letzten Worte an ihn: Du bist für mich gestorben. Sie ist nicht wirklich traurig darüber. Sie hatte schon getrauert, dachte sie jedenfalls.

Da stand eine Frau, ein sehr hübsches Ding, neben der Bäckerei. Sie lächelte, als Lucia sich näherte, und rief ihren Namen mit der zartesten Stimme.

„Lucia?"

„Ja."

„Ich bin's. Mandisa. Erinnerst du dich an mich von diesen Treffen?"

„Nein." Lucia konnte sich an keine Treffen erinnern.

„Ich war immer die Ruhige. Wir haben uns neulich auch getroffen. Sagten, wir würden uns heute auf den neuesten Stand bringen."

„Ah, nun... da du jetzt sowieso hier bist." Sie schien ein nettes Mädchen zu sein und Lucia konnte einen guten Plausch gebrauchen.

Sobald sie saßen, erinnerte sich Lucia an alles. Oder fast alles. Es war etwas an diesem vertrauten Ort, an dem Drinnen statt der grellen Sonne draußen, das ihrem Gehirn half, wieder in Gang zu kommen. Etwas im Duft des Tees, in den Steinkuchen, die die Bäckerei servierte – all das weckte ihre Erinnerungen.

„Du solltest meine Nichte Ava kennenlernen. Sie würde dir gefallen. Lass mich dir ein Bild zeigen."

„Sicher", sagte Mandisa. „Jedes Mal wieder, sicher. Und ich hoffe wirklich, sie eines Tages zu treffen."

„Wie geht es dir, Liebes? Läuft der neue Job gut?"

Mandisa nickte und schluckte ihren Bissen Kuchen. „Die Natur hat uns in die Hände gespielt. Hast du die Nachrichten heute Morgen gesehen?"

Lucia schüttelte den Kopf.

„Das Vanadium. Es ist jetzt völlig verschwunden. Das Pres-X wird endlich ablaufen. Das ist es, worauf wir gewartet haben."

Lucia hielt sich die Brust, eine Welle der Hoffnung erfüllte sie. „Es wird ausgehen? Nein, sie werden einen Weg finden."

„Das Pres-X wird ablaufen. Wir haben eine Behandlung dafür, aber sie werden sie nicht allen geben." Sie nahm dann Lucias Hand und beugte sich nah zu ihr. „Verstehst du, was ich sage, Lu? Es ist das Beste, was ich tun kann. Besser als nichts jedenfalls. Ein Kompromiss."

Ein Kompromiss. Jemand anders hatte ihr einmal einen solchen versprochen und sie war sich sicher, dass das keine gute Sache war. Trotzdem sagte es diese junge Dame so nett. Was konnte schon schiefgehen?

„Lass uns die Dinge nicht durcheinander bringen“, sagte Mandisa. „Ich habe später ein Treffen mit *Eyes Forward* und XL Medico. Ich arbeite jetzt lange genug mit ihnen zusammen. Sie wissen, dass ich ein Mitglied eurer *Time's Up* war – dem friedlichen Teil.“

„Wir wollten nie Ärger“, sagte Lucia und blickte in die Ferne, als könnte sie die Vergangenheit jetzt sehen.

„Es gibt viele von *Time's Up*, die jetzt für *Eyes Forward* arbeiten. Erinnerst du dich an Ian und Steve? Sie sind jetzt ziemlich einflussreich. Wir haben alles herausgefunden. Wie man Pres-X stoppt. Die Leute werden es nicht mehr wollen, wenn sie den Schaden sehen, den es anrichtet. Ich habe alles in diesen Vertrag geschrieben“, sagte Mandisa und reichte Lucia einige Unterlagen. „Es ist alles bereit für ihre Unterschrift. Hier, nimm eine Kopie für den Fall, dass du dich später erinnern musst. Falls mir etwas zustößt. Versteck es. Bewahre es sicher auf. Wir sind jetzt auf lange Sicht dabei. Es wird ein paar Jahre dauern, bis der Plan zu wirken beginnt. Wir werden warten müssen.“

Lucia nahm das Papier und steckte es sofort in ihre Tasche. „Es klingt, als hättest du alles unter Kontrolle, Liebes. Ich bin sehr stolz auf dich. Hast du meine Nichte Ava schon kennengelernt? Sie würde dir gefallen.“

KAPITEL 48

10 Jahre nach der Großen Unruhe

Sisters and Spies sind überall im Darkweb zu finden – ebenso wie Gerüchte über Unzufriedenheit mit *Eyes Forward*. Manche Nachrichten sind verschlüsselt, andere ganz offen. Die jüngste Ankündigung von *Eyes Forward* war nur ein weiterer Stein, der in einen Teich fiel, dessen Wellen sich mit anderen überlappten. Leise Frauenstimmen wurden lauter, mutiger. Ava, ein Stück Toast in der Hand, liest einen Beitrag nach dem anderen – voller Ekel und Ärger. Gespräche über notwendige Wahlen. Forderungen nach echter Gleichberechtigung.

Ava hat ihr Toast kaum aufgegessen, als es an der Tür klopft. Sie klappt hastig den Laptop zu und wischt sich Butter vom Mund. Zia scheint es nicht zu bemerken – sie ist viel zu beschäftigt damit, am Fernseher herumzufummeln, in dem Versuch, ihn einzuschalten. Ava hat ihn ausgesteckt. Heute will sie keine Nachrichten hören. Keine weiteren nebensächlichen Berichte über psychotische Anfälle unter den Älteren. Keine Aufregung um Reality-TV-Shows. Und vor allem nicht ihr eigenes Gesicht über den Bildschirm flimmern sehen. Es wird Zia ewig dauern, herauszufinden, was mit dem Fernseher nicht stimmt. Vielleicht findet sie es nie heraus.

Noch ein Klopfen an der Tür. Sie kann nicht weglaufen. Sie werden genau wissen, wo sie ist. Sie kaut noch etwas von ihrem Toast, schluckt und geht dann zur Tür. Es sind der Mann mit der Kinnnarbe, ein weiterer *Eyes-Forward*-Vertreter und die entzückende Francine.

„Glückwunsch. Heute ist Ihr großer Tag", sagt Francine ohne einen Hauch von Aufregung.

„Sie meinen, Sie und ich werden endlich diesen Kaffee trinken gehen?"

Francine versteht offensichtlich keinen Humor, keiner von *Eyes Forward* tut das.

Ava greift nach ihrem Mantel und zwei von ihnen machen sich zum Gehen bereit. Nicht der mit der Kinnnarbe. Er bleibt stehen und starrt in die Wohnung. Starrt Zia an.

„Wir müssen gehen, Ken", sagt Francine.

„Einen Moment."

Ava erschrickt, als sie einen Hauch von Emotion in ihm wahrnimmt. Seine üblichen roboterhaften Manieren verwandeln sich in etwas völlig anderes.

Er tritt in die Wohnung und Ava stellt sich vor ihn. „Ähm, ich habe Sie nicht hereingebeten."

Er geht um sie herum, als wäre sie ein Möbelstück. „Lucia?"

Zia sieht auf, dreht dem Fernseher den Rücken zu und starrt den Mann mit fest zusammengepressten Lippen an.

„Lucia. Es ist so lange her." Da ist eine Bedürftigkeit in seiner Stimme, ein Zittern der Sehnsucht.

Ava betrachtet seine Narbe und weiß, dass er Zia von früher kennt. Sie waren auf denselben Fotos. Aber dieser jugendlich wirkende Mann vor ihr sieht aus wie niemand, den sie je kannte. Doch der Name, Ken, den kennt sie von vor Jahren. *Das kann nicht sein.*

„Lucia, erkennst du mich nicht? Ich bin's, dein Ken.“

Zia macht einen Schritt zurück und wedelt mit der Fernbedienung vor sich. „Mein Ken ist vor Jahren gestorben. Verschwinde, bevor ich dich k.o. schlage!“

Ava stellt sich vor den Mann, diesmal breitbeinig, die Arme zu beiden Seiten ausgestreckt. „Sie hat gesagt, Sie sollen gehen.“

Er senkt langsam den Kopf und nimmt zum ersten Mal Avas Gesicht wahr, nicht nur einen flüchtigen Blick auf ihr Implantat. „Sie haben gesagt, Ihre ganze Familie wäre tot.“

„Ich habe gesagt, mein Vater wäre tot.“

Er verengt die Augen bei diesen Worten, dann wird sein Gesicht weicher, als er an Ava vorbei blickt, zurück zu Zia, die jetzt mit dem Rücken zur Wand steht. „Es ist nicht zu spät, Lucia. Ich kann dir eine Behandlung besorgen. Eine sichere Behandlung. Lucia, sieh mich an!“

„Hey! Lassen Sie sie in Ruhe“, sagt Ava und weicht nicht zurück. Sie wird ihn notfalls k.o. schlagen. „Verlassen Sie jetzt sofort meine Wohnung.“

Francine packt seinen Arm. „Komm schon, Ken. Wir müssen gehen.“

Er richtet sich auf, blinzelt ein paar Mal – und da ist er wieder: sein altes Selbst, junges Selbst, gewohntes Selbst. „Ja. Ganz richtig. Beeilen wir uns. Lasst uns das erledigen.“

Ava schließt die Wohnungstür und dreht den Hals so weit wie möglich, um sicherzugehen, dass es Zia gut geht. Sie hat wieder damit begonnen, mit der Fernbedienung auf den ausgesteckten Fernseher zu zeigen.

Im Auto sitzt der Mann vorne, Francine neben Ava auf der Rückbank. Aus diesem Winkel kann sie sein Gesicht nicht sehen, kann nicht starren und versuchen, eine Erinnerung zu platzieren. Sie kannte ihren Onkel kaum, kann sich nicht erinnern, ihn in ihrem Erwachsenenleben je getroffen zu haben. Er hatte nie etwas mit ihrer Familie zu tun. Es war Zia, die immer da war. Zia, die sie zu Verabredungen und Ausflügen mitnahm und sie während ihrer ganzen Kindheit mit Liebe überschüttete. Zia, die sich später im Leben über ihren Mann beschwerte. Zia, die bei den *Time's-Up*-Treffen war, während ihr Mann Pres-X nahm. Ava erinnert sich an Zias Worte: „Ich trauerte um den Mann, der er war." Ihr Herz sinkt ein wenig. Wenn Zia so gegen Pres-X war, dass es sie ihre Ehe kostete, wird Ava sie ganz bestimmt nicht davon überzeugen können, sich jetzt behandeln zu lassen.

Die Fahrt zu den Studios dauert eine Stunde und die vier sitzen in drückender Stille. Das Navi, das die Anweisungen gibt, ist das einzige, was die unangenehme Atmosphäre durchbricht. Wie kann es Anfang Winter so heiß sein, fragt sich Ava, während sie sich im Sitz hin und her wälzt und ihren juckenden Rücken an den Polstern reibt. Die Klimaanlage ist schlecht – sie könnte genauso gut ganz ausgeschaltet sein. All die Fragen, die sie an den Mann mit der Kinnnarbe hätte, sie weiß, es hat keinen Sinn, sie zu stellen. Sie hat ihre Lektion gelernt. Neugierige Frauen bekommen keine guten Antworten. Sie werden mit Wissen belastet und moralisch zerrissen. Als Pandora diese Büchse öffnete, wurde sie nicht erleuchtet; sie verfluchte die Welt. Also sitzt Ava schweigend da, wie damals, als sie ihr sagten, dass sie ihr Blut abnehmen würden.

Braves Mädchen.

In der tiefen Morgensonne kann Ava etwas Aussicht aus den Fenstern erkennen, die Busse, Fußgängerwege, alle gehen zur Arbeit, gehen ihrem Tag nach, ein normaler Tag. Sie werden nicht als Spitzel der Gesellschaft live im Fernsehen vorgeführt und gegen ihren Willen mit Medikamenten vollgepumpt. Ava will kein Pres-X-2. Sie glaubt es jedenfalls nicht. Sie könnte ihnen jetzt erzählen, dass sie Mrs. Constance getötet hat. Aber sie möchte Max nicht in Schwierigkeiten bringen. Vielleicht könnten sie ihre Asche auf DNA untersuchen, um es zu beweisen. Gefängnis oder Pres-X-2, Gefängnis oder Pres-X-2? Ava wiederholt dies immer wieder für sich. Mrs. Constance hat Max verpfiffen. Diese Spur würde es geben. *Eyes Forward* würde lieber jemanden mit einer niedrigeren Punktzahl wie Max einbuchten als jemanden mit fast 600 Punkten wie Ava. Sie kann ihn nicht schützen, wenn sie nicht den Mund hält. Gefängnis wäre sowieso Mist.

Trotz ihrer Dusche heute Morgen kann sie Mandisa immer noch auf ihren Lippen schmecken. Sie spürt immer noch ihren Körper an ihren gepresst. Sie weiß, der Preis dafür ist Pres-X-2.

Die Studios sind hell, blendend hell. Ava wird von einigen viel freundlicheren Menschen begrüßt als den *Eyes-Forward*-Vertretern, mit denen sie gefahren ist. Sie begleiten sie trotzdem, als wäre sie fluchtgefährdet. So ist die Gesellschaft. *Alle Augen sind unsere Augen.* Wo zum Teufel denken sie, könnte sie hinlaufen? Sie starrt den Notausgang an, dann einen weiteren, alle zu weit weg. Sie würde zurückgezerrt und an einen Stuhl gekettet werden, wenn sie versuchte abzuhauen. Und dann, als sie zu einem weiteren Ausgangsschild blickt, ist da Mandisa.

„Ava", sagt der Produzent. „Hier ist eine Vertreterin von XL Medico. Mandisa Johnson."

Mandisa legt ihren Finger auf die Lippen, als Ava anfängt zu sagen, dass sie sie bereits kennt, und streckt dann ihre Hand aus. „Ava, es freut mich sehr, dich kennenzulernen. Im Namen von XL Medico danke ich dir für deinen Dienst an der Gesellschaft."

Ava nimmt ihre Hand und schüttelt sie ohne große Begeisterung. „Klar."

„Und herzlichen Glückwunsch zum Erreichen des sicheren Alters. Ein echter Meilenstein für eine Frau."

Der Produzent geht weg und weist jemanden an, Ava zu ihrer Garderobe zu bringen. Mandisa beugt sich etwas näher zu ihr. „Das ist ein Ansatz. Ein ziemlich genialer, findest du nicht?"

„Was?"

„Nimm Pres-X-2, finde die Liebe. Am besten halten wir unsere Gefühle bis nach deiner Behandlung geheim. Sobald du verjüngt bist, gehen wir an die Öffentlichkeit."

„Du machst daraus eine Marketingsache?"

„Ich weiß. Clever, oder?" Mandisa gibt Ava schnell einen Kuss auf die Wange und geht dann mit einem Zwinkern weg, während der Assistent Ava zu ihrer Umkleidekabine führt.

„So, das ist also unsere Gesellschaftsheldin!", sagt die Frau in ihrer Umkleidekabine. Es gibt eine Kleiderstange, einen Schminktisch voller Kosmetika neben einigen blendenden Scheinwerfern und zwei Leute, die ihr beim Fertigmachen helfen sollen.

„Nicht zu viel Make-up, Val", sagt der Assistent. „Lass sie nicht jünger aussehen, bevor sie die Behandlung hatte. Nimm nur den Glanz weg."

Val lacht und scheucht ihn weg. Die andere Frau mustert Ava von oben bis unten und sucht einige Outfits aus. Eng anliegende Kleidung aus glänzenden Materialien. *Farbenfrohen* glänzenden Materialien. Accessoires, die wie eine Erstickungsgefahr aussehen, und Schuhe, in denen sie niemals weglaufen könnte. Der Anblick von all dem bereitet Ava Kopfschmerzen.

„Jules, nimm das gelb-rosa Kleid, das eng anliegende. Es sieht so aus, als hätte sie unter diesem Zelt eine Figur", sagt Val zu ihrer Kollegin, während sie Avas Bluse aus der Hose zieht. „Wir wollen etwas mit tiefem Ausschnitt, um ihr Dekolleté zu sehen. Pres-X-2 wirkt Wunder am Dekolleté. Nicht wahr, Jules?"

Jules nickt und hält das Kleid an Ava, kneift die Augen zusammen und neigt den Kopf, um die Größe zu überprüfen.

„Hat es überhaupt einen Sinn, wenn ich protestiere?", fragt Ava.

„Oh! Sie haben nicht gesagt, dass du so witzig bist!", sagt Val und setzt Ava an den Schminktisch. Val steht hinter ihr und knautscht Avas Haar. „Was machen wir damit? Schön, hier ein paar graue Haare zu sehen. Die werden wir für die Kameras hervorheben. Das wird die Vorher-Nachher-Aufnahmen wirklich herausstechen lassen. Zeig mir deine Zähne?"

Ava zieht ihre Lippen zurück.

„Hmmm, nicht so schlecht. Zeig sie nicht zu sehr, wenn du kannst. Wir wollen wirklich, dass sie jetzt das Schlimmste von dir sehen."

Avas Handy piept und sie nimmt es aus ihrer Tasche. Es ist Dan. *OMG ist heute dein großer Tag? Viel Glück!! Du hast es verdient!*

Sie antwortet nicht. Stattdessen schreibt sie Max eine Nachricht und bittet ihn, den Laden zu öffnen oder nicht – einfach die Arbeit zu erledigen. Angesichts ihrer aktuellen Einnahmen wird ein geschlossener Tag nicht das Schlimmste sein. Zumindest ist für heute keine Beerdigung geplant. Sie zählt die Namen der Kunden auf, die sie im Kühlraum haben, zusammen mit den Terminen für ihre Dienstleistungen. Alles, um ihre Gedanken von dem abzulenken, was Val tut: ihr Gesicht reibt, Puder aufträgt, ihre Augen umrandet. Alles, um die Gedanken zu stoppen, die immer wieder in ihrem Kopf auftauchen und ihr zurufen, dass sie das nicht will.

Aber *Eyes Forward* hat für sie entschieden. Und seit wann passt körperliche Selbstbestimmung von Frauen zu dem, was die Männer an der Macht wollen? Die Geschichte wiederholt sich, erinnert sie sich.

Ava blinzelt unter dem Studiolicht und sitzt auf einem Liegestuhl, der ihren Kopf nach hinten und ihre Augen nach unten zwingt, um nach vorne zu blicken – wahrscheinlich der unvorteilhafteste Winkel überhaupt. Monika Skye und Berenice Wie-auch-immer lächeln und wippen nervös auf der Stelle, als müssten sie dringend auf die Toilette. Ava ist allein. Dies ist ihr besonderer Tag, wird ihr gesagt. Die anderen Gewinner bekommen ihre eigene Show. Ava klemmt das rosa Kleid zwischen ihre Beine, um die Kameras vor diesem Anblick zu bewahren. Das Mikrofon an ihrem Ausschnitt ist eingeschaltet, wie man ihr gesagt hat, bevor sie sich setzte. Sie wagt es nicht einmal zu atmen.

„Eine der wahren Heldinnen der Gesellschaft, findest du nicht auch, Monika?"

„Absolut. Meine Lieblings-Feinkosthandlung wurde vor ein paar Wochen vandalisiert und es war nur der Tapferkeit unserer Gesellschaftspolizei zu verdanken, dass die Täter bestraft wurden."

„Und was für eine edle Art, nach Punkten zu streben! Gut für die Gesellschaft und gut für die Punktzahl. Denkt alle daran." Berenice wirft einen Kuss in die Kamera.

„Deshalb hat es die heutige Gewinnerin so verdient. Ava, du musst so aufgeregt sein?"

Ava blickt von der Kamera zu Berenice und dann wieder zur Kamera, ohne zu blinzeln. Sie stehen direkt neben ihr, aber Ava ist so allein. „Ähm, ja, danke."

„Wunderbar. Und schaut sie euch nur an. Können wir die Kamera hierher bekommen? Zoomt schön nah ran." Berenice benutzt einen langen, manikürten Finger – dessen Nagel aussieht, als könnte er ihre Halsschlagader durchtrennen – um auf Avas Krähenfüße, ihre faltige Stirn und ihre grauen Ansätze zu zeigen. „Nach heute kein Bedarf mehr an Haarfärbemittel!" Sie benutzt Daumen und Zeigefinger, um an Avas Tränensäcken und Kieferlinie zu ziehen. Gerade als Avas Augen feucht werden, schwenkt die Kamera weg und lässt Ava aus dem Bild, um über die Gesellschaftspolizei, die Wunder von Pres-X-2 und den anhaltenden Trend zum Geldausgeben zu sprechen.

Ava scannt das Studiopublikum. Die grellen Lichter und ihre zurückgelehnte Position machen es unmöglich, jedes Gesicht zu erkennen, aber sie versucht es. Sie muss jemanden finden, der sie ansieht – nicht nur ihr Alter und ihr Marketingpotenzial, sondern jemanden, der durch all das hindurchsieht und sie wahrnimmt. Jemanden, der ihr das Gefühl gibt, dass sie nicht so allein ist.

„Jahrelang hat die Menschheit nicht verstanden, dass UV-Vermeidung am besten ist und dass Vitamine zum Überleben notwendig sind", sagt Monika auf eine Art, die impliziert, dass sie glaubt, über alles Bescheid zu wissen. „Und jetzt haben wir so viel mehr gelernt. Die Zeiten haben sich geändert. Cremes und Injektionen und Gesichtsmasken sind steinzeitliche Waffen im Kampf gegen das Altern. Unser Wissen hat sich schneller entwickelt als unser Fleisch."

„Du hast so recht, Monika." Berenice nickt zustimmend. „Was für eine Zeit, um zu leben. Eine Zeit, in der wir die Zeit selbst nicht fürchten müssen."

Bei diesem Kommentar droht Avas Toast ihre Kehle hochzukommen.

Eine Krankenschwester kommt herüber, um die Infusionen anzuschließen. Eine in jedem Arm. Eine zapft ihre Vene an, um ihr Blut abzunehmen, die andere ihre Arterie, um das Pres-X-2 einzupumpen. Ava lacht lautlos. Es ist genau wie beim Einbalsamieren. Es ist, als wäre sie eine Leiche.

„Du wirst dich etwas benommen fühlen. Fühl dich frei, dich zu entspannen und einzunicken."

Ava dreht ihren Kopf zur Seite und dort, in den Kulissen des Studios, während ihre Augen immer noch nach Verwandten suchen, sieht sie Mandisa. Sie lächelt ihr zu und zeigt ihr beide Daumen nach oben. Ava schaut dann weder auf die Infusionsbeutel noch auf die Krankenschwester oder die Moderatorinnen oder den Mann mit der Kinnnarbe, der neben Mandisa steht. Sie blickt in Mandisas Augen, während der Raum um sie herum verschwimmt.

Alles andere verschwimmt. Und als sie in den Schlaf hinübergleitet, ist Mandisa alles, was sie sehen kann.

KAPITEL 49

In der Dunkelheit von Avas Zimmer blinkt ihr Handy. Es ist stumm geschaltet, der Ton ist zu nervig. Die Helligkeit und der Lärm sind nicht schlimm, sie ist einfach nur müde. So müde. Seit Tagen ignoriert sie ihr Handy, aus Angst, in den Nachrichten nach einer Suche nach Mrs. Constance zu schauen. Bisher nichts. Niemand hat sie vermisst, was Ava Erleichterung, aber auch Traurigkeit bereitet. Sie war so einsam, wie sie schien. Außerdem fürchtet sie sich davor, Updates über sich selbst zu sehen. Die Fernsehshow, Clips von ihrer Behandlung, in diesem schrecklichen Kleid, der Versuch, zu lächeln unter dem grellen Licht, die Lügen wegzulächeln, so breit zu lächeln, dass nichts anderes von ihr übrig bleibt als ein Lächeln. Der Rest könnte einfach verschwinden. Was wird schon gebraucht außer einem grinsenden Mund zur Schau? Das scheint alles zu sein, worum sich jemand kümmert.

Als das Ignorieren des Blinkens nerviger wird als einfach auf ihr Handy zu schauen, greift sie danach und liest die E-Mail.

Ihre Punktzahl wurde aktualisiert. Ich habe Ihre Konten geordnet. Kommen Sie in mein Büro, um die Zahlen durchzugehen. Mae

Würde eine E-Mail mit all diesen Informationen nicht ausreichen? Aber Ava langweilt sich zu Tode und ein Ausflug in die Stadt ist zumindest etwas. Drei Tage hat sie sich in ihrem Zimmer ausgeruht, ihre Genesung voll ausgekostet und nicht mit Mandisa oder Zia reden wollen. Mandisa hat Essen vorbeigebracht, aber meistens sitzt sie im Wohnzimmer und plaudert mit Zia.

Ava beobachtet einen Moment und hofft, dass sie sich immer an Zia so glücklich erinnern wird – an ihre Stimme, ihr Lächeln, wie sie mit den Händen gestikuliert und durch die Nase lacht und vergisst und sich erinnert. Wie sie Ava mit mehr Fürsorge ansieht als je jemand zuvor. Sie trauert um Zia, bevor sie weg ist, zählt die Stunden, als wären es so wenige. Denn es ist jetzt das Unbekannte, das den Tagen Gewicht verleiht. Die Internierung bläht jeden Tag bis zum Bersten auf, hinterlässt aber eine Leere, die nie gefüllt werden kann. Es ist unbeschreiblich, dieses Warten auf den Verlust, ein Schatten, der sich über die Tage legt, mit einer Sonne, die sich mit unbestimmter Geschwindigkeit bewegt, planlos am Rande entlangschlängelt, sich nähert. Ava spürt diese fröstelnde Berührung, während Zia sie als erfülltes Leben betrachtet. Es ist ein Unterschied, den sie nie überwinden werden, doch Ava kämpft damit, ihn zu akzeptieren. In ihrem neuen, jugendlichen Zustand fühlt sich Zia weiter von ihr entfernt an als zuvor.

Ava streicht ihr Haar zurück. Ihre dunklen Wurzeln überdecken bereits das Grau, aber sie setzt trotzdem einen Hut auf, zieht eine Jeans und einen Pullover an und schleicht dann aus der Wohnung.

In Maes Büro ist das kleine Mädchen, diesmal mit zwei Laptops vor sich, auf deren Bildschirmen sie programmiert. Sie steht auf, sobald Ava eintritt.

„Du schon wieder", sagt Iris. Ihr Lächeln ist breit genug, um die Lücken in ihren Zähnen zu zeigen. „Hallo."

„Hi. Ist deine Mutter hier?"

„Ja. Willst du sehen, was ich auf meinem Laptop gemacht habe?"

„Ich glaube nicht, dass ich es verstehen würde."

Das kleine Mädchen zuckt mit einer Schulter und wendet sich dann wieder ihrer Arbeit zu.

Mae erscheint in der Bürotür und winkt Ava herein. „Kommen Sie herein."

Ava geht hinein, setzt sich und hält ihren Kopf niedriger als Mae es normalerweise tut, in der Hoffnung, dass die Hutkrempe ihr Gesicht verbirgt. „Kluges Kind, das du da hast."

„Sie hat eine angeborene Fähigkeit. Hat sie von ihrer Urgroßmutter, von der Seite meines Mannes."

Ava erinnert sich an das Tattoo auf dem Arm des Mädchens und fragt sich, ob daher ihre Lebensspende kam.

„Also, ich habe hier alle Ihre Zahlen", sagt Mae.

Ava nimmt den Stapel Papiere. „Sie hätten mir das auch einfach mailen können."

„Ich weiß... es ist nur..." Mae beißt einen Moment auf ihren Daumennagel, dann lehnt sie sich über den Schreibtisch. „Ich habe über das nachgedacht, was Sie beim letzten Mal gesagt haben. Und dann diese Ankündigung über die Frauenlöhne... Ich kann nicht glauben, dass sie das getan haben. Und die ganze verdammte Gesellschaft scheint entzückt zu sein."

„Nicht die ganze Gesellschaft."

„Darüber wollte ich mit Ihnen reden." Maes Augen huschen hin und her, ihre Lippen zucken, bevor sie ihre Worte findet. „Die Gruppe, *Sisters and Spies*. Ich hatte früher schon mit ihnen zu tun. Vor Jahren. Die Großmutter meines Mannes war Teil von ihnen."

War. Ava bemerkt wieder das Tattoo auf dem Arm der kleinen Iris. „Daher hat sie ihre Fähigkeiten?"

„Sie hat eine Gabe", sagt Mae und trommelt dann mit den Fingern auf den Schreibtisch. „Sie haben gefragt, wer mein Vater war. Lloyd Porter. Das war der Name meines Vaters."

Ava schaut ratlos.

„Googlen Sie seinen Namen."

Ava tut das und ihr ganzer Körper versteift sich. Sie überprüft ihre Rechtschreibung und googelt dann erneut. Lloyd Porter. „Der Typ, der den Lebenspunkt-Algorithmus erfunden hat."

„Genau. Der Typ, der jeden ohne geerbten Reichtum marginalisiert hat." Mae lehnt sich zurück, als hätte die Enthüllung einen Felsbrocken von ihren Schultern gehoben. „Ich kenne die Formel. Oder ich kannte sie. Sie hat sich ein bisschen weiterentwickelt. Aber ich denke, ich kann sie herausfinden."

Ava hebt ihre Augenbrauen, beeindruckt von Maes Wissen, aber ahnungslos, worum es hier geht. „Wozu wäre das nützlich?"

Maes Augen gehen zur Tür, zu dem kleinen Mädchen, das in ihren Laptop vertieft ist. „Ich möchte eine bessere Welt für meine Tochter. Wir können nicht so weitermachen, wegen Männern wie ihm."

Ein Kloß bildet sich in Avas Hals. Eine bessere Welt. Als ob das wirklich möglich wäre. *Eyes Forward* hat zu viel Macht. „Ich glaube nicht, dass wir viel dagegen tun können. Die Formel zu kennen, verhindert nicht, dass sie benutzt wird."

„Jetzt vielleicht nicht. Aber eines Tages. Wenn wir planen. Wenn wir unser Wissen bündeln. Wenn die *Sisters and Spies* helfen."

Ein Kollektiv. Wie Mandisa sagte, XL Medico vertraut Ava jetzt. Sie gilt als angesehenes Mitglied der Gesellschaft. Sie ist kein Genie, aber sie muss doch von irgendeinem Nutzen sein. „Eine Mathematikerin, eine Chemikerin und eine Gruppe von Hackern. Das ist eine gewaltige Kraft. Aber trotzdem, *Eyes Forward* ist eine Festung."

Mae nickt, aber ihr Gesicht ist entschlossen und ernst. „Eines Tages werden wir es herausfinden. Selbst wenn es Jahre dauert. Wir werden herausfinden, wie man das System durchbricht."

Kapitel 50

Es ist das erste Mal, dass Mandisa Avas Hand in der Öffentlichkeit hält. Zumindest dieses Mal. Und beim letzten Mal, als sie zusammen waren, war es selten. Gegen Ende ihrer Beziehung war es so gut wie unerhört. Mandisa wollte damals nicht mit Ava gesehen werden, denn sie wollte nicht mit einer unsicheren Frau in Verbindung gebracht werden. Einer Frau mit niedrigem Lebenspunktestand, einer unsicheren Frau.

„Das war es nicht", hat Mandisa wieder beteuert. „Ich habe dich und meine Arbeit vor deinen *Time's-Up*-Familienbanden geschützt."

Ava möchte ihr glauben, möchte sich von der Sehnsucht leiten lassen und die Zweifel vertreiben. Aber ihre Wünsche sind viele. Das Verlangen nach Mandisa und allem, was eine Beziehung mit sich bringt. Und das Verlangen nach Gerechtigkeit. Dieses Verlangen kratzt an ihrer Haut, spannt ihre Muskeln, lässt ihre Augen brennen. Nur selten kann sie sich anderen Wünschen hingeben, wenn das Bedürfnis nach Integrität so schmerzhaft stark ist. Wenn Ava Mandisa ansieht, sieht sie die Schlagzeilen derjenigen, die durch die Einnahme des abgelaufenen Pres-X in den Wahnsinn getrieben wurden. Wenn sie es von Anfang an nicht genommen hätten..., sagt Mandisa. Jede Sache hat ihre Opfer, sagt sie. Zweck und Mittel klammern sich aneinander, mit der dünnsten Rechtfertigung. Es war der Lösungsansatz von *Eyes Forward*, sagt Mandisa. Wenn es nach ihr gegangen wäre, hätte Pres-X einfach gestoppt werden müssen. Pres-X-2 hätte es völlig ersetzt. Jung aussehen ist in Ordnung, aber jünger werden, das ist etwas anderes. Die subtilsten Unterschiede klingen fast wie ein Versprechen. Solch doppeldeutige Worte verursachen Ava Kopfschmerzen und lassen die Schwere ihrer Verbrechen verschwimmen.

Jetzt leuchten ihre Implantate golden. Sie neigt ihre Hände, um sie stolz zu präsentieren. Mit den Kameras vor ihnen drückt Mandisa fest zu. Ava hält sich zurück, weniger fest, weil sie sie nicht überwältigen will. Sie ist froh, dass der Griff sich lockert.

Die Kamera verschwindet nicht, als sie zum Bestattungsunternehmen kommen, und sie hören auch nicht auf ihnen zu folgen, als sie zum Brunch ins Lunch Lounge gehen. Der Gesichtsscanner wird nicht einmal hervorgeholt. Das ist jetzt nicht mehr nötig. Es gibt keine Zweifel. Ava und Mandisa sehen aus, als wären sie gerade erst alt genug, um den Wein zu trinken, den sie bestellt haben.

Ava fragt sich, ob sie Mandisa je so viel lächeln gesehen hat, und ob sie allein für dieses Lächeln verantwortlich ist. Das Lächeln verblasst später, als sie allein sind und die Kameras weg sind – aber nicht vollständig. Es ist einfach weniger aufgesetzt, vielleicht entspannter. Ava beobachtet sie, als sie in einer ihrer Wohnungen herumwerkeln, über die Arbeit sprechen, soziale Pläne schmieden, versuchen, es herauszufinden... was Mandisa von ihr will und was sie von Mandisa will.

Hundert weitere Punkte wurden ihnen jeweils seit der TV-Show-Sonderausgabe zuerkannt, die zwei Monate später ausgestrahlt wurde und die glücklichen Gewinner interviewte und zeigte, wie sich ihr Leben seit der Behandlung verändert hat. Ava und Mandisas aufblühende Romanze machte Schlagzeilen. Sie wurden für Tages- und Abendfernsehshows, Radiosendungen gebucht und eingeladen, Bänder durchzuschneiden und Veranstaltungen zu besuchen.

Ausbilder der Gesellschaftspolizei haben Ava um Tipps gebeten und sie gebeten, ihre Spyware und Apps zu unterstützen. Jeder kennt sie für das, was sie ist. War. Sie muss nicht mehr nachts in den Gassen nach einem Platz suchen. Sie stimmt zu, ihr Gesicht auf den neuesten Nachtsichttelefon-Aufsätzen und der Darkweb-Decoder-App zu zeigen. Warum nicht? Mandisa sagt: „Man kann genauso gut Kasse machen." Der Rummel wird sich legen, da ist sich Ava sicher. Der volle Terminkalender tut ihr gut. Er hält ihren Geist beschäftigt, hindert sie am Grübeln.

Die Erschöpfung nach der Behandlung dauerte nur einen Tag. Ihre rosige Haut wurde nach einer Woche wieder blass und ihre grauen Ansätze verschwanden unter dem nachwachsenden schwarzen Haar. Es geschah alles so schnell. Es ließ sie denken, dass die zehnjährige Regression des ursprünglichen Pres-X ihre Vorteile hatte. Es ließ Zeit zur Anpassung. Für Ava fühlt es sich an, als wäre sie wieder ins tiefe Wasser jugendlicher Unsicherheiten und eines Lebens geworfen worden, aus dem sie vor Jahren herausgewachsen war.

Sie hat sich noch nicht wirklich in einem Spiegel betrachtet – abgesehen von dem, den sie ihr live im Fernsehen präsentierten, oder denen, die die Straße säumen. Teil ihrer Vertragsbedingungen war, dass sie es vermeiden würde, hineinzuschauen, bis zur Show zwei Wochen später, als sie sich vor einem Live-Studiopublikum vollständig verjüngt betrachten konnte. Für die Authentizität, sagten sie. Es funktionierte. Ihre Tränen waren echt.

Vier Mitarbeiter anderer Bestattungsunternehmen sprachen Ava an und sie stellte sie sofort ein. Die Arbeitsbelastung ist wahnsinnig hoch. Vorauszahlungspläne machen immer noch den Löwenanteil ihres Arbeitstages aus. Zumindest sind die Leichen, die hereinkommen, begrenzt. Sie können nur zehn gleichzeitig aufnehmen, und zehn haben sie immer. In letzter Zeit immer frisch konservierte ältere Bürger. Eine unfallgefährdete Gruppe. Das sagen zumindest die Nachrichten. Max nahm widerwillig seine Kollegin Yasmine ein paar Tage nach Avas Behandlung auf. Obwohl er jetzt zufriedener zu sein scheint, mit ihr in einem kleinen Raum eingesperrt zu sein. Die Kombination aus Yasmines Gesellschaft und einer höheren Dosis B-Well hat seine Tage aufgehellt. Ava lächelt, als sie die Funken zwischen ihnen sieht. Dieser kalte Raum ist dieser Tage nicht mehr so kalt. Frida hat seine Anrufe nie erwidert.

Mit ihrem goldenen Implantat zur Schau gestellt, besucht Ava das Labor jetzt tagsüber. Sie ist keine Bedrohung mehr. Ihr Uterus ist so abgelaufen wie das alte Pres-X. Sie ist jetzt bei hundert Litern Formaldehyd-Rose pro Woche mit etwas Hilfe von Edgar. Es ist nicht schlecht mit ihm zu arbeiten, wirklich nicht. Er tut, was man ihm sagt. Jetzt, wo das Bestattungsunternehmen ziemlich gut ohne sie läuft, hat sie mehr Laborzeit – mehr als nötig ist, um Formaldehyd-Rose herzustellen. Ihr Chemikergehirn ist voller Ideen. Mit ihrem sicheren Altersstatus und jugendlichen Aussehen haben die Verantwortlichen tatsächlich auf ihre Vorschläge gehört und sie hat die Freiheit, Produkte zu entwickeln und Tests durchzuführen. Die Zufriedenheit, endlich mit den Lebenden statt mit den Toten zu arbeiten, lässt sie jeden Tag früh zur Arbeit erscheinen, und ihr Gesicht ist viel weniger ernst als früher.

Heute kommt Mandisa ins Labor, so gepflegt und professionell wie immer.

„Kommst du mit zum Mittagessen, Ava?"

Ava lächelt. „Klar."

Sie überlässt Edgar die Verantwortung für die Geräte, hängt ihren Laborkittel an die Rückseite der Tür und macht sich dann mit Mandisa auf den Weg zur Kantine. Ein paar von *Eyes Forward* gehen den Korridor entlang. Sie sucht nach Ken, aber er ist nicht da. Sie weiß nicht, warum sie immer nach ihm Ausschau hält. Vielleicht um ihn einzuschätzen oder um nach etwas Vertrautem zu suchen. Nach familiären Schwingungen statt der eiskalten Blicke der anderen Klone. Die wenigen Male, die sie ihn gesehen hat, hat sie nichts dergleichen erhalten. Es ist albern, es weiter zu versuchen.

Sie gehen an den B-Well-Laboren vorbei, wo sie zwei Arten von B-Well herstellen: eine, um Leben zu retten, und eine, die nichts tut, um den Älteren zu helfen, die sie einnehmen.

„Ich habe nachgedacht", sagt Mandisa.

„Ja?"

„Schau“, sagt Mandisa und holt ihr Handy heraus, um Ava Bilder von Häusern zu zeigen – keine Wohnungen. Häuser mit Gärten, Einfahrten und viel Platz.

Ava kneift die Augen zusammen und vermisst ihre Lesebrille. Pres-X-2 beseitigt nicht die Notwendigkeit dafür. „Was sehe ich mir da an, Mandi?“

„Wir könnten hier wohnen. Wenn du möchtest. Ich habe diese Gegend schon immer geliebt. Sie ist ziemlich exklusiv. Nur die mit den höchsten Lebenspunktzahlen leben dort. Die Feinkostläden und Cafés sind einfach zum Sterben schön. Wir zwei zusammen erfüllen die Punktzahl-Anforderungen.“

„Was ist mit Zia?“

„Sie würde natürlich mitkommen. Sie könnte ihr eigenes Schlafzimmer und Bad haben. Du könntest diese enge Wohnung hinter dir lassen und in einem schönen Zuhause leben. Mit mir.“

Ava sucht nach Worten. „Es ist nur-“

„Was?“

„Es scheint so früh. Wir sind erst seit ein paar Monaten zusammen.“

„*Wieder* zusammen. Wir sind eigentlich schon ewig zusammen. Es war immer nur eine vorübergehende Trennung. Ich konnte dich einfach nicht in meine Pläne, *unsere* Pläne, einbeziehen. Ich musste diese Leiter erklimmen, sonst hätte ich meine *Time's-Up*-Pflichten nie erfüllen können.“ Sie nimmt Avas Hände und sieht ihr tief in die Augen. „Wir haben schon so viel durchgemacht, aber du scheinst es immer noch nicht zu verstehen. Ich habe nie aufgehört, dich zu lieben. Die Zeit, die wir getrennt waren, war nur eine vorübergehende Notwendigkeit.“

Ava denkt an die Zeit, in der sie getrennt waren. Das scheint jetzt so lange her. Die Zeit, als Mandisa Ava aus dem Weg haben musste, damit sie bei der Entwicklung eines Medikaments helfen konnte, das einigen helfen und vielen anderen nicht helfen würde. Die ganze Zeit in dem Wissen, dass Pres-X die Leute verrückt machen würde.

„Es war notwendig, Ava. Verstehst du das? Wir haben niemandem geschadet. Wir haben es nur nicht verhindert. Es war immer der Plan. Wir mussten nur eine Weile warten, das ist alles. Manche Pläne brauchen ewig, um sich zu entfalten. Das Gleichgewicht wiederherzustellen, macht es wert zu warten.“

Ava blickt in Mandisas dunkle Augen. Sie glänzen vor Aufrichtigkeit. Mandisa hat recht. Es ist es wert, auf die Wiederherstellung des Gleichgewichts zu warten. Ava beißt sich auf die Lippe und nickt. Ein Jahr getrennt ist nichts im Großen und Ganzen. Ein Wimpernschlag im langfristigen Plan.

„Richtig. Ja. Natürlich“, sagt Ava.

„Soll ich dann anrufen – wegen des Hauses?“

Ava schaut auf Mandisas Lippen, während sie spricht, und leckt sich über ihre eigenen. „Ja. Klingt toll.“

***

Zias letzte Memorexin-Injektion wirkt größtenteils noch. Sie hat gute und schlechte Tage. Gestern hat sie sich den Rücken verrenkt und ist den ganzen Tag nicht vom Sofa aufgestanden. Eine Pflegerin kommt sie besuchen. Eine junge Frau mit genug Geduld, um mit Zias Wiederholungen und Urteilen umzugehen, und einem guten Sinn für Humor, um Zia zum Lachen zu bringen. Es ist zumindest Unterhaltung für Zia.

„Ava!", ruft sie, als Ava durch die Haustür kommt.

„Ja, Zia?"

„Komm und lern diese Frau kennen. Ich weiß nicht, wer sie ist, aber sie will mit mir reden."

„Das ist Claudia, Zia. Sie ist hier, um sich um dich zu kümmern."

„Sie hat die Spaghetti verkocht. Sag du es ihr. Ich will nicht unhöflich sein."

Claudia beißt sich auf die Lippe, um nicht zu lachen, während Ava lautlos formt: *Keine Sorge.* Die Wohnung ist blitzsauber und Zia ist gefüttert, sauber und unterhalten. Das ist alles, was zählt.

„Weißt du, was sie mir erzählt?", fragt Zia.

„Was denn?"

„Sie sagt, dass sie ein Baby will. Du solltest sie kennenlernen. Schau, sie ist grün."

„Mandisa und ich wollen kein Baby, Zia."

„Dein Vater will ein Enkelkind. Er wird es dir sagen, wenn er nach Hause kommt."

Die Injektionen wirken heute also nicht so gut.

Ava geht zu Zia und küsst sie auf die Stirn. „Ich mache dir eine Tasse Tee."

Sie geht in ihr Schlafzimmer und stellt sich vor den großen Spiegel. Sie blickt auf den Teppich, ihre Zehen krallen sich in den Flor. Claudia hat auch hier gesaugt. Ava fragt sich, wie sie je ohne sie zurechtgekommen ist. Nach einer Weile und ein paar tiefen Atemzügen hebt sie ihr Kinn, dann ihren Blick, und betrachtet sich selbst. Sie inspiziert ihr Gesicht und ihre Figur, dann zieht sie ihr Oberteil aus. Eigentlich nicht nötig. Ihr Oberteil war eng genug. Keine ihrer weiten Blusen und jungenhaften Hosen mehr. Mandisa ging vor ein paar Wochen mit ihr einkaufen und suchte einige Sachen aus. Schmeichelhaft, nannte sie sie. Modern. Es macht Mandisa glücklich, wenn Ava solche Dinge trägt, also tut sie es pflichtbewusst. Ava zieht jedoch immer noch die Grenze bei Farben. Das Schwarz ihrer Kleidung ist der einzige Teil von ihr, den sie beibehalten hat. „Es passt zu deiner Seele", sagte Dan vor ein paar Nächten. Ava lachte nicht wie sonst.

Sie lehnt sich nah an den Spiegel und betrachtet ihre Haut – strahlend, so jugendlich wie vor über zwanzig Jahren, obwohl sie sich heute dehydriert fühlt. Sie hat letzte Nacht nicht gut geschlafen, obwohl es so aussieht, als hätte sie es. Keine dunklen Ringe, keine Schwellungen. Ihre Brüste bleiben an Ort und Stelle, wenn sie ihren BH auszieht. Ihr Bauch hat das bisschen Fett verloren, das er hatte. Sie sieht immer noch aus wie sie. Irgendwie. Besser? Nicht wirklich, denkt sie. Nur begehrenswerter, zumindest nach Ansicht der anderen. Und ist das nicht das Wichtigste? Die Meinung der anderen?

Aber sie fühlt sich nicht wie sie selbst. Ihre Haut ist zu straff, als ob sie nicht ihr gehört. Sie weiß nicht, was richtig ist. Ihre Gedanken sind zu verschmiert von Heuchelei. Als sie tatsächlich das Alter hatte, das sie jetzt aussieht, war sie sich immer sicher, dass sie immer recht hatte. Jetzt ist sie älter, angeblich weiser, und von Selbstzweifeln durchzogen, hinterfragt alles.

★★★

Ava besucht Mae erneut, auf Maes Wunsch, unter dem Vorwand von buchhalterischer Beratung, nachdem sie mehrere E-Mails geschickt hat. Langsam fühlt sie sich mehr wie eine Freundin als nur eine Buchhalterin an. So viele Frauen, die während der Großen Unruhen sterben mussten, hinterließen ein Vakuum für weibliche Kameradschaft, und Ava freut sich, wieder eine solche Bindung zu haben. Vielleicht war das Teil des Plans von *Eyes Forward* vor Jahren: Frauenvereinigungen zu zerschlagen, das Gerede zu stoppen. Es steckt Macht in Gerüchten. Wie ein Samen, der gepflanzt wird. Eine Eichel wird zu einer Eiche, wenn sie unbeachtet bleibt. Ava stellt sich Zia vor, wie sie vor Jahren in ihrem Café über eine Teekanne und ein Stück Kuchen gebeugt saß, den Raum mit flüsternden Unzufriedenheiten erfüllend. Solche Flüsterungen entfachten Aufstände, schürten die Großen Unruhen und hinterließen noch Jahre später ihre Spuren.

Die kleinsten Äußerungen können zu den lautesten Rufen heranwachsen.

Ava denkt, dass sie zu viel im Darkweb gelesen hat. Es ist schwer zu unterscheiden, was Gerüchte und was Tatsachen sind. *Sisters and Spies* verwischen diese Grenzen genauso wie die Regierung.

Mae ist nervös, als Ava ankommt, eine aufgeregte, nervöse Spannung, die förmlich aus ihr herausquillt.

„Es gibt so viel Gerede", sagt sie. „Feminismus. Haben Sie davon gehört? Vielleicht war das vor Ihr Zeit, aber es kommt zurück. Frauen. Rechte für Frauen. Die SAS, sie bringen es zurück."

Ava nickt. Was Mae von ihr hören möchte, ist unklar. Die SAS erfinden Worte, mehr versteht sie nicht. Das kleine Mädchen sitzt immer noch auf dem Boden und spielt mit seinem Computer.

Auf einer Visitenkarte hat Mae einen Code geschrieben. ASAS84739. Ava nimmt sie auf und inspiziert sie. „Was ist das?"

„Ihr Benutzername", erklärt Mae, als ob Ava so etwas erwartet hätte. „Laden Sie den Shadownet-Browser herunter, Nebula. Haben Sie davon gehört?"

„Klar, ich glaube schon. Die nicht nachverfolgbare Suchmaschine?"

„Es ist viel mehr als das. Jedenfalls, laden Sie das herunter. Es ist sicher. Vertrauen Sie mir."

Maes zitternde Hände wecken nicht viel Vertrauen. Sie nimmt einen Schluck von ihrem Kaffee. Die Augenringe verraten Ava, dass sie die ganze Nacht wach war und das Koffein sie am Laufen hält. Ava lehnt sich in ihrem Stuhl zurück, weg von dem nervösen Durcheinander, das Mae zu sein scheint.

„Verstehen Sie", sagt Mae. „Es erklärt sich von selbst von da an. Sobald Sie sich einloggen, werden Sie all das Gerede darüber sehen. Schauen Sie von Zeit zu Zeit nach. Um auf dem Laufenden zu bleiben. Es wird nicht über Nacht passieren, aber irgendwann. Auf diese Weise werden Sie wissen, wann es passiert."

Ava runzelt die Stirn. „Wann was passiert?"

„Die Revolution."

Avas Hand um die Karte verkrampft sich. Noch ein Wort, das sie nie zu hören erwartet hatte, aber sie weiß, was es bedeutet. Sie kann nicht glauben, dass es jemals wahr werden wird, aber ein kleiner Zweifel in ihr sagt ihr, sie solle hoffen, daran festhalten, dass es einen Weg gibt, die Dinge richtigzustellen. „Es lohnt sich, auf die Wiederherstellung des Gleichgewichts zu warten."

★★★

Es ist schwer, an irgendeine Art von Revolution zu denken, wenn das Leben Ava so gut behandelt. Sie hasst es, dass sie gezwungen wurde, Pres-X-2 zu nehmen, hasst es, dass die Gesellschaft die Möglichkeiten abhängig von der Lebenspunktzahl einschränkt. Aber eine hohe Punktzahl zu haben, ist schön. Zu schön. Sie möchte das eine Weile genießen, sich darin ein wenig sonnen.

Es passierte Stück für Stück. So langsam, dass Ava nicht genau sagen kann, wann es begann. Ihr Gefühl von Komfort und Sicherheit. Als sie sich nicht mehr aus ihrer eigenen Haut winden musste, wie eine Schlange, die sich häuten muss. Aber der Tag, an dem sie es vollständig anerkennt, ist der Tag, an dem sie in ihr neues Haus einziehen.

Mandisa und Zia unterhalten sich in der Küche, wie es alte Freundinnen tun. Es gibt so viel auszupacken. Zia macht sich daran, den perfekten Platz für das Besteck zu finden – endlich findet ihre wiederholende Angewohnheit ihre Verwendung. Sie packt die Kissen aus und legt sie aus, erst in einer Ordnung, dann in einer anderen, und überlegt, wo sie am besten im Haus platziert werden sollten. Mandisa beobachtet, spricht weiter mit ihr, über alte Freunde, die sie hatten, die Treffen, zu denen sie früher gingen. Zia wirkt zufrieden und macht sich weniger Sorgen. Nachdem die Küchensachen ausgepackt sind, backen sie Steinkuchen. Trotz allem, was Mandisa getan hat, macht sie Zia glücklich, und dafür ist Ava dankbar.

Mandisa blickt Ava mit Augen voller Bewunderung an und spricht mit ihr über die guten Dinge, die *Time's Up* getan hat und wie wichtig ihre Eltern waren. Sie erzählt Ava, wie froh sie ist, dass sie sie jetzt endlich einbeziehen kann, und wie sehr sie sie vermisst hat. Und Ava nickt, wie hypnotisiert, fühlt sich irgendwie nützlich. Wertvoll. Das ist wichtiger als sich mächtig zu fühlen, sagt sie sich. Nützlich zu sein, etwas beizutragen, aufzubauen statt zu zerstören.

Zur Schlafenszeit gehen Ava und Mandisa in ihr Zimmer, schließen die Tür und tun dann, was Paare so tun. Als Ava am Morgen aufwacht, setzt sie sich auf, gähnt ihren Schlaf aus, streckt sich und fühlt dann, dass ihre Haut passt. Sie blickt auf Mandisa, die gerade anfängt sich zu regen, und ihr Herz schwillt an wie nie zuvor. Zia ist schon wach, der Fernseher dröhnt irgendeine frühmorgendliche Klatschsendung. Ava lehnt sich an das Kopfteil an und denkt an ihren bevorstehenden Tag in dem Job, den sie liebt, während sie Mandisas Haare streichelt, als diese zu ihr aufblickt und „Morgen" flüstert, dann zieht sie sie wieder unter die Decke. Ava fühlt, dass sie genau da ist, wo sie sein sollte. Nicht wegen ihres Spiegelbilds, Ava hat ihren Frieden damit gemacht. Sie hat erkannt, dass wenn es ihr egal ist, wie sie aussieht, warum sollte es ihr dann wichtig sein, jünger auszusehen? Und es liegt auch nicht an dem viel größeren Haus, in dem sie aufgewacht ist. Sie weiß jetzt, dass Zia nicht noch Jahrzehnte da sein wird, und das ist in Ordnung. Das ist ihre Entscheidung. Aber die eine Angst, die Ava immer hatte, ist verschwunden.

Sie fürchtet sich nicht mehr davor, allein zu sein. Sie hat Freunde gefunden.

Das Darkweb ist immer noch voller Gerede und im Shadownet hat sie eine Gemeinschaft gefunden. Frauen, die schon lange aus ihrem engsten Kreis verschwunden waren, aber im Shadownet können sie frei kommunizieren. Sie streckt ihre Finger und tippt los, scrollt durch Beiträge, liest über andere Frauen, die ihren Ekel teilen, und schreibt dann ihre eigene Geschichte nieder. Es gibt dort Frauen, die sie verstehen und die sich damit identifizieren können. Dieser Shadownet-Benutzername hat sie mit vielen Menschen verbunden. Sogar in anderen Ländern gibt es Frauen, die sie nicht vergessen lassen. Sie hat sich mit der ganzen Gesellschaft unterhalten und gelästert und getratscht und geplant.

Es ist nicht nur sie. Sie ist nicht allein.

Frauen schreien lauter, als sie es seit Jahren getan haben. *Sisters and Spies* schreiben dieses Wort – Feminismus – immer und immer wieder, bis Ava fast glauben kann, dass es ein echtes Wort ist, das schon immer in ihrer Sprache lauerte, und dass eine Revolution kommt. Bis dahin ist sie eine Spionin mit einem der besten Zugänge zu XL Medico.

Hat sie das Richtige getan? Das fragt sie sich immer noch von Zeit zu Zeit.

Du hattest keine Wahl, erinnerst du dich? Eyes Forward hat dich gezwungen. Sie haben dir die Wahl genommen.

Und sie tun viel schlimmere Dinge.

Sie muss sich daran erinnern. Sie muss sich an Mandisas Rolle erinnern. Wenn Ava Mandisas Lächeln mit ihrem Mund und ihren Augen erwidert, wenn ihre Arme sich voller Verlangen nach ihr ausstrecken, wenn sie mit einem Gefühl der Zugehörigkeit in das Sofa sinkt, sind diese lächelnden Augen offener als je zuvor. Sie sehen mehr und ihr Blick ist messerscharf. So sehr sie auch die Vorteile ihrer Beziehung genießen mag, ihr Bauch verkrampft sich immer noch, wenn sie an die Älteren denkt. Erins und Millies Gesichter verfolgen sie immer noch in ihren Träumen.

Sie darf es sich nicht zu bequem machen. Eine kurze Auszeit zum Entspannen ist alles, was sie sich leisten kann.

Dies ist nur ein kurzer Moment in ihrem langfristigen Plan.

Die Revolution, von der Mae gesprochen hat, kommt. Manche Pläne brauchen Zeit, um sich zu entfalten, erinnert sie sich.

Es lohnt sich, auf die Wiederherstellung des Gleichgewichts zu warten.

Avas Mangel an Wahlmöglichkeiten mag ihr zwar die Schuldgefühle nehmen, nährt aber ihren Wunsch nach Gerechtigkeit. Die Opfer für die Sache haben Brandmale auf ihrer Seele hinterlassen. Sie wird nicht vergessen. Sie ist eine Schwester. Sie ist eine Spionin. Obwohl sie laut Mandisa, XL Medico und *Eyes Forward* nur getan hat, was man ihr gesagt hat. Sie ist ein leuchtendes Beispiel für die Gesellschaft. Sie ist eine Musterbürgerin, zumindest vorerst.

Braves Mädchen.

Eine Nachricht von Emma

Bitte scanne den QR-Code, um dieses Buch zu bewerten und um dir das letzte Buch der Trilogie, Rebelliere, anzuschauen.

„Bewahre" ist das zweite Buch der *Eyes Forward*-Reihe. Wenn es dir gefallen hat, würde ich mich freuen, wenn du eine Bewertung auf Amazon und Goodreads hinterlässt. Bewertungen sind für unabhängige Autoren wie mich enorm wichtig, und zu wissen, dass dir meine Arbeit gefallen hat, macht alles lohnenswert. Das dritte und letzte Buch, „Rebelliere", ist jetzt erhältlich. Es spielt achtzehn Jahre nach „Bewahre" und du wirst einige neue Charaktere kennenlernen. Außerdem wirst du Zeit mit denen verbringen, die du bereits kennst und liebst – oder hasst! Die

Geschichte wird noch um einiges düsterer. Schau auf meiner Webseite und auf Facebook vorbei, um auf dem Laufenden zu bleiben.

Die Wissenschaft in „Bewahre" ist natürlich reine Fiktion, obwohl die Erforschung von seneszenten Zellen und ihrem Beitrag zum Altern ein wachsender Forschungsbereich ist. Vielleicht werden eines Tages einige Aspekte des Alterns heilbar sein. Hoffen wir nur, dass der Zugang zu solchen Behandlungen nicht nur denen mit den hohen „Lebenspunktzahlen" vorbehalten bleibt. Wenn Pres-X verfügbar wäre, oder Pres-X-2, würdest du es nehmen?

Danksagung

„Bewahre" hätte ohne die Hilfe meiner wunderbaren Testleser und Kritikpartner nicht gedruckt werden können. Danke an Maggie, Mitra, Danica, Emily, Natalia, Barry, Elizabeth, Vickie, Laura, Caitlin... und ich bin mir sicher, ich habe jemanden vergessen! Eure Zeit und euer ehrliches Feedback haben dieses Buch zu dem gemacht, was es heute ist. Danke auch an meine Lektorin Shannon K. O'Brien für ihre unglaublich gründliche Arbeit und an Natasja Smith für ihr Korrekturlesen. Und vielen Dank auch an meine Übersetzerin Simone.

Besonderer Dank gilt meinem Partner John, der mir den Raum und die Zeit zum Schreiben gibt – für seine Unterstützung, Geduld und Ermutigung.

Und danke dir, dass du es liest.